Minnie Darke

Minnie Darke (signe astrologique : Gémeaux) est bibliothécaire le jour ; la nuit, elle chérit de vieux rêves de carrière d'actrice. Minnie Darke est l'autre nom de plume de Danielle Wood, auteure australienne dont les romans ont été publiés dans le monde entier et pour lesquels elle a gagné de nombreux prix littéraires.

QUAND LES ASTRES
S'EMMÊLENT

MINNIE DARKE

QUAND LES ASTRES S'EMMÊLENT

*Traduit de l'anglais (Australie)
par Eva Monteilhet*

Titre original :
STAR CROSSED

Pocket, une marque d'Univers Poche,
est un éditeur qui s'engage pour la préservation
de l'environnement et qui utilise du papier fabriqué
à partir de bois provenant de forêts gérées
de manière responsable.

Le Code de la propriété intellectuelle n'autorisant, aux termes de l'article L. 122-5, 2° et 3° a, d'une part, que les « copies ou reproductions strictement réservées à l'usage privé du copiste et non destinées à une utilisation collective » et, d'autre part, que les analyses et les courtes citations dans un but d'exemple et d'illustration, « toute représentation ou reproduction intégrale ou partielle faite sans le consentement de l'auteur ou de ses ayants droit ou ayants cause est illicite » (art. L. 122-4).
Cette représentation ou reproduction, par quelque procédé que ce soit, constituerait donc une contrefaçon, sanctionnée par les articles L. 335-2 et suivants du Code de la propriété intellectuelle.

Éditeur original : Penguin Random House Australia
© Minnie Darke, 2019
© le cherche midi, 2019, pour la traduction française
ISBN 978-2-266-29292-4
Dépôt légal : avril 2020

Parfois, le destin a besoin d'un petit coup de pouce.

À mon Scorpion préféré, P. T.

Les étoiles sont les sommets de quels merveilleux triangles ! Quels êtres distants et différents dans les demeures variées de l'univers contemplent la même au même moment !

Henry David Thoreau,
Walden ou La Vie dans les bois

L'astrologie, c'est comme la gravité. Pas besoin d'y croire pour que ça fonctionne.

Sun Bear, *Zolar's Starmates*

Aucune passion dans le monde ne surpasse celle de contrecarrer les plans d'autrui.

H. G. Wells

VERSEAU

Nicholas Jordan ne vit pas le jour sous la voûte d'un ciel étoilé mais à l'hôpital d'Edenvale, petite ville qui ne comptait que quatre pubs, une piscine et six commerces (mais pas de banque) et vivait particulièrement mal les restrictions d'eau dont on l'affligeait chaque été. Le modeste bâtiment de brique était entouré de bougainvilliers et de rectangles d'herbe desséchée, et au moment de la naissance de Nick, le ciel qui surplombait son toit brûlant était de ce bleu propre aux canicules qui accablent l'hémisphère Sud en février.

Et pourtant, les étoiles étaient bien présentes. Haut, très haut, au-delà de la fournaise sans nuages de la troposphère, au-delà de la couche d'ozone de la stratosphère, au-delà de la mésosphère et de la thermosphère, de l'ionosphère, de l'exosphère et même de la magnétosphère. C'est là qu'étaient les étoiles, et il y en avait des millions. Elles constellaient l'obscurité, dans une configuration très précise qui serait pour toujours la carte du ciel propre à Nicholas Jordan.

Joanna Jordan – *Bélier, propriétaire et unique employée du salon de coiffure d'Edenvale, attaquante impitoyable de son équipe de netball, élue deux fois*

Miss Eden Valley – n'accorda pas la moindre importance aux étoiles durant les heures qui suivirent la naissance de son fils. Toujours allongée dans l'unique salle d'accouchement de l'hôpital, ivre de bonheur et échevelée, elle se contenta d'admirer le visage de Nick en y cherchant des influences toutes terrestres.

« Il a ton nez », murmura-t-elle à l'oreille de son mari.

Elle n'avait pas tort. Le nez de son bébé était la version miniature et parfaite de celui qu'elle aimait tant chez Mark Jordan – *Taureau, défenseur de* footy[1] *bien baraqué devenu conseiller financier propre sur lui, grand amoureux de cheese-cake et admirateur impénitent des jambes des femmes.*

« Mais il a tes oreilles », dit Mark en lissant doucement une mèche des cheveux sombres qui auréolaient la tête de son enfant. En comparaison, ses propres mains lui paraissaient totalement démesurées.

Joanna et Mark contemplèrent longuement leur fils en attribuant ses joues, son front, ses doigts et orteils à différents membres de la famille. Les nouveaux parents retrouvaient le frère de Mark dans les grands yeux et la mère de Joanna dans la bouche large et expressive.

En revanche, ils ne surent pas discerner l'empreinte de Beta Aquarii, le gros géant orangé qui brûlait à quelque cinq cent trente-sept années-lumière de la Terre. Ni la touche plus légère de Helix Nebula ni celle d'aucun de ces corps célestes qui formaient la

---

[1]. Le football australien, aussi appelé *footy*, est un sport très populaire en Australie. Proche du football gaélique, il pourrait être décrit comme un mélange de rugby à XV et de football.

tentaculaire constellation du Verseau, sous les auspices duquel le soleil était placé au moment de la naissance du bébé.

En interprétant les trous d'épingle que le destin avait laissés sur la carte du ciel du petit Nick, un astrologue aurait pu prédire que l'enfant serait d'une originalité frôlant parfois l'excentricité et deviendrait un individu créatif et attentionné, mais si mauvais perdant que ses frère et sœur préféreraient encore manger des choux de Bruxelles plutôt que de l'affronter au Monopoly. Il adorerait se déguiser et aurait la sale habitude de ramener à la maison les chiens affamés et autres chats pelés qu'il croiserait sur sa route.

Peut-être cet astrologue se serait-il même autorisé un petit sourire en voyant que, dès son adolescence, Nick nourrirait un intérêt passionné pour l'astrologie. D'ailleurs, il serait particulièrement fier de son signe, synonyme pour lui d'une pensée originale et novatrice et aussi de l'été, avec son cortège de festivals et de hippies sexy qui sentaient le patchouli et le sexe.

Mais le jour de sa naissance il n'y avait pas d'astrologue dans le coin, et la seule personne qui livra une prédiction astrologique fut une amie de Joanna, Mandy Carmichael – *Gémeaux, ravissante présentatrice météo à la télé locale, jeune mariée radieuse arborant de jolies fossettes, fanatique de ABBA*. Telle la bonne fée, elle apparut à l'hôpital dès sa sortie du travail. Son visage était encore plâtré d'une épaisse couche de fond de teint et elle vacillait sur ses hauts talons, écrasée sous le poids d'un énorme ours en peluche bleu et d'un bouquet de chrysanthèmes. Une fois l'ours calé dans un fauteuil et les fleurs dans l'eau,

Mandy ôta ses chaussures et prit le premier-né de son amie dans ses bras avec un soin infini.

« Un petit Verseau, hein ? dit-elle, les yeux légèrement embués. Ne vous attendez pas trop à ce qu'il vous ressemble, à Mark et toi. Les Verseau sont différents. Pas vrai, mon chaton ?

— Il vaut mieux qu'il aime le sport… répondit Jo avec légèreté. Mark lui a déjà acheté une raquette de tennis.

— C'est probablement pour ça qu'il deviendra artiste. Ou peut-être qu'il sera danseur. Qu'est-ce que tu en penses, mon amour ? »

Le nourrisson referma son petit poing sur le doigt de Mandy, et pendant un moment, celle-ci resta inhabituellement silencieuse.

« Jo, mon Dieu, il est tellement beau. »

Quand elle quitta l'hôpital, il faisait déjà presque nuit et l'obscurité avait apporté avec elle une brise aussi douce que les pensées qui traversaient Mandy tandis qu'elle coupait, toujours pieds nus, à travers le carré d'herbe sèche et piquante. À l'ouest, le ciel était bleu ardoise et parcouru de traînées roses. Mais à l'est, quelques étoiles impatientes perçaient déjà l'obscurité croissante. Mandy se glissa derrière le volant de sa voiture et fixa longuement le ciel, l'odeur du bébé encore dans les narines.

♒

Il faisait déjà nuit à Curlew Court – une impasse récemment construite qui se caractérisait par ses trottoirs de béton, ses petites maisons à toit de tôle, ses pelouses bien tondues et ses jeunes eucalyptus dans des cache-pots en plastique – quand, le vendredi suivant, Drew Carmichael s'étendit sur le dos et lâcha un long « Waouh ».

Près de lui, sur le trampoline de son voisin, il y avait une bouteille vide de Baileys, deux petits verres sales et sa femme, en sueur, souriante et pas tout à fait habillée. Drew – *Balance, consultant agricole, aviateur amateur enthousiaste, fan des Pink Floyd et joueur d'air guitar sans peur ni reproche* – venait de rentrer de deux semaines de déplacement professionnel. Cela faisait à peine une heure et il avait déjà l'impression d'avoir été abusé de façon tout à fait délibérée. Il était complètement vidé. Heureusement, les voisins étaient partis en vacances.

« Mmmm », rétorqua Mandy, qui fixait le ciel.

Drew se hissa sur un coude pour voir sa femme. Il distinguait l'ombre de sa fossette gauche et sa peau luisait d'espièglerie.

« Qu'est-ce qu'on disait, déjà ? demanda-t-il en glissant une main sur la peau pâle de son ventre.

— Pardon, mais vous parlez à une femme mariée. Pas touche ! » répliqua-t-elle en lui mettant une tape, sans parvenir à se départir de son large sourire.

Il la chatouilla et elle se mit à glousser.

« Qu'est-ce que tu fais dans le coin ?

— Moi ? Je regarde les étoiles. »

Un peu saoul et totalement heureux, Drew cala sa tête sur ses bras repliés et suivit son regard, se perdant lui aussi dans l'espace.

Cette nuit de février, les Carmichael mirent en route un bébé. Leur fille naîtrait un matin de novembre, à l'aube, et serait Sagittaire. Elle viendrait au monde petite et parfaite, le crâne couronné du duvet châtain clair annonciateur de la tignasse bouclée qui viendrait plus tard adoucir les contours de son visage. Ses yeux seraient noisette, son menton pointu et sa bouche bien dessinée, comme celle de sa mère. Ses sourcils noirs, presque sévères, seraient en revanche ceux de son père.

Un astrologue aurait prédit que ce bébé deviendrait une jeune personne particulièrement franche et directe, dotée d'un tempérament joueur mais perfectionniste. Passionnée des mots, elle gagnerait à l'âge de neuf ans un concours télévisé d'orthographe et passerait une bonne partie de sa vie un stylo calé derrière l'oreille. Sa table de chevet croulerait sous les livres (lus, en cours de lecture, à lire) parmi lesquels se cacherait souvent un catalogue Ikea – le rangement de sa garde-robe deviendrait une passion coupable qui ne la quitterait jamais. Elle se distinguerait également par une mémoire infaillible classée dans de multiples tiroirs mentaux étincelants ainsi que par la grammaire et la ponctuation impeccables de ses textos.

Cet astrologue aurait aussi pu prévoir, avec un haussement d'épaules fataliste, que ce nourrisson n'éprouverait jamais que du mépris pour sa discipline. Pour être tout à fait honnête, elle considérerait même les horoscopes comme un pur ramassis de conneries.

« Justine, marmonna Mandy pour elle-même.

— Quoi ?

— Jus-tine, répéta-t-elle plus distinctement. Tu aimes ?

— Qui est Justine ? » demanda Drew, perplexe.

Tu verras, pensa Mandy.

POISSONS

Le temps suivit son cours. Des lunes gravitèrent autour de planètes. Des planètes autour d'étoiles. Des galaxies tournoyèrent. Et, au fur et à mesure des années, tous les satellites envoyés pas les humains se joignirent à la masse. Et puis un jour, comme par magie, voici que Justine Carmichael eut vingt-six ans.

Justine remontait une rue arborée, les bras chargés d'un édifice instable de gobelets de café. C'était un vendredi matin de mars, elle portait une robe à pois très gaie de style années 1950 et des baskets presque blanches. Les ombres du trottoir tacheté de lumière jouaient sur elle.

Cette rue, à environ deux heures à l'est d'Edenvale, s'appelait Rennie Street. C'était l'une des principales artères du quartier très chic qui s'étendait autour du parc Alexandria, dans lequel s'épanouissaient de belles maisons de style Fédération et de grands appartements Art déco, des boutiques de fleurs luxueuses et des cafés dans lesquels on pouvait se faire servir un chocolat viennois dans un verre haut avec une longue cuillère. Les toiletteurs pour chiens du quartier étaient spécialisés dans les bichons maltais et les westies.

Justine se rendait à la rédaction de *L'Étoile d'Alexandria*, le journal pour lequel elle travaillait. Elle y était officiellement stagiaire mais le rédacteur en chef (qui était aussi enclin verbalement aux grandes envolées lyriques qu'il était bref et incisif à l'écrit) préférait l'appeler « notre chère et bien-aimée journaliste junior en attente ». Sur le papier, il l'aurait plus probablement qualifiée de larbin.

Les locaux de *L'Étoile* se cachaient derrière une ancienne façade à bardeaux très élégante, légèrement en retrait de la rue. En entrant dans le bâtiment sans ralentir le pas, Justine passa sous l'un des symboles les plus controversés de la ville : l'étoile. Aussi laide qu'imposante, c'était une sculpture en mosaïque de la taille d'une roue de tracteur qui se balançait fièrement au-dessus du trottoir. C'était une taille presque provocatrice pour une étoile, et ses cinq branches pas tout à fait symétriques étaient grossièrement recouvertes de petits carreaux jaune pipi et de ce qui ressemblait aux restes d'un service à thé décoré de fleurs roses.

Trente ans plus tôt, quand l'étoile avait été hissée là-haut, les résidents du quartier l'avaient surnommée « la menace jaune » et ils avaient tout tenté, invoquant chaque alinéa du règlement de la mairie, pour la faire décrocher. À cette époque, la grande majorité des riverains considéraient *L'Étoile* comme une feuille de chou minable et son jeune rédacteur en chef, Jeremy Byrne, comme un dégénéré chevelu et malpropre. Leur opinion était que le fils aîné aux mœurs dissolues de Winifred Byrne n'avait aucun droit de transformer la belle maison de sa mère décédée en locaux pour son torchon à scandale tout juste bon à emballer du poisson.

Mais Alexandria Park avait dû apprendre à vivre avec le journal et son enseigne tape-à-l'œil, et à présent, *L'Étoile*, sous sa fière couverture de papier glacé, était un magazine respecté qui traitait d'actualité, de sport et d'art. Le magazine mensuel n'était pas seulement lu à Alexandria Park mais dans toute la ville et jusqu'aux confins plus ruraux. Même si le travail de Justine se situait en dessous du plus bas échelon possible, de nombreux journalistes, aussi jeunes que brillants, n'auraient pas hésité à lui marcher dessus pour prendre sa place.

Lors de son premier jour de travail, Justine avait eu droit à une visite guidée des lieux, réalisée par Jeremy Byrne. À présent chauve, le fondateur faisait plus penser à un aristocrate sur le déclin qu'à un beatnik. Il l'avait menée avec un plaisir mal déguisé jusque sous l'étoile géante.

« Je voudrais que tu voies cette étoile comme un symbole des idéaux du journalisme farouchement indépendant et intrépide sur lesquels notre brave petite publication a été fondée », lui avait-il dit, et Justine avait fait de son mieux pour ne pas avoir l'air de trouver ça bizarre ni embarrassant quand il s'était mis à lui parler du pouvoir de ses rayons qui allaient la baigner et l'inspirer. Et qu'il était allé jusqu'à les mimer.

Son rédacteur en chef ne lui avait pas menti, c'était un bonheur de travailler pour *L'Étoile*. L'équipe était constituée de travailleurs acharnés qui n'avaient rien contre un peu de rigolade, les repas de Noël étaient de vrais festins et les reportages se distinguaient par leur grande qualité. Le seul problème, c'était que justement tout était tellement bien que les journalistes ne partaient jamais. Ils étaient trois à Sydney, un à Canberra, et cela faisait plus de dix ans qu'ils étaient en poste. La personne à qui Justine avait succédé avait attendu trois ans d'être promue journaliste junior avant de renoncer et d'accepter un poste dans les relations publiques.

Le jour où Justine s'était tenue, rouge d'embarras, sous l'étoile, elle avait l'espoir que son prédécesseur avait assez attendu pour deux. Elle était persuadée qu'un vrai poste allait se profiler très vite. Mais deux ans plus tard, il n'y avait toujours aucun signe de promotion en vue, et Justine commençait à se dire que sa seule option était d'attendre qu'un des membres de l'équipe meure de son grand âge.

Justine accéléra le pas en remontant la petite allée bordée de haies de lavande, réorganisant ses gobelets de façon à libérer une main pour ramasser le courrier déposé sur les dalles de l'entrée. Arrivée en haut d'une volée de marches, elle poussa la porte d'un coup de hanche. Mais avant même que la porte ne se soit refermée, une voix sucrée résonna dans l'entrée.

« Justine ? C'est toi ? »

C'était Barbel Weiss, la responsable de la communication. Son bureau, dans l'un des ravissants petits salons, avait été réarrangé en un espace aussi girly et coquet qu'elle. Barbel (vêtue d'un tailleur-pantalon rose foncé, ses cheveux blonds arrangés comme une pâtisserie allemande) lui agita une brochure sous le nez sans prendre la peine de se lever.

« Ma chérie, descends ça chez le DA, tu veux ? Dis-lui quelle police je veux pour cette pub-là. C'est celle-ci, là, entourée.

— Pas de problème, répondit Justine en manœuvrant prudemment vers Barbel de façon à ce qu'elle puisse ajouter la brochure à son chargement.

— Oh, lâcha celle-ci en remarquant les cafés, arquant très légèrement son sourcil parfait, tu viens de passer chez Rafaello ? Mais ça ne t'embête pas d'y repasser vite fait, n'est-ce pas ? J'ai un client qui arrive dans vingt minutes et je vais avoir besoin de macarons. Prends-les à la framboise. Merci ! Tu es un amour. »

Le petit salon qui faisait face à celui-ci, réservé au rédacteur en chef, n'avait rien à voir. Son domaine faisait plutôt penser à l'antre d'une personne atteinte du syndrome de Diogène. Des piles de journaux étrangers arrivaient jusqu'aux genoux, les étagères étaient bourrées d'ouvrages de droit et de biographies d'hommes politiques, d'almanachs sportifs et de compilations de faits divers. Jeremy, vêtu d'une chemise de coupe tout à fait classique qu'il parvenait pourtant à faire ressembler à un caftan, était au téléphone. Quand Justine se pencha pour poser son chaï au lait de soja devant lui, il lui présenta sa paume grande ouverte, l'invitant à revenir cinq minutes plus tard. Elle lui sourit avec enthousiasme en acquiesçant.

La pièce à côté était celle des journalistes. En reconnaissant le pas de Justine, Roma Sharples se détourna de son écran et lui lança un regard par-dessus ses lunettes d'un bleu électrique. Connue pour être grincheuse et exigeante, elle allait sur ses soixante-dix ans mais ne montrait aucun signe de fatigue.

« Merci », dit-elle sobrement en prenant son café double. Puis elle arracha une feuille d'un bloc de papier et la tendit à Justine. « Donne cette adresse à Radoslaw et dis-lui qu'on doit y être à onze heures pile. Et, Justine ? Approche la voiture devant. »

Au passage, Justine posa un latte léger sur le bureau inoccupé près de celui de Roma. C'était celui de Jenna Rae, dont l'âge, même pas quarante ans, n'offrait pas beaucoup de perspectives.

Le journaliste sportif, âgé d'une cinquantaine d'années, s'appelait Martin Oliver. Vu son mode de vie, c'était lui qui représentait probablement la meilleure chance de Justine. Malgré la distance qui les séparait, Justine pouvait sentir le mélange habituel de tabac froid et d'alcool qui émanait de lui. Il était au téléphone et quand Justine lui tendit son double cappuccino très sucré, il griffonna sur un coin de papier : « Bourrage ds photocop. » Et : « L'ordi n'imprime plus les PDF. Encore. Dis-le à Anwen. »

« Évidemment, les sélectionneurs sont des abrutis. Ils sauraient pas différencier un spin bowling d'un lapin », dit-il à son interlocuteur tout en soulignant « Encore » avec tant de force qu'il perça le papier. Justine lui prit le stylo et dessina un sourire.

Près du couloir se trouvait une pièce minuscule qui avait un jour dû être un grand placard. Derrière le bureau placé sous un grand Velux était assise Natsue Kobayashi, chargée des collaborations extérieures. Les gens étaient stupéfaits quand ils apprenaient qu'elle était assez âgée pour avoir trois petits-enfants. Son goût vestimentaire et sa peau ne l'auraient jamais laissé deviner. Chaque jour, elle prenait une pause-déjeuner d'exactement quarante-cinq minutes et en consacrait la majeure partie à tricoter des laines de luxe (mérinos, alpaga, opossum et chameau) pour ses petits-enfants adorés qui vivaient en Suède. Les talents de Natsue pour les activités multitâches frôlaient le surnaturel.

Elle était en train de taper une lettre sur son ordinateur et, sans même ralentir la cadence, elle s'exclama : « Bonjour, Justine ! Oh, ta robe est ravissante. *Kawaii !* »

La robe en question, vintage, avait appartenu à la grand-mère de Justine.

« Tiens, ton café au lait sans sucre !

— Merci mille fois ! Et je vois que tu as le courrier ? Ce serait formidable si tu pouvais me donner le mien dès que tu auras fini ton tri », dit-elle sans cesser de pianoter sur son clavier.

Par chance, il n'y avait personne au studio pour ajouter quoi que ce soit à la liste de corvées de Justine. Elle se contenta d'y laisser la brochure de Barbel avec un mot et s'enfuit. De l'autre côté du couloir, l'ange de l'informatique semblait endormi.

Anwen Corbett était une créature en grande partie nocturne et elle venait souvent au bureau la nuit pour s'occuper des ordinateurs quand personne n'en avait besoin. Sa tête auréolée de dreadlocks reposait pour le moment sur un oreiller constitué d'un gros manuel d'informatique, lui-même posé sur un bureau encombré de câbles, de circuits et de figurines de *Star Wars*.

« Anwen ? appela doucement Justine. An ? »

Anwen sursauta violemment et releva la tête, les yeux encore fermés.

« Oui. Oui, oui, je suis là.

— L'ordinateur de Martin refuse d'imprimer les PDF. Il a besoin de toi. »

Anwen laissa retomber sa tête et grogna.

« Dis-lui que c'est un PATÉ. »

PATÉ était l'acronyme préféré d'Anwen. Problème d'assistés techniques épuisants.

« J'ai du café, tenta Justine.

— C'est vrai ? demanda Anwen en clignant ses yeux bouffis.

— Un macchiato allongé. Qui t'attend sur mon bureau, dès que tu auras fini avec l'ordinateur de Martin.

— C'est vraiment sadique.

— Mais si efficace », compléta Justine en souriant.

Le bureau du photographe était son arrêt suivant.

Justine s'adossa au montant de la porte et lâcha : « Salut, Radoslaw. Roma m'a dit de te dire qu'elle a besoin de toi à onze heures. Voici l'adresse. »

Le photographe bondit de derrière son large bureau comme un coq de combat, une canette de Red Bull à la main. Sa chemise à carreaux, boutonnée jusqu'en haut, rejoignait sa barbe brune bien taillée. Dans la poubelle, il y avait déjà deux canettes vides.

C'était à cause de la conduite plus que fantasque de Radoslaw que Roma lui avait demandé d'amener la voiture devant l'entrée. À cause de lui, la Camry de service était déjà généreusement rayée et le portail griffé de peinture blanche. Et pourtant, il insistait encore pour conduire. Même Roma n'avait pas réussi à l'en dissuader.

« Tu peux dire à Roma d'aller bien se faire foutre ! brailla-t-il. Je suis sur un reportage avec Martin au champ de courses aujourd'hui. Putain, ils peuvent pas se parler parfois ? Bordel de merde. Et dire qu'ils bossent dans le même bureau. Mais quel merdier ! »

Et comme il s'agissait de sa façon habituelle de s'exprimer, il ne faisait pas de doute qu'il devait surtout son emploi à ses grandes qualités de photographe.

Justine atteignit enfin son bureau. Il était situé dans un appentis qui formait une avancée sur le jardin, et si les murs n'avaient pas été peints avec beaucoup de soin, en tout cas ils étaient à peu près nets. Contre l'un des murs était calé un vélo que Martin Oliver n'avait pas dû utiliser depuis six mois, la dernière fois qu'il avait eu envie de faire un peu d'exercice à la pause-déjeuner au lieu d'aller picoler au pub du coin, le Strumpet & Pickle. Un petit museau poilu et taché et une paire d'yeux humides émergeaient d'entre les rayons d'une des roues. Ils appartenaient à un petit bichon maltais touffu qui traînait derrière lui une laisse à motifs léopard.

« Falafel, mais qu'est-ce que tu fais là ? »

Le chien se contenta d'agiter la queue mais Justine obtint la réponse à sa question en lisant la note que la directrice artistique avait posée sur son bureau. De sa grande écriture très sûre d'elle, Glynn lui disait : « J'imagine que tu ne peux pas amener F. au salon de toilettage ? C'est à dix heures. Ils vont faire une crise s'il est encore en retard. Merci ! G. »

Falafel choisit ce moment pour trottiner jusqu'à Justine et se mettre à aboyer.

« Oh non, ne commence pas ! »

Pendant quelques secondes, Justine se contenta de respirer très doucement. Il n'y avait aucune raison de paniquer. Quand tout le monde voulait tout, tout de suite, il suffisait de prioriser. Même si Jeremy lui avait demandé de revenir cinq minutes plus tard, il n'avait aucune notion du temps. Dans son monde, cinq minutes pouvaient aller de dix minutes à six heures.

Elle allait donc trier le courrier, apporter le sien à Natsue, passer vite fait chez Rafaello pour la course de Barbel et rentrer en passant par le salon de toilettage. Puis elle s'occuperait du bourrage de l'imprimante, garerait la Camry devant l'entrée et (re)déclencherait au passage la guerre entre Martin et Roma en délivrant le message (la version expurgée) du photographe. Puis elle…

« Justiiine ! »

C'était Jeremy, qui criait gaiement son prénom depuis son bureau.

Oh non.

« Sois un bon chien. Un bon chien ! » recommanda-t-elle à Falafel.

Elle lissa sa robe et entra dans le bureau de son chef en se répétant comme un mantra : *Polyvalence, compétence, patience.*

« Ma chère Justine ! commença Jeremy en se penchant en avant pour donner plus de poids à sa leçon du jour. Que sais-tu de la séparation des pouvoirs ?

— Eh bien… » répondit Justine.

Mais c'était une erreur. Il était inutile d'essayer d'endiguer le flot, et il la coupa aussitôt : « Nous pouvons remercier les Lumières françaises pour ce concept de séparation des pouvoirs. Ces trois pouvoirs, l'exécutif, le législatif et le judiciaire… »

Justine assista donc à un assez long monologue. Elle le subit les mains sagement jointes sur ses genoux, l'expression aussi concentrée que si elle l'écoutait avec passion et assimilait son savoir. Et pas comme si elle était en train de penser aux macarons, à la largeur de l'allée, au problème de PDF de Martin et à ce que Falafel pouvait bien être en train de faire de son déjeuner, qu'elle avait abandonné sans protection.

Le téléphone de Jeremy finit par sonner et il décrocha en lâchant un « Harvey ! » enthousiaste. « Trois secondes, mon vieux… » Couvrant le micro de sa main, il adressa un sourire contrit à Justine. « Affaire à suivre ! »

Ainsi renvoyée, Justine put enfin s'échapper. Aux hurlements qui l'assaillirent aussitôt qu'elle ouvrit la porte, elle comprit vite que Radoslaw n'avait pas attendu que Justine passe son message à Roma.

Elle entendit Martin crier son prénom : « Justine ! J'ai besoin d'imprimer ce document MAINTENANT, pas dans trente ans ! »

Elle jeta un regard à sa montre. Falafel était déjà en retard pour le toilettage.

Ce fut le moment que choisit Barbel pour sortir de son bureau, son front parfaitement maquillé plissé par l'inquiétude.

« Où sont mes macarons… ? »

Justine ne put que lui sourire faiblement.

Ça allait être une sale journée.

♓

Quand Justine sortit enfin du travail, il était déjà dix-huit heures trente. Ses cheveux tombaient en mèches ternes autour de son visage d'une pâleur grisâtre et, à cause de l'imprimante capricieuse, sa belle robe était tachée d'encre. Elle était aussi affamée. Contrairement à ses craintes, Falafel n'avait pas englouti son wrap au curry. Mais il avait assez joué avec pour lui ôter toute envie de le manger et elle n'avait pas eu le temps d'aller s'acheter autre chose.

Elle jeta un regard rancunier à la grosse étoile jaune.
« L'inspiration de tes rayons, mon cul... »

Elle descendit trois pâtés de maisons et tourna à gauche sur Dufrene Street, où la foule des buveurs de fin de semaine du Strumpet & Pickle s'étalait jusque sur le trottoir. Elle était sur le point d'entrer dans le parc Alexandria quand elle s'arrêta, se retourna et regarda, de l'autre côté de la rue, les halles joliment refaites qui abritaient le marché.

Il aurait été difficile de savoir ce qui avait poussé Justine à s'arrêter à ce moment précis. Peut-être le soleil, depuis sa position dans le Poissons, dardait-il ses rayons sur elle. Ou peut-être la lune et Vénus, d'un commun accord, canardaient-elles son inconscient depuis le Verseau. Ou alors Jupiter avait envoyé ses ondes spéciales depuis la Vierge. Ou peut-être voulait-elle seulement retarder un peu le moment inéluctable où elle rentrerait dans son appartement désert, sortirait son DVD de l'adaptation BBC de *Emma* et envisagerait vaguement d'appeler sa meilleure amie Tara avant de s'effondrer sur son canapé avec des tartines de Vegemite[1].

Justine resta un instant figée sur le bord du trottoir et réfléchit. Avait-elle le temps ? Les halles ne fermaient pas avant sept heures. Oui, elle avait largement le temps.

Elle vérifia dans son sac tissé que son marqueur noir patientait bien dans sa petite poche spéciale, mit ses lunettes de soleil et traversa.

Justine achetait rarement à manger aux halles d'Alexandria. En général, elle se contentait de se

---
1. La Vegemite est l'équivalent de la Marmite anglaise, une pâte à tartiner salée très populaire, enrichie en vitamines.

promener dans ce bel espace frais et haut de plafond, comme elle aurait arpenté une galerie d'art. Elle aimait regarder de quelles fleurs exotiques étranges la fleuriste avait rempli ses immenses vases et admirer les belles créatures qui luisaient sur leur lit de glace chez le poissonnier.

Elle passa devant le fleuriste, le boucher et le boulanger et arriva devant le primeur. Camouflée derrière une caisse de pastèques, elle remonta ses lunettes et examina les brocolis. Elle était encore là, cette pancarte de malheur. Plantée au beau milieu des légumes. BROCCOLIS. N'allait-il donc jamais apprendre ?! Ce vendeur était pourtant très compétent. Il était même bien plus que ça. Il savait disposer ses pamplemousses avec la magnificence des joyaux de la Couronne. Ses pommes étaient absolument parfaites et grâce à ses bons soins, ses raisins luisaient tout au long de la journée comme des pierres précieuses. Et pourtant il s'entêtait à commettre constamment la même faute. BROCCOLIS... Semaine après semaine, Justine revenait corriger. L'homme jetait la pancarte corrigée et la remplaçait consciencieusement par une autre, avec la même faute. Ça la rendait folle. Mais elle ne céderait pas.

Elle attendit que le vendeur lui tourne le dos pour brandir son feutre et barrer le *c* fautif. Voilà. Parfait.

Satisfaite d'avoir rétabli l'orthodoxie des brocolis, Justine reprit son chemin pour rentrer chez elle. Mais à peine avait-elle fait quelques pas qu'elle heurta de plein fouet un poisson géant.

Il aurait été difficile d'identifier de quel poisson il s'agissait. Il était argenté, avec des lèvres de ruban rose. Ses yeux étaient énormes, jaunes et aussi saillants que des balles de ping-pong. Sa nageoire dorsale, très impressionnante, partait de sa tête et descendait jusqu'au bas de sa colonne vertébrale, se déployant en une multitude de petites piques. Ce poisson avait d'énormes gants argentés en guise de nageoires et il était en train de lui demander : « Est-ce que tu as vraiment le droit de faire ça ? »

Elle était sur le point de se lancer dans de grandes explications quand elle reconnut le visage humain qui apparaissait dans l'ovale du costume.

« Nick Jordan ?! s'exclama-t-elle, incrédule.

— Bon sang ! Justine ?

— Oh mon Dieu, tu n'as pas changé », dit Justine, sous le choc, un large sourire éclairant son visage fatigué.

Nick afficha un air dubitatif et baissa les yeux sur son déguisement.

« C'est un compliment ?

— Ça fait des années à force, non ?

— Absolument. »

Et tandis qu'il acquiesçait, tout son déguisement semblait approuver de concert dans un grand frémissement de lamé argenté.

« Ça fait quoi ? Onze, douze ans ? demanda Justine, comme si elle essayait de s'y retrouver.

— Non, ça ne peut pas faire aussi longtemps ! »

Pourtant cela faisait très exactement douze ans, un mois et trois semaines qu'ils ne s'étaient pas vus. Justine n'avait aucun doute là-dessus.

♓

Quelque part au fond d'une boîte à chaussures ou peut-être dans un album, il y avait des photos de Justine

Carmichael toute petite, rose et minuscule, assez semblable à un petit lapin sans fourrure et allongée sur un tapis près de Nicholas Jordan, âgé de dix mois. En comparaison, il ressemblait à un sumo à qui on aurait réussi à enfiler une grenouillère Winnie l'Ourson.

Bébés, dans le bac à sable de la crèche, Justine et Nick avaient partagé leurs biscuits ainsi que l'expérience traumatisante d'être détrônés de leur statut d'enfant unique. De ce côté-là, Justine s'en était mieux sortie que Nick. Ses parents avaient fait un petit garçon, Austin, et s'étaient arrêtés là. Mais après avoir donné à Nick un petit frère (du nom de Jimmy), Jo et Mark avaient désiré une petite fille et avaient enchaîné avec Piper.

En maternelle, Nick était dans sa phase lémurien et refusait d'aller à l'école (même en plein été) sans son costume intégral de primate. Justine passait ses matinées loyalement assise à côté de lui pendant qu'il suçotait sa longue queue rayée et après le déjeuner, elle l'aidait à débarrasser son pelage des morceaux d'écorce qui s'y étaient accrochés.

Une fois à l'école primaire, Nick prit l'habitude de jouer au foot pendant la pause tandis que Justine grimpait aux arbres et faisait quelques incursions dans les « jeux de filles », qui en général requéraient que l'une d'entre elles se couche par terre, gigote et pleure en faisant semblant d'être un bébé. Mais en dehors de l'école, Nick et Justine jouaient encore ensemble chaque fois que leurs mères se retrouvaient pour passer des heures à discuter au-dessus d'une tasse de thé ou de quelques verres de vin. Les deux enfants avaient bien compris que quand ils entendaient Jo ou Mandy crier de temps en temps « On y va dans cinq minutes ! » ils pouvaient tout aussi bien les ignorer. Justine savait où trouver ses biscuits préférés dans le placard des Jordan et Nick avait sa brosse à dents attitrée chez les Carmichael.

Il y avait même une vidéo d'eux âgés de sept ans. Nick jouait de la guitare et Justine, une paire de lunettes en forme de cœurs sur le nez, s'égosillait dans un micro Petite Sirène. Ils avaient chanté « Big Yellow Taxi » de Joni Mitchell, pas trop mal, puis livré une interprétation de « Yellow Submarine » pas totalement atroce. Ils s'étaient ensuite lancés dans une version innocemment explicite de « Some Girls » des Stones. Justine et Nick avaient mis un moment à se rendre compte que l'audience, qui se limitait à leurs parents, était écroulée de rire. Il faudrait quelques années de plus à Justine pour comprendre ce qui avait déclenché leur hilarité. Ce que certaines filles faisaient, et d'autres pas.

Pour Nick, l'expérience avait été grisante. Peu après ce concert, il avait assisté à son premier cours de théâtre au Eden Valley Drama et avait fait une découverte addictive : l'art pouvait être encore plus compétitif qu'un combat de coqs. Les trophées avaient alors commencé à s'accumuler.

Quand Justine l'avait coiffé au poteau en faisant son apparition à la télévision nationale dans un fameux concours d'orthographe, Nick ne lui avait pas adressé la parole pendant trois jours. Le quatrième jour, il était quand même sorti de sa bouderie pour balancer un coup de poing à Jasper Bellamy, qui avait traité Justine de « madame Je-sais-tout ». Après ce petit mouvement d'humeur, les choses étaient revenues à la normale entre les deux vieux amis.

Mais l'année où Justine eut dix ans et Nick onze, tout changea. Mark Jordan accepta un travail de l'autre côté du pays, et les Jordan vendirent leur maison et quittèrent la ville. Malgré les efforts de chacun, les longs coups de fil nocturnes entre Mandy et Jo devinrent moins fréquents et les échanges se limitèrent à la traditionnelle carte de Noël représentant le Père Noël en slip à la plage.

Mais les deux familles ne perdirent pas tout à fait le contact et se retrouvèrent à l'occasion du long week-end de la fête nationale, l'année des quinze ans des deux adolescents. Les Carmichael partirent vers l'ouest et les Jordan vers l'est et ils se retrouvèrent à peu près au milieu, dans la fournaise d'une plage de la côte sud. Justine avait passé l'intégralité de ce trajet interminable et étouffant à imaginer la scène digne de Hollywood qui marquerait ses retrouvailles avec son ami d'enfance. Mais en le voyant, elle paniqua comme un chat qui croise un chien pour la première fois.

Nick n'avait plus rien à voir avec le garçon maladroit et un peu trop grand qu'elle connaissait. C'était à présent un jeune homme tellement beau que c'en était presque absurde, de ceux dont Justine savait qu'il valait mieux les fuir si on voulait éviter la honte cuisante d'un rejet. Elle passa donc tout le week-end à écouter en boucle sur son Walkman la compilation du groupe So Fresh qu'elle avait eue pour son anniversaire, rendant tout le monde fou en s'enfermant dans la salle de bains pendant des heures pour changer de boucles d'oreilles ou essayer de nouveaux effets avec ses ombres à paupières. Nick resta tout aussi distant, partageant son temps entre de longues courses sur la plage et la piscine.

Jusqu'au dimanche soir, où leurs parents les traînèrent, maussades et pleins de rancœur, jusqu'à une fête foraine. Peut-être les odeurs de barbe à papa et de hot dog les ramenèrent-elles aux souvenirs nostalgiques de leur enfance (enfance qu'ils n'avaient pas tout à fait quittée), ou la violence des collisions dans les autos tamponneuses les tira-t-elle de leur malaise. En tout cas, ils finirent tous les deux sur la plage, seuls, sentant les pulsations de la musique de la fête jusque dans le sable sous leurs pieds.

Le lendemain matin, Justine était encore au lit quand les Jordan arrivèrent en masse pour dire au revoir. À travers les murs fins comme du papier du bungalow, elle pouvait tout entendre. Son frère Aussie qui pleurait, accroché à Jimmy, Piper qui geignait parce qu'on ne s'occupait pas assez d'elle, les voix de Mandy et de Jo qui montaient et descendaient comme des violons, les basses de Drew et Mark.

Elle entendit sa mère dire : « Je suis sûre qu'elle ne va pas tarder à se lever, je sais qu'elle voulait te dire au revoir, Nick. »

Mais même quand Mandy vint secouer doucement son épaule pour la tirer du lit, Justine se contenta de s'enfoncer un peu plus sous les couvertures. Elle était bien trop gênée pour montrer son visage car elle était certaine que tout le monde remarquerait ses lèvres gonflées et ses joues irritées par la barbe naissante de Nick. Et, pire que tout, elle était persuadée que tout le monde lirait sur son visage ce qui se déchaînait à l'intérieur d'elle. Quelque chose de nouveau et d'inquiétant, de délicieux mais mortifiant, d'addictif et de profondément bizarre à la fois. Quelque chose qui venait de s'ouvrir en elle, comme une explosion massive de pop-corn multicolore qui l'envahissait tout entière. Et elle ignorait si ça allait s'arrêter.

H

De toute façon, il ne s'en souvient même pas, lui disait son cerveau. Et il répétait la même phrase en boucle, pour être sûr que Justine reçoive bien le message.
Cerveau : Il ne s'en souvient même pas.
Justine : Mais tu vas te taire, oui ?
Cerveau : Toutes ces pages de ton journal que tu as noircies en pensant à lui, alors qu'il est rentré bien tranquillement chez lui et a tout oublié.
Tout en dialoguant avec son cerveau, Justine parvenait à maintenir une illusion de parfaite normalité en discutant poliment avec Nick.
« Et ta mère, comment va-t-elle ?
— Elle ne change pas. J'ai l'impression qu'elle ne vieillit même pas.
— J'imagine. »
Justine revoyait l'adorable Jo, son large sourire éclatant et ses longs cheveux bruns qui sentaient toujours le caramel. Jo avait été la première coiffeuse de Justine. Elle la faisait s'asseoir dans la cuisine et la gavait de biscuits fourrés Monte Carlo pour qu'elle reste tranquille pendant qu'elle lui taillait la frange. « Ta toison », c'était comme ça qu'elle appelait la chevelure de Justine, ses bouclettes et frisettes qui réagissaient à chaque changement de météo. C'était aussi Jo qui avait convaincu Mandy de laisser sa fille regarder *Star Wars*, même si elle n'avait que sept ans. Et elle encore qui l'avait défendue quand Justine avait traité

la maîtresse de CE2 de connasse. « Vas-y doucement, Mand. Franchement, on devrait lui donner un point pour clairvoyance exceptionnelle, à cette petite ! »

« Et Jimmy ?

— Figure-toi qu'il est devenu danseur professionnel de claquettes ! C'est Piper qui a marché dans les traces de papa.

— C'est pas vrai ?

— Elle est devenue arrière dans l'équipe de l'AFLW[1]. C'est un mur de muscles. J'essaie même plus de l'enquiquiner. Et chez toi ?

— Oh, à Edenvale, rien n'a bougé.

— Ne me dis pas que ta mère est toujours Miss Météo ?

— Haha, non ! Maintenant elle dirige le conseil local. Elle adore être la patronne. Et papa est à la retraite. Il s'est acheté un biplace Cessna Skycatcher. Mais il se contente de survoler les champs d'à côté. C'est dur de se défaire de ses vieilles habitudes !

— Et toi, tu vis dans le coin ?

— Oui, de l'autre côté du parc. Ma grand-mère a laissé sa petite garçonnière à mon père. Et toi ?

— Je n'ai plus vraiment d'adresse fixe en ce moment mais j'aime bien cette ville. On va dire que je m'y sens chez moi. »

Justine jeta un regard suspicieux au costume de poisson.

« C'est quoi alors ce costume ? Tu vends du poisson ?

— Je fais de la pub pour des huîtres, en fait, précisa-t-il en indiquant le poissonnier du regard. Juste pour quelques

---

1. L'AFL Women's League est une ligue féminine de football australien.

jours. C'est une promotion spéciale. Je me balade dans le coin et je dis aux gens : "Allez, mon ami, embrasse une sirène, je sais que tu en as toujours rêvé !" »

Justine grimaça. « J'ai appris que tu avais fait une école de théâtre ? »

Nick lui expliqua à quel point il était difficile de vivre avec un salaire d'acteur et qu'il devait arrondir ses fins de mois en travaillant comme serveur, barman, représentant, prof de théâtre ou maçon.

« Et crois-moi, c'est bien pire que d'être déguisé en poisson ! Même si c'est moins humiliant… Et toi ? Tu fais des patrouilles d'orthographe ? Est-ce que c'est la carrière qui attend les vainqueurs de concours d'orthographe télévisés ? »

Mon Dieu, il s'en souvient, dit Justine, assez contente d'elle-même, à son cerveau.

« Je travaille à *L'Étoile d'Alexandria*.
— Tu écris pour *L'Étoile* ?! J'adore ce magazine ! Est-ce que je t'ai lue sans le savoir ?
— Euh, pour être honnête… Je suis juste… »

Justine chercha le mot exact, mais avant qu'elle ne l'ait trouvé, Nick la coupa : « C'est un peu bizarre d'avoir cette conversation avec toi habillé en poisson. Je finis dans dix minutes. Si tu n'as rien de prévu, on pourrait peut-être se prendre un fish and chips et aller le manger dans le parc ? Pour finir notre petite mise à jour ? Enfin, si tu n'as rien de prévu bien sûr. »

Elle avait faim et un fish and chips était exactement ce dont elle avait envie mais elle parvint quand même à ménager une pause, comme si elle réfléchissait.

« Mais si ça tombe mal ou…
— Pas du tout, je n'ai rien de prévu », finit-elle par répondre.

♓

Au moment précis où Justine et Nick passèrent le grand portail de fer forgé, une petite brise fraîche se leva et fit onduler les feuilles des grands arbres du parc. Nick, qui poussait son vélo déglingué, promenait avec lui le léger parfum salin qui s'accrochait encore à ses vêtements et à sa peau.

Les joggeurs de fin de journée martelaient les allées du parc et une foule de petits chiens portant des colliers hors de prix couraient après leur balle. Nick choisit un coin d'herbe en pente douce avec une jolie vue et cala son vélo contre un grand pot de choux décoratifs. Puis il s'assit sur l'herbe qui paraissait cuivrée sous les rayons du soleil couchant et s'étira. Se redressant sur un coude, il déchira sans plus de cérémonie le papier qui emballait leur repas et prit une pleine poignée de frites encore fumantes.

« Désolé, c'est pas très classe. Ça fait des années que je n'en ai pas mangé ! » s'excusa-t-il, la bouche pleine.

Justine s'assit en face de lui et saisit avec précaution une frite qu'elle mordit du bout des dents. Elle était affamée et la frite était parfaite : croustillante et dorée à l'extérieur, blanche et tendre à l'intérieur.

Nick attendit d'avoir sa deuxième poignée de frites en main pour reprendre leur conversation.

« Alors comme ça, tu bosses pour *L'Étoile* ? C'est comment ? C'était quoi ton dernier gros coup ?

— Hum, il n'y en a pas vraiment eu. Pas encore, en tout cas. En ce moment, je ne suis que la stagiaire longue durée.

— Ah, c'est un peu comme…

— C'est exactement ça, coupa-t-elle. Officiellement, je suis le larbin de service. Ça fait un moment que j'espère décrocher un poste un peu plus gratifiant, mais bon…

— D'ailleurs, le nouveau numéro ne va pas tarder à sortir, non ?

— Absolument. Disponible dès demain, chez tous les bons commerçants ! confirma Justine de sa meilleure voix de vendeuse. Mais il est parfois possible de l'obtenir avant. »

Elle lui indiqua son sac, d'où dépassait le dernier numéro, fraîchement sorti de la presse. Les yeux de Nick s'écarquillèrent et brillèrent d'une joie enfantine.

« Je peux ?

— Fais-toi plaisir ! »

Il essuya distraitement ses doigts sur son tee-shirt avant de se saisir du journal, qu'il ouvrit en partant de la fin et feuilleta avec une grande habileté (qui dénotait une certaine habitude, analysa Justine) jusqu'à la page dédiée à l'horoscope. Elle se rappela en souriant son obsession d'adolescent pour l'astrologie. Elle pensait qu'il s'en serait débarrassé, comme il l'avait fait de son costume de lémurien.

Il était étrange qu'elle se sente aussi à l'aise avec Nick, comme s'ils se connaissaient depuis toujours. Probablement parce que c'était le cas. Et pourtant, c'était aussi presque un étranger. Il n'était pas beaucoup plus grand que dans son souvenir et à peine moins dégingandé. Mais son visage… Son visage avait changé. Qu'est-ce que c'était ? se demanda-t-elle, comme si elle avait un crayon à la main et qu'elle devait capturer les subtils changements dans cette nouvelle version de Nick Jordan.

Elle s'imagina d'abord des poupées russes emboîtées. Peut-être que regarder ce Nick-là revenait à regarder la plus grande des poupées alors que vous ne connaissiez jusque-là que la plus petite cachée à l'intérieur. Mais non, rectifia-t-elle pour elle-même. C'était plutôt comme si la version de Nick qu'elle avait en face d'elle était sortie du Nick plus jeune. Sa mâchoire, ses pommettes, ses arcades sourcilières étaient plus visibles, mieux définies. En revanche, ses yeux étaient toujours grands et bleus, ses traits mobiles et expressifs et son sourire un peu en biais.

Ses sourcils sombres se plissaient de concentration tandis qu'il lisait. Il finit par refermer le magazine et tapota la couverture du bout des doigts. Il semblait perplexe. Puis il secoua doucement la tête comme pour éclaircir ses pensées.

« Il ressemble à quoi ? demanda-t-il à Justine.

— Qui ? fit-elle, un peu perdue.

— Leo Thornbury », répondit Nick comme si ça coulait de source.

Il lui fallut quelques secondes pour comprendre ce qu'il venait de dire. Quand elle lisait *L'Étoile*, elle avait tendance à zapper les rubriques qu'elle trouvait inintéressantes. Comme la partie jardinage. Et l'horoscope, qui était censé être écrit par un éminent astrologue du nom de Leo Thornbury.

Justine ne connaissait que trois choses de lui. La première, c'était son visage, vu sur la minuscule photo en noir et blanc qui surmontait ses horoscopes. Pour ce qu'elle en savait, cette photo n'avait jamais été mise à jour. On y voyait ses longs cheveux gris et son large front qui surmontaient des yeux profondément enfoncés. Elle s'était un jour dit qu'il était un mélange entre George Clooney et le monstre de Frankenstein. Elle savait aussi qu'il aimait beaucoup agrémenter ses horoscopes de mots d'esprit et de citations d'auteurs et de philosophes. Enfin, elle savait qu'il était un ermite notoire.

« Je ne l'ai jamais rencontré, finit-elle par répondre. Je pense que personne ne l'a jamais rencontré.

— Quoi ? Vraiment personne ?!

— Peut-être que Jeremy l'a rencontré, il y a longtemps. C'est quand même le rédacteur en chef. Mais Leo Thornbury ne vient même pas au repas de Noël. Et ça, c'est vraiment louche, parce qu'il y a tout le monde ! C'est tellement bon que même la personne qui rédige la rubrique jardinage réussit à surmonter sa phobie sociale une fois par an, rien que pour ça. Il paraît que Leo vit sur une île mais on ne sait même pas où.

— Et il n'a pas le téléphone ? Quelqu'un doit quand même lui parler de temps en temps, non ?

— Je ne crois pas. Pour être honnête, je ne suis même pas sûre qu'il existe. Peut-être que Leo Thornbury n'est pas un homme mais une machine. Un ordinateur installé dans une pièce quelque part, qui crache des phrases au hasard.

— Quel cynisme…

— Moi, cynique ? Oh, je suis Sagittaire pourtant. »

Nick réfléchit une minute. « C'est vrai. Tu es du 24 novembre. »

Il se rappelait son anniversaire. *Oh, bon sang, il se rappelle mon anniversaire !* lança Justine, triomphante, à son cerveau, tout en remerciant l'obscurité naissante qui masquait ses joues rosissantes.

Nick se replongea dans les horoscopes. L'obscurité rendait sa lecture difficile mais tout à coup ce fut comme si quelqu'un avait actionné un interrupteur invisible et toutes les lumières du parc (des globes translucides suspendus au-dessus des allées) se mirent à briller.

« Ah, merci beaucoup ! lança Nick à la cantonade avant de marmonner : Alors, alors, où êtes-vous ? Ah ! Sagittaire. *Préparez-vous, archer. Tout au long de l'année, Saturne exercera son influence et déclenchera des séismes dans vos croyances les plus profondes. Tenez-vous prêt, ce mois-ci en particulier, à vivre de petits tremblements de terre. La fin du mois sera particulièrement favorable pour des avancées dans votre carrière mais il est fort probable que ces changements restent d'actualité dans les mois à venir.* »

Nick lui jeta un regard par-dessus son journal et hocha la tête d'un air approbateur, comme s'il était impressionné par sa réussite à venir.

« Et donc ?

— Bah c'est très positif tout ça, non ? Enfin, moi, je le comprends comme ça.

— "Des séismes dans vos croyances les plus profondes"… Qu'est-ce que c'est censé vouloir dire ? dit-elle en reniflant de mépris.

— Je parlais plutôt des avancées dans ta carrière et des changements au travail.

— Rien ne change jamais à *L'Étoile*. Sauf peut-être quand, de temps en temps, Jeremy nous surprend en arrivant au travail avec une cravate.

— En tout cas, Leo parle de changement au travail. Et Leo a toujours raison », trancha Nick.

Et malgré la touche d'autodérision dans son sourire, Justine eut l'impression qu'il était très sérieux.

« Alors, quelles grandes vérités est-ce que Leo a en stock pour toi ce mois-ci ?

— Je t'avoue que je ne comprends pas trop où il veut en venir. *Verseau. "Quelle chose effrayante que l'être humain, un amas de jauges, de cadrans, d'appareils enregistreurs, et quel dommage que nous ne puissions en lire que quelques-uns, et encore ne lisons-nous peut-être pas cela sans erreur", a dit Steinbeck. Un mois de réajustement s'annonce pour les porteurs d'eau. Vous vous rendrez compte qu'il n'y a pas que le fonctionnement des autres qui peut être mystérieux. Vous pourriez bien vous surprendre vous-même. Dans les moments de paix et de réflexion, peut-être parviendrez-vous à repenser votre compréhension de ce qui est le plus important pour vous.* Qu'est-ce que tu comprends ?

— Euh… Que le générateur de citations de Leo Thornbury devait être réglé sur la lettre *s*.

— Non, je veux dire, tu crois que ça signifie quoi pour moi ? » précisa Nick, mais Justine considéra que la question ne lui était pas adressée directement.

Elle était sur le point de se lancer dans un petit laïus sur la nature générique des prédictions astrologiques dont le but était de s'adapter, grâce à des phrases bateau, à n'importe quelle personne et n'importe quelle situation lorsqu'elle vit une pensée apparaître sur le visage de Nick, aussi clairement que si elle avait reçu une notification lui signalant un e-mail.

« Attends, une minute », l'arrêta-t-il.

Il repêcha son téléphone portable dans le fond de sa poche et chercha quelque chose sur Google.

« Yes yes yesssss, c'est ça ! J'ai compris ce que Leo essaie de me dire !

— Et c'est ?
— Il me dit de jouer Roméo !
— Roméo ? répéta Justine, incrédule.
— Oui, Roméo ! Il veut que j'accepte ce rôle.
— Euh… Qu'est-ce qui te fait dire ça ?
— La citation !
— La citation est de Steinbeck.
— Oui, bien sûr, mais… Pas n'importe quelle œuvre de Steinbeck. C'est dans *L'Hiver de notre déplaisir.* »

Justine se creusa les méninges, sans succès.

« Excuse-moi, je ne vois pas du tout…
— L'hiver de notre *déplaisir. L'hiver* de notre déplaisir. Tu sais d'où ça vient, n'est-ce pas ?
— Euh, eh bien, de *Richard III*, si ma mémoire ne me trompe pas.
— Et ?
— Et quoi ?
— Qui a écrit *Richard III* ? Shakespeare !! s'exclama Nick, qui commençait à s'emballer et devenait un peu théâtral. Tu ne comprends pas ?
— Je t'avoue que j'ai un peu de mal, là.
— J'ai un dilemme en ce moment… Une compagnie va monter *Roméo et Juliette*. Ils m'ont dit que si je voulais le rôle, il était pour moi. Le truc, c'est que c'est une toute petite compagnie, avec beaucoup d'acteurs amateurs. Mais en même temps je n'ai encore jamais joué Roméo, et le metteur en scène a déjà contacté quelques acteurs vraiment super pour jouer les autres rôles principaux. Et en ce moment il n'y a vraiment pas beaucoup d'opportunités dans le coin…
— Alors tu as envie de le faire ?

— J'ai toujours eu envie de jouer Roméo. Mais je ne vais presque rien gagner, voire rien du tout. On a juste un intéressement aux bénéfices, alors autant dire que si on a de quoi se payer une caisse de vin le soir de la dernière, ce sera déjà pas mal. » Il fit une petite pause. « Les horoscopes de Leo tapent toujours dans le mille. Je te jure, ça ferait presque peur. S'il me dit de jouer Shakespeare, c'est pour une bonne raison. Leo a toujours raison. Chaque fois que je suis ses conseils, tout se passe bien et les choses en entraînent d'autres. Tu sais comment ça marche dans la vie. »

Justine le regarda fixement.

« C'est vraiment comme ça que tu prends les décisions importantes ?

— Souvent, oui, répondit Nick en haussant les épaules.

— Est-ce que ce n'est pas Steinbeck justement qui a dit quelque chose à propos des gens qui n'écoutent que les conseils qui vont dans le sens de ce qu'ils voulaient faire de toute façon ? »

Nick secoua la tête, sceptique mais impressionné. « Absolument. C'est vrai que tu as toujours eu une mémoire d'éléphant. Tu es la seule personne que je connais qui soit capable de sortir quelque chose comme ça en un battement de cils. »

Justine balaya le compliment d'un geste.

« Tout ce que je veux dire, c'est que si tu as envie de jouer Roméo, alors fais-le. Tu n'as pas besoin de disséquer les propos d'un vieux fou obsédé par les étoiles pour t'accorder la permission de le faire.

— Leo Thornbury n'est pas un vieux fou obsédé par les étoiles. C'est un dieu. » Tout à coup débordant d'énergie, Nick sauta sur ses pieds et transforma la pente herbeuse en scène de fortune. « Shakespeare était un Taureau. Un pragmatique vigoureux. Mais Roméo… Lui, c'était un Poissons.

— Quoi ?! Tu viens sérieusement de prétendre connaître le signe de Roméo ?

— Tout à fait.

— À quelle page est-ce que tu as trouvé sa date de naissance ?

— Ça saute aux yeux. C'est un fantasque, un doux rêveur. Et personne n'est plus enclin au sacrifice que les Poissons.

— Je crois que tu as passé un peu trop de temps dans ton costume de scène aujourd'hui.

— Mais silence ! Quelle lumière éclate à la fenêtre ? C'est l'Orient et Juliette est le soleil[1] !

— Tout compte fait, peut-être que tu devrais vraiment accepter ce rôle, répliqua Justine en riant. La prise de décision n'est pas exactement son point fort, à lui non plus.

— Moque-toi donc. Mais Leo dit que c'est le bon choix, que c'est ce que je dois faire. Et Leo doit avoir ses raisons. »

Sans crier gare, il bondit sur la jardinière la plus proche, prenant bien garde à ne pas piétiner les choux décoratifs et, brandissant *L'Étoile* telle une torche, il prit une pose héroïque, sa silhouette se découpant sur le ciel sombre. Justine agita la tête en souriant.

« Que celui qui tient la barre de mes jours dirige aussi ma voile ! » déclama Nick.

---

1. *Roméo et Juliette*, traduction de Pierre Jean Jouve et Georges Pitoëff, Flammarion, 2000. Tous les extraits de la pièce sont tirés de cette traduction.

La cuspide

Vers la fin du mois de mars, au moment de l'équinoxe, le soleil acheva son grand tour de plateau de Monopoly cosmique et, sans marquer d'arrêt, entama le nouveau. Quelques secondes après les douze coups de minuit, quand le soleil quitta la constellation des Poissons pour entrer dans celle du Bélier, une jeune femme sortit par la porte de derrière de son deux pièces en ciment amianté et émergea dans sa minuscule courette.

L'esprit dans le ciel étoilé, elle décrivit mentalement un demi-tour sur elle-même, renversant son corps à cent quatre-vingts degrés. Cela lui donnait l'impression de pendre de la surface de la Terre, comme un chandelier humain accroché par les pieds à un hideux plafond de pavés autobloquants qu'elle n'avait désormais plus aucune raison de regarder.

La plupart du temps, elle était Nicole Pitt – *Verseau, poseuse de faux ongles indépendante, mère célibataire bien déterminée à éviter les hommes paresseux et sponsor officieuse et mécontente du chat chétif de son voisin junkie (ledit chat était apparemment baptisé Tête de con).* À l'intérieur, les deux petits garçons de Nicole dormaient sur des matelas en mousse posés à même le sol, leurs jolis petits corps émergeant à moitié des couvertures.

Sur sa table de cuisine, la seule table qu'elle possédait, s'étalaient le désordre et l'incohérence de sa vie : les médicaments de son fils hyperactif, plusieurs flacons presque vides des vernis qui remportaient le plus de succès et qu'elle aurait dû racheter depuis longtemps, des éphémérides, un vieil ordinateur portable massif à l'écran fissuré et l'édition de mars de *L'Étoile d'Alexandria*, ouverte à la page des horoscopes.

Mais dehors, la tête dans les étoiles, dans la paix de cette heure perdue, elle n'était plus Nicole Pitt. Elle était Davina Divine et elle donnait des consultations d'astrologie dans son petit cabinet. Grande amatrice de literie de luxe, elle n'était la mère de personne et vivait dans une somptueuse maison de style balinais. Elle était aussi la maîtresse distante et volage d'un long cortège de charmants galants. Lointaine, paisible et sublime, elle était la guide précieuse qui permettait de parcourir les multiples sentiers qui se détachaient en pointillé sur le ciel étoilé, un oracle semblable à la Pythie de Delphes, qui savait décrypter, grâce à son instinct autant qu'à sa formation, les tourbillons agitant les cieux et les énergies.

Si seulement, pensa-t-elle.

En vérité, depuis qu'elle avait reçu dans sa boîte aux lettres son diplôme d'astrologie, plusieurs années plus tôt, elle avait passé bien plus de temps à rêvasser qu'à essayer de se constituer une clientèle. *Dans les moments de paix et de réflexion, peut-être parviendrez-vous à repenser votre compréhension de ce qui est le plus important pour vous.* C'est ce que Leo Thornbury avait écrit. Il avait prédit que pour les porteurs d'eau, le mois à venir serait synonyme de réajustement : le moment était venu de se surprendre soi-même. Et quand il s'agissait de Leo, Davina était la plus décomplexée des groupies.

Elle devait se concentrer sur l'essentiel. Mais comment ? Elle allait s'inscrire au cours de perfectionnement et commencer à démarcher quelques clients. Elle allait déposer quelques prospectus au supermarché du coin, monter gratuitement les thèmes astrologiques de ses amis et de sa famille et leur demander de faire passer le mot. Après avoir pris toutes ces résolutions, Davina replongea dans ses rêveries, imaginant ce qu'elle éprouverait si elle rencontrait Leo Thornbury en personne. C'est à ce moment que sa pensée fut interrompue par un miaulement assez strident pour lui sortir la tête des étoiles et la forcer à retourner à ses préoccupations quotidiennes.

À sa grande déception, elle retomba donc dans une arrière-cour miteuse dont les pavés disjoints ne faisaient fleurir qu'un fil à linge premier prix. Encore plus décevant, elle n'était de nouveau que Nicole Pitt. Le miaulement venait du petit félin roux qui se frottait contre ses chevilles. Nicole tendit une main aux ongles vernis (un violet profond rehaussé de subtils accents verts avec un fini nacré – Rêves de sirène) et caressa le chat maigrichon.

« Salut, Tête de con. J'imagine que tu n'as pas mangé ? »

✦

Tandis que Nicole Pitt ouvrait une boîte de pâtée pour chat premier prix – de celles qu'elle avait pris l'habitude d'ajouter à son Caddie de courses hebdomadaire –, Nick Jordan se trouvait quant à lui dans le centre-ville, avec sur l'épaule un gros sac rempli de vêtements qui sentaient le poisson, comme tout ce qui l'entourait en ce moment.

Nick n'ignorait rien du pouvoir des odeurs et surtout de la façon dont elles suffisaient à vous ramener en un éclair à certains épisodes de votre vie. Il y avait par exemple une marque de shampooing dont l'odeur lui rappelait invariablement l'excitation du matin où il avait pris pour la première fois une douche avec une fille. Il y avait un lien irrésistible entre l'odeur des lampes à kérosène et les vacances au camping qu'il adorait quand il était enfant. Il savait donc qu'il n'allait pas falloir bien longtemps avant que l'odeur du poisson vienne lui rappeler ce moment particulier de sa vie, ces mois de tristesse où planait encore un espoir ténu, un mélange caractérisant la période consécutive à sa rupture.

Nick venait d'achever son petit contrat à la poissonnerie des halles d'Alexandria et il était sur le point d'enchaîner avec un travail de serveur dans un bistro juste à côté. C'était la raison de son rendez-vous tardif avec sa corvée de lessive.

Les grandes baies vitrées de la laverie brillaient intensément dans la rue sombre et quand Nick passa la porte, il fut un peu déçu de constater que si l'un des séchoirs tournait bravement, il n'y avait en revanche personne. Il n'y avait donc personne avec qui entamer une conversation anodine qui aurait rendu le lieu un peu moins déprimant. Nick étala le contenu de son sac sur un banc et commença à vérifier toutes ses poches, comme sa mère le lui avait appris. Et il fit bien car il trouva, dans la poche arrière de son meilleur pantalon noir, une serviette en papier. Du genre qui partent en confettis et ruinent une machine entière. Il y avait quelque chose dessus :

Au prochain virage attend peut-être
Une nouvelle route, une porte secrète.

La citation était de Tolkien et Nick l'avait copiée avec un Bic douteux qui avait bavé sur la surface glissante. Il l'avait trouvée dans son horoscope de janvier. *Avec votre Vénus dans le signe spirituel du Poissons, vous allez pouvoir réfléchir à la question épineuse de l'amour-propre. Mais allez-y doucement, Verseau. Mercure rétrograde amène un vent de chaos qui rend les voyages imprudents. Profitez plutôt des premières semaines de l'année pour dormir tout votre saoul et exercer votre intuition. Et rappelez-vous que Tolkien a écrit :*
« *Au prochain virage attend peut-être*
Une nouvelle route, une porte secrète. »
Évidemment, Leo Thornbury avait encore raison. Comme toujours. Ç'avait effectivement été un mauvais moment pour voyager mais pas question d'annuler ces vacances prévues de longue date. Pour le jour de l'An, Nick était donc parti avec Laura dans le nord du Queensland. Il avait joué le rôle du sac à main pendant qu'elle faisait un shooting pour un nouveau parfum. Mais même si leur hôtel était magnifique et la température de la piscine idéale, même si les piña coladas du bar étaient sublimes et offertes par la maison, ce voyage, pour Nick, avait été bien triste.

« Je pense qu'il faut regarder la vérité en face », lui avait dit Laura un soir, dans leur chambre d'hôtel aux senteurs de frangipanier. Jamais il ne pourrait oublier comme elle était belle ce soir-là, debout au pied du lit, dans son déshabillé crème ouvert et sans rien dessous. « Si tu n'as pas encore percé… Enfin… Ce que je veux dire, c'est qu'il est peut-être temps de passer au plan B. »

Elle n'avait pas dit ça méchamment et elle ne lui avait rien appris non plus. En février, il allait fêter ses vingt-sept ans. Et Hollywood ne s'était pas rapproché d'un mètre. Il devait en faire son deuil. Même les petites compagnies de théâtre locales représentaient encore une stratosphère hors d'atteinte pour lui. Pour l'instant, il avait encaissé ses plus gros cachets en faisant de la figuration dans une série télé, en arpentant le salon de la bio sous un déguisement de piment géant et grâce à un petit rôle dans un spectacle de marionnettes qui avait fait le tour de la campagne environnante pour sensibiliser les enfants aux microbes et à l'hygiène. Nick, avec son alias la marionnette Crotte de nez, avait fait un tabac dans les écoles grâce au superbe à-propos de ses blagues scato.

« Surtout si tous les deux, on passe à l'étape supérieure, avait ajouté Laura d'un air entendu. Et c'est bien ce que j'espère. »

Mais Nick, couché là, sur le lit gigantesque de cet hôtel chic, s'était dit : *Au prochain virage attend peut-être une nouvelle route, une porte secrète.*

« Je ne suis pas encore prêt à abandonner », avait-il donc répondu à la belle Laura, Laura la souple, Laura aux jambes interminables. Laura Mitchell la Capricorne, qui, à vingt-six ans, possédait déjà plusieurs comptes d'épargne, un portefeuille d'actions et une assurance revenus.

« Je ne veux pas te perdre, Nick. Mais si on envisage quelque chose de plus sérieux ensemble, c'est peut-être le moment pour toi de… Enfin, il faut que tu comprennes que tu n'es plus un ado. Tu ne peux pas te nourrir de nouilles instantanées et te déplacer à vélo toute ta vie.

— Mais si ça ne me dérange pas, moi, le vélo et les nouilles instantanées ?

— Alors on a un problème », avait répondu Laura tristement.

Se séparer de Laura n'avait pas été facile. Pas du tout, même. Mais Nick était allé jusqu'au bout et Laura était restée digne et calme. Il avait passé tout le vol du retour à vouloir la consoler, se consoler. Mais *Au prochain virage attend peut-être une nouvelle route, une porte secrète.* C'est ce qu'il s'était répété et ça lui avait suffi à passer le cap.

Nick fourra ses habits dans la machine, inséra la monnaie et se fit la réflexion qu'il achevait presque son quatrième mois sans Laura. Il était encore dans une situation provisoire, il n'avait toujours pas de nouveau chez-lui. Pour le moment, il gardait la maison d'un artiste qui était parti chercher l'inspiration à Cuba. À défaut d'être confortable, l'appartement était stylé. Il y avait peu d'électroménager, le lit se résumait à un futon qui aurait aussi bien pu être fourré de ciment, et sur chaque mur s'étalait la production du propriétaire des lieux, représentant majoritairement des animaux décapités. Certains matins, Nick avait du mal à avaler ses céréales face à tant d'artères giclantes.

Il avait passé chaque jour de ces derniers mois en équilibre instable sur une corde raide. D'un côté s'étendait la certitude que Laura avait raison, qu'il était temps de grandir, de laisser tomber le théâtre pour se trouver un vrai boulot. De l'autre, la possibilité que son rêve finisse par prendre corps le démangeait toujours.

Le metteur en scène de *Roméo et Juliette* avait fait preuve d'un enthousiasme très flatteur quand Nick l'avait appelé pour lui dire qu'il acceptait le rôle. Il fallait beaucoup d'imagination pour se dire que cette production des Amis du théâtre d'Alexandria Park attirerait une quelconque sommité susceptible, après avoir vu jouer Nick, de lui offrir l'opportunité dont il avait désespérément besoin pour se lancer. Mais il avait appris à faire confiance à Leo Thornbury. S'il suivait son conseil, tout se passerait bien.

C'était le metteur en scène qui l'avait tuyauté pour le boulot au Cornucopia, un bistro idéalement placé pour se rendre aux répétitions et qui payait plus que le minimum habituel. Mais il y avait autre chose qui avait plu à Nick : ce bistro appartenait à Dermot Hampshire, qui écrivait la rubrique gastronomique de *L'Étoile d'Alexandria*. D'abord, il rencontrait Justine par hasard aux halles et maintenant, ça. Qu'est-ce que ça pouvait bien vouloir dire ?

Justine avait à peine changé. Elle avait toujours son corps mince et ses yeux bruns pleins de malice, l'intelligence acérée qui le faisait réfléchir à tout ce qu'il disait, jusqu'au point critique où il devenait totalement crétin. Ses sourcils aussi étaient restés les mêmes : droits et épais, ils exécutaient des figures improbables qui lui faisaient parfois se demander si elle se moquait de lui.

Pendant toute leur soirée au parc, Nick avait attendu une ouverture, une invitation à se rappeler ensemble la nuit qu'ils avaient passée au bord de la plage. Ils avaient parlé de tout et n'importe quoi, de son travail, de leurs familles, d'astrologie et même de Shakespeare, et quand il lui avait demandé son numéro, elle avait semblé le lui donner de bonne grâce. Mais il avait été un peu refroidi qu'elle ne lui demande pas le sien. Elle ne lui avait pas non plus fourni le moindre indice indiquant qu'elle avait envie de reparler de cette nuit lointaine.

Il s'était dit qu'ils pourraient peut-être rire ensemble de la façon dont ils avaient échappé à leurs parents pour trouver une épicerie de nuit et comment Justine, qui faisait bien moins que les dix-huit ans qu'elle n'avait pas, était restée dehors à faire le pied de grue en attendant que Nick, qui était grand pour son âge et savait prendre un ton persuasif, se procurait une bouteille d'alcool. Ils l'avaient partagée tout en discutant de tout et de rien, se détendant progressivement jusqu'au moment où Nick s'était senti assez à l'aise pour faire le malin en imitant tous les accents qu'il connaissait, et où Justine s'était mise à déclamer des vers.

Nick rougit en repensant au petit crétin qu'il était à l'époque. Si jeune et inexpérimenté. Il l'avait probablement à moitié étouffée en l'embrassant. Il était plus que compréhensible qu'elle ait préféré ne pas lui dire au revoir le lendemain matin. Une fois rentré, il avait essayé plusieurs fois de lui écrire mais ses ébauches de lettre lui avaient paru plus ridicules les unes que les autres. En plus, il était terrifié à l'idée de faire une faute d'orthographe.

Revoir Justine l'avait perturbé. C'était comme de décrire un cercle complet et de revenir à une version bien plus jeune de lui-même. Retrouver l'énergie folle et la confiance de son adolescence n'était pas désagréable mais il lui était difficile d'être confronté aux espoirs déçus et aux promesses qu'il avait l'impression de trahir. Justine le remettait face à lui-même, lui rappelait des parties de lui qui semblaient aujourd'hui perdues.

Quand Nick sortit son téléphone, il n'aurait su déterminer s'il était soulagé ou déçu de ne pas avoir d'appel en absence de Laura. Les semaines passées, elle l'avait appelé plusieurs fois et lui avait laissé des messages pour lui dire qu'elle voulait lui parler. Voir s'ils pouvaient trouver un compromis. Mais Nick se répétait comme un mantra que pour Laura, le compromis signifiait qu'il acceptait de se ranger à son avis.

Nick chercha Justine dans ses contacts et zooma jusqu'à ce que son nom s'étale, large et brillant, sur tout l'écran. Puis il fit une pause. Il était très tard, il n'était pas question de l'appeler. Par contre il pouvait encore lui écrire.

« C'était super de te voir l'autre soir », commença-t-il.

« Aucun intérêt », marmonna-t-il en effaçant tout.

Justine était le genre de personne capable de réciter des poèmes entiers sans broncher, sans compter les citations de Steinbeck qu'elle vous sortait à la volée. S'il voulait lui écrire, il fallait qu'il soit au moins à moitié intéressant.

« J'étais en train de penser… » tenta-t-il encore. Avant de tout effacer de nouveau en soupirant.

Mais qu'est-ce qu'il faisait ? Il dut reconnaître avec embarras qu'il était assis seul dans une laverie, à minuit, à essayer d'écrire un texto à une fille qui ne lui avait même pas demandé son numéro et qui selon toute vraisemblance se portait très bien sans lui. Dans les couinements de la machine qui peinait, industrieuse, Nick rangea donc son téléphone.

BÉLIER

♈

L'été se termina puis ce fut l'automne. Des choses s'achevèrent, d'autres débutèrent. Mais dans la vie de Justine Carmichael, rien ne changeait vraiment. Le matin, elle se levait et allait travailler et le soir, elle rentrait et se couchait. Mais peu importait la fréquence avec laquelle elle consultait son téléphone et espérait qu'il se mette à sonner : Nick Jordan ne la contacta pas.

Justine vivait dans un appartement au douzième et dernier étage de l'Evelyn Tower, un immeuble classique d'Alexandria Park aux courbes dignes d'une pièce montée et aux ornements vert menthe, aux carreaux d'époque ouvragés et au sol parqueté. Si Justine pouvait se permettre de vivre dans un lieu aussi convoité, c'était grâce à sa grand-mère paternelle. Sachant que la ferme familiale d'Eden Valley reviendrait à son fils aîné, Fleur Carmichael avait voulu s'assurer que les deux plus jeunes hériteraient aussi d'un bien de valeur. Le père de Justine, Drew, avait donc reçu cet élégant logement situé dans la proche périphérie de Sydney.

Drew et Mandy louaient l'appartement à Justine pour une somme dérisoire, mais la contrepartie était la visite surprise assez fréquente des membres de la famille qui venaient passer quelques jours à Sydney pour le théâtre, le foot, le tennis, une sortie au restaurant ou une visite chez le dentiste. En général, l'invasion l'horripilait. Mais ce mercredi soir, Justine aurait bien aimé un peu de compagnie.

Elle ferma les rideaux des portes-fenêtres qui ouvraient sur son balcon semi-circulaire en essayant, comme toujours, de ne pas regarder en face. Autrefois, trois des façades de l'Evelyn Tower donnaient sur le parc en dessous. Mais dans les années 1970, un immeuble de brique était venu masquer la vue et l'appartement de Justine donnait donc sur l'hideuse façade de l'immeuble en face, et son balcon arrivait à quelques mètres de la rampe rouillée de la minuscule terrasse des voisins. Elle bénéficiait aussi d'une vue immanquable sur leur salon et, encore mieux, sur leur salle de bains. L'occupant actuel, un monsieur d'âge moyen avec un énorme tatouage d'AC/DC sur une fesse, n'avait pas investi dans un rideau de douche.

Justine posa son sac sur le comptoir de la cuisine et y prit son téléphone. Aucun appel manqué. Personne n'avait besoin d'elle et elle n'avait aucun message susceptible de la distraire du rien auquel elle s'apprêtait à s'adonner.

Cela faisait deux mois que Tara, sa meilleure amie, avait échangé son poste de journaliste radio sur la chaîne info pour déménager dans un avant-poste rural particulièrement reculé d'ABC où elle était l'unique journaliste. Et ces derniers mois, Justine s'était rendu compte à quel point sa vie sociale dépendait de l'énergie incroyable et illimitée de Tara l'extrovertie. Sans Tara pour venir la chercher le soir à *L'Étoile* et l'emmener boire un verre au pub, ou pour débarquer chez elle à l'improviste et l'entraîner à une soirée, Justine travaillait plus longtemps et passait son temps libre en compagnie des amis qui vivaient dans les DVD et les livres.

L'amitié de Justine et Tara remontait à leur première année à la fac de journalisme. Leur profil de première de la classe était bien leur seul point commun. Alors que Justine n'aimait rien tant qu'étudier, Tara mettait toute son énergie dans la radio du campus ou dans les événements proposant de l'alcool à volonté. Ce qui ne l'empêchait pas d'exceller à tous ses examens.

Tara, qui était une fille de la ville, avait baladé Justine dans ses coins préférés tandis que celle-ci avait permis à son amie de découvrir la vie à la campagne dont elle avait rêvé toute son enfance. Elles alternaient entre des week-ends à Sydney et à Edenvale, où Tara passait tout son temps à la ferme de l'oncle de Justine à apprendre à conduire toutes les machines qu'il possédait et à essayer de ruiner de la façon la plus authentique possible ses bottes Blundstone.

À la différence de Justine, qui s'était attachée à la presse écrite en perte de vitesse, Tara s'était tournée vers le digital. Elle s'était ensuite rapidement vue offrir des postes à la télévision à Canberra ainsi que dans un vaste choix d'agences à l'étranger mais elle avait préféré les reportages à la campagne. À présent, chaque fois que Justine entendait son amie à la télévision ou à la radio, elle parlait des problèmes posés par la fracturation hydraulique, du transport de bestiaux, de la qualité des connexions internet à la campagne ou de la sécheresse qui n'en finissait pas.

Ce soir-là, Justine essaya d'appeler son amie mais le téléphone sonna longuement sans qu'elle ne décroche. Tara avait dû abandonner son portable sur le siège poussiéreux d'un utilitaire quelconque pendant qu'elle interviewait un fermier ou elle l'avait laissé sur le comptoir du pub du coin pendant qu'elle jouait au billard.

« Si vous ne pouvez vraiment pas m'écrire, dit la voix enregistrée de Tara, laissez-moi un message. »

Le ton n'était pas exaspéré, seulement très direct. Et c'était tout elle. Depuis qu'elles se connaissaient, pas une fois Justine n'avait eu à se demander ce que Tara pouvait bien avoir derrière la tête.

Se résignant à une soirée en solitaire, Justine fit sa vaisselle du petit déjeuner, étendit son linge et, en guise de dîner, gratta le fond de son pot de Vegemite. Puis elle prit un bain et alla se coucher tôt avec la jolie édition de *Roméo et Juliette* qui, ces derniers temps, avait pris ses quartiers sur sa table de chevet. Elle rouvrit le livre là où elle s'était arrêtée.

Juliette était encore en train de pleurnicher.

La cloche sonnait neuf heures quand partit la Nourrice,
En une demi-heure elle allait revenir.
Peut-être qu'elle n'a pu le rencontrer ? Non, impossible.
Elle est boiteuse ! Les messagers d'amour
Devraient être les pensées, qui volent dix fois plus vite
Que les rayons du jour.

En effet, quelle plaie ça devait être de dépendre d'un domestique pour recevoir les messages de son amoureux. Qu'est-ce que Juliette aurait donné pour avoir un smartphone !

Justine jeta un regard à son propre portable, calé contre la pile de livres qui encombrait sa table de chevet. Pour ce que ça lui apportait… Quel intérêt de détenir un appareil qui pouvait transporter l'amour plus vite que les rayons du jour si personne ne l'utilisait ?

Cerveau : Ça fait dix jours.

Comme si elle n'était pas au courant… Elle essaya de se re-concentrer sur Shakespeare.

Tes nouvelles sont-elles bonnes, sont-elles mauvaises ?
Réponds à cela ; dis quelque chose,
Et j'attendrai pour les détails ;
Satisfais-moi, sont-elles bonnes ou mauvaises ?

Cerveau : Redis-moi pourquoi on est rentrés sans son numéro ?
Justine : Parce que, comme tu le sais, je suis impulsive. Je l'aurais déjà appelé, si j'avais son numéro.
Cerveau : Et donc ?
Justine : Et donc je n'aurais jamais pu savoir ce que je sais maintenant : qu'il n'avait aucune intention de me rappeler.

♈

« Justiiine », appela Jeremy Byrne le lendemain matin. Il était très tôt et Justine avait enfilé sans réfléchir un pantalon noir trois-quarts et une chemise avec un motif de lièvres galopants. Elle venait à peine d'entrer dans le hall quand la matérialisation soudaine du rédacteur en chef la fit sursauter, tout autant que sa voix de ténor. C'était très inhabituel car il s'exprimait en général sur un ton bas de conspirateur.

« Tu as un moment ?
— Bien sûr. »

En le suivant dans sa tanière, elle se prêta à un bref état des lieux intérieur pour vérifier qu'elle avait bien sa conscience pour elle. Des oublis ? Des conflits ? Des écarts de conduite ? Non, rien du tout. Alors qu'est-ce qu'il pouvait bien lui vouloir ?

« Très chère Justine, commença-t-il en s'asseyant lourdement et en posant son menton sur ses mains jointes. Ç'a été une joie et un grand privilège de t'avoir avec nous comme journaliste junior en devenir. Et même si j'aurais voulu avoir de meilleures nouvelles pour toi aujourd'hui, il semblerait malheureusement que... »

Justine sentit monter l'adrénaline. Est-ce qu'il voulait lui annoncer une mauvaise nouvelle ? Elle ouvrit la bouche pour parler mais Jeremy enchaîna allègrement.

« ... les changements à venir soient assez différents des projets que j'avais en tête initialement. Si tu veux bien réfléchir à la question, tu pourrais avoir le nouveau titre – mais je le répète, seulement si tu le veux bien – de responsable des collaborations extérieures. Bien sûr, encore une fois, ce n'est pas le poste que j'avais en tête pour toi. Mais en fin de compte, en gardant en vue un futur un peu plus lointain, essayons de voir ça comme un pas supplémentaire qui te rapprocherait du but et te permettrait une ouverture pour… »

Le débit de Jeremy était très irrégulier et certains mots s'imprimaient mieux que d'autres dans la tête de Justine parce qu'il les prononçait si lentement qu'ils paraissaient capitaux. Malheureusement, ce n'était pas les bons.

« Je suis désolée, finit-elle par l'interrompre, je ne saisis pas.

— Oh », fit Jeremy. Et il marqua une pause, comme pour trouver un autre angle d'approche. « En fait, Natsue nous quitte. Elle part pour l'Europe où elle va vivre avec sa famille. Et je me demandais si tu accepterais de la remplacer. Bien sûr, j'ai tout à fait conscience que ce n'est pas le parcours habituel pour devenir journaliste junior, et si tu le désires, tu peux refuser ce que je te propose là et attendre une vraie opportunité à la salle de rédaction. Crois-moi, rien ne me ferait plus plaisir que de pouvoir t'offrir un tel poste dès à présent. Notre but, c'est évidemment que tu puisses un jour écrire pour *L'Étoile*. Mais en attendant, le poste de responsable des collaborations extérieures pourrait t'offrir une réelle opportunité d'apposer ta marque sur nos publications. En sélectionnant les questions au rédacteur en chef, par exemple. En relisant mon éditorial. En réduisant la rubrique de certains à leur juste taille et en te mettant en contact avec les plus difficiles pour tirer certaines questions au clair. Enfin, et ce n'est pas négligeable, tu pourrais apprendre beaucoup de Natsue. »

Justine essayait de rester calme et d'accueillir les deux sentiments très distincts qui se déployaient dans sa poitrine.

« Natsue s'en va ? » finit-elle par demander d'un ton un peu peiné.

Il m'offre une chance d'ascension, se dit-elle aussitôt avec un frémissement de joie.

« Eh oui, elle nous quitte. Natsue est depuis de nombreuses années notre oasis de calme et elle va beaucoup nous manquer. Elle nous quitte très bientôt. Vendredi prochain, en fait. Elle voulait rester un peu plus longtemps, mais comme je le lui ai dit, si son cœur est en Suède, plus tôt elle y sera, plus son cœur sera en joie. Alors, Justine, qu'en penses-tu ?

— Je suis prête, toute prête pour un nouveau challenge.

— Excellent ! C'est bien que ce je pensais, répondit Jeremy, radieux.

— Mais donc je resterais quand même la prochaine sur la liste pour un poste de journaliste junior ?

— Absolument !

— Alors c'est parfait ! J'accepte avec grand plaisir !

— Bien, très, très bien », conclut-il en se renfonçant dans son fauteuil tandis que Justine tentait, sans grand succès, de contenir sa danse de la joie.

Jeremy enchaîna : « Dans ce cas, je pense que je vais devoir consacrer ma journée à chercher ton remplaçant. Espérons que je trouve quelqu'un d'aussi merveilleux que toi. J'ai bien conscience que ça n'a pas été facile tous les jours, avec les exigences perpétuelles de tout le monde. Je t'ai déjà raconté quand j'étais garçon de courses au *New York Times* et que… »

Mais Justine n'aurait même pas pu prétendre qu'elle l'écoutait à moitié. Au mieux, elle lui accordait un huitième de son attention. Qu'est-ce que Nick avait lu dans l'horoscope, déjà ? *La fin du mois sera particulièrement favorable pour des avancées dans votre carrière...* Mais Justine se rappelait aussi la suite : *... mais il est fort probable que ces changements restent d'actualité dans les mois à venir.* Peut-être que finalement, la promotion qu'elle attendait était toute proche. Elle allait bientôt écrire pour *L'Étoile*. Elle imaginait son premier article, sa première histoire en première page, son premier prix... *Hep, ne mets pas la charrue avant les bœufs*, intervint son cerveau. Elle venait seulement d'être promue responsable des collaborations extérieures à *L'Étoile d'Alexandria*. Elle serait professionnelle, efficace et rationnelle. Bon sang, ce n'était certainement pas maintenant qu'elle allait se mettre à croire aux étoiles !

♈

Le vendredi après-midi, Justine avait déjà quasiment rempli un cahier avec toutes les informations concernant son nouveau poste. Et Natsue continuait de lui prodiguer des conseils d'une importance vitale.

« N'oublie surtout pas d'envoyer à Dermot ses cinq exemplaires de chaque nouvelle édition. Il aime pouvoir faire lire sa rubrique à ses clients. Il faut en envoyer un au Cornucopia, un au café de la fromagerie et un à ses ateliers de cuisine. »

Elle lui parlait sans même ralentir le mouvement de ses doigts tandis qu'elle tapait une lettre.

« Mais il en manque deux, lui fit remarquer Justine en fronçant les sourcils.

— Le quatrième exemplaire, ajouta-t-elle, toujours sans interrompre l'*allegro* du clavier, est réservé aux registres privés de Dermot et le cinquième – c'est très important, sinon tu risques de recevoir des coups de fil paniqués – est pour sa maman, qui est en maison de retraite à l'établissement du Saint-Rosaire, à Leederwood. »

Justine avait du mal à réaliser que ce minuscule cube lumineux allait devenir son bureau. Dès lundi. Elle adorait son aspect rangé et compact et la façon dont Natsue avait tout agencé. Il n'y avait pourtant rien d'exceptionnel : un ordinateur, une bannette, un porte-documents, un pique-notes, un fax, un pot rempli de crayons bien affûtés et une petite fougère. Mais Natsue avait su composer un ensemble qui dégageait quelque chose de plaisant et relaxant.

« Justine, sais-tu ce qui a donné lieu au plus grand nombre de plaintes dans l'histoire du journal ? »

Justine n'en avait aucune idée.

« C'est la fois où il y a eu un problème avec les mots croisés. Les indices avaient été intervertis... Un vrai chaos ! »

Le deuxième épisode le plus dramatique était à peu près du même acabit. Même si ça avait eu lieu plus de dix ans auparavant, la plaie était encore bien ouverte pour Doc Millar, le concepteur des mots croisés.

« Assure-toi bien de lui envoyer la toute dernière version avant impression. Et ne sois pas surprise s'il fait le déplacement juste pour vérifier lui-même. Chat échaudé craint l'eau froide. Il aime son café bien serré, avec trois sucres. »

Justine continuait de prendre des notes et Natsue de l'initier aux peccadilles concernant le journaliste financier ou la paranoïa du responsable du courrier des lecteurs.

« Seulement deux de nos collaborateurs n'ont pas pris le train de la révolution numérique », précisa-t-elle.

C'était Lesley-Ann Stone, qui s'occupait de la rubrique jardinage, et Leo Thornbury, l'astrologue. Lesley-Ann était une activiste anti-fluor qui cultivait des jonquilles anciennes et dont la contribution mensuelle leur parvenait sous une forme très frugale, écrite avec des crayons émoussés sur le dos d'enveloppes déjà utilisées ou l'intérieur de paquets de graines éventrés, parfois accompagnée d'un échantillon gratuit de terre certifiée bio.

« Dans le cas de Lesley-Ann et de Leo, notre tâche consiste surtout à retranscrire leurs articles. Ni l'un ni l'autre ne souhaitent avoir d'échange et ils ne s'intéressent pas non plus au courrier des lecteurs. Lesley-Ann parce qu'elle considère qu'imprimer nuit à la nature et Leo parce que les affaires de ce monde ne l'intéressent pas. Apparemment, il n'a même pas le téléphone. Mais il a un fax. »

Natsue piocha un fax dans sa bannette et le tendit à Justine, qui put constater que c'était une copie très propre et bien espacée qui avait dû être tapée sur une machine à écrire à l'ancienne.

« C'est comme ça que Leo nous fait parvenir ses horoscopes ? demanda-t-elle, stupéfaite. Par fax ?

— Absolument. Et la nuit, en général. »

Elle lui rendit le fax, que Natsue fixa à côté de son écran. Tandis qu'elle commençait à le retranscrire à la vitesse de l'éclair, le son d'un bouchon de champagne leur parvint depuis l'entrée, suivi de quelques exclamations enthousiastes. Puis Jeremy apparut à la porte, un verre à la main.

« *Kobayashi-san*, dit-il en s'inclinant. Vous êtes convoquée dans le petit salon pour les libations. Et tout de suite ! »

Natsue jeta un regard à l'heure affichée sur son écran : 16 h 05.

« Mais, Jeremy, l'horoscope… Juste cinq minutes, je vous en prie.

— Certainement pas, répondit-il en lui tendant sa flûte pleine dans un geste d'invitation.

— Je vais m'en occuper, Natsue, ne t'inquiète pas, offrit Justine. Vas-y. » Elle la sentait tendue, prise entre deux feux. « Vraiment, vas-y. Comme ça, je vais pouvoir me mettre dedans.

— Tu es sûre ?

— Sûre et certaine ! »

Natsue finit par se lever de son siège pour la toute dernière fois et Justine attendit quelques secondes avant d'y prendre place joyeusement.

Bélier, lut-elle. Selon Leo, leur sphère affective allait être affectée par Lilith. C'était quoi ça encore, Lilith ? Apparemment, grâce à l'influence de Vénus qui redevenait directe sur le quinzième degré (quoi que ça puisse bien vouloir dire), les opportunités sentimentales allaient affluer pour les Taureau. Justine se fit une note mentale pour se rappeler de le dire à Tara, qui était Taureau et fière de l'être. Même si ça n'allait probablement pas changer grand-chose vu que Tara semblait constamment évoluer dans un bassin d'« opportunités sentimentales ».

Les Gémeaux, quant à eux, se défaisaient enfin de l'influence de quelques éclipses particulièrement difficiles et profitaient de ce grand renouvellement et de leur liberté fraîchement retrouvée. Justine, cynique, se dit que c'était exactement le genre de banalités qui parlait à tous et que sa mère, Gémeaux, prendrait grand plaisir à lire. « Grand renouvellement » et « liberté fraîchement retrouvée ». Après avoir lu ça, Mandy Carmichael passerait un jour ou deux à se sentir incroyablement légère et à prendre de grandes bouffées d'air.

Et pour les Sagittaire : *Assiégés par des pensées inquiètes, les Sagittaire pourraient être portés vers le changement, mais avec Vénus rétrograde pour la plus grande partie du mois à venir, ce n'est pas le bon moment pour modifier votre apparence. Attendez le mois de mai pour céder à votre tentation de vous teindre les cheveux ou de révolutionner votre garde-robe. Les archers les plus intuitifs sentiront peut-être l'impact de l'activité stellaire en cours dans leur Maison XII, siège des secrets et des aspirations.*

Il n'était donc malheureusement plus question de changements au travail. Dommage. Ni du renouveau sentimental de vieilles flammes. En soupirant, elle chercha l'horoscope des Verseau. *Ce mois-ci, vous allez pouvoir récolter les bénéfices des décisions difficiles que vous avez prises dernièrement. Empruntez votre nouvelle voie avec détermination, Verseau, et gardez en tête que les tentations de rebrousser chemin seront amplifiées par Vénus rétrograde et les pensées mélancoliques et nostalgiques qu'elle peut faire remonter. Pour ceux d'entre vous qui cherchent un nouveau foyer ou qui envisagent un changement de décor important, les conditions cosmiques des derniers jours du mois seront particulièrement propices à la prise de bonnes décisions.*

Qu'est-ce que Nick allait bien pouvoir faire de ça ? Peut-être y entendrait-il un message subliminal qui le pousserait à accepter le rôle de Hamlet ou Henri IV. Elle secoua la tête en repensant à la confiance aberrante qu'il portait aux étoiles. Mais une autre pensée, bien plus intéressante, lui vint aussitôt.

Si quelqu'un était capable de convaincre Nick de prendre son téléphone pour lui passer un coup de fil, c'était bien Leo Thornbury.

♈

Pour *L'Étoile*, le jeudi précédant Vendredi saint coïncida avec la deadline du mois. La première de Justine à son nouveau poste. Sur la couverture saisissante du nouveau numéro s'étalait le visage inquiet de Tariq Lafayette, le jeune réalisateur qui avait récemment gagné un prix pour son documentaire choc sur les demandeurs d'asile. L'éditorial, qui présentait son travail et engageait les dirigeants politiques à faire preuve d'un plus grand sens moral, n'avait pas été rédigé par Jeremy mais par Daniel Griffon, le correspondant à Canberra. Justine avait longuement agonisé sur les corrections. Elle avait aussi passé de nombreuses heures à essayer de compresser au maximum la rubrique gastronomique de Dermot Hampshire consacrée au plaisir des mets d'automne pour réussir à caser sa recette de côtelettes d'agneau à la sauce de betteraves sur une seule page. Apparemment, c'était bon signe qu'il ne lui ait raccroché au nez qu'une seule fois au cours de leurs interminables négociations.

Justine venait de consacrer les premières heures de la matinée à relire chaque ligne de chaque article des sections dont elle était responsable. Elle voulait que tout soit parfait. En fin de matinée, comme Natsue l'avait prévu, elle eut la visite de Doc Millar, le concepteur des mots croisés. Il vint se placer juste derrière elle et planta ses yeux délavés de chien battu sur son écran, lisant et relisant chaque détail de chaque ligne. Le tout en sirotant son café à grand bruit derrière sa moustache grise en brosse.

Il était à peine parti, après avoir annoncé d'un ton morne que tout était satisfaisant, que le téléphone se mit à sonner.

Mais c'est pas vrai, pas encore, se lamenta Justine, certaine que c'était de nouveau Dermot Hampshire qui voulait se plaindre de ses corrections. Elle posa la main sur le combiné en se préparant psychologiquement à reprendre la lutte. Elle allait rester parfaitement calme et professionnelle.

« Bonjour, dit-elle de sa voix la plus ferme, dans un effort pour partir sur de bonnes bases.

— Justine ? »

Ce n'était pas Dermot.

« Oui ?

— Salut, c'est Daniel. Daniel Griffon. De Canberra.

— Oh », répondit Justine, assez inutilement.

Bien à propos, son cerveau sortit de derrière les fagots une image du journaliste politique de *L'Étoile* et la plaça en premier plan. C'était un mélange de la photo miniature assez séduisante qui accompagnait ses articles et de l'impression que Justine s'en était faite aux deux dernières soirées de Noël. Même s'il lui avait été présenté, elle n'avait pas réellement eu la sensation de le rencontrer. Elle l'avait aussitôt placé dans la catégorie des gens qui vous parlent en regardant par-dessus votre épaule, juste au cas où quelqu'un de plus intéressant que vous débarquerait.

Pourquoi l'appelait-il ? Pour se plaindre ? Peut-être avait-elle corrigé son article de façon un peu trop agressive ? S'était-il senti insulté parce qu'elle avait remplacé quelques-unes de ses phrases les plus pompeuses par des versions plus sobres ?

Elle prit une grande inspiration.

« Écoute, je te passe juste un petit coup de fil, finit-il par dire en mettant fin à un silence qui s'éternisait, je voulais te remercier pour ton boulot. Tu as fait un super travail avec mon éditorial. Vraiment très méticuleux. J'aime beaucoup l'attention que tu portes aux détails. Enfin en tout cas, tu l'as vraiment fignolé et tu l'as grandement amélioré.

— Oh, redit Justine, totalement déstabilisée, merci.

— Et tant que je t'ai au téléphone, je voulais te féliciter pour ta promotion ! Moi aussi, j'ai fait mon temps comme stagiaire et je peux te dire que parfois je me suis demandé si je n'allais pas mourir à ce poste. Responsable des collaborations extérieures, ce n'est pas encore exactement journaliste junior mais au moins c'est un pas dans la bonne direction.

— C'est tout à fait ça, c'est un pas dans la bonne direction », réussit à répéter Justine.

Bon sang, elle avait l'impression d'être un perroquet.

« On se voit la prochaine fois que je passe à Sydney, ça marche ?

— Ça marche ! »

Justine reposa le combiné et se renfonça dans son fauteuil, frottant ses yeux secs et déjà irrités en repensant à ce qui venait de se passer. Daniel Griffon

l'avait appelée pour la remercier. Il avait apprécié son travail et avait pris le temps de l'appeler pour le lui dire.
Cerveau : Peut-être qu'il n'est pas si imbu de lui-même, finalement.
Justine : Tu penses ?
Cerveau : Je ne peux pas penser. J'ai besoin de nourriture.
Justine attrapa son mug et son déjeuner et se dirigea vers la cuisine. Encore sous le choc après les compliments de Daniel, elle s'apprêtait à mettre un sandwich au fromage dans le toaster quand Jeremy s'approcha d'elle en enfilant sa veste.
« Te voilà ! Magnifique ! Mon Dieu, pose ça tout de suite ! s'exclama-t-il en désignant son sandwich. Nous sommes convoqués.
— Convoqués ?
— Nous sommes invités à déjeuner. Au Cornucopia. Dermot veut te rencontrer. Apparemment, tu lui as fait forte impression au téléphone. Il nous invite à déjeuner. »

♈

Malgré la lumière vive du milieu de journée, l'intérieur sombre du restaurant cultivait une atmosphère intime de soirée. D'immenses globes lumineux pendaient du plafond de bois, leurs filaments orange brillant comme des pergolas féeriques.
« Monsieur Byrne ? Mademoiselle Carmichael ? » les appela une serveuse. Ses longs cheveux blonds bouclés étaient réunis en une vague queue-de-cheval et ses oreilles étaient abondamment percées. Elle leur

fit traverser une salle de restaurant bondée et les mena jusqu'à un box tout au fond.

La thématique du bistro était résolument rustique, toute de bois brut et d'angles, mais quand elle s'assit sur la banquette, Justine se rendit compte qu'elle était douillette et recouverte de peau de mouton.

« Dermot vous fait dire de ne pas vous inquiéter du menu. Il s'occupe de tout », dit-elle en leur servant de l'eau fraîche.

Lorsqu'elle fut hors de vue, Jeremy demanda à Justine comment elle s'en était tirée avec Dermot.

« Je pense que nous sommes parvenus à un compromis. Même si je ne dirais pas que ç'a été particulièrement facile.

— Ah, acquiesça-t-il d'un ton contrit. Je dois malheureusement avouer qu'en général talent rime avec pédant. De ce que j'ai pu en voir, les deux sont souvent intimement liés. »

Le talent de Dermot aux fourneaux ne faisait en revanche pas débat et il leur livra ses meilleurs arguments, leur composant une suite délicieuse de tapas et de cassolettes. Il y eut, entre autres, un bouillon riche et épicé à l'orge perlé, des côtelettes d'agneau panées accompagnées de légumes délicatement revenus ainsi que des bouchées de viandes et de légumes fort appétissantes. La serveuse ne cessait ses allers-retours, apportant de nouvelles assiettes, débarrassant celles qui étaient vides, remplissant leurs verres d'eau et de vin. Justine ne mit pas longtemps à ressentir les effets de l'excellent pinot de la maison. Ses joues commencèrent à rosir et elle sentit ses défenses intérieures s'affaisser doucement. Inquiète de ce qu'elle était capable de dire ou faire dans cet état, elle décréta intérieurement qu'elle ne boirait plus que de l'eau.

Elle levait son verre pour une dernière gorgée du délicieux vin rouge quand Dermot Hampshire en personne fit son apparition, portant un large plateau de fromages et une bouteille de porto cuivré. Les fromages semblaient luire d'une sorte de beauté cireuse et ils étaient arrangés avec goût, entre des pâtes de fruits et des morceaux de poire. Non content d'avoir ouvert son restaurant, Dermot avait aussi fondé une fromagerie dans une petite ville à côté d'Edenvale.

« Jezza ! s'exclama Dermot d'une voix sonore. Quel plaisir de te voir ! »

Jezza, répéta mentalement Justine. *Jezza... ?*

« Ah, cher ami ! Quel excellent repas… Admirable ! » Dermot inclina la tête dans une parodie d'humilité et, d'un geste expert, dégagea un espace pour le plateau. Cela fait, il installa sa masse imposante à côté de Justine, l'obligeant à se tasser dans un coin.

« Vous avez aimé mes boules ? »

Elle le regarda, interloquée.

« Pardon ?

— Les boules », répéta-t-il en tapotant une assiette vide de la pointe d'un couteau.

Les petites choses ovales qu'avait contenues l'assiette en question étaient délicieuses. Des sortes de petits nuggets composés d'une viande légèrement caoutchouteuse peut-être, mais dans le bon sens du terme.

« Oh ! Oui, c'était délicieux !

— C'étaient des couilles d'agneau », annonça Dermot, très content de lui.

Justine commença par blêmir puis le sang lui monta au visage.

Dermot gloussait.

« On va vous en resservir, vu que vous avez tellement aimé ça. Dolly ! Doll ! appela-t-il. Apporte-nous plus de boules !

— C'est très gentil de votre part, Dermot, mais ne vous…

— J'insiste. Pas de politesse à la mords-moi-le-nœud ici. Si quelqu'un vous offre plus, vous prenez, c'est tout ! Vous savez ce qu'on dit ? Faire plus avec moins ? Eh ben pas du tout ! Pas de cette merde ici ! Dans mon livre, je dis bien que plus y en a, mieux c'est. Pareil pour ma rubrique. Moi, je vaux au moins deux pages. Mais le rédacteur en chef, ici présent, il voudrait me limiter à une pauvre page. Alors dites-lui, Justine. Dites-lui que moi, j'ai besoin de place. J'ai besoin de place pour bouger. »

Justine attendit que Jeremy intervienne mais il se contentait de les observer, l'air plus amusé qu'autre chose.

Il y eut un léger tintement de vaisselle et une assiette de « boules » apparut devant elle. Mais cette fois-ci ce n'était plus la jeune femme bouclée. C'était un jeune homme. Un jeune homme brun aux yeux bleus, avec un sourire légèrement en biais.

« Nick ! » s'écria Justine. Elle se rendit compte avec horreur qu'elle avait dû émettre un son proche du couinement et enchaîna à toute allure.

« Tu travailles ici maintenant ? Et la poissonnerie ?

— Ils m'ont remis à la mer », répondit-il, et Justine rit un peu plus que ce qu'elle n'aurait dû.

Dermot s'appuya contre le dossier de la banquette et posa un large bras sur le dossier, tout près du cou de Justine. Il occupait, de façon générale, un espace assez conséquent, mais sa position semblait avoir pour objectif de le faire paraître encore plus imposant.

« Vous vous connaissez, tous les deux ?

— Effectivement », répondit Nick en ramassant des verres vides.

Dermot s'étala encore un peu plus et demanda : « Et Jeremy aussi, tu le connais ? »

Nick se contenta d'un sourire professionnel et répondit par la négative.

Dermot désigna Jeremy d'un geste royal :

« Jeremy Byrne, rédacteur en chef de *L'Étoile d'Alexandria*. Et voici Nick, ma dernière recrue.

— C'est un plaisir, dit Jeremy.

— De même, répondit Nick. Et puis-je me permettre de vous féliciter d'avoir eu le bon sens d'embaucher Justine ? Elle est destinée depuis toujours à une carrière dans l'écriture. Même avant le concours d'orthographe, il y avait déjà des signes.

— Le concours d'orthographe ? répéta Jeremy.

— Vous voulez dire que vous ignorez… Justine ne vous aurait-elle pas révélé sa véritable identité ? » fit Nick, taquin, mais en conservant un visage parfaitement neutre.

Dermot jeta un regard suspicieux à Justine.

« Vous êtes en présence d'une jeune personne qui a eu l'honneur de gagner le premier prix du concours d'orthographe télévisé réservé aux moins de dix ans. Un concours national !

— C'est vrai ? demanda Dermot.

— J'avoue que je ne suis guère étonné, dit Jeremy.

— Elle faisait partie de ces filles brillantes qui font peur aux garçons, vous voyez ce que je veux dire ? Elle nous paralysait tous, à l'école. »

Sérieusement ? se demanda Justine. *Je leur faisais peur ?*

Elle remarqua que Nick parvenait à maintenir le juste milieu, en présence de Dermot, entre une posture de subordonné et une certaine confiance en lui, tout en affectant une conduite assez cérémonieuse.

« Et Nick est comédien ! » intervint-elle dans l'espoir de changer de sujet. Puis elle se demanda si elle n'avait pas manqué de tact et essaya de rattraper le coup :

« Et serveur aussi, bien entendu. D'ailleurs, tu joues bientôt Roméo, n'est-ce pas ?

— Tout à fait », répondit-il en esquissant une légère révérence.

Mais Dermot ne voulait pas en rester là : « Justine vient d'être promue. Quelle chance, elle a désormais pour mission de me garder dans le rang. »

Nick sourit, restant prudemment neutre alors qu'il débarrassait les assiettes.

« Une promotion ! » répéta-t-il en hochant la tête avec admiration. Puis il arqua un sourcil et articula silencieusement : « Je te l'avais bien dit. »

« Il y a des chances que l'on se revoie, alors ? »

Sentant les regards de Jeremy et Dermot posés sur elle, Justine haussa les épaules et lâcha avec toute l'indifférence qu'elle put trouver : « Tu as mon numéro. »

Cerveau : Super. C'était à peu près aussi encourageant et chaleureux qu'une glacière.

Justine : Et merde.

Dermot laissa passer un petit temps puis dit, tout sourire, en plantant sa fourchette dans un des testicules panés : « Mmm... Je sens comme un frisson dans l'air. »

Justine piqua un fard.

« Tu as bon goût, Justine. C'est déjà ça ! Il est beau garçon. Comme tous mes serveurs, d'ailleurs. Alors comme ça, toi et le jeune Nick, vous… » Il laissa sa phrase en suspens mais haussa les sourcils de façon suggestive.

Elle jeta un regard éloquent à Jeremy mais il était très occupé à se verser un deuxième verre de porto.

« Il se fait tard, je pense que nous devrions… commença-t-elle.

— Ah ah ! Donc tu voudrais bien, mais ce n'est pas encore fait, continua le restaurateur.

— Jeremy ? supplia Justine.

— Tu devrais l'appeler ! ajouta Dermot en approchant son visage du sien.

— Je ne crois pas que… protesta-t-elle.

— Il faut que tu sois un peu plus couillue, mon poussin ! Appelle-le, je te dis ! »

Elle prit une longue inspiration et lui sourit avec tout l'aplomb qu'elle avait en stock.

« C'est un très bel endroit que vous avez là. Tout y est presque parfait.

— Comment ça, presque ? »

Elle se saisit d'un menu et, le mettant sous le nez de Dermot, elle tapota une ligne du bout du doigt. C'était un plat de pâtes qui paraissait particulièrement appétissant.

« Fetuccine prend deux *t* et deux *c*. Je suis sûre que vous êtes ravi de l'apprendre. »

Dermot plissa les yeux en fixant la ligne coupable, incrédule.

« Et pour votre gouverne, Dermot, enchaîna Justine, implacable, les femmes sont déjà dotées de tous les attributs nécessaires. Nous n'avons juste pas coutume de les étaler à la vue de tous. »

Jeremy laissa échapper un gloussement ravi. Quant à Dermot, il la dévisagea longuement avant de partir d'un éclat de rire phénoménal qui dévoila ses dents étincelantes.

« Tu me plais sacrément, Justine. »

Super, pensa-t-elle tandis que Dermot lui versait une généreuse dose de porto. Ignorant ses bonnes résolutions, elle en avala une longue gorgée.

♈

Il était plus de seize heures quand Justine et Jeremy retournèrent au bureau d'un pas légèrement instable, les joues bien roses. Après un café serré, Justine se replia dans ses quartiers. L'hospitalité de Dermot lui avait fait perdre de précieuses heures. Il ne lui restait plus que quarante-cinq minutes. Mais à quoi devait-elle les consacrer ?

« Qu'est-ce qui pourrait arriver de pire ? » se demanda-t-elle à voix haute. Elle décida d'ouvrir le fichier des mots croisés.

Difficile de croire que ce document Word plat et passe-partout, qui n'avait pas encore été égayé par des effets de couleur, était susceptible d'engendrer tant de problèmes dans le monde des lecteurs. Et pourtant, Natsue le lui avait bien dit : cette page en noir et blanc avait le pouvoir de déchaîner des tsunamis.

Justine relut les indices de Doc puis relut dans l'autre sens. Elle ne trouva aucune erreur mais relut tout encore une fois, par acquit de conscience. Satisfaite du soin qu'elle y avait mis, elle était sur le point de fermer la page quand elle se dit qu'elle ferait mieux de relire aussi les horoscopes. Depuis l'écran, Leo Thornbury la fixait de ses yeux sombres abrités sous ses sourcils argentés.

Cerveau : Ah, ce Nick...

Justine : Oui ?

Cerveau : Tu l'aimes vraiment bien. Vraiment, vraiment bien.

C'était probablement exact. Mais certainement pas une excuse suffisante pour jouer avec le texte de Leo.

Cerveau : Personne ne le saurait, de toute façon.

Elle réfléchit à la question. Le fax de Leo se trouvait sur le pique-notes, là où Justine, suivant les instructions de Natsue, l'avait empalé après l'avoir transcrit. À présent, il était recouvert par le texte de Lesley-Ann ainsi que par une sélection de lettres adressées au rédacteur en chef. En plus, Leo ne lisait pas *L'Étoile*. À part Justine et Natsue, aucun membre de l'équipe n'avait lu son fax. Et Natsue était en Suède. Même si quelqu'un lui envoyait un exemplaire, lirait-elle vraiment les horoscopes ? Et si elle le faisait, se rappellerait-elle le paragraphe dédié aux Verseau ? Au mot près ? Elle n'avait fait qu'y jeter un coup d'œil avant que Justine ne le tape.

Mais si Leo décidait de lire *L'Étoile*, juste ce mois-ci ?

Cerveau : Il ne le fera pas.

Justine : Et comment le sais-tu ?

Cerveau : Et même s'il le faisait... Ce n'est pas comme si les horoscopes étaient... réels. C'est qu'un ramassis de conneries. Qu'est-ce que ça va changer, une phrase bidon pour une autre ? Où est le mal ?

L'air semblait s'être chargé de l'électricité de tous les possibles qui s'ouvraient à elle. Elle fixa si longtemps la page ouverte sur son écran qu'il sembla miroiter puis se pixelliser.

Cerveau : Allez...

Justine : Non. Je vais fermer cette page.

Cerveau : Mais demain les fichiers seront partis en impression et il sera trop tard. Si tu veux le faire, c'est maintenant ou jamais.

Sans intention bien affirmée et sans s'être engagée à faire quoi que ce soit, Justine sélectionna le texte qui correspondait aux Verseau. 566 signes, espaces compris. Si le nombre de signes ne bougeait pas trop avec les modifications, alors cela ne changerait en rien la disposition de la page.

Elle pouvait par exemple écrire : *Verseau. Quelque chose ou quelqu'un surgi de votre passé va prendre une importance toute particulière dans votre vie...*

Non, c'était trop flagrant. Justine avait bien vu la façon dont Nick décortiquait son horoscope. Il regardait entre les lignes, cherchait le moindre message caché. Elle devait lui faire penser à elle mais pas directement. Une allusion au concours d'orthographe ? Non, trop spécifique. Et de toute façon, comment caser ça dans un horoscope ?

Une idée surgit soudain dans son esprit.

« Big Yellow Taxi » de Joni Mitchell. Elle pensa à son micro Petite Sirène. Nick aussi se rappellerait leur petit concert, elle en était certaine.

Ses doigts volaient au-dessus du clavier. *Joni Mitchell ne nous avait-elle pourtant pas prévenus, dans notre prime jeunesse, que nous regretterions nos pommes bio et les chemins de terre de notre petit Paradis ?*

Ce mois-ci, Verseau, vous risquez d'être saisi par une bouffée de nostalgie pour ce qui fut mais vous aurez aussi l'intuition de ce qui pourrait être.

Justine sourit. Écrire des âneries était étonnamment amusant mais c'était encore trop court. Elle repensa au texte de Leo. Il pouvait être judicieux d'inclure au moins quelques bribes de l'original. Elle ajouta donc : *Mai pourrait également coïncider avec un nouveau domicile ou en tout cas quelques menus changements chez les porteurs de ce signe.*

Elle atteignait les 450 signes. Parfait. Elle se relut et sauvegarda.

Son prénom résonna soudain à la porte et elle sursauta. C'était Jeremy, encore rose des excès du déjeuner. Espérant qu'elle n'avait pas l'air coupable de l'enfant qu'on vient de prendre la main dans la boîte de biscuits, elle lui sourit largement et ferma la page.

« Tout va bien ? lui demanda-t-il. Je peux t'aider en quoi que ce soit ?

— Tout va très bien, merci ! Je veux juste que mon premier numéro soit… parfait.

— Haha, bien. Très bien, acquiesça-t-il en enfilant sa veste, bataillant pour récupérer le col de sa chemise. Mais attention, comme disent nos amis italiens : qui veut un frère parfait doit se résoudre à rester fils unique. Et, si ça te va, j'aimerais bien pouvoir envoyer les fichiers.

— Oh, Jeremy, excusez-moi ! Je suis désolée. Je relisais une dernière fois les mots croisés.

— Voilà une excellente initiative. C'est très sage de ta part. Tu as fini ?

— Oui, j'ai fini !

— Excellent ! Alors je peux envoyer notre nouveau numéro dans l'éther. Et il nous reviendra nimbé de la magie du Technicolor, bien au chaud sous sa couverture. »

Venait-elle sérieusement de faire ce qu'elle pensait qu'elle avait fait ?

Elle l'avait fait.

Justine écouta Jeremy s'éloigner, chantonnant d'une voix gaie : « Car telle est la magie de l'édition ! »

La cuspide

✦

C'était tombé sur les oignons. Ç'aurait pu être n'importe quoi mais c'était tombé sur ces maudits oignons.

Gary coupait chaque oignon en deux avant de trancher chaque moitié verticalement puis latéralement. Et *voilà**. Ses oignons étaient parfaits et de taille uniforme. Objectivement, il était tout à fait évident que c'était la meilleure manière de couper des oignons. Mais Nola s'obstinait à les couper en rondelles grossières qu'elle redécoupait au petit bonheur la chance. Ce qui donnait, bien sûr, des morceaux totalement disparates.

« Admets-le, lui avait-il dit alors qu'ils étaient dans leur cuisine, cinq semaines plus tôt. Je m'y prends mieux.

— Je ne m'y prends pas plus mal que toi, avait-elle rétorqué, la peau un peu lâche de ses bras s'agitant au gré des mouvements de son couteau.

— Mais ce n'est certainement pas la meilleure façon de s'y prendre.

---

* En français dans le texte.

— Ce ne sont que des oignons.

— Oui, mais ta façon de faire… c'est tellement… tellement Rokeville, quoi. »

Ce n'était qu'une plaisanterie mais elle s'était figée, la lame immobile, des petits morceaux d'oignon encore accrochés dessus.

« Qu'est-ce que tu viens de dire ?

— Que ça faisait très Rokeville. »

(Ils venaient tous les deux de Rokeville.)

« Tu insinues que je coupe les oignons comme une grosse beauf ?

— Eh… !

— Pauvre snob de merde ! avait-elle craché en enfonçant la lame de son couteau dans le bois de la table, à quelques millimètres de son index.

— Bon Dieu, tu as failli me couper le doigt !

— Va te faire foutre ! »

Et ils n'en étaient pas restés là. À présent, Gary Direen – *Verseau, cadre intermédiaire dans la fonction publique éliminé au premier tour de* « Master Chef », *quinquagénaire familier des chemises roses qui regrettait amèrement sa pire erreur de jeunesse (un large tatouage d'AC/DC plus vrai que nature sur la fesse gauche)* – vivait seul, dans un studio quasiment dépourvu de mobilier, au douzième étage de l'immeuble le plus laid d'Alexandria Park. Tandis que Nola, qui avait partagé sa vie pendant quatre ans, vivait à l'autre bout de la ville, dans le douillet duplex qu'ils avaient acheté ensemble.

Comme la plupart des couples, Gary et Nola avaient leur propre boîte de Pandore pleine de rancœurs et de vérités à moitié avouées. La crise des oignons avait mis le feu aux poudres et fait sauter le couvercle de cette boîte. Nola avait dit à Gary que la moitié de l'Australie avait failli vomir en le regardant raconter sa petite histoire tire-larmes sur sa mère qui l'avait élevé seule et ne savait cuisiner que du poisson pané. Tu parles d'une tragédie, s'était-elle moquée. Il était passé pour un sale petit geignard. Gary lui avait alors raconté qu'il avait dû couper les étiquettes des sous-vêtements coquins qu'il lui avait offerts à la Saint-Valentin pour qu'elle ne découvre pas qu'il avait acheté une taille 42. Ce qui avait poussé Nola à lui dire que quand ils faisaient l'amour, elle était obligée de penser à Liam Hemsworth pour jouir.

C'était le moment où Gary, bouillant d'une fureur toute légitime, avait fait sa valise et était allé dormir dans un motel. Il était parvenu à entretenir sa rage pendant toute la durée des visites des quelques logements sordides qu'il avait vus, la signature du bail pour le moins pire, l'achat d'un matelas à peu près correct et l'emprunt à sa sœur de sa vaisselle de camping (qui se réduisait à une assiette, un bol et une tasse en plastique, des couverts tout tordus et une casserole en alu).

Mais quand l'agent immobilier avait tendu à Gary les clés de cette niche pourrie qui allait être son nouveau chez-lui, sa fureur était déjà bien redescendue. Quand il se réveilla dans son nouvel appartement, il avait mal au dos à cause de son mauvais matelas et il était gelé sous sa couette premier prix maigrichonne.

« Tout ça pour des oignons », marmonna-t-il.

Cinq semaines plus tard, par un matin d'avril froid et couvert, Gary était en train de verser du lait sur ses céréales quand il pensa soudain à Nola, qui prenait sûrement son thé et ses tartines dans le coin petit déjeuner bien chauffé de leur maison. Toute chaude et pleine de sommeil, elle portait sa chemise de nuit blanche qui dévoilait la naissance de ses seins sublimes.

Non, se morigéna-t-il. Il ne devait pas se laisser aller à des pensées pareilles. Il était en colère. Et il devait le rester. Il devait rester en colère jusqu'à ce que Nola l'appelle et le supplie de revenir.

Fait étrange, sa salle de bains était entièrement recouverte de moquette et sentait le nylon et le moisi. La douche crachait une eau tantôt glacée, tantôt bouillante. En montant dedans, l'air sombre, il se rappela qu'il devait aller acheter un rideau de douche.

En se repassant leurs disputes, Gary parvint à faire légèrement remonter le niveau de sa colère durant le déjeuner. Seul dans la cafétéria, face à un mauvais sandwich à l'œuf, il consulta son téléphone. Rien. Sur son adresse mail non plus. Mais au moins, Nola ne l'avait pas supprimé de ses amis Facebook et elle n'avait pas non plus changé son statut sentimental. Et elle n'avait pas, comme beaucoup d'autres dans ces cas-là, commencé à partager des citations inspirées ni publié de photos de pots de crème glacée à côté du coffret DVD de *Gilmore Girls*. En fait, elle n'avait absolument rien posté qui puisse laisser penser qu'elle se sentait triste ou seule.

Gary mordit dans son sandwich et attrapa un exemplaire de *L'Étoile d'Alexandria* qui traînait sur la table. Il jeta un regard distrait à la couverture – un jeune homme de couleur au front marqué d'une affreuse cicatrice – et parcourut en diagonale un article qui taillait en pièces l'équipe de cricket et son orgueil mal placé.

« Au moins, ils ont gagné », marmonna Gary.

Puis, comme il ne savait pas quoi lire, il alla jeter un œil à son horoscope. Ce n'était pas son habitude mais au moins un horoscope était à peu près personnel. Tout ce dont Gary Direen avait besoin, ce jour-là, c'était qu'on lui envoie un message.

Verseau. Joni Mitchell ne nous avait-elle pourtant pas prévenus, dans notre prime jeunesse, que nous regretterions nos pommes bio et les chemins de terre de notre petit Paradis ? Ce mois-ci, Verseau, vous risquez d'être saisi par une bouffée de nostalgie pour ce qui fut...

Si Gary Direen avait été un sablier bouillant d'une rage qui s'écoulait grain après grain, ce moment précis marqua l'instant où le dernier grain furibond tomba et rejoignit ses semblables. Gary ne fut soudain plus empli que de regret, d'embarras et du désir impérieux de retrouver tout ce qu'il avait perdu. La voix de Joni Mitchell remontait du fond de sa mémoire. Oui, il avait eu besoin de tout perdre pour comprendre la valeur de ce qu'il possédait.

Nola aimait Joni Mitchell. Et Gary aimait Nola. De tout son cœur. Qu'est-ce qu'il pouvait l'aimer !

« Bon Dieu, mais qu'est-ce que j'ai fait ?! » se lamenta-t-il à voix haute.

Deux secondes plus tard, la cantine était totalement déserte et un demi-sandwich à l'œuf gisait, abandonné, sur une table.

◆

Margie McGee – *Verseau, auteure de haïkus, ornithologue et spécialiste de la survie en milieu sauvage, donneuse de sang régulière (groupe AB –) et écologiste de longue date* – était depuis quelques mois victime d'un bien curieux phénomène. C'était comme si le contenu de son esprit s'était légèrement décalé vers la droite et qu'un nouveau panneau occupait désormais toute la gauche de son écran mental. Il n'y avait que des colonnes de chiffres sur ce panneau : des projections, des multiplications, des opérations et différentes combinaisons, dans les meilleurs et les pires cas de figure, avec les taux d'intérêt et la TVA. Elle avait tout tenté mais n'avait toujours pas trouvé comment fermer ce tableau. Il semblait n'y avoir aucun moyen de bannir de son cerveau ces formules complexes censées lui indiquer quand elle pourrait enfin prendre sa retraite. Dans cinq, dix, quinze ans ?

Un vendredi matin de fin avril, sous une pluie battante, Margie ramenait en ville le sénateur Dave Gregson (champion des énergies renouvelables plus particulièrement connu pour ses goûts vestimentaires) après une intervention sur le réchauffement climatique. C'était Dave qui avait tenu à venir jusqu'à cette centrale éolienne du bout du monde. Il voulait apparaître devant les machines tournant à plein régime et les acacias battus par les vents. Ç'aurait pu être un coup de génie, avec un visuel puissant venant renforcer ses mises en garde quasi bibliques sur l'apocalypse écologique qui se profilait.

Mais l'impact visuel avait été limité par le fait qu'aucune chaîne de télévision n'avait daigné venir, jugeant que le laïus prévisible du sénateur d'un parti mineur ne valait pas le déplacement. La seule journaliste présente, une jeune femme qui travaillait pour le quotidien gratuit du coin, était venue sans photographe.

Margie tapotait son volant de ses ongles rongés. Dave, assis à l'arrière, lisait *L'Étoile d'Alexandria* accoudé à une pile de brochures de son parti.

Dans le rétroviseur, elle pouvait voir qu'il avait tenté de recoiffer ses cheveux dérangés par les bourrasques et qu'il avait desserré son nœud de cravate. Ils en avaient discuté la couleur pendant près de quarante-cinq minutes avant de trancher pour un rose chaud, en soutien aux victimes du cancer du sein. *Même si personne n'aurait l'occasion d'apprécier le message subliminal de cette fichue cravate*, se dit Margie, frustrée.

Elle zappa d'une station de radio à l'autre en se demandant s'ils s'étaient tous passé le mot pour diffuser le même morceau.

« Marg, vous êtes de quel signe ?

— Verseau », répondit-elle après une bonne minute de réflexion.

Dave accueillit sa réponse avec une sorte de ricanement.

« Quoi ?

— Ça ne m'étonne pas.

— C'est-à-dire ?

— Oui, vous avez toujours ce petit parfum de Woodstock. Vous voulez que je vous dise votre horoscope ?

— Allez-y. »

Il commença sa lecture : *Joni Mitchell ne nous avait-elle pourtant pas prévenus, dans notre prime jeunesse, que nous regretterions nos pommes bio et les chemins de terre de notre petit Paradis ?*

Puis il se mit à chanter. Au refrain, Margie se joignit à lui et ils emplirent la voiture de leurs voix mêlées.

Quand le silence retomba, les yeux de Margie passèrent de la route à la cravate rose de Dave puis au panneau étroit qui venait de réapparaître sur l'écran de son cerveau. Il semblait en surchauffe. Les nombres apparaissaient et disparaissaient, s'inversaient et explosaient. Elle secoua la tête, espérant que ça s'arrête, et fit de son mieux pour ignorer tout ça.

« "Big Yellow Taxi". Une sacrée chanson », dit-elle, essayant de penser à autre chose.

Dave se remit à chanter et Margie se souvint soudain d'un barbecue dans un jardin, à l'époque des pattes d'éph, et de quelqu'un qui jouait du Joni Mitchell. *Oh, Joni.*

Elle capta du coin de l'œil son visage ridé dans le rétroviseur et une image d'elle bien plus jeune lui revint. Une version de Margie avec de la terre sur les joues, les cheveux en bataille, les poignets enchaînés à un bulldozer, assise dans la boue. Oui, c'était bien elle pourtant. Presque aussi droite et pâle que Joni.

À quel moment la défenseuse des arbres au cœur pur était-elle devenue cette femme qui lisait l'actualité boursière pour décider de ce qu'elle allait faire de sa vie ? À quel moment avait-elle commencé à aider des écolos à choisir leur cravate pour leurs conférences de presse ? Et surtout, depuis quand les écolos portaient-ils des cravates ?! Il était grand temps de se tirer de là. Temps de quitter son bureau pour retourner s'enchaîner aux bulldozers. De faire des sit-in dans les arbres. Il était temps de redevenir réelle. Et si ses boursicotages ne fonctionnaient pas, elle vivrait de sa pension. Si elle devait survivre en mangeant de la pâtée pour chiens, elle le ferait. Jusqu'au moment où elle n'en pourrait plus, et alors elle avalerait quelque chose pour tout stopper net. Ce fut si rapide qu'elle eut tout juste le temps d'apercevoir l'étroit panneau de gauche se fermer enfin et disparaître de son existence. Elle avait pris sa décision.

« Dave ?
— Oui ?
— J'arrête.
— Vous quoi ? »
Elle lui sourit dans le rétroviseur.
« J'arrête tout ! Définitivement. »
Pas dans un an, pas dans cinq ou dix. Elle arrêtait tout, tout de suite.

Dave paraissait totalement stupéfait.

En entamant le refrain de « Big Yellow Taxi », Margie se sentit plus jeune qu'elle ne l'avait été depuis bien longtemps.

◆

Nick Jordan, perché sur un tabouret haut, face à la vitrine du Rafaello, tenta sans succès d'aspirer une gorgée du cappuccino qu'il avait terminé quinze minutes plus tôt. De l'autre côté de la vitre passaient des gens emmitouflés dans leur manteau ou se débattant avec leur parapluie récalcitrant.

Devant Nick s'étalaient plusieurs journaux ouverts aux pages réservées aux locations d'appartements. Et un exemplaire de *L'Étoile d'Alexandria*. Le magazine était sérieusement écorné et tout fripé, comme s'il avait été mouillé. Cela faisait déjà plusieurs jours que Nick le traînait partout avec lui, tentant de comprendre. Mais il avait eu beau lire et relire les mots de Leo, il n'y avait rien à faire.

Verseau. Joni Mitchell ne nous avait-elle pourtant pas prévenus, dans notre prime jeunesse, que nous regretterions nos pommes bio et les chemins de terre de notre petit Paradis ? Ce mois-ci, Verseau, vous risquez d'être saisi par une bouffée de nostalgie pour ce qui fut, mais vous aurez aussi l'intuition de ce qui pourrait être. Mai pourrait également coïncider avec un nouveau domicile ou en tout cas quelques menus changements chez les porteurs de ce signe.

Au moins, la dernière phrase était claire. Dans à peine plus d'une semaine, Nick serait à la rue. Effectivement, il allait déménager à la fin du mois. Mais pour le reste ? Ça ne voulait rien dire du tout. Il fixa la photo de Leo. *Vraiment ? Tu veux vraiment que j'y retourne ?*

Certes, la vie sans Laura était souvent solitaire et déprimante, mais il appréciait aussi de ne plus avoir à se soucier d'être habillé comme un mannequin tout droit sorti de *Vogue*. Il pouvait porter tous les jours un vieux jogging dont il avait presque oublié l'existence et il s'empiffrait d'aliments à l'index glycémique scandaleux.

Nick n'arrivait pas à détacher son regard des yeux de Leo. *Et maintenant tu veux que j'y retourne ? Que je me remette avec Laura ?*

Est-ce qu'il fallait être fou pour prendre une telle décision en se basant sur les astres ? C'est probablement ce que Justine aurait dit. Qu'est-ce qu'il se passait avec elle, d'ailleurs ? Il ne l'avait pas vue pendant plus de dix ans et voilà que tout à coup il la croisait deux fois en un mois. Mais il était tout à fait improbable que la « bouffée de nostalgie » se réfère à Justine et non pas à Laura, n'est-ce pas ?

Bien sûr que oui, trancha Nick. Sinon, Leo n'aurait pas parlé de la nostalgie du foyer perdu avec une chanson de Joni *Mitchell*. C'était vraiment comme s'il lui disait que même après tout ce qui s'était passé, il devait appeler Laura *Mitchell* pour leur donner une autre chance.

Nick abattit son front à trois reprises sur le bois de la table, et de bon cœur. Puis il laissa tomber sa tête. Une femme assise un peu plus loin l'examina avec un mélange d'inquiétude et de pitié.

« Ça va. Ça va très bien », la rassura-t-il en lui souriant, sans pour autant se redresser.

Puis il adressa un message silencieux à Leo : « Écoute, tu sais quoi ? Je t'admire plus que tout et toi et moi on sait que je te voue une confiance absolue. Mais on va dire qu'avant de rappeler Laura je vais attendre de voir ce que tu as en réserve pour le mois prochain. Okay ? »

TAUREAU

♉

Justine savait qu'il ne fallait pas s'attendre à grand-chose dans les premiers jours suivant la parution. Nick allait avoir besoin de temps pour acheter le dernier exemplaire, lire l'horoscope et soupeser les multiples interprétations possibles. Puis il se rappellerait le fameux concert durant lequel ils avaient chanté « Big Yellow Taxi » et déciderait de la marche à suivre.

Mais une semaine plus tard, la patience et les espoirs de Justine avaient réduit comme peau de chagrin. Même si ses journées de travail étaient longues et très remplies, les week-ends lui paraissaient vides et interminables. Elle parvint à tuer une partie de son samedi en faisant la grasse matinée avant de regarder pour la millième fois les premiers épisodes de la version BBC d'*Orgueil et Préjugés*. Au déjeuner, elle mangea des macaronis au fromage tout prêts et se donna bonne conscience en se disant qu'elle y ajouterait des petits pois pour le dîner.

Pourquoi ne l'avait-il pas appelée ? Sa référence à Joni Mitchell était-elle trop obscure ? Est-ce qu'il ne gardait aucun souvenir de leur petit concert ? Ou y avait-il une autre raison ? Durant leur soirée au parc, elle n'avait pas eu l'impression qu'il était en couple. Il lui avait paru totalement libre et à l'aise. Le Nick qu'elle connaissait était bien trop fidèle et honnête pour se comporter de cette façon si son cœur était pris. Voilà qu'elle commençait à parler comme Lizzie Bennet... Peut-être s'illusionnait-elle complètement en pensant connaître Nick Jordan.

Mais qu'est-ce qu'elle avait cru faire en sabotant l'horoscope ? Et si Leo découvrait le pot aux roses ? S'il écrivait à Jeremy ? Que se passerait-il si on découvrait ce qu'elle avait fait ? Est-ce qu'elle aurait au moins la palme du pathétique si jamais elle se faisait virer pour quelque chose qui n'avait, en plus, servi à rien ? Malgré toutes ces questions en suspens, une chose était sûre : sa carrière d'astrologue, aussi brève qu'elle ait pu être, était bel et bien terminée.

En début de soirée, lors du fameux passage durant lequel Lizzie Bennet livre, avec l'éloquence qu'on sait, le fond de sa pensée à Catherine de Bourgh dans le jardin, Justine capta du coin de l'œil une activité inhabituelle dans l'appartement d'en face. Elle figea le visage contorsionné de rage de Lady Catherine dans une pose encore moins flatteuse et s'avança prudemment jusqu'à ses portes-fenêtres. Pour une fois, AC/DC n'était pas seul. Il y avait une femme avec lui, une femme aux formes généreuses vêtue d'un jean et d'une chemise en flanelle.

Ils étaient en train de déménager, comprit Justine. Ils riaient. Peut-être qu'il y avait aussi de la musique, vu qu'AC/DC se balançait doucement en tapant en rythme sur un carton. Les lèvres roses et brillantes de la femme bougeaient. Peut-être était-elle en train de chanter en même temps qu'elle pliait des vêtements et les rangeait dans une valise.

Justine décida qu'ils écoutaient bien de la musique quand AC/DC traversa la pièce en dansant et prit la femme dans ses bras. Il la fit tourner au milieu des cartons puis ils s'embrassèrent, et la chemise fut rapidement déboutonnée. Justine laissa retomber le rideau et s'adossa au mur. Même un quinquagénaire avec une petite bedaine et un horrible tatouage avait une vie sentimentale plus trépidante que la sienne.

☿

Le lundi matin, Justine s'habilla dans le style définitivement preppy qu'elle affectionnait, enfilant une jupe plissée, une chemise et un pull sans manches à losanges. Dans le miroir, elle se regarda droit dans les yeux : *Nick Jordan est mon ami d'enfance. Rien de plus.* Une fois cela bien établi, elle laça étroitement ses bottes et partit travailler.

Dans le parc, en atteignant le coin des orateurs, elle passa à côté d'un tableau noir posé sur un chevalet. Il avait probablement été installé là par l'homme étrange qui se tenait debout à côté, le visage grave comme une tombe, et qui distribuait des pamphlets sur les collisions d'astéroïdes et la destruction imminente de la planète Terre.

Justine modifia très légèrement sa trajectoire et ralentit le pas. Quand elle vit l'homme se détourner, elle sut qu'elle devait agir vite. Elle n'aurait qu'une seule chance. Sans altérer sa démarche, elle frôla le tableau portant deux mots : « SILENSE COUPABLE » et effaça la boucle inférieure du second *s*, effectivement coupable.

Puis elle s'éloigna d'un pas léger, frottant ses doigts tachés de craie avec la satisfaction d'un cow-boy qui souffle sur la gueule encore fumante de son revolver.

Arrivée devant les locaux de *L'Étoile*, Justine croisa Jeremy sous la fameuse mosaïque, aux côtés d'un jeune homme bien peigné et tiré à quatre épingles. On pouvait même encore discerner les plis typiques du vêtement neuf sur sa chemise bleu roi.

« Justine, l'arrêta Jeremy, qui semblait ravi de la voir. Viens que je te présente Henry Ashbolt. Henry, voici Justine, ta dernière… je ne veux pas dire prédécesseuse, ça sonne un peu morbide. Disons plutôt que c'est de la charmante main de Justine que tu saisis le bâton de ta nouvelle fonction.

— Salut, dit Henry en lui broyant la main.

— Bonjour, et bienvenue.

— Merci, dit-il en jetant à Jeremy un regard qui rappelait assez celui du chien à son maître bien-aimé.

— Alors, d'où nous viens-tu ? » tenta Justine.

Il lui donna le nom de l'université dont elle-même venait mais elle ne prit pas la peine de le lui dire. Elle doutait fort que cela l'intéresse. D'ailleurs, il enchaîna en précisant qu'il était sorti major de son double cursus en sciences politiques et journalisme.

Justine dut se mordre la langue pour lui épargner une remarque lui signifiant le peu d'effet que cela lui faisait.

« Ah, Justine, coupa Jeremy, apparemment sensible à la légère fraîcheur dans l'air, est-ce que tu veux bien passer par mon bureau ? Je voudrais que tu jettes un œil à la caricature que vient de m'envoyer Ruthless. Elle est sur mon bureau. C'est une caricature du Premier ministre. Je voudrais ton opinion. Dis-moi si tu trouves ça... un peu trop... C'est pour la couverture, tu comprends ? »

Ruthless Hawker était un dessinateur free-lance à temps partiel et un alcoolique à plein-temps qui faisait parfois bénéficier *L'Étoile* des fruits de son esprit pour le moins caustique.

« Henry, je te demanderai de garder cette petite information confidentielle, n'est-ce pas ? »

Justine jeta au nouveau venu un regard interrogatif.

« Le Premier ministre est le parrain de ma sœur, expliqua-t-il. Notre père était à l'école avec lui.

— Eh bien, fit Justine d'un ton qui commençait à trahir ses pensées, tu dois être sacrément fier. »

Elle capta du coin de l'œil l'expression d'amusement qui passa brièvement sur le visage de son patron.

« Bon, ravie de t'avoir rencontré », conclut-elle avant de continuer son chemin. Elle avait hâte de voir comment Henry Ashbolt allait se débrouiller avec le courrier, les bourrages des imprimantes, le dog-sitting et les perpétuels allers-retours chez Rafaello. Pour les nombreuses années à venir.

Sur le bureau de Jeremy était posée une impression en A3 d'une caricature assez diabolique du Premier ministre. Il portait un uniforme de la Gestapo et se pomponnait dans un miroir magique sur le cadre duquel était gravé « Protection des frontières ». Le miroir lui renvoyait son reflet vêtu d'un élégant costume et d'une belle cravate bleue, tout prêt à fêter sa victoire électorale.

Quand Jeremy la rejoignit dans son bureau, Henry n'était plus avec lui.

« Alors, qu'est-ce que tu en penses ? lui demanda-t-il en se grattant le menton.

— Il se pourrait que les gens jasent. Qu'il y ait des courriers au rédacteur en chef. Beaucoup.

— Mais est-ce que ça dépasse les bornes ?

— Un rédacteur en chef de ma connaissance m'a dit un jour que la fortune sourit aux audacieux. »

Jeremy hocha la tête.

« Ah, je vois où tu veux en venir. C'est l'un des avantages quand on donne des conseils : ceux à qui vous les avez donnés peuvent vous en faire profiter à votre tour quand vous en avez besoin. Je te remercie, Justine.

— De rien. »

Avant qu'elle sorte, Jeremy lui demanda à mi-voix ce qu'elle pensait de Henry.

« J'ignorais que Jeune Libéral[1] faisait du parfum maintenant. Pourtant, c'est bien ce que j'ai cru sentir. »

Cela le fit beaucoup rire. « Ton nouveau poste te va à ravir, Justine. Il met en valeur ton mordant. Et la dernière édition était particulièrement réussie. Oui, ce poste semble fait pour toi. »

Elle le remercia d'un sourire mais tandis qu'elle rejoignait son bureau, elle entendit résonner en elle de petites sonnettes d'alarme. Elle ferait peut-être bien de rappeler rapidement à Jeremy qu'aussi ambitieux que puisse être le jeune Henry Ashbolt, le prochain poste de journaliste junior lui était réservé. Et ce, même si elle semblait s'épanouir dans le vieux fauteuil de Natsue.

Elle venait de s'y glisser lorsqu'elle entendit son portable sonner depuis le fond de son sac. Quand elle finit par mettre la main dessus, un frisson d'excitation

---

1. En Australie, le parti libéral est de centre droite.

la traversa. Elle ne connaissait pas le numéro. C'était peut-être Nick ?

Cerveau : Eh, n'oublie pas de sourire en décrochant ! Il paraît que ça s'entend.

« Allô ?

— Hey, Souris des villes ! C'est moi ! »

Toute l'excitation de Justine retomba comme un soufflet. Ce n'était que Tara. Justine se demanda ce qui était pire : la déception qui l'avait envahie en découvrant que ce n'était « que Tara » ? Ou la honte d'avoir éprouvé ce sentiment ?

« Hey, salut, Souris des champs ! s'exclama-t-elle en essayant de paraître enjouée. C'est quoi, ce nouveau numéro ?!

— J'ai fini par me barrer de chez mon ancien opérateur. Ces sales voleurs ! Tu sais depuis combien de temps j'avais envie de faire ça ! J'ai passé des heures au téléphone à écouter leur musique d'attente insupportable pour qu'ils arrêtent de me faire payer mon ancien abonnement ET le nouveau ! J'ai préféré rompre. Enfin, bref. Je suis en route pour une manifestation contre la fracturation hydraulique, je ne peux pas te parler longtemps. J'appelais juste pour te dire que je viens te voir ce week-end ! L'ABA m'a invitée à son gala samedi.

— L'ABA ?

— L'Association du bœuf australien. Bénis soient-ils ! Au boulot, ils m'ont dit que je pouvais compromettre mon intégrité en y allant tant que j'avais quelques bonnes histoires à raconter à mon retour et que je ne m'attendais pas à ce qu'ils me paient l'hôtel.

— Tu sais que ma maison est la tienne.

— Merci, ma poule. Alors, est-ce que tu veux bien être ma cavalière ? On se trouvera plein de beaux magnats du bœuf à très large chapeau. Et même si on n'en trouve pas, on a ton nouveau boulot à fêter ! Entre autres…

— Qu'est-ce que… » commença Justine avant de se rappeler que d'ici à samedi, une journée faste aurait lieu.

Car en plus d'être la journée nationale de *Star Wars*, le 4 mai était surtout l'anniversaire de Tara.

« Alors, tu viens au bal danser ?

— Pour sûr ! »

ᛞ

Justine n'eut aucune difficulté à trouver dans quelle partie de l'hôtel immense et particulièrement tape-à-l'œil se tenait le bal de l'ABA. Il suffisait de suivre les hommes portant chapeau et les matrones en robe plissée qui montaient au premier. Là, un pianiste en Converse à strass jouait du Carole King sur un quart-de-queue étincelant.

Justine avait sorti pour l'occasion une des robes de sa grand-mère, un fourreau en dentelle noire des années 1960 avec une fermeture Éclair intransigeante qui faisait des merveilles pour sa posture. Elle resta dans un coin, bien droite, en essayant de ne pas chanter avec Carole jusqu'au moment où elle finit par repérer Tara. Vêtue d'une robe évasée et très décolletée, comme elle les aimait, elle était lumineuse.

« Joyeux anniversaire en retard ! Est-ce que la force était avec toi ?

— Comme toujours ! » répondit Tara en la serrant contre elle.

Ce n'était pas qu'une embrassade polie, et dans ses bras, Justine sentit une petite vague d'émotion monter.

« Eh, ça va ?

— Oui, je… C'est juste que… Mon Dieu, ce que tu peux me manquer. »

Elles échangèrent une nouvelle étreinte avant que Tara ne déclare : « Allez, fini les niaiseries ! Il est plus que temps de se saouler ! »

Elle capta le regard d'un serveur à qui elle préleva deux coupes. « Restez là encore un peu, s'il vous plaît », lui demanda-t-elle en descendant son verre à une vitesse alarmante avant de reprendre deux coupes. Justine essaya de se rappeler s'il lui restait de l'aspirine chez elle.

« Allez, mon chou, ne fais pas cette tête-là ! On est là pour faire la fête ! »

Lorsque les invités furent conviés à se rendre dans la salle de bal – au centre de laquelle, au milieu du buffet, se dressait un taureau géant sculpté dans la glace –, Justine était déjà un peu éméchée. À leur grande déception, les hommes placés à côté d'elles n'étaient ni jeunes ni célibataires. Tara se présenta à un gentleman grisonnant et partit dans une grande conversation sur une bactérie affectant le bétail qui portait le nom désagréable de campylobacter.

Pendant ce temps, Justine lut le menu. En entrée, elles avaient le choix entre un tataki de poisson ou du fromage de chèvres (les chèvres s'y étaient-elles mises à plusieurs ?). Justine avait bien sûr déjà rencontré ce problème. Elle sortit un stylo et entoura la faute. Puis elle commença à gribouiller une note explicative dans la marge.

« Mon chou, mon Dieu, mais qu'est-ce que tu fais ? » l'interrompit soudain Tara. Apparemment, la conversation sur le campylobacter était déjà finie.

« Tu vois bien, je…

— Pitié, ne me dis pas que tu es sérieusement en train de corriger le menu.

— Je suis juste en train de…

— Mon chou, lui demanda Tara sans même baisser la voix, depuis combien de temps tu n'as pas couché ? »

Le monsieur grisonnant leur jeta un regard amusé et Justine rougit jusqu'à la racine des cheveux.

« Je suis sérieuse, reprit Tara. Alors ? Ne me dis pas que c'est la famine depuis Tom ! Si ? Mais c'est affreux. Tu veux dire que ce mec qui te parlait de la théorie des primates volants pendant les préliminaires est la dernière personne avec laquelle tu aies couché ?

— Oh, je t'en prie, Tara. Il n'était pas si nul.

— Bonjour, je suis Tom Cracknell, imita Tara. Je fais une thèse sur le cortex moteur et le faisceau…

— Le faisceau pyramidal du renard volant », compléta Justine.

Il n'était pas tout à fait inexact de prétendre que Tom, quand il sortait avec Justine, était aussi très amoureux des renards volants. C'était le genre de type qui pouvait vous faire la liste de tous les interprètes de *Doctor Who* dans l'ordre chronologique et vous parler de Pi pendant des heures. Il l'avait emmenée sur des rivières perdues faire du kayak, dans des salles d'escalade ainsi que dans un certain nombre d'autres endroits qui l'avaient clairement fait sortir de sa zone de confort. Et elle avait passé de très bons moments avec lui. Mais quand Tom s'était vu offrir un post-doctorat sur la côte atlantique des États-Unis, ni l'un ni l'autre n'avaient vraiment eu le cœur brisé.

« Attends, donc ça fait… huit mois ? Et rien ? Vraiment, que dalle ?

— Non, répondit doucement Justine.

— Tu m'étonnes que tu corriges tout ce qui te tombe sous la main !

— Tu es vraiment vilaine. Je rends juste service à la communauté.

— Mais vraiment rien de rien ? Même pas l'ombre d'une proie à l'horizon ? Son fumet ? » enchaîna Tara, braquant son regard acéré de journaliste sur son amie.

Justine secoua la tête.

« Je suis sûre que tu oublies quelque chose, fit Tara, refusant de s'avouer vaincue. Je le vois.

— Ce n'est même pas un fumet. »

Tara prit une gorgée de vin.

« Je veux quand même savoir, même si ce n'est que l'ombre du fumet de que dalle. Allez, raconte-moi tout ! »

Justine parla donc à Tara de Nick Jordan. Elle lui parla du marché et du costume de poisson, du déjeuner au Cornucopia et du fait que Nick était comédien et allait jouer Roméo. Elle dévoila même leur moment de passion adolescente sur une plage du Sud. Mais tandis qu'elle racontait tout cela, elle se rendit compte, sans vraiment en comprendre la raison, qu'elle n'avait pas envie de raconter l'histoire de l'horoscope.

« Alors, c'est quoi le plan ? demanda Tara, comme si elle roulait déjà ses manches.

— Le plan ? demanda innocemment Justine.

— Je suis sûre que tu as un plan. Et j'espère qu'il est meilleur que celui qui consiste à attendre qu'il t'appelle.

— C'est si nul que ça ?

— Au-delà du pathétique.

— Mais je n'ai même pas son numéro ! Même si j'en avais envie, comment je ferais pour le contacter ?

— Arrête… Parfois, il faut juste prendre le taureau par les cornes. Retrouve-le sur Facebook, contacte ses parents, va au restaurant au moment du déjeuner… Tout ce que tu veux, mais promets-moi que, de quelque façon que ce soit, tu vas reprendre contact avec ce type. PROMETS-LE-MOI. »

Le fax du nouvel horoscope n'allait pas tarder à arriver. Peut-être qu'elle pouvait envisager une autre tentative ?

« En fait, finit par répondre Justine, il y a peut-être un plan… »

ŏ

Il était près de minuit et les bureaux de *L'Étoile* étaient déserts et silencieux. Les ordinateurs dormaient derrière leur écran sombre, leur cœur vert palpitant doucement en mode veille, et dans le couloir, la vieille imprimante caractérielle sommeillait sagement sous sa housse. Parmi le chaos qui régnait sur le bureau d'Anwen se détachaient des figurines de *Star Wars*, drapées dans les banderoles colorées d'une petite bombe de table en l'honneur de *May the fourth*, le jour dédié à la saga.

Sur le bureau de Justine, les feuilles de la petite fougère frémissaient à peine dans l'air immobile, comme le pelage du pull en angora abandonné sur son siège. Par le Velux au-dessus du bureau, on ne voyait rien de plus que la lueur orange et trouble de la nuit citadine. Mais, quelques minutes après minuit, l'éclat argenté d'une étoile sembla percer le verre. Cet unique filament brillant qui traversa le calme du bureau suffit-il à ramener le fax à la vie ?

La machine ronronna, se préparant à l'action, et la tête de son imprimante décolla, traçant sa route sur la page de gauche à droite, puis de droite à gauche. À chaque passage apparaissaient des phrases encore incomplètes.

Pixel par pixel, prédictions et conseils se formèrent pour chaque signe du zodiaque. Arrivée au onzième signe, la machine écrivit : *Verseau. « Ni la contradiction, a dit Pascal, n'est marque de fausseté ni l'incontradiction n'est marque de vérité. » Pour faire court, Verseau, vous ne pourrez pas grand-chose contre les tirs croisés de Mars et de Neptune qui dominent tous deux ce mois-ci. Alors que Mars engendre témérité et agressivité, Neptune conseille réserve et précaution. Il serait donc peut-être sage d'y voir un peu plus clair avant de prendre des décisions importantes.*

Quelques secondes plus tard, le communiqué était complet et une page fut éjectée de la machine, achevant sa course dans le plateau où Justine, lundi matin, la trouverait.

La cuspide

✦

Dans la cabine sombre d'un avion qui survolait la zone équatoriale, Zadie O'Hare posa sa paume fraîche sur le front brûlant d'une petite fille.

« Maman ? » geignit l'enfant. Mais ce n'était vraiment pas le moment de la corriger.

Au lieu de ça, Zadie – *Verseau, étudiante en art reconvertie en hôtesse de l'air, collectionneuse et brillante usagère de talons vertigineux, détentrice d'une chevelure d'un noir bleuté et petite sœur d'une pharmacienne rouquine baptisée Larissa* – entra en action dans un silence quasi parfait et une redoutable efficacité.

D'un geste assuré de la main droite, elle déploya un sac à vomi qu'elle plaça sous le menton de la fillette dont la mère venait pourtant de déclarer que non, sa fille n'allait pas vomir. En même temps, elle réunit de la main gauche les cheveux tout ébouriffés de la petite en une vague queue-de-cheval. Le timing fut parfait. Zadie avait à peine achevé cette série de mouvements qu'un liquide sombre et mousseux comme du Coca-Cola (en plus grumeleux) remplit le sac. Et pas qu'un peu. Elle sentit la chaleur du vomi traverser le papier.

La mère de la petite fille, soudain tirée de son déni optimiste (dont la responsabilité incombait pour beaucoup aux mignonnettes de merlot qu'elle s'était enfilées), se mit, elle aussi, en action à grand renfort de lingettes et de remords. Zadie se redressa gracieusement, chassa une minuscule goutte de vomi égarée sur sa jupe et referma le sac.

« Vous êtes incroyable ! eut la bonne grâce de s'exclamer la mère. Comme avez-vous su ? »

Zadie, calme et compétente, lança un clin d'œil très professionnel à la jeune femme. « Disons juste que ce n'est pas mon premier rodéo. » Puis, d'un pas sûr, elle traversa l'avion dans ses escarpins bleu marine. À l'exception du sac plein de vomi qu'elle tenait entre ses doigts bien manucurés, on aurait pu croire qu'elle arpentait le sol de marbre étincelant d'un grand aéroport.

Elle avait presque atteint la partie réservée au personnel quand elle se rendit compte qu'elle allait avoir un problème. Elle se précipita dans les minuscules toilettes et verrouilla, ce qui alluma l'affreuse lumière métallique. Le vomi remonta presque aussitôt dans sa gorge et jaillit dans la cuvette. Il était orange pâle, comme l'enfant naturel d'un curry d'avion et d'une carotte.

En l'occurrence, la carotte, se rappela Zadie, piteuse, était un grand Néo-Zélandais dégingandé du nom de Stuart. Stuart qui ? Stuart quoi ? Zadie n'en savait rien. Début avril – peut-être même le 1er… –, ils s'étaient tous les deux retrouvés au comptoir dans la fraîcheur climatisée d'un bar de Singapour. Elle était venue là avec sa collègue Leni-Jane, qui n'avait pas démérité et s'était éclipsée rapidement avec un homme d'affaires allemand pourvu d'une très grande suite. Zadie, abandonnée si tôt dans la soirée, ne s'était pas fait d'illusions sur son état d'ébriété, son oisiveté critique et surtout sur le fait qu'elle représentait une proie de choix dans ses Fluevog sublimes et sa robe dos nu bleu pâle. Et en effet, il n'avait pas été particulièrement difficile pour Stuart, gin après gin, anecdote après anecdote, d'insinuer son genou entre les cuisses de Zadie.

Là non plus, ce n'était pas exactement son premier rodéo. Elle avait bien décelé le cas classique dans les immenses yeux bruns, les fines rides et les cheveux décolorés par le soleil mais légèrement clairsemés : un garçon inquiet, habitué à plaire depuis tout petit, qui avait récemment compris qu'il n'était pas Peter Pan, finalement.

Zadie s'était réveillée à l'aube. Ses cheveux parfaitement lisses ressemblaient à présent à une sorte de méduse du plus bel effet et elle avait la langue horriblement sèche et gonflée. Il lui avait fallu quelques très longues secondes pour que ses glandes salivaires reprennent du service et que son cerveau revienne sur certains faits importants : où elle était, pourquoi elle était aussi irritée entre les cuisses, combien de positions exotiques ils avaient essayées. Elle était seule dans le lit. Peut-être était-il dans la salle de bains ? Elle était parvenue à se lever pour aller voir. Non, elle était bel et bien seule. Stuart s'était fait la malle.

Zadie avait pris une bouteille d'eau dans le frigo et l'avait bue d'une traite, arrivant rapidement à la conclusion que cette disparition était un soulagement. Dans la chambre beigeâtre, le seul indice trahissant ses ébats avec Stuart, outre l'état du lit, était la capote qui gisait comme un ver sur le tapis. Et en y regardant de plus près, elle avait vu qu'elle était totalement déchirée.

Zadie tira la chasse et l'aspiration violente de l'évacuation de l'avion lui fit instinctivement porter une main à son ventre. Dans ses pires cauchemars, c'était ce son qu'elle entendrait jeudi à midi durant la « procédure ». C'était le mot que la personne qu'elle avait eue au téléphone avait employé. Ils étaient très bons pour les euphémismes, à la clinique de « contrôle de la fertilité ».

Le miroir qui lui renvoyait son reflet était probablement le moins indulgent de la planète. Ses cheveux étaient à peu près corrects mais elle avait vraiment un sale teint. Des boutons pointaient allègrement sous la couche de maquillage sous laquelle elle avait tenté de les camoufler et ses seins, sensibles et gonflés, distendaient le corsage de sa robe. La semaine précédente, elle avait même préféré annuler un déjeuner avec Larissa. Qui mieux que sa sœur aurait perçu ces changements aussi soudains qu'alarmants dans son corps ? Qui mieux que sa sœur, observatrice et particulièrement brillante ? Celle qui ne se serait jamais retrouvée dans des toilettes d'avion, malencontreusement enceinte à l'âge de vingt-trois ans, à tenter de déterminer quelle était la pire option.

Ça ne serait jamais arrivé à Larissa parce qu'elle prenait la pilule. Et parce qu'en plus de la pilule elle aurait eu dans son sac à main un chargement de capotes hyper-résistantes et antimicrobiennes renforcées avec une coque en acier trempé. Depuis toutes petites, Larissa se distinguait par sa prudence et Zadie par sa curiosité. Rien de plus normal, avait l'habitude de dire leur mère, car Larissa était Capricorne, ce qui expliquait sa prévoyance et son intelligence analytique, tandis que Zadie était Verseau et donc destinée aux voyages et à l'aventure, aux explorations et expérimentations de toutes sortes.

Mais où cette tendance aventureuse la menait-elle donc aujourd'hui ? Avec le travail qu'elle faisait, elle ne pouvait même pas se permettre d'avoir un chat. Alors un enfant ? Ses seuls biens terrestres se résumaient à un sac à main Kia, trente-six paires de chaussures et un iPad première génération. Elle allait finir mère célibataire, sans emploi et sans perspectives, perdue dans un coin paumé. Voilà ce qui se passerait si elle choisissait de garder le bébé. Mais sa seule autre option était son rendez-vous à la clinique. Et cette destination lui paraissait aussi abominable que le trou du cul du monde.

Zadie fut tirée de ses pensées par des coups à la porte. Putain de passagers. Ils ne savaient pas lire ? « Occupé. » Elle avait envie de le crier dans toutes les langues.

« Ça va, ma chérie ? »

C'était Leni-Jane. Qui avait dû la voir entrer en panique dans les toilettes. Qui ne ratait jamais rien. Qui, aussi adorable, drôle et fêtarde qu'elle puisse être, était aussi la personne la moins discrète de la Terre. *Et merde.*

« Oui, j'arrive ! »

Zadie fit un effort pour se reprendre. Le sac à vomi suintant était toujours posé dans le lavabo. Elle le jeta soigneusement dans la poubelle et se lava les mains avec beaucoup de savon pour essayer de chasser l'odeur aigre qui planait dans l'air. Enfin, elle s'aspergea le visage avec quelque chose qui s'appelait « Brise fraîche ». Quand elle finit par sortir, elle était auréolée d'un nuage de lavande chimique.

Leni-Jane l'attendait dehors, appuyée aux box de rangement. Elle haussa les sourcils en la voyant. Petite et ronde, elle avait des yeux brillants qui rappelaient ceux des oiseaux et qui étaient pour le moment fixés, scrutateurs, sur son amie.

« Tu es sûre que tout va bien ? Tu as une mine affreuse. Viens t'asseoir par là. »

Zadie laissa Leni-Jane l'installer sur un siège inclinable et la couvrir d'une couverture, puis elle accepta avec reconnaissance un verre d'eau pétillante et un bonbon à la menthe. Elle était tellement fatiguée. Fatiguée comme elle ne l'avait jamais été. C'était comme si son âme s'était changée en plomb ou que sa gravité avait quadruplé. Elle s'imagina tomber comme un ballon lesté, traverser le siège puis le sol de l'avion et tomber jusque sur la terre où elle s'enfoncerait dans un cratère.

« Qu'est-ce qui t'arrive, mon chou ? » lui demanda Leni-Jane, la tête légèrement penchée. Sans ses chaussures, les bras croisés, elle paraissait particulièrement petite et large, comme une mère poule en alerte.

« Ça va, rien de grave. Vraiment. C'est juste que quand cette petite fille a vomi, ça m'a complètement retourné l'estomac, lui répondit-elle avec un pauvre sourire. Ça va aller.

— Ça va aller, répéta son amie en écho en haussant des sourcils méfiants. Hum. Reste là bien au chaud pendant trente minutes et on verra après comment tu te sens. »

Leni-Jane enfouit ses petits pieds larges dans ses chaussures et tapota sa tignasse blonde. Avant de baisser l'intensité de la lumière, elle lui posa un magazine sur les genoux.

« Tiens, ça te changera les idées », fit-elle en dardant sur elle un regard qui en savait déjà trop.

Zadie se rappellerait toujours les minutes qui suivirent, dans les moindres détails. Elle se rappellerait la texture du beau papier du magazine, le nez rouge du Premier ministre caricaturé sur la couverture. Elle se rappellerait aussi d'autres petites choses : la terre ocre dans une publicité pour Jeep, la police rétro choisie pour le titre de l'article « Le divorce, le nouveau noir », le visage anguleux de l'astrologue sur sa photo en noir et blanc.

Zadie ne s'intéressait pas particulièrement à l'astrologie. Sa mère si, par contre. Patricia O'Hare ne s'y intéressait pas par mysticisme mais d'une façon concrète et directe. Son signe astrologique était une donnée, comme la couleur de ses cheveux, de ses yeux ou de sa peau, et elle était persuadée qu'être Vierge expliquait pourquoi elle pliait les draps comme une maniaque (exactement comme Martha Stewart dans sa vidéo YouTube) ou le fait qu'elle ait toujours un kit de premiers secours avec elle.

En cet instant précis, il n'y avait rien que Zadie aurait plus désiré que la présence de sa mère à son côté avec un gant de toilette brûlant. Elle lui aurait sans doute passé un sacré savon… Mais avec tendresse, comme elle savait le faire. En l'absence de Patricia O'Hare, Zadie se rabattit sur Leo Thornbury et un paragraphe délivrant ses conseils.

Verseau. Ce mois-ci est particulièrement favorable pour les porteurs d'eau qui entament de nouveaux projets. Cette impression de justesse s'étend à toutes les sphères de votre vie, déclenchant des rencontres et événements qui pourraient vous sembler le fruit du hasard. Mais pour Einstein, le hasard, c'est le déguisement que prend Dieu pour voyager incognito. Quand l'univers vous envoie un message déguisé, mieux vaut lui ouvrir la porte plutôt que la lui fermer au nez.

En lisant cela, Zadie sentit la tête lui tourner. « Maman ? » lui avait dit la petite fille, comme si elle lui posait une question. Et puis il y avait eu cette erreur de commande, quand elle avait reçu une douzaine de grenouillères en bambou au lieu du soutien-gorge push-up qu'elle avait acheté. Le même jour, elle avait aussi reçu un courrier de son ancienne école expliquant comment inscrire son enfant. Mais tout ça, ce n'était que des coïncidences, pas vrai ? Ça ne voulait rien dire.

Elle ferma les yeux et essaya de se reprendre. Ce fut comme si ses globes oculaires effectuaient soudain un demi-tour, se retournant pour fixer un monde intérieur totalement nouveau. Vue de dedans elle paraissait creuse, comme une géode géante aux murs de cristal scintillant. C'était très vaste, comme si dans l'intimité des murs étincelants de cette caverne, Zadie pouvait en vérité contenir l'univers tout entier.

Quand l'univers vous envoie un message... Ces mots traversèrent son cosmos intérieur comme s'ils avaient été inscrits dans la nébuleuse. Chatoyants comme un kaléidoscope, ils se formaient et se déformaient, rapetissaient avant de reprendre de l'ampleur.

Quand l'univers vous envoie un message... C'est à ce moment précis que Zadie le sentit dans le creux de son ventre. Ce n'était pas son imagination qui lui jouait des tours, elle le sentit réellement. Une explosion de possibles, le premier feu d'artifice d'une existence, un Big Bang personnel. Et ce fut à ce moment-là, dirait-elle plus tard, que la vie de son enfant débuta véritablement.

◆

Charlotte Juniper – *Lion, diplômée en droit et sciences politiques, ancienne dictatrice (à titre gracieux) en charge du syndicat étudiant de sa fac, fière détentrice du titre de gloire que lui conférait l'opulente chevelure auburn qui lui tombait jusqu'au creux des reins, gymnaste et clubbeuse sans culotte occasionnelle* – était nue dans une cuisine obscure qui n'était pas la sienne. Elle ouvrit le placard dans lequel elle aurait rangé les verres, si cet appartement décoré avec goût dans le style d'un entrepôt des années 1950 avait été le sien. Mais elle n'y trouva qu'un mixer. Les autres étagères contenaient du thé, du café et de l'alcool.

« Beurk », marmonna-t-elle en maîtrisant un frisson.

Charlotte avait été réveillée à deux heures du matin par le poids du futur et une pulsation douloureuse dans ses tempes (annonciatrice de la gueule de bois du lendemain). Sa peau suintait la senteur anisée du sambuca et de sa sueur encore humide émanait l'odeur salée du sexe festif. Aujourd'hui Charlotte s'était vu proposer – et avait accepté – un travail. Un vrai travail d'adulte.

Un travail qui était rare, incroyable, et surtout qui était le sien.

Tous ceux qui, comme elle, avaient dû faire leur entrée sur le marché du travail avec un diplôme de sciences politiques ou de droit n'avaient pas tardé à découvrir à leurs dépens que s'ils voulaient gagner leur vie, même modestement, il fallait être du côté des méchants. Si vous ne vouliez pas abandonner vos idéaux, alors il fallait dire au revoir à l'argent. Et pourtant, une opportunité s'était présentée. De façon tout à fait inattendue, la très dévouée Margie avait laissé tomber son boulot de conseillère en communication au parti écolo pour retourner en première ligne du combat pour l'environnement. Charlotte avait entendu dire qu'elle partait faire un audacieux sit-in dans les arbres en Tasmanie. Mais peu importait. Grâce à sa retraite anticipée, Charlotte occupait maintenant l'un des rares postes qui lui permettaient d'être rondement payée sans avoir à vendre son âme au diable. Elle allait gagner assez d'argent pour se payer des vêtements d'adulte, voire même acheter du bon vin.

Charlotte Juniper, conseillère en communication des Verts. Plus spécialement attachée au service du sénateur Dave Gregson. Dave Gregson, activiste reconverti dans la politique et ancien chanteur de rockabilly à favoris, marié à la star de la country Blessed Jones, actuellement en Nouvelle-Zélande pour la tournée promotionnelle de son dernier album. Dave Gregson qui, à l'étage, était en train de récupérer de leur abus de sambuca et de sexe. Ce même Dave Gregson qui (ce que Charlotte ignorait) avait mis son téléphone sur silencieux et l'avait oublié dans une poche, du fond de laquelle l'appareil accumulait depuis quelques heures les textos et messages vocaux de Blessed Jones. Très grippée, elle avait annulé la fin de sa tournée et rentrait par le dernier avion. Et cette fichue cuisine sans verres était la leur.

En désespoir de cause, Charlotte finit par ouvrir le frigo, emplissant la pièce d'une fluorescence glacée. Le souffle frais sécha instantanément les petites gouttes de sueur dans le creux de ses clavicules et sous sa lourde poitrine parcourue de fines veines bleues. Elle attrapa la bouteille de jus d'orange et la porta à sa bouche. C'est à ce moment précis qu'elle entendit une clé tourner dans la serrure.

La porte de l'appartement s'ouvrit toute grande, révélant la silhouette menue de Blessed Jones, à contre-jour. Elle était comme sur ses couvertures d'album, avec une robe cintrée à large jupon, de jolies bottines et un chapeau perché en biais sur le joyeux désordre de ses cheveux bouclés. Son étui de guitare à la main, elle était nimbée par un halo de lumière ambrée. Charlotte abaissa la bouteille au niveau de son entrejambe, tentant de cacher ce qu'elle pouvait. Elle sentit la pointe de ses seins se durcir sous le choc.

La silhouette de Blessed Jones émit une sorte de hoquet, comme si elle reprenait son souffle.

« Oh, Blessed Jones. J'adore vos chansons », fut tout ce que Charlotte réussit à dire.

Briques et planches – prix ? livraison ?
Crochets (à coller)
Séchoir à vêtements (petit)
Bouchon d'évier (55 mm)

Ampoules (baïonnette)
Rideau de douche

Nick Jordan, qui se rendait à vélo au magasin de bricolage, se demanda ce qu'une personne normale penserait en trouvant sa liste froissée dans un bus ou chassée par le vent à un coin de rue. Penserait-elle que c'était un poème expérimental ? Saurait-elle deviner dans quelles circonstances cette liste avait été écrite ?

Comprendrait-elle que cette liste avait été rédigée par quelqu'un qui venait d'emménager dans un petit meublé qui, comme tous les meublés de la Terre, se trouvait totalement dépourvu du moindre crochet ? Pourrait-elle imaginer l'odeur entêtante de la peinture fraîche ? Odeur violente qui ne suffisait pourtant pas à masquer celle du moisi. Imaginerait-elle le salon et sa moquette d'un vert suspect, encore humide du passage de la shampouineuse, et ses pauvres affiches encadrées calées tant bien que mal contre les murs ? Imaginerait-elle les piles de livres, de CD et de magazines pour lesquelles aucun rangement n'était prévu ? Et l'état du compte en banque de celui qui avait rédigé cette liste, qui expliquait pourquoi les briques et planches avaient pour vocation de devenir ses étagères ?

« Balcon », disait l'annonce. Mais on ne pouvait pas vraiment appeler ainsi l'avancée de béton avec sa rambarde de métal rouillé, à peine assez large pour y mettre un bac de tomates ou un étendoir à linge. (Mais pas en même temps.) Impossible de comprendre pourquoi l'architecte avait eu cette idée saugrenue. Et encore, pouvait-on vraiment qualifier d'architecte la personne qui avait conçu l'empilement de cages à poules dans lequel vivait à présent Nick ? L'immeuble avait été construit si près de l'immeuble Art déco qu'il pouvait atteindre la fenêtre en face en crachant un noyau de cerise.

L'annonce parlait aussi de « cuisine-bar », ce qu'il savait à présent traduire par « cuisine ridiculement petite ». Les plaques étaient minuscules, sales, et mettaient un siècle à chauffer. La chambre aussi était exiguë. Quant à la salle de bains, Nick préférait ne même pas y penser. Elle datait de cette brève période de l'histoire durant laquelle il avait paru judicieux de moquetter intégralement une salle d'eau.

Après avoir contourné un cortège de teckels en promenade, Nick profita d'un arrêt au feu rouge pour sortir ses écouteurs et composer un numéro sur son téléphone. À présent qu'ils avaient effectué le changement d'heure, sa famille n'avait plus que deux heures de moins, et les rues paisibles du dimanche matin conviendraient bien pour le coup de fil auquel il ne pouvait pas échapper plus longtemps.

Le téléphone sonna quatre fois avant qu'elle ne décroche. Il imagina Jo Jordan récupérer son portable sur le comptoir de la cuisine, à l'autre bout du pays, et ouvrir son étui de cuir. Il pouvait presque sentir l'air salin et voir la côte qui s'étendait, encombrée, et au-delà l'eau bleue.

« Mon chéri !

— Eh, maman ! Pardon pour le vent.

— Où es-tu ?

— Sur mon vélo.

— Oh, Nick, je préférerais que tu ne m'appelles pas quand tu conduis, c'est dangereux…

— Maman…

— Bon… Comment est ton nouvel appartement ?

— Littéralement affreux. Laid, lamentable... Et beaucoup d'autres jolies choses en *l*. Au fait, à propos de *l*... J'ai quelque chose à te dire. »

Nick prit une longue inspiration mais sa mère le coupa avant qu'il ait pu commencer.

« Oh, tu as rencontré quelqu'un ! Quelle bonne nouvelle !

— En fait... je ne suis pas certain que tu aimes beaucoup ce que je vais te dire. »

Ce fut immédiat, comme si quelqu'un venait d'injecter du nitrogène liquide sur la ligne. Tout sembla se figer. Mais il continua bravement : « Laura et moi, on va réessayer. »

Durant le silence qui suivit, il eut tout le loisir d'imaginer l'expression sur le visage de sa mère. Il crut même l'entendre se mordre les lèvres.

« Je veux dire, on ne va pas revivre ensemble ni rien. On se donne juste une autre chance. On va y aller doucement, recommencer à se voir de temps en temps, c'est tout. »

Le silence radio perdurait.

« Elle est d'accord pour ne plus me mettre la pression. Et de mon côté, je vais réfléchir sérieusement à ma carrière. C'est un compromis, quoi. Peut-être qu'elle a raison, peut-être qu'il est temps pour moi de... Tu sais bien, même papa l'a dit. Et même toi, ça t'est arrivé. Je n'ai jamais pensé qu'être acteur serait facile. Mais peut-être que je n'avais pas compris à quel point ce serait difficile. Je ne peux quand même pas passer ma vie à tirer le diable par la queue, pas vrai ? Maman ? »

Au moins, elle respirait toujours. Elle réfléchissait.

« Maman ?

— Mon Nicko, ta vie t'appartient et tu dois suivre ta voie. Avec tes amours comme avec ta carrière. Tu es le seul à pouvoir décider.

— Mais elle…

— Je sais bien, mon chéri. Je sais. Trois ans, ce n'est pas rien. Surtout quand on y met beaucoup de soi, comme tu l'as fait. Je comprends très bien que tu aies du mal à laisser tout ça derrière toi. Mais une fois qu'une relation a tourné court… Je veux dire, c'est triste, mais plus on vieillit plus la vie se complique. Et c'est important d'être avec la bonne personne. Ces derniers mois, chaque fois que nous en avons parlé, il m'a semblé que tu étais convaincu que c'était fini pour de bon entre vous. Que s'est-il passé ? »

Ce fut au tour de Nick de rester silencieux.

Cette impression de justesse s'étend à toutes les sphères de votre vie, déclenchant des rencontres et événements qui pourraient vous sembler le fruit du hasard.

Était-ce le déguisement qu'avait choisi Dieu pour voyager incognito, de coller le visage de Laura partout ? Parce que, quel que soit l'endroit où Nick posait les yeux, elle était toujours là. Il avait l'impression qu'à chaque coin de rue elle lui sautait au visage. Sur les affiches géantes, dans les vitrines, sur les panneaux.

Il savait qu'en ce moment, par exemple, elle était en vitrine du Marks & Spencer. Elle était bien plus grande qu'en vrai et elle avait la hanche insolente, les yeux fardés de sombre et une robe presque liquide couleur bronze. Ses longs cheveux noirs brillaient, et son expression… Le magasin voulait probablement qu'elle ait l'air langoureux et hors d'atteinte. Comme pour faire croire que leur marque offrait le passeport permettant l'accès à un monde libéré des préoccupations quotidiennes susceptibles de froisser visage ou vêtements. Elle n'était pas seulement le visage de cette marque, elle prêtait aussi ses yeux pour les lunettes Ophelia. Sur leur publicité, elle portait des lunettes magenta et ses cheveux ondulés semblaient flotter au-dessus de ses épaules dans une mise en scène suggérant une douce brise. Cette affiche couvrait la moitié des bus de la ville.

Même dans *L'Étoile*, juste avant les horoscopes, il y avait une pleine page de publicité pour un champagne. Et elle était encore là, adossée à des tonneaux, portant un jean qui mettait en valeur ses hanches fines et sa taille étroite. Son chemisier rose était sagement boutonné mais très moulant et ses lèvres pâles parfaitement dessinées s'arquaient dans un sourire presque aguicheur. Elle tenait gracieusement, entre ses doigts aux ongles parfaitement manucurés, une flûte de champagne. Le liquide jaune pâle luisait d'un éclat prometteur. Quelques mots, en énorme, s'étiraient dans une police bouclée : « Tentez votre chance. »

Quand l'univers vous envoie un message déguisé, mieux vaut lui ouvrir la porte plutôt que la lui fermer au nez.

Nick savait que sa mère attendait une réponse.

« C'est juste que je pense que c'est ce qu'il faut faire. Tu vois ce que je veux dire ?

— Nicko ?

— Oui, maman ?

— Mon chéri, tu as une petite tendance à toujours voir le meilleur chez les gens. Et c'est adorable. Mais... fais attention à toi.

« — Eh, dit-il soudain, se rappelant quelque chose qu'il voulait lui raconter, tu ne vas jamais deviner qui j'ai revu. Deux fois même ! Justine Carmichael !

— Justine ? Oh, bon sang, c'est incroyable ! Comment va-t-elle ? Que fait-elle de beau maintenant ?

— Elle bosse pour un magazine.

— Ha ha, évidemment. C'était certain qu'elle allait faire quelque chose de sa plume. »

Nick se surprit à raconter à sa mère dans les moindres détails sa soirée avec Justine, puis comment il l'avait revue au Cornucopia et à quel point elle n'avait pas changé. Il finit par se rendre compte qu'il jacassait. Peut-être même qu'il en disait trop, comme s'il avait étouffé pendant trop longtemps son désir de parler à quelqu'un. De Justine.

« Vous étiez tellement proches, tous les deux. Tu sais, Mandy et moi, on se disait parfois… Enfin, on avait notre petite idée derrière la tête… que peut-être un jour, tous les deux… Bref ! Ça fait très longtemps, tout ça ! Ah, Mandy me manque de temps en temps. » Elle s'interrompit un moment. « Parfois, je me demande à quoi ressembleraient nos vies si nous n'avions pas quitté Edenvale », ajouta-t-elle, mélancolique.

Nick était arrivé au magasin de bricolage.

« Maman, je dois te laisser !

— Je t'aime, mon chéri. Et si tu revois Justine, n'oublie pas de lui passer le bonjour de ma part. »

GÉMEAUX
♊

Un vendredi après-midi, vers la fin du mois de mai, Jeremy Byrne réunit tout le monde dans la cuisine. Assis à un bout de la grande table, il affichait un air grave.

« Que se passe-t-il ? demanda Justine à Anwen.

— Ça sent mauvais.

— Est-ce que quelqu'un a... fait une bêtise ? »

Justine examina les visages de ses collègues. Barbel restait sur le seuil, affichant clairement le désagrément que lui causait une réunion surprise en plein milieu de son travail. Henry semblait monter la garde à droite de Jeremy. Justine l'avait surnommé Hulk car, même s'il était petit et maigrichon, elle était certaine que si l'ampleur de son ambition était dévoilée, elle ferait craquer les coutures de sa chemise de marque, et il deviendrait aussi bleu que le parti libéral.

Jeremy se racla la gorge et les informa que Roma et Radoslaw étaient partis dans la matinée, avec la Camry, pour réaliser une interview à l'autre bout de la ville. Ils avaient eu un accident sur la route.

« Bon Dieu », lâcha Martin Oliver en serrant violemment les poings, comme s'il envisageait de frapper quelqu'un.

Justine se concentra sur le visage de Jeremy, essayant de le décrypter et de ne pas penser au pire.

« Mais ils vont bien ? » demanda Barbel en même temps qu'Anwen gémissait « Oh mon Dieu ».

Ils étaient tous les deux à l'hôpital, et même si l'accident avait eu lieu sur l'autoroute et à grande vitesse, leurs blessures étaient relativement mineures.

« Je reviens juste de l'hôpital et j'ai pu les voir », les rassura-t-il. Roma allait se faire opérer pour ses fractures à la cheville et au poignet. Quant à Radoslaw, ils s'étaient occupés de son petit traumatisme cervical et du choc causé par l'accident, et il pourrait sortir dès le lendemain.

« Mais je dois avouer que la bosse qu'il a sur le front est assez spectaculaire, ajouta le rédacteur en chef. Il ressemble à un bébé bélouga. »

La très jeune conductrice de la Holden Gemini hors d'âge qui les avait heurtés n'était pas blessée non plus mais il était possible qu'elle ait mouillé son pantalon quand Radoslaw avait bondi de la voiture accidentée dans un état de furie avancé – la montée d'adrénaline post-accident n'avait pas dû aider – pour lui livrer son avis non censuré sur sa façon de conduire. Les journalistes échangèrent quelques regards entendus mais personne ne fit de commentaire.

« Bien sûr, et c'est bien naturel, ces nouvelles ne manqueront pas de nous perturber un peu. Mais nous sommes avant tout des professionnels et nous ne pouvons pas nous permettre de ralentir le mouvement. Aussi, j'ai déjà appelé Kim Westlake pour qu'elle nous donne un coup de main avec la photographie. Quant aux rendez-vous de Roma, nous allons tous devoir remonter nos manches. »

Jeremy annonça que lui-même se chargerait de reprendre le procès au long cours que couvrait Roma. Les deux autres journalistes furent prompts à se répartir l'article sur le reporter chilien qui s'était vu décerner un prix et sur l'impact de la coupe budgétaire sur le ballet national.

« Ce qui nous laisse une dernière mission. Un petit article sur une comédienne en herbe du nom de Verdi Highsmith. Heureusement, Radoslaw a déjà tout ce qu'il lui faut d'un point de vue images. Mlle Highsmith n'a que quinze ans mais je sais de source sûre qu'il faut la garder à l'œil. Elle vient d'être choisie pour jouer dans *Roméo et Juliette*. Avec les Amis du théâtre. »

Roméo et Juliette ? Ce devait être l'adaptation dans laquelle jouait Nick. À coup sûr.

Martin laissa échapper un ricanement moqueur.

« Oui, je sais bien. Ils mettent notre patience à rude épreuve avec leurs comédies bourgeoises interminables mais ces bonnes gens des Amis du théâtre sont aussi les troubadours de notre quartier et il faut leur montrer un peu d'affection. Sans compter que si la demoiselle Highsmith se révèle être la star de demain, il est évident que notre magazine se doit de l'avoir suivie dès ses débuts. Alors, qui veut s'en charger ? »

Cerveau : Il sera peut-être là aussi à l'interview.
Justine : Qui ?
Cerveau : Arrête de faire la maligne et lève la main.

« Je vais m'en occuper, finit par dire Justine.

— Très bon esprit. Merci beaucoup, Justine. Nous sommes donc parés ! Allons, au travail, mauvaise troupe.

— Euh, Jeremy ? Quand est l'interview ? »

Le rédacteur en chef se perdit quelques instants dans ses notes.

« À quinze heures ! Au théâtre La Gaieté.
— Quinze heures… aujourd'hui ?! »
Jeremy replongea le nez dans ses notes. « Tout à fait… Aujourd'hui même ! »
Il était quatorze heures trente.

II

Justine arriva au théâtre La Gaieté avec un stylo-bille neuf dans une poche, un carnet vierge dans une autre et deux minutes d'avance. Elle n'aurait pas su dire à quand remontait sa dernière visite dans ce vieux théâtre de poche à la décoration surchargée qui faisait la joie et la fierté de l'Association pour la préservation du patrimoine d'Alexandria Park. Dès qu'elle entra dans le foyer, une odeur très caractéristique monta à ses narines. Elle fut ramenée à l'époque où, âgée de huit ans, elle avait mis son plus joli manteau et des chaussures vernies trop serrées pour assister à la représentation de Noël de *Casse-Noisette*. Elle se rappelait également un *Peter Pan* très kitsch et *L'Éventail de Lady Windermere*, interminable.

Dans le foyer l'attendait un jeune homme très soigné qui portait une chemise à fleurs fort élégante et des chaussures exagérément pointues. Il se présenta comme le directeur du théâtre mais Justine savait bien que cela voulait seulement dire qu'il était l'unique salarié.

Quant à elle, elle se présenta de façon tout aussi partiale comme journaliste à *L'Étoile*. Et cela lui plut bien.

« Ils sont un peu en retard, ils ne vont pas tarder. Je vais vous emmener au premier balcon. Verdi vous rejoint dès qu'elle termine, ajouta le jeune homme en l'entraînant dans un escalier moquetté de rouge. Comme vous le savez sans doute, la troupe ne va pas jouer ici avant un moment. Aujourd'hui ils sont seulement là pour prendre quelques images pour la promotion. »

Ils atteignirent le petit foyer des spectateurs, avec son bar très décoré et ses portes doubles qui ouvraient sur l'obscurité de la corbeille. Le directeur posa un doigt sur ses lèvres pour lui intimer le silence et la laissa là.

Une fois que ses yeux se furent accoutumés à l'obscurité, Justine put constater que les sièges de velours rouge avaient seulement été retapissés. Les murs, d'un bleu-vert un peu trouble, n'avaient pas changé. Les silhouettes antiques sur les murs de l'avant-scène étaient encore là également. De minuscules grains de poussière planaient dans l'air sous les faisceaux de lumière qui se déversaient de la rampe du plafond jusque sur la scène noire encore nue. Des cameramen travaillaient derrière leur trépied et un photographe, pieds nus, explorait différents angles.

Au milieu de la scène, dans une flaque de lumière, se tenait une jeune femme entièrement vêtue de noir, le texte à la main. Ses cheveux étaient roux foncé et coupés à la garçonne. Lorsqu'elle tourna son visage large et parfait vers la lumière, Justine, pendant un instant, fut sidérée.

« Quel homme es-tu, toi caché par la nuit
Qui trébuches dans mon secret ? » déclama-t-elle. Sa voix chaude et un peu rauque emplit sans peine le théâtre tout entier.

Justine reconnut aussitôt la scène du balcon. Un second acteur entra dans la lumière.

« Par aucun nom
Je ne sais te dire qui je suis.
Mon nom, ô chère sainte, est en haine à moi-même
Puisqu'il est ton ennemi.
Et si je l'avais écrit j'aurais déchiré le mot. »

C'était Nick. Son visage semblait réduit à l'essentiel. Ses yeux étaient grands, encore plus que d'habitude, sa bouche sensuelle. Ses joues creuses convenaient bien à un jeune amoureux torturé.

La jeune fille, qui était donc Verdi Highsmith, répliqua :

« Mes oreilles n'ont pas bu cent paroles encore
De cette bûche... »

Le charme fut aussitôt rompu. Verdi gloussa et soudain elle ne fut plus qu'une adolescente de quinze ans ordinaire. Juliette avait quitté le théâtre.

« De cette bouche, pardon. Bouche, bouche, bouche. » Elle gloussa de plus belle et adressa une grimace au cameraman.

« Vas-y, continue », lui suggéra Nick.

Verdi ferma les yeux et inspira profondément. Juliette refit son apparition.

« N'es-tu pas Roméo ? N'es-tu pas un Montaigu ?
— Ni l'un ni l'autre, ô belle jeune fille,
S'ils te déplaisent l'un et l'autre », répondit Nick tendrement.

Justine se laissa glisser sans bruit dans un des fauteuils de velours rouge, essayant de rester invisible.

Les acteurs lisaient leur script et faisaient la mise en bouche du texte. Il n'y avait ni costume ni décor. Et pourtant la magie opérait déjà. L'enchantement tenait aux mots et aux gestes autant qu'à l'intention qui y était insufflée.

Nick et Verdi se déplaçaient en lisant mais ils ne suivaient pas les directions d'un metteur en scène, ils laissaient seulement leur corps les guider, décrivant des cercles autour de leur partenaire. Et en bougeant, ils donnaient vie à un petit tourbillon de microparticules de poussière en suspension, alimenté par chaque cercle. Regarder Nick jouer avait toujours été comme d'assister au plongeon d'un phoque, comme de voir un animal un peu gauche retrouver son environnement. Le milieu naturel de Nick Jordan, c'était la scène.

« Sur les ailes légères d'amour j'ai passé ces murs
Car les limites de pierre ne retiennent pas l'amour. »

Justine, dans l'ambiance presque étouffante et saturée de velours de la corbeille, aurait eu bien du mal à se rappeler l'impression de ces premiers jours, lorsqu'on tombe amoureux et qu'on est aimé en retour. En fait, il lui paraissait même presque inconcevable que cela puisse lui arriver de nouveau. Il était impossible de créer un amour semblable. C'était comme une étincelle magique et on ne pouvait qu'espérer être là au bon endroit et au bon moment, lorsque l'allumette entrait en contact avec le grattoir.

« Bonne nuit ! Séparation est un si doux chagrin
Que je vais dire bonne nuit jusqu'à demain », conclut Verdi.

Justine resta assise, immobile, un peu triste. L'univers de la pièce s'était évanoui.

Le directeur du théâtre s'approcha de la scène pour dire quelque chose à Verdi, qui descendit aussitôt d'un bond et traversa la salle. Les cameramen commençaient à démonter leur matériel et bientôt Nick fut seul sur scène. Justine aurait pu se lever et l'appeler mais elle se contenta de le regarder, concentré sur sa page, son visage changeant d'expression tandis qu'il lisait. Au bout d'un moment, il ferma son livret et s'enfonça dans l'obscurité des rideaux.

Derrière Justine, la porte s'ouvrit bruyamment, laissant pénétrer des rais de lumière.

« Euh… Salut ! » fit Verdi, qui venait apparemment de monter l'escalier au pas de course. Elle salua Justine d'un mouvement de main étrange, en gardant le coude collé contre elle. C'était plus le geste d'une adolescente nerveuse que de la jeune comédienne assurée et maîtresse d'elle-même que Justine venait de voir sur scène.

« Je suis Justine, lui dit-elle en tendant la main. Journaliste à *L'Étoile*. »

Malhabile et mal à l'aise, Verdi lui rendit son salut, avouant que c'était sa première interview.

Justine préférait qu'elle ne sache pas que c'était aussi son cas.

« J'ai pu assister à quelques minutes de votre répétition. Vous formez un joli duo. Je pense que la pièce va être très réussie.

— Oh oui, Nick est incroyable. »

Le cœur de Justine débordait encore de poésie shakespearienne, sans quoi elle n'aurait rien dit. Mais elle ne put s'en empêcher :

« Oui, je connais Nick. On était à l'école ensemble. »

Verdi parut très intriguée :

« C'est vrai ? Il était comment ? demanda-t-elle, les yeux grands écarquillés.

— Ç'a toujours été un acteur. Tu devrais lui demander de te parler de *Monsieur Crapaud*. Tout le monde à Edenvale s'en souvient.

— Vous avez fait tout votre lycée ensemble ? »

Justine prit un certain plaisir à lire en Verdi qu'elle se tricotait déjà une petite histoire avec les bribes d'informations qu'elle était en train de lui fournir.

« Non, dut-elle admettre. La famille de Nick a déménagé avant le lycée. »

La curiosité enthousiaste de Verdi laissa soudain place à une tristesse absolue. Le visage de cette fille était comme un écran magique. Elle était capable d'effacer toute émotion de son visage avant d'en faire apparaître une nouvelle.

« Oh, dit-elle, le cœur brisé, ça a dû te faire beaucoup de peine. »

Le souffle de Justine resta bloqué dans sa gorge. Était-ce vraiment des larmes qui faisaient trembler ses lèvres ? *Arrête ça tout de suite, arrête ça.* C'était exactement comme ça que les acteurs s'y prenaient. Ils vous faisaient rire et pleurer en utilisant leur visage, leur voix, leurs mains, leurs gestes pour vous faire ressentir des choses. C'était leur travail.

Le visage de Verdi fit encore apparaître quelque chose de différent. Tout à coup, elle semblait aussi joyeuse qu'un inventeur dément ou un chef d'orchestre possédé.

« Alors vous vous voyez toujours ? fit-elle en joignant ses mains.

— De temps en temps, répondit Justine avec légèreté en se demandant si elle était parfaitement honnête.

— Tu as rencontré sa copine ? »

Ces mots touchèrent Justine en plein cœur. Elle sentit comme un douloureux affaissement intérieur.

« Elle est mannequin. Tu l'as forcément vue, c'est elle qui fait toutes les pubs pour Chance. Et pour les lunettes Ophelia. Tu connais ? »

Justine ne connaissait pas mais elle sentit tout de même son cœur s'enfoncer encore de quelques étages.

« Quand j'avais douze ans, j'ai joué son rôle pour une pub à la télé. Enfin, je jouais le rôle de son personnage mais en plus jeune. C'était un peu comme l'évolution de la jeune Laura, tu vois. Et elle faisait la version adulte. Ce qui est fou avec elle, c'est qu'elle est vraiment comme sur les affiches ! Ils ont à peine besoin de lui mettre un petit coup de brosse, tu vois. »

Tout ce que Justine voyait, c'était que si son cœur continuait à sombrer, il n'allait probablement pas tarder à traverser le noyau de la Terre et entrer en fusion.

« Mais bon, moi, je trouve ça un peu étrange. Je veux dire, on pourrait vendre Nick et Laura en kit. Ils se ressemblent tellement. Les cheveux bruns, les yeux clairs. Tu sais, comme dans les dessins animés ! L'amoureuse du petit animal est exactement la même mais avec de longs cils et un ruban dans les cheveux. Ils sont un peu comme ça. Tu ne trouves pas ça bizarre, quand des gens se mettent avec quelqu'un qui leur ressemble tellement ? enchaîna Verdi sans même reprendre son souffle.

— Mais l'important, c'est d'être heureux. Et ils le sont, pas vrai ? demanda Justine, se sentant un peu coupable de profiter de l'âge de la jeune fille pour lui soutirer des informations.

— En fait, il y a vraiment des hauts et des bas.

— Ah oui ?

— Tu connais l'histoire de Narcisse, n'est-ce pas ? dit Verdi en affectant la maturité. Eh bien, je pense que dans l'histoire, Nick serait plutôt la mare. Tu me suis ? »

II

Justine consacra toute la semaine suivante à son portrait de Verdi Highsmith. Elle y passa tant d'heures qu'elle finit par le connaître par cœur. Et lorsqu'elle y apposa le point final elle connaissait également parfaitement les cinq lieux où, entre chez elle et le travail, elle pouvait étudier le visage de la petite amie mannequin de Nick Jordan.

Il était si tentant de se dire que les grâces étaient distribuées en parts égales. Pour avoir été dotée de si jolis cheveux et d'un visage admirablement symétrique, Laura Mitchell devait être dépourvue de charme, d'esprit ou peut-être de cœur. Ou d'intelligence. Mais Justine savait, et elle aurait même pu le défendre dans un plan en trois parties, qu'il était absurde de penser ainsi.

Cerveau : Verdi a dit qu'elle était stupide.

Justine : Non, elle n'a pas dit ça. En tout cas, pas de cette façon.

Cerveau : Okay, disons qu'elle l'a insinué. C'est pareil.

Justine : La pente est glissante. Ça n'a rien à voir.

Cerveau : Alors ? Qu'est-ce que tu vas faire maintenant ? Tu ne vas pas laisser tomber, quand même ? Tu ne penses pas que Leo aurait son petit mot à dire au sujet de la superficialité et du véritable amour ?

Justine : En se basant sur quoi au juste ? Sur l'opinion d'une adolescente trop bavarde ? Je pense qu'il vaut mieux en rester là.

Justine se détourna de l'affiche devant laquelle elle s'était arrêtée et reprit son chemin. En marchant, elle appela sa mère et écouta sonner le téléphone en l'imaginant en train de réunir ses affaires avant de filer au travail.

« Allô, Mandy Carmichael au téléphone.

— Joyeux anniversaire, maman ours !

— Oh, ma chérie ! Comment vas-tu ? Tu ne vas pas en croire tes oreilles, devine ce que ton père m'a offert pour mon anniversaire ? Il a tout organisé tout seul, comme un grand ! Un stage de cuisine dans les Montagnes bleues. Très sélect. Apparemment, ce sera axé sur les quiches. Ton père trouve ça hilarant. Il va nous y emmener avec son Skycatcher et on va passer la nuit dans le vieil hôtel Art déco. Enfin bon, c'est un peu étrange d'apprendre à cuisiner des quiches somptueuses alors que tout ce qu'il y a dedans, c'est de la pure calorie et que je passe ma vie à… »

Justine se rappela à quel point parler au téléphone avec sa mère pouvait être une activité passive. Il lui suffisait de ponctuer son flot de paroles de « mmm » et « ha ha » occasionnels.

« … je dois m'échapper, ma chérie. Je ne peux pas me permettre d'arriver trop tard, j'ai des entretiens de bilan annuel toute la journée. Je t'aime ! Je t'embrasse fort ! »

II

« Justine, tu aurais un moment pour passer dans mon bureau ? » lui demanda Jeremy quand il la croisa à l'imprimante après le déjeuner.

Il ne restait que quatre jours avant l'envoi en impression.

« Bien sûr », lui répondit-elle en sentant la culpabilité l'inonder. En suivant Jeremy, elle pensait avec inquiétude aux originaux des horoscopes dans son bureau.

En passant devant la pièce réservée aux journalistes, elle aperçut le bureau de Roma. Son écran était noir et les fleurs fanées.

Le bureau de son patron était peut-être encore plus chaotique que de coutume. Il avait apparemment essayé de ranger ses livres : il y avait des trous sur ses étagères et de grosses piles en équilibre instable encombraient le sol. Il s'assit derrière son bureau et Justine s'installa, nerveuse. Mais quand elle leva les yeux sur lui, elle constata qu'il souriait. Peut-être allait-il lui annoncer de bonnes nouvelles, finalement. Est-ce que par miracle son accident avait donné à Roma envie de prendre sa retraite plus tôt ?

« Comme tu le sais, on pensait à quelque chose d'engagé pour la couverture du nouveau numéro. Et, comme tu le sais aussi, il n'y a rien que j'aime plus qu'une belle photo de manifestant. Les visages en colère, les chants, les poings levés ! Oui, j'aime à voir la foule s'élever pour faire entendre sa voix. »

Justine avait déjà vu la photo. Elle avait été prise au bord de l'eau, à l'occasion d'une manifestation contre l'exportation d'animaux vivants. Des gens en colère brandissaient des pancartes enduites d'une peinture rouge qui coulait comme du sang. Elle avait aussi vu la proposition de Glynn : l'image encadrée d'un simple trait du même rouge et quelques lignes de texte rassemblées sur le bas de la page, là où elles ne risquaient pas de distraire l'attention.

« Mais après tout le foin qu'a fait la caricature de Ruthless le mois dernier, j'ai opté, après mûre réflexion, pour quelque chose de plus léger. Un sujet plus joyeux, plus fédérateur. »

Jeremy lui tendit une maquette de la nouvelle couverture. Là où Justine se rappelait du rouge, il y avait à présent du vert. La couverture était scindée horizontalement en deux, chaque partie montrant le visage de Verdi Highsmith sur un fond uni couleur vert menthe. Comme un masque de tragédie grecque, elle passait du rire aux larmes. Dans la photo du haut, sa bouche était incurvée vers le bas, évoquant la tristesse absolue, et dans celle du bas, elle remontait en formant un sourire joyeux. Le texte était en pastel, les polices fantaisistes et enjouées. C'était délicieux.

Justine porta les mains à son visage.

« Comme tu peux voir…

— Oh mon Dieu, l'interrompit Justine. Mon article fait la une ? Pour de vrai ?

— Tu as fait un très beau boulot. Descriptif mais jamais pesant. Très fin, élégant, captivant. J'adore ton article et je pense que ce sera aussi le cas des lecteurs. Et je n'ai bien sûr pas oublié que tu as dû récupérer cette tâche à la dernière minute.

— Merci beaucoup.

— Je suis aussi bien conscient que tu as dû y consacrer beaucoup de temps et que c'est peut-être la raison pour laquelle… La deadline est dans quatre jours et…

— Je sais. Je suis vraiment désolée, Jeremy. C'est vrai que je suis en retard pour les collaborations extérieures.

— Non, non, ne t'excuse pas. Je voulais seulement suggérer que tu te fasses aider pour les tâches les plus basiques. Peut-être Henry pourrait-il t'alléger de certaines choses ? Il pourrait par exemple taper la rubrique de Lesley-Ann. J'ai remarqué qu'elle n'est pas encore sur le serveur. Et tu attends encore les Avis des lecteurs, n'est-ce pas ? Il n'y a que quelques petites modifications à faire, bien sûr, mais je pense que Henry pourrait s'en charger. Peut-être pourrait-il aussi te donner un coup de main avec l'horoscope ?

— Euh oui, ce serait parfait. Enfin, pour l'horoscope, je... »

Son esprit tournait à trois cents à l'heure. Elle s'était pourtant promis (enfin, presque) de ne plus toucher à la rubrique de Leo. Pourtant, l'idée que quelqu'un d'autre s'en charge la paniquait. Elle n'avait pas réellement prévu de retoucher la copie de Leo mais elle ne voulait pas pour autant que Henry y ait accès. L'horoscope, c'était sa partie.

« Je veux dire, j'ai presque terminé de corriger l'horoscope, finit-elle par inventer.

— Excellent ! Tu peux donc déléguer seulement le reste. Et tu gardes l'horoscope. »

Trente minutes plus tard, le fax de Leo avait été embroché avec ses semblables et l'horoscope du mois était sur le serveur, prêt à être maquetté. Et si, dans l'opération, la partie réservée aux Verseau avait subi quelques modifications, Justine considérait que la manœuvre présentait un risque somme toute minime. Après tout, elle s'en était déjà tirée deux fois avec son petit tour de passe-passe. Et si l'histoire de Nick Jordan avec sa petite amie, si belle et si pareille à lui, était parfaitement inébranlable, alors l'horoscope n'aurait aucun impact. Quel mal pouvaient donc faire quelques changements mineurs ?

La cuspide

✦

Tansy Brinklow – *Verseau, oncologue, ex-femme de l'urologue Jonathan Brinklow, mère de Saskia, Genevieve et Ava, grande admiratrice de Diana Rigg (époque* Chapeau melon et bottes de cuir*) et électrice de droite non assumée* – déjeunait une fois par mois avec ses vieilles amies Jane Asten et Hillary Ellsworth. Et, comme souvent, le restaurant choisi était inconsidérément éloigné de son cabinet car ni Jane ni Hillary n'avaient jamais eu à se soucier de caler une pause-déjeuner dans un emploi du temps professionnel.

Jusque-là, Tansy était parvenue à garder sa main gauche sous la table. La soupe n'avait pas posé problème, les bruschettas non plus. Mais Jane avait suggéré de prendre un plateau de fromages pour le dessert. Tansy n'aurait jamais dû valider ce choix car poser un morceau de brie sur un cracker d'une seule main relevait de l'exploit. Assise parfaitement immobile, sa main gauche cachée sous la table et même sous sa cuisse, Tansy était plus que consciente de la découpe acérée de la bague toute neuve qu'elle avait au doigt. Elle était incapable de dire si Hillary et Jane allaient l'aimer ou la détester. Le bijou avait été dessiné par un joaillier et il était assez spécial : c'était une énorme tourmaline fumée de forme rectangulaire, montée sur un anneau d'or rose et blanc. Tansy elle-même n'aurait pas su dire si c'était la plus jolie chose qu'elle ait jamais vue ou si ce n'était vraiment pas son style. Elle avait bien sûr dit à Simon que c'était la plus jolie chose qu'elle ait jamais vue, car Tansy était particulièrement bien élevée.

D'ailleurs, si on avait dû décrire le docteur Tansy Brinklow avec un seul mot, on aurait dit « polie ». Et on aurait pu ajouter « beaucoup trop ». Ses parents, plus britanniques que la reine, considéraient la politesse comme une vertu cardinale. Ensuite venaient la propreté, la décence et une bonne diction (la petite Tansy avait été protégée des mauvaises habitudes de langage et des voyelles relâchées de ses camarades par des cours particuliers de diction). Et même si elle avait fait ses premiers pas dans le monde au bal des débutantes plus de trente ans auparavant, c'était un peu comme si elle n'avait jamais vraiment ôté ses longs gants de satin blanc (ceux avec les petits boutons de perle au coude).

Son sourire poli et accommodant et son hochement de tête tout aussi poli et compréhensif faisaient tellement partie de sa personnalité que six ans plus tôt, ils avaient été sa première réaction instinctive lorsque son mari lui avait annoncé qu'il la quittait. Jonathan avait lâché ça juste après qu'ils avaient bouclé leur ceinture, dans l'avion qui les emmenait pour deux semaines de vacances en famille sur les îles Fidji. Les filles, à côté d'eux, étaient protégées de l'annonce par leurs écouteurs.

« Ma chérie, avait-il dit en lui prenant la main, je me suis dit que c'était peut-être une bonne idée de te l'annoncer maintenant, pour que tu puisses avoir un peu de temps pour t'habituer à l'idée. À notre retour, je vais déménager. Je te quitte. »

Il la rassura en lui expliquant qu'il avait déjà pensé à tout et en lui rappelant que quand ils avaient acheté leur maison, quelques années plus tôt, elle avait été mise seulement à son nom. C'était donc plus facile et bien plus logique qu'elle la garde. Lui vivrait dans la garçonnière en ville et garderait la villa sur la plage. Bien sûr, les filles et elle seraient les bienvenues chaque fois qu'elles désireraient en faire usage, du moment qu'elle le prévienne deux semaines à l'avance. Quant à leur patrimoine financier, qui était assez considérable, un partage de 60/40 en faveur de Tansy lui paraissait raisonnable, si on comptait les nombreuses années durant lesquelles elle avait renoncé à travailler pour élever leurs enfants. Avait-elle des questions ?

Des questions… ? Elles sautaient et bouillonnaient comme des poissons rouges dans un jacuzzi. Depuis combien de temps pensait-il à la quitter ? Ce n'était pas pour une histoire d'impôts qu'ils avaient décidé de mettre la maison à son nom ? Est-ce qu'il envisageait déjà de la quitter à l'époque ? Y avait-il une autre femme ? Ou un autre homme ?! C'était pour ça qu'ils n'avaient pas fait l'amour depuis quatre mois ? Bon Dieu ! Il la quittait, sérieusement ?! Mais POURQUOI ? Elle était incapable de s'arrêter assez longtemps sur aucune de ces questions pour réussir à la verbaliser. Et de toute façon, ils étaient en classe affaires et l'hôtesse de l'air était là, juste à côté, toute souriante, et leur proposait du champagne.

Tansy s'était forcée à sourire et avait remercié la jeune femme.

Pendant tout leur séjour, Tansy avait subi ce qu'elle imaginait être les effets d'une commotion majeure. Elle avait passé de longues journées prostrée sur le sable blanc digne d'une carte postale, à regarder ses filles crier dans les vagues bleues. Le soir, elle buvait des piña coladas et fumait des cigarettes au clou de girofle alors qu'elle n'aimait même pas ça. Puis elle avait refait les valises de la famille avec le même soin qu'elle mettait en toute chose et ils étaient rentrés à la maison, Jonathan avait déménagé et le mari de Hillary, qui était généraliste, lui avait prescrit quelque chose pour réussir à passer le cap. Mais le problème avait justement été qu'elle avait si bien passé le cap que toute sa vie intérieure avait disparu. Tansy avait passé les années qui avaient suivi son divorce piégée dans un puzzle en 3D, un drôle d'endroit où le réel n'était qu'une illusion. Ce n'était vraiment que ces dix derniers mois, depuis sa rencontre avec Simon Pierce, qu'elle avait recommencé à sentir s'agiter au fond d'elle des choses dont elle avait oublié jusqu'à l'existence.

Simon était infirmier. Enfin, il était plus exactement sage-femme. Dans son uniforme bleu, un bébé à cheval sur l'avant-bras, il mariait merveilleusement sensibilité et masculinité. Âgé de quinze ans de moins qu'elle, il louait un appartement minuscule mais charmant à quelques minutes de son libraire préféré et du cinéma indépendant de la ville. Il ne possédait pas de voiture et se déplaçait sur une Vespa que, lui avait-il avoué, il n'avait pas fini de payer. Il arrivait encore à Tansy de rire nerveusement en se rappelant que la seule chose que possédait Simon, c'était une machine à café italienne de luxe.

Hillary et Jane l'avaient rencontré plusieurs fois et elles avaient fait preuve d'une cordialité exemplaire à son égard. Tansy n'avait pas caché à ses amies qu'ils s'étaient rencontrés au bar à salades de la cafétéria de l'hôpital et qu'il lui avait proposé d'aller déjeuner ensemble dehors pour échapper au riz visqueux et au curry tout sec. Mais elle n'avait pas dit à ses amies que c'était durant ce premier rendez-vous impromptu que Simon avait fort justement (et sans aucune incitation de sa part) évoqué l'incroyable ressemblance de Tansy avec Diana Rigg, dans *Chapeau melon et bottes de cuir*. Même si Tansy avait quand même laissé entendre que le sexe avec Simon était très satisfaisant, elle n'en avait pas dit plus. La virilité du mari de Jane avait flétri aussi vite qu'une fleur au soleil et le mari de Hillary prodiguait depuis plus de vingt ans ses attentions à sa secrétaire. Cela aurait donc été très indélicat de sa part de leur confier que l'un des premiers cadeaux de Simon avait été une paire de charmants petits gants de conduite en cuir, qu'elle n'enlevait pas toujours au moment de passer dans la chambre à coucher.

Tansy prit une longue inspiration et posa sa main gauche sur la nappe blanche, près du plateau à fromages. La pierre capta la lumière de l'après-midi qui entrait à flots par les grandes fenêtres ouvrant sur l'eau. Hillary se figea, un petit morceau de fromage encore accroché à sa lèvre inférieure. Quant à Jane, ses sourcils disparurent sous son épaisse frange rousse.

« Simon m'a demandée en mariage », annonça Tansy. Elle savait qu'elle était écarlate et que son décolleté commençait probablement à s'empourprer aussi.

« En mariage ? » répéta Hillary.

Jane examina la bague et lâcha à mi-voix :

« Mon Dieu, mais qu'est-ce que c'est ? Du quartz ?

— De la tourmaline, rectifia Tansy.

— C'est pareil, trancha Hillary en enlevant ses lunettes pour mieux regarder. C'est joliment travaillé, ça a dû coûter cher.

— Eh bien, quand même ! Merci », dit Tansy en souriant.

Ses amies échangèrent un regard et elle sentit distinctement passer le souffle de la préméditation.

Ce fut Jane qui se lança. « Mais tu comprends bien, Tansy, que même si la bague a coûté cher, ce n'est qu'une goutte d'eau dans l'océan de tout ce qu'il est sur le point d'empocher ? »

Pendant une microseconde, Tansy prit ça pour un compliment. Puis elle plissa les yeux.

« Qu'est-ce que tu essaies de me dire ?

— Enfin, Tansy. Imaginons un docteur qui gagne très bien sa vie, un spécialiste, et qui se fait draguer par une jolie petite infirmière désargentée de quinze ans de moins que lui… Qu'est-ce que tu dirais ? Qu'elle n'a été conquise que par son incroyable personnalité ?

— Non, contra Tansy en éclatant de rire. Simon n'est pas… »

Jane commença à énumérer sur ses doigts : « Pas de voiture, pas de maison, il va sur ses trente-cinq ans avec rien de solide. Et voilà qu'il y a ce docteur, célibataire, avec une jolie petite fortune… »

Sa voix s'éteignit doucement. Tansy ouvrait et refermait la bouche comme un poisson rouge.

« Ce que je ne comprends pas, c'est ce qu'il a fait de sa vie, fit Hillary. Je veux dire, il a un travail, non ? Pourquoi il n'a pas un sou ? Pourquoi il n'a même pas de voiture ? »

Jane jeta un regard aigu à Tansy.

« L'autre jour, tu m'as dit que tu envisageais de changer ta Volvo, que tu allais peut-être aller essayer autre chose. C'était son idée ?

— Oui. Oui, je crois que c'était son idée. Mais…

— Vous avez essayé quelle voiture ? » demanda Jane.

Son expression indiquait clairement que tout allait se jouer sur cette réponse.

« Une Alfa Romeo Spider », murmura Tansy.

Hillary ne put contenir un gloussement.

« Oh, Tansy… Une Alfa Romeo… ?! Ça ne te ressemble tellement pas.

— Il a dit que je travaillais tellement que je la méritais bien. Que j'avais le droit de m'acheter ce qui me faisait plaisir.

— Mais à qui est-ce que ça ferait vraiment plaisir ? À toi ou à lui ? » demanda Jane en vidant la bouteille de blanc dans le verre de Tansy et en appelant le serveur pour en avoir une autre.

Il y eut un bref silence navré.

« Je n'arrive pas à comprendre ce qu'il peut bien faire de son argent, marmonna Hillary.

— Il a voyagé, tenta Tansy.

— Peut-être qu'il joue, dit Hillary, et ses yeux s'écarquillèrent. Ou il paie une pension ! Tu as dit qu'il était d'où, déjà ? »

Quand Tansy leur rappela, Jane pinça les lèvres.

« Tu dois bien admettre, Tansy, qu'il est juste PCN. »

Cela n'évoquait rien pour Tansy qui fixa ses amies sans comprendre.

« Oui, Pas Comme Nous.

— On pourrait aussi appeler ça un croqueur de diamants. »

Pour une fille qui était née et avait été élevée dans une ville de prospecteurs d'or, ce n'était pas rien de dire une chose pareille. La réaction de Tansy fut aussi violente que physique. La brûlure de l'humiliation partit de son plexus solaire et une vague de honte sans nom la submergea. L'incendie se déclara dans sa gorge, ses joues s'enflammèrent, son nez l'élança et elle eut des fourmillements jusque dans les mains.

« Oh, je viens de me rappeler ! » s'exclama soudain Hillary. Elle attrapa un sac à main en cuir d'une taille plus qu'imposante dont elle sortit un exemplaire de *L'Étoile* qu'elle posa sur la table comme s'il s'agissait d'une pièce à conviction.

« Qui est-ce ? leur demanda Jane en tapotant la couverture de son ongle parfaitement manucuré. On la connaît ?

— C'est la petite-fille de cette dame qui tenait la boutique de confection derrière les halles d'Alexandria. C'est la fille de son petit dernier, celui qui a épousé une Grecque ou une Macédonienne ou je ne sais plus quoi. Enfin, en tout cas, je trouve ça ridicule. Elle n'a que quinze ans et ils la laissent jouer Juliette. Je n'ose pas imaginer les conséquences que ça va avoir sur ses études.

— Elle est vraiment très jolie, commenta Tansy.

— Bien sûr qu'elle est jolie, elle a quinze ans ! répliqua Jane. Toutes les filles sont jolies à quinze ans. Et si elles ne le sont pas, elles ne le seront jamais.

— Enfin bon, ce n'est pas là que je voulais en venir, les coupa Hillary. J'ai lu ça hier et ça m'a fait penser à toi. C'est incroyablement pertinent. Mon Dieu, j'adore Leo Thornbury. Il sait vraiment de quoi il parle. Attends un peu d'entendre ça. Où sont les Verseau… ? Ah, voilà. Écoute. *Ce mois-ci, Verseau, vous place à un carrefour du cœur. Mais quelle direction prendre ? Les astres vous poussent à vous méfier de l'amour faux. Comme disait Katherine Mansfield : "Si l'on pouvait seulement distinguer l'amour faux du vrai comme on distingue les bons champignons des mauvais !" Vous feriez bien, Verseau, de prêter une oreille attentive aux chuchotements secrets de votre cœur et de demander conseil à ceux en qui vous avez le plus confiance.* »

Jane haussa les sourcils comme si elle avait entendu quelque chose de particulièrement profond. Puis elle hocha gravement la tête et assena son verdict : « Simon Pierce, vénéneux ! »

Tansy eut l'impression de prendre un coup dans l'estomac. *Ceux en qui vous avez le plus confiance.* Hillary et Jane avaient été ses demoiselles d'honneur, elles étaient les marraines de ses filles. Jamais elles ne lui mentiraient.

« J'ai été si aveugle que ça ? demanda-t-elle d'une voix faible et épuisée.

— La question, c'est : est-ce qu'il t'a déjà demandé de l'argent, dit Jane tranquillement.

— C'est vrai que j'ai comblé son découvert, admit Tansy.

— C'est lui qui te l'a demandé ou tu lui as proposé ? »

Tansy ne se rappelait pas. Il lui semblait qu'il avait dit quelque chose au sujet de ses pénalités de retard. Mais c'était probablement elle qui l'avait entraîné sur ce terrain. « Ne t'inquiète pas pour l'argent, lui avait-elle dit, j'en ai à ne plus savoir qu'en faire. » Oh mon Dieu, comment en était-elle arrivée là ?

« Peu importe qui a proposé, Hillary. Pour moi, le simple fait qu'il lui ait parlé de son découvert suffit.

— Je ne pense pas qu'il serait capable de faire semblant… protesta faiblement Tansy. Il n'est pas comme ça. »

Elle se rappela comment, la première fois qu'elle avait poliment feint un orgasme, il s'était arrêté net, l'avait regardée droit dans les yeux et lui avait dit avec un sourire canaille : « Ce ne serait pas mieux d'en avoir un vrai ? »

« Je suis sûre qu'il a des sentiments pour moi, insista-t-elle. Vraiment.

— C'est bien le problème avec toi, ma chérie. Tu es si confiante. Avec Jonathan non plus, tu ne l'as pas vu venir. »

Comment était-ce possible ? Elle était complètement perdue. Ce qu'elle savait, en revanche, c'est qu'elle s'était rendue à la banque au bras de Simon. Et qu'elle avait effectué un virement de plusieurs milliers de dollars à son nom. *Bon sang, quelle idiote.* Elle repensa à ces femmes qu'on voyait à la télévision, le visage flouté, qui confessaient entre deux sanglots comment elles avaient été assez bêtes pour envoyer toutes leurs économies à des escroqueurs d'Internet basés au Nigeria.

Tansy ôta l'hideuse bague de fiançailles comme si elle la brûlait et la posa sur la nappe. Les trois femmes contemplèrent cette si petite chose catastrophique. Mais le carambolage était à présent bien loin, sagement ramené à distance de sécurité.

« Oh mon Dieu, gémit Tansy. Il faut que j'arrête tout, n'est-ce pas ?

— Ma chérie… dit Hillary.

— Surtout, fais bien le total de tout ce qu'il te doit ! » dit Jane.

Et Tansy Brinklow sourit poliment.

Len Magellan, Verseau – *vieux ronchon atteint de la maladie de Parkinson, pensionnaire de la maison de retraite du Saint-Rosaire, athée convaincu, trois fois père et sept fois grand-père, grand amateur d'oignons marinés épicés* –, était mourant. La mort était déjà en lui, elle filtrait de chacun de ses pores et colorait sa peau de nuances moribondes de violet, bleu et vert. Il sentait l'odeur de la mort dans son propre souffle quand il appuyait une hanche tremblante contre son lavabo et essayait de se brosser les dents sans déborder sur son nez ou son menton. Il ne croyait pas qu'il y ait une vie après la mort ni qu'il aurait des comptes à rendre pour ses péchés (il n'aurait d'ailleurs jamais employé ce mot). Il ne pensait pas non plus retrouver là-haut sa défunte femme et encore moins que Della et lui, assis côte à côte sur des rocking-chairs, regarderaient avec bienveillance leurs descendants depuis un nuage. Non, sa conscience allait s'éteindre purement et simplement, et son corps, enfermé dans une boîte, passerait par tous les stades de la décomposition.

Chaque mardi, une volontaire venait passer un peu de temps avec Len. Elle ne venait pas parce qu'il la réclamait mais parce que les nonnes qui hantaient les couloirs avaient remarqué que Len recevait très peu de visites de sa famille. La volontaire était une femme d'âge moyen aux cheveux très clairsemés qui portait un badge au nom de Grace. Il aurait pu lui faire une blague sur son nom et le fait qu'avec un tel badge elle était toute désignée pour dire le bénédicité. Mais il ne s'en donna jamais la peine.

Len trouvait assez repoussante la façon dont on distinguait le crâne pelliculeux et rose de la femme à travers ses rares boucles grises. Il remarquait qu'elle tentait tout pour masquer sa calvitie, en rabattant ses cheveux en arrière et en les laquant. Ce détail si intime le rebutait tant qu'il lui était presque insupportable de la voir arriver tous les mardis à onze heures. Ce crâne lui semblait presque plus répugnant que l'aimable pitié qu'il percevait dans ses yeux gris-bleu. Mais il se disait que puisque lui avait de la peine pour son alopécie, ses chaussures à lacets marron, sa silhouette asexuée et son visage dénué de charme, leurs deux pitiés devaient d'une certaine façon s'annuler.

Len avait pour habitude d'échapper à Grace en regardant la télévision. Pour lui montrer à quel point sa présence était indésirable, il agrippait la commande de la télé et forçait son pouce agité de convulsions à sélectionner la chaîne du télé-achat. Ainsi, il lui faisait bien comprendre qu'il préférait encore des Américains stupides qui essayaient de lui vendre des crèmes contre l'acné et des pilules pour éliminer la graisse du ventre à ses banalités de cul-bénite. Même si pour être tout à fait honnête, il aurait été incapable de dire si elle débitait des banalités de cul-bénite puisqu'il ne lui avait même jamais adressé la parole. Elle se contentait de venir chaque semaine et de passer trente minutes assise là tandis que lui regardait la télévision. Et pendant tout ce temps elle souriait, pensant sûrement que sa simple présence lui faisait du bien.

Ce mardi-là, cependant, la stratégie de Len fut mise à mal par la télécommande qui refusa de lui obéir. Et tout ça à cause de sa fille Mariangela et de ses putain de piles premier prix. Len farfouilla sans succès dans le tiroir de sa commode pour en trouver d'autres.

Frustré, il lâcha un « Bon Dieu » retentissant dans l'espoir d'offenser Grace.

Pour son approvisionnement en piles, comme pour les oignons marinés et le whisky, Len dépendait totalement de sa famille. C'était comme d'être enfermé dans une saleté de prison indonésienne sauf qu'ici il n'y avait même pas de marché noir. Peu importait qu'il soit riche comme Crésus, il n'avait pas encore réussi à trouver de nonne véreuse prête à lui faire passer une bouteille de whisky sous le manteau.

« Peut-être que je pourrais vous lire le journal ? Ou un magazine ? Mme Mills apprécie beaucoup que je lui fasse la lecture.

— Elle peut bien aller se faire voir, celle-là.
— Je vous demande pardon ?
— Rien. »

Grace ouvrit un quotidien et commença sa lecture d'un ton pincé.

« Et pourquoi vous ne foutriez pas le camp pour aller faire des lectures bibliques à des sauvages analphabètes ou un truc du genre, hein ? » lui suggéra Len. Mais Grace ne s'interrompit pas.

Il avait l'impression qu'elle choisissait soigneusement ce qu'elle lui lisait : il n'était jamais question de crimes, d'accidents de voiture ni de morts. Juste de poneys nains qui retrouvaient leur famille et de stars qui se rasaient la tête pour la bonne cause. Len fit semblant de s'endormir. En soulevant légèrement une paupière, il vit Grace plier son journal et le remettre dans son sac. Mais elle n'en avait pas fini. Elle avait aussi un exemplaire de *L'Étoile*.

« Quel est votre signe astrologique, Len ? »

Il émit un grand ronflement.

« Len ! »

L'agacement inattendu qu'il surprit dans sa voix lui fit ouvrir les yeux.

« Je vous ai demandé votre signe.

— Ça ne m'intéresse pas, ces conneries.

— Quand est votre anniversaire ?

— Je ne sais plus.

— Oh, ça suffit ! »

Len grogna.

« Je peux très bien trouver toute seule, vous savez. »

Il arqua un sourcil provocateur mais elle se contenta de tendre tranquillement la main vers la fiche de soins accrochée au mur. Bon sang de bonsoir, il n'y avait même pas pensé. Grace feuilleta quelques pages et se mit à glousser.

« Quoi ?

— Len est le diminutif de Valentin ? Né un… laissez-moi deviner… 14 février ? Eh oui ! »

Elle gloussa de plus belle et Len agrippa la télécommande comme un forcené, espérant que, contre toute attente, la télévision finirait par s'allumer et emplirait la pièce de témoignages vantant l'efficacité de la dernière pilule régime magique ou d'un remède pour les dysfonctionnements érectiles. Et puis merde ! Quelle idée d'avoir gâté ses gosses en leur payant des écoles privées qui coûtaient les yeux de la tête. Elles n'avaient même pas été fichues de leur apprendre que c'est une fausse économie d'acheter des piles de sous-marque. Grace se racla la gorge et se lança.

« Verseau… »

Quelques heures après le départ de Grace, enfin partie faire la lecture à Mme Mills et Dieu savait qui encore, les mots de l'horoscope planaient toujours dans la pièce. Les bons champignons et les mauvais… L'amour faux. Aucun de ses enfants ne l'aimait autant qu'ils aimaient l'idée de se partager le butin sur son cercueil en palissandre. Au moins, ils savaient la jouer collectif. Et ils avaient surtout une idée très claire de ce qui leur était dû. Oh oui, leurs prétentions atteignaient bien la taille du Taj Mahal. C'était leur gros problème. Et donc le sien.

Il s'en rendait bien compte, à présent. Sa grande faute avait été d'être trop équitable et généreux. Son testament actuel partageait sa fortune (qui, entre ses multiples actions et ses propriétés, était tout à fait considérable) entre ses trois enfants. Ils avaient bien compris qu'ils n'avaient donc plus aucun intérêt à lui lécher les bottes. S'il avait mieux joué, il aurait au moins pu obtenir une petite guerre de flatteries. Mais c'était trop tard. En revanche, il pouvait encore donner une bonne leçon à ces petits ingrats trop gâtés.

Allait-il le faire ?

Que lui avait lu la bonne femme, déjà ? *Ceux en qui vous avez le plus confiance.*

Len attrapa son téléphone et composa péniblement le numéro de son notaire.

✦

Quand Verdi revint de sa pause-déjeuner, Nick était assis par terre dans la salle de répétition, son texte ouvert sur les genoux et un demi-sushi à la main. L'adolescente était une vraie boule de nerfs.

« Regarde ! » s'écria-t-elle en s'asseyant près de Nick et en lui agitant quelque chose sous le nez.

Il lui fallut un moment pour reconnaître la dernière édition de *L'Étoile d'Alexandria*.

« C'est moi ! Regarde, c'est moi sur la couverture !
— Eh, tu es magnifique !
— Hein, pas vrai ?! »

Rien n'était plus vrai. Son visage en miroir occupait l'intégralité de la couverture de *L'Étoile*. À l'intérieur, il y avait une troisième photo plus sobre, en pied cette fois-ci. Verdi portait un long tee-shirt vert par-dessus un legging et était assise à califourchon sur une chaise ancienne, les pieds nus, son menton posé sur ses bras repliés. Son regard était direct et légèrement séducteur, totalement dépourvu de peur. Il y avait quelques mots : « Rappelez-vous ce visage. » Et à côté, il lut : « Justine Carmichael. »

Il n'eut qu'à lire les deux premiers paragraphes pour constater que son amie avait parfaitement saisi la personnalité de sa partenaire. Elle offrait au lecteur un aperçu subtil de son arrogance innocente tout en donnant la mesure de son talent naissant.

Verdi rendait Nick à moitié fou. Une minute elle était d'une maturité presque effrayante pour son âge et la suivante son assurance s'était évaporée et elle ressemblait à une enfant de huit ans qui a ingurgité trop de sucre. C'était d'ailleurs à peu près comme ça que leur metteur en scène l'avait décrite : quelqu'un était parvenu à faire entrer Minnie Mouse et Hélène de Troie dans le corps d'une écolière de quinze ans.

« Elle écrit vraiment très bien.

— Depuis toujours », renchérit Nick, envahi par une inexplicable bouffée de fierté.

Il n'en était qu'à la moitié de sa lecture quand Verdi lui arracha le magazine.

« Je peux finir quand même ?

— Si tu veux mais dépêche-toi alors, souffla-t-elle. Je veux le montrer aux autres.

— D'accord, je le lirai plus tard. Laisse-moi juste jeter un œil à mon horoscope.

— Ton horoscope ?!

— Oui, mon horoscope.

— Toi, tu veux lire ton horoscope ? insista-t-elle en serrant le magazine contre elle.

— Absolument. »

Verdi sembla peser le pour et le contre en mâchonnant son chewing-gum.

« C'est d'accord, mais seulement si tu réussis à deviner mon signe du premier coup. »

Nick n'eut pas à réfléchir bien longtemps. Verdi était inconstante, versatile et très énergique. Enchaîner un cours de hip-hop, une répétition et son entraînement de natation ne lui posait aucun problème. Et après avoir été interviewée par Justine, elle avait adoré raconter au monde entier que la journaliste de *L'Étoile* était une très vieille amie de Nick, en prononçant « amie » de la façon la plus ambiguë possible. Il se rappelait en avoir été aussi agacé que flatté.

« Gémeaux, lui dit-il, à peu près certain d'avoir tapé dans le mille. Le messager.

— Waouh ! »

Nick tendit la main pour récupérer le magazine en affichant une mine suffisante.

« Non, c'est moi qui lis, décida Verdi en se laissant tomber à côté de lui. Tu es quoi ?

— Ah, tu ne peux pas deviner ? la titilla Nick. J'y suis pourtant bien arrivé, moi. »

Elle prit l'air pensif et ses mastications redoublèrent.

« Une part de moi serait tentée de dire Bélier. Mais tu es quand même trop bizarre. Sans vouloir te vexer… Et je dirais bien Poissons mais pour le coup tu n'es pas assez bizarre. Ce qui m'amène à penser que tu es sûrement… Verseau ? »

Nick cligna des yeux, incrédule.

« J'ai raison, pas vrai ?

— Trop bizarre pour être Bélier mais pas assez pour être Poissons, c'est comme ça que tu as trouvé ?

— Il y a aussi le fait que tu as un peu de mal avec les sentiments…

— Pardon ?

— Oui, tu sais, tu es un peu aveugle parfois.

— Aveugle ? Mais par rapport à quoi ? Quand ça ?

— Je ne sais pas, avec Laura, par exemple.

— Comment ça, avec Laura ? »

Sa mimique exprima un « Tu vois très bien ce que je veux dire » blasé.

« Elle ne te rappellerait pas un peu quelqu'un, par hasard ?

— Qu'est-ce que tu essaies de me dire ?

— Oh, bon sang. Tu es un cas désespéré. »

Nick se hérissa. Verdi n'était qu'une gosse. Qu'est-ce qu'elle pouvait bien connaître à la vie ?

« Je croyais que tu devais me lire mon horoscope ? lui rappela-t-il en chassant son agacement.

— Oh oui, c'est vrai ! »

Verdi composa aussitôt le personnage d'une férue d'astrologie dans la lune affligée d'un très léger zozotement et commença sa lecture.

Nick écouta intensément et sentit la chair de poule sur ses avant-bras au passage sur le « carrefour du cœur ». Leo l'incitait à se méfier de l'amour faux et à bien examiner ses champignons.

« Alors, dit Verdi en lui jetant un regard malicieux, tu t'y connais en champignons ? »

CANCER

Fin juin, alors qu'un lointain soleil nordique passait aux alentours du tropique du Cancer, l'hémisphère Sud frissonnait dans la froidure des jours les plus courts de l'année. Le vin chaud frémissait doucement sur les gazinières, répandant ses arômes de cannelle, d'anis étoilé, de noix de muscade et de clou de girofle tandis que les cracheurs de feu s'entraînaient pour la saison et qu'on allumait des bougies. Les humains, en rythme avec les saisons, cherchaient à quelle flamme ils allaient pouvoir se réchauffer pendant ces longues nuits.

Le soleil s'était caché depuis longtemps et Justine, en chaussons et vieux gilet d'intérieur, pliait son linge dans son salon. La sonnerie de son portable lui parvint soudain de sous une pile de linge froissé. Il sonna plusieurs fois avant qu'elle ne parvienne à le localiser sous les chaussettes, les culottes, les soutiens-gorge et les pyjamas et elle décrocha juste à temps.

« Allô ?

— Retourne-toi », lui dit la voix au bout du fil.

Une voix masculine.

« Austin ? C'est toi ? » demanda Justine en fronçant les sourcils. C'était exactement le genre de blague qu'aurait pu faire son frère.

« Fais-moi confiance et tourne-toi », insista la voix qui n'était pas celle de son frère.

Justine n'avait aucune envie d'obéir à la voix mais elle le fit quand même.

Elle se retourna et se retrouva face à son canapé crème avec son plaid bien plié et ses coussins, la table basse couverte de livres et la télévision éteinte.

« Très bien. Maintenant, va jusqu'à ton balcon.

— Sérieusement ? Mais qui c'est ?

— Est-ce que tu peux juste aller sur ton balcon, s'il te plaît ? »

Cerveau : Justine, tu as déjà vu des films d'horreur, n'est-ce pas ?

Justine : Bien sûr que oui. Mais qui est-ce ? Tu ne meurs pas d'envie de le savoir ?

Cerveau : Tu sais, la petite idiote en nuisette qui s'avance inexorablement vers les rideaux qui battent au vent ? Eh bien là, c'est toi.

Justine : Tu vas la fermer, oui ?

Cerveau : J'essaie juste de t'aider…

« Pardon, mais qui est-ce ?

— Contente-toi de regarder. »

Derrière la vitre de sa porte-fenêtre et la balustrade un peu moussue de son balcon, de l'autre côté du vide, debout sur la terrasse en face de la sienne, elle vit Nick Jordan.

Elle ouvrit sa porte-fenêtre et sortit dans le froid de la nuit la plus longue et quand elle éclata de rire, le son ricocha allègrement sur l'autre bâtiment.

Spontanément, elle s'exclama : « Quel homme es-tu, toi caché par la nuit

Qui trébuches dans mon secret ? »

Et Nick lui répondit aussitôt : « Par aucun nom

Je ne sais te dire qui je suis.

Mon nom, ô chère sainte, est en haine à moi-même

Puisqu'il est ton ennemi.

Et si je l'avais écrit j'aurais déchiré le mot. »

Il portait un jogging noir trop large, un pull qui avait vécu et des bottines en peau. Justine l'imagina sur son canapé, un dimanche d'hiver. Elle s'imagina sur le canapé avec lui, la tête calée sur son torse.

« Mes oreilles n'ont pas bu cent paroles encore

De cette bouche, mais j'en reconnais le son :

N'es-tu pas Roméo ? N'es-tu pas un Montaigu ?

— Ni l'un ni l'autre, ô belle jeune fille,

S'ils te déplaisent l'un et l'autre. »

Justine posa ses mains sur ses hanches et, sans plus réciter, elle lui demanda :

« Comment es-tu venu, dis-moi, et pourquoi ?

— En fait, je vis là.

— C'est toi mon nouveau voisin ?!

— Il semblerait. »

Justine savait depuis quelques semaines que quelqu'un avait repris l'appartement. Quand elle jetait de temps en temps un coup d'œil par la fenêtre, elle voyait des signes de vie. Il y avait quelques meubles dans le salon et un séchoir à vêtements était apparu sur le balcon. Et surtout, Justine avait eu le plaisir de constater que le nouveau voisin avait immédiatement investi dans un rideau de douche. Mais jusqu'à présent, elle n'avait vu personne.

« Au début, je me suis dit que la fille d'à côté te ressemblait vraiment. Et puis j'ai compris qu'en fait, c'était toi !

— Toutes ces coïncidences, ça devient vraiment étrange, non ? »

C'était déjà risqué d'employer le terme « coïncidence » et elle se fit une note mentale pour ne pas parler de champignons ni montrer une trop grande connaissance de l'œuvre de Katherine Mansfield.

« Tu connais quelles parties de *Roméo et Juliette* au fait ?

— Oh, juste des morceaux par-ci par-là.

— Pff, c'est nul.

— Lamentable, renchérit-elle.

— Plus sérieusement, ça t'arrive d'oublier quelque chose parfois ?

— Je n'oublie jamais rien d'important. »

Un petit silence tomba. La lune se cachait quelque part dans l'air pollué de la ville et ne dévoilait qu'une vague silhouette lumineuse.

« Au fait, super ton article sur Verdi !

— Tu l'as lu ?

— Bien sûr. Elle m'a dit que tu étais venue au théâtre ?

— En effet, dit-elle en resserrant son gilet.

— Mais tu n'es pas venue me dire bonjour ?

— Euh… Je me suis dit que tu devais être occupé.

— Je ne suis jamais assez occupé pour ne pas pouvoir te dire bonjour. J'ai toujours le temps pour toi. »

Cerveau : Eh, ce ne serait pas un peu du flirt, ça ?

Justine : Ça ne risque pas. Vu qu'il a une copine.

Cerveau : Eh bien, pourtant, ça en avait tout l'air.

Justine préféra changer de sujet. « Alors, tu aimes ta nouvelle vue ? »

Ils tournèrent tous les deux la tête vers le tunnel séparant leurs deux immeubles qui s'ouvrait au loin sur le parc Alexandria. Ils pouvaient distinguer un lampadaire, une minuscule partie de la grille du parc et derrière, quelques arbres dont les branches dénudées avaient été décorées de guirlandes électriques.

« Cet appartement est bien assez cher comme ça, je n'ose même pas imaginer combien ça me coûterait s'il y avait une vue.

— Il y a de jolis points de vue, et gratuits, dit Justine. Si tu sais où regarder.

— Et tu les connais ?

— Je pourrai te montrer un jour, si tu veux. »

Justine entendit un téléphone sonner et baissa les yeux sur le sien mais c'était celui de Nick.

« Il faudrait que je réponde.

— Bien sûr.

— Peut-être que… J'imagine que ça ne t'enthousiasme pas plus que ça de me donner la réplique un de ces jours ? lui demanda-t-il tandis que son téléphone continuait de sonner. Tu sais, de balcon à balcon ?

— Mais si, ça me plairait beaucoup ! Quand tu veux. Tu sais où me trouver.

— On se voit vite alors, voisine.

— Bonne nuit ! »

Mais Nick/Roméo ne lui répondit pas que la séparation était un si doux chagrin. Il se contenta de rentrer et ferma la porte derrière lui, laissant Justine seule sous une triste lune citadine.

Il fallut une nuit entière à Justine pour comprendre à quel point avoir Nick juste en face de chez elle allait poser certaines difficultés. Devant ses fenêtres, dans la semi-pénombre des premières heures du jour, elle se dit qu'elle allait avoir un problème avec ses rideaux.

C'était une relique du temps de Fleur Carmichael en tissu vert pâle damassé. Justine aurait dû les ouvrir sans réfléchir et d'un geste énergique, comme elle le faisait chaque jour. Mais ce matin-là, ce geste simple se révéla soudain difficile. Et si Nick pensait qu'elle l'espionnait ou qu'elle cherchait à initier une conversation ? Peut-être valait-il mieux qu'elle attende sept heures trente ?

Et le soir, ça allait être tout aussi compliqué. Fermer ou ne pas fermer ? À quel moment fermer ? Sans parler des week-ends... Si elle fermait ses rideaux à une heure inhabituelle, Nick penserait qu'elle était en train de faire quelque chose de suspect. Mais si elle les laissait ouverts, il risquait de croire qu'elle voulait qu'il voie ce qu'elle était en train de faire, quelle que soit l'activité à laquelle elle s'adonnait. Justine se demanda si quelque part, dans un livre de bonnes manières, elle pouvait trouver un chapitre dédié aux usages concernant les rideaux. Un code qu'il lui suffirait de suivre à la lettre pour être certaine que sa conduite en matière de rideaux ne risquait pas d'être interprétée comme étrange ou déplacée.

Elle réfléchissait toujours à cette épineuse question quelques heures plus tard, à son bureau, lorsque Jeremy apparut dans l'encadrement de sa porte, la mine défaite.

« On a un problème, dit-il en guise d'introduction.

— Quel genre de problème ? demanda-t-elle en fermant avec une pointe de culpabilité la page "Êtes-vous une détraquée du rideau ?" ouverte sur son écran.

— Tu n'entends pas ? »

Après avoir raccordé ses oreilles au monde extérieur, Justine put en effet distinguer les échos de la voix de Roma qui montait et descendait. Puis remontait. Justine n'entendait que certains mots (« fasciste », « inculte », « privilège »). Il était clair que quelqu'un en prenait pour son grade.

« Contre qui est-ce qu'elle en a ?

— Le jeune Henry. Elle le déteste, admit Jeremy.

— Vous ne vous étiez pas douté que ça risquait d'arriver ?

— J'ai pensé qu'elle ne lui accorderait pas plus d'importance qu'à une fourmi ou une puce. Qu'elle le verrait plutôt comme une très petite chose même pas digne de son intérêt. Mais maintenant, je commence à avoir peur qu'elle le tabasse avec ses béquilles.

— Que s'est-il passé ? s'informa Justine d'un ton neutre en tentant de garder son sérieux.

— Je crois que tout a commencé avec une question de baisse des dépenses de santé publique.

— Oups. Je vois…

— Mais le réel problème, continua-t-il avec un long soupir, c'est qu'il est censé la conduire à son interview. Elle a rendez-vous au Tidepool pour le déjeuner. »

Avec sa cheville cassée, Roma ne pouvait pas conduire. Et quand Jeremy avait remplacé la Camry accidentée par une Corolla neuve, il avait décidé que désormais Radoslaw ne serait plus autorisé à conduire un quelconque véhicule de *L'Étoile*.

« Elle ne peut pas y aller en taxi ?

— Elle pourrait. Mais tant qu'elle a les béquilles, je préfère que quelqu'un l'accompagne. Juste au cas où.

— Et vous me demandez à moi de l'accompagner, c'est bien ça ? demanda Justine, comprenant soudain où il voulait en venir.

— Je sais bien, ma chère Justine, que ce n'est plus un travail pour toi... Je ne te demanderais pas cette faveur si ce n'était pas aussi sérieux. Je ne sais pas si je suis plus inquiet à l'idée que Henry garde une cicatrice ou que Roma fasse exploser sa tension.

— Au Tidepool, vous avez dit... ? demanda-t-elle en faisant la grimace.

— Ça a changé de propriétaire ! Leur *clam chowder* est délicieux. Et ce serait une excellente opportunité pour toi d'observer Roma en action. D'apprendre de ses méthodes. Ce serait très formateur, finalement. Qu'en penses-tu ?

— Qui est-ce qu'elle doit interviewer ?

— Alison Tarf.

— La metteur en scène ?

— Elle-même.

— Au sujet de quoi ?

— De sa nouvelle troupe.

— Bon, *deal* ! » conclut Justine en se levant pour attraper son manteau.

♋

Le Tidepool était situé dans une zone semi-industrielle près du port, au sommet d'un immeuble bas et circulaire campé sur des arches colossales de couleur brun-rosé. De ses fenêtres incurvées, on pouvait voir des hangars et des bittes d'amarrage, des containers et des bateaux, sur un fond de mer gris hivernal. Le restaurant avait ses habitués mais il n'y avait jamais foule.

Alison Tarf était une grande femme qui devait avoir le même âge que Roma. Elle avait la peau abîmée par le soleil et ses cheveux blancs fous rappelaient encore un peu la choucroute qui l'avait rendue célèbre dans les années 1960. Comme toute l'Australie, Justine connaissait surtout Alison pour son interprétation de Elize, la jeune prisonnière bagarreuse d'un film de naufrage grand public. Mais cela faisait des années qu'Alison avait disparu des écrans et de la scène, et elle n'avait aucune intention d'accepter un nouveau rôle. Car à présent, c'était la mise en scène qui passait avant tout et monter sa nouvelle troupe lui prenait toute son énergie, leur dit-elle d'emblée.

« Shakespeare, chemins de traverse ? » demanda froidement Roma. On avait l'impression que son poignet plâtré, qui reposait à côté de son carnet ouvert, ne faisait pas partie de son corps. « Pourquoi l'appeler comme ça ? »

Alison Tarf déchira son petit pain d'un coup de dent énergique.

« Parce que nous allons envisager de nouveaux angles d'attaque inattendus pour aborder Shakespeare », répondit-elle sans plus de chaleur.

Roma gribouilla quelque chose dans son carnet. « Mais pourquoi Shakespeare ? Ça fait quatre cents ans qu'il est mort. Pourquoi pas s'intéresser plutôt à un auteur australien contemporain ? »

Ses questions étaient délibérément agressives mais Justine ignorait si Roma avait vraiment quelque chose contre Shakespeare ou si c'était seulement sa stratégie en interview.

« Le théâtre n'a pas pour but la victoire. Jouer une pièce ne veut pas dire prendre la place d'une autre. Shakespeare, chemins de traverse voudrait gagner un nouveau public, pas le voler.

— Je vois que vous envisagez de jouer votre première pièce cet hiver ? À quoi pensez-vous ? Une pièce historique, une comédie ?

— Nous allons jouer *Roméo et Juliette*.

— Il me semble que cette pièce est déjà au programme des Amis du théâtre d'Alexandria Park, dit Roma en haussant un sourcil.

— Notre production n'aura rien à voir avec la leur. »

Peut-être était-ce à cause de la tension qui montait autour de la table ou peut-être Justine perdit-elle temporairement tout contrôle sur elle-même. En tout cas, elle fut aussi surprise que Roma et Alison lorsqu'elle entendit sa voix dire : « Apparemment, Roméo serait Poissons. »

La journaliste sursauta et la fixa, incrédule.

« Quelle sombre ânerie », lâcha-t-elle. Justine se sentit rapetisser sous le coup de la honte.

« Excusez-moi », murmura-t-elle, les joues en feu. Elle avait interrompu l'interview de Roma. Et avec le commentaire le plus bizarre de la Terre, et surtout le moins susceptible de sortir de sa bouche.

« Roméo, dit abruptement Roma, est évidemment Cancer. C'est même le cas type du Cancer. »

Le visage sombre d'Alison Tarf exprima soudain une expression réjouie.

« Savez-vous que moi aussi, j'en ai toujours été persuadée ! Et je sais que c'est sujet à controverse mais je pense que Juliette est Cancer également.

— Sujet à controverse ? demanda Roma, stupéfaite. Pourtant, cela paraît évident. Ce sont tous les deux des êtres extrêmement émotifs et lunatiques.

— Sans parler de leur dépendance affective », ajouta Alison.

Justine était sous le choc. Cette scène était-elle réelle ?

« Mais ils font aussi preuve d'une grande loyauté, continuait Roma. Nous, les Cancer, nous distinguons par notre loyauté. »

Alison sourit et désigna le plâtre de Roma.

« Vous êtes même venue avec votre carapace ! J'ai oublié la mienne à la maison…

— Du combien êtes-vous ? demanda la journaliste, dont les yeux brillaient.

— Du 3 juillet.

— Moi aussi ! »

Les deux femmes éclatèrent de rire et firent tinter leurs verres. Puis elles partirent sur leurs souvenirs de ce 3 juillet lointain où il avait neigé, événement totalement inhabituel dans cette partie du monde, d'autant que la neige avait tenu.

« C'était le jour de mes douze ans, dit Roma. Ma mère m'a autorisée à rester à la maison.

— Et moi de mes dix ans. J'ai fait une souris en neige dans le jardin. Il n'y avait pas assez de neige pour faire un bonhomme de neige. Julian Assange aussi est du 3, vous le saviez ?

— Un vrai Cancer, lui aussi !

— Tom Cruise pas tellement, par contre.

— Mais il y a aussi Kafka ! Voilà qui nous ressemble plus, non ?

— Tout à fait, acquiesça Alison. Insaisissable, mystérieux et créatif. »

Et elles continuèrent sur leur lancée pendant un long moment sous les yeux ébahis de Justine, muette, qui avait l'impression de regarder un match de tennis. Après que les deux femmes eurent fini de commenter en long, en large et en travers leurs affiliations tribales, un silence satisfait s'installa.

Justine finit par oser dire à Roma qu'elle était un peu surprise qu'elle s'intéresse à l'astrologie.

Roma se contenta de sourire et de lancer un regard complice à Alison, comme si toutes deux ne s'étaient pas livrées, quelques instants plus tôt, à une petite lutte sur la réelle valeur contemporaine des tragédies de la Renaissance.

« Tout le monde a un plaisir coupable, dit finalement Roma.

— Comme de lire des romans à l'eau de rose ?

— Ou de voler des bonbons aux goûters d'anniversaire ?

— Ou d'écouter en cachette The Carpenters ? » renchérit Alison.

Justine eut l'impression qu'elle n'avait pas choisi cet exemple totalement au hasard.

« Moi, je me contente d'une petite prédilection pour l'astrologie, avoua Roma, et Justine n'aurait pas été plus choquée si sa féroce collègue avait révélé qu'elle passait ses week-ends à pratiquer des danses traditionnelles.

— Mais l'astrologie est tellement…

— Peu scientifique ? lui suggéra-t-elle.

— Illogique ? ajouta Alison.
— C'est ça.
— Peut-être que ça tient à notre aspiration à un espace différent, avec des codes différents ? suggéra Alison d'une voix rêveuse.
— Pour moi, c'est la façon dont je reconnais qu'il y a au-dessus de nous des forces qui nous gouvernent, chaque minute de chaque jour, et qu'elles peuvent jouer sur l'aboutissement de nos choix. Nous avons beau prendre des décisions, agir et réagir, nous sommes au cœur d'une vaste toile d'araignée, dans le champ de forces concurrentes.
— Mais… tenta Justine.
— L'astrologie nous offre la confortable illusion que ces forces extérieures peuvent être comprises, continua Alison. Tout en nous rappelant qu'elles nous dépassent largement, à tout point de vue.
— C'est le mystère suprême, ajouta Roma.
— Qui comporte une touche de magie », compléta Alison.
En rentrant, Justine eut l'impression d'être au volant d'une capsule peuplée de rêve. Il faisait tiède dans la voiture, tout était tranquille, et Roma, assise à côté d'elle, semblait perdue dans un songe.
La deuxième partie de l'interview avait été bien plus fertile que la première.
« Ce qui m'intéresse, avait dit Alison, sa voix vibrant de passion, c'est la convergence de styles et de traditions théâtrales. Je veux embarquer à bord tous ceux susceptibles d'apporter quelque chose à ce projet. Je veux tout le monde, des chanteurs d'opéra aux stars de comédie musicale. Pour l'instant, je pense à un grand nom japonais du théâtre nô. Il ne parle pas un

mot d'anglais ! Je veux aussi des acteurs de série télé, des rock stars, des marionnettistes, des rappeurs… »

Peut-être même des comédiens, s'était dit Justine, et avant de partir, elle avait réussi à obtenir un moment seule à seule avec la metteur en scène.

Elle sourit toute seule en imaginant la tête de Nick quand elle lui tendrait la carte pro d'Alison Tarf et lui dirait : « Elle attend ton coup de fil. »

♋

Les jours suivants, Justine, qui n'avait trouvé nulle part de protocole des rideaux, décida de mettre au point le sien propre. Il prescrivait de n'ouvrir les rideaux qu'à sept heures quinze en semaine et de les fermer en rentrant du travail. Le week-end, elle les ouvrirait en se levant et les fermerait à dix-sept heures vingt-cinq. Elle avait bien conscience qu'elle devrait ajuster l'heure en fonction de la saison mais c'était un début.

Elle constata rapidement que Nick, lui, laissait ses rideaux ouverts tout le temps, jour et nuit. Les fois où son regard s'attardait malencontreusement sur sa fenêtre, elle ne voyait qu'un appartement plongé dans le noir. Même quand c'était allumé, il semblait n'y avoir personne.

Un soir, Justine vit une jeune femme brune et mince désigner à deux livreurs où déposer un canapé flambant neuf qui semblait particulièrement douillet. Cette jeune femme, Justine la reconnut aussitôt. Elle fit un pas de côté pour rester hors de vue et écarta légèrement le rideau de façon à pouvoir observer ce qui se passait.

Verdi avait dit vrai. Même vêtue d'un jean basique et d'un tee-shirt à manches chauve-souris, ses cheveux réunis au sommet de son crâne en un chignon vague, sans maquillage, Laura Mitchell était d'une beauté saisissante.

Avec un mélange de culpabilité et de fascination, Justine regarda les livreurs partir et Laura s'agenouiller par terre pour libérer un tapis de son emballage. Elle lui donna une petite tape et il se déroula jusqu'au canapé. Nick n'était nulle part en vue.

Quand Laura disparut, Justine sut que le moment était venu de fermer les rideaux pour retourner à ses occupations. Mais elle resta assez longtemps pour la voir revenir et disposer soigneusement sur le canapé des coussins aux teintes neutres (parfaitement assortis au tapis beige). Cela fait, elle lissa les poils du tapis avant de libérer sa chevelure. Puis elle s'étala sur le canapé, déployant ses membres gracieusement avec le même soin qu'elle avait mis dans l'arrangement des coussins.

Justine savait qu'elle aurait dû quitter son poste mais avant qu'elle ait pu bouger, Laura se leva soudain et marcha droit vers la fenêtre, comme si elle s'était sentie observée, et scruta l'appartement en face.

Justine : Merde ! Elle me voit ?

Cerveau : Si tu gardes les yeux fermés, ça va être dur de le savoir, non ?

Nick avait-il dit à Laura que la voisine d'en face était une amie ? Laura connaissait-elle même son existence ? Sa relation avec Justine la dérangeait-elle ? Justine en doutait fort. Elle resta parfaitement immobile quelques secondes de plus, retenant son souffle, jusqu'au moment où elle vit avec soulagement Laura tirer les rideaux, se dérobant à sa vue.

Nick n'allait pas tarder à rentrer, à découvrir le nouveau canapé, le nouveau tapis, les nouveaux coussins et sa sublime petite amie dessus. Justine se dit avec une pointe d'amertume qu'ils n'iraient probablement même pas jusqu'à la chambre. Et elle sut, le cœur lourd, que tous les horoscopes et champignons de la Terre ne pourraient rien contre ce qu'elle venait de voir.

Une semaine passa sans que la carte d'Alison Tarf ne quitte le comptoir de Justine, où elle l'avait bien calée contre la boîte de café. Puis un soir, Justine rentra chez elle sous une pluie battante. Ses cheveux trempés pendaient comme des queues de rat de part et d'autre de son visage et ses pieds émettaient un léger bruit de succion dans ses chaussures mouillées. C'était précisément le genre de soir, se dit-elle en cherchant ses clés au fond de son sac, où elle aurait aimé rentrer dans un appartement chaud et illuminé pour trouver un bon repas et une présence humaine.

Ce fut donc assez magique de constater, en ouvrant la porte, que les lumières étaient allumées et qu'une alléchante odeur planait dans l'air. Impossible de s'y tromper : c'était l'agneau aux épices de sa mère. La table du salon était décorée d'une belle gerbe de roses et elle entendit un rire dans la cuisine.

« Maman ?
— Oh, la voilà ! »

Mandy Carmichael, toujours aussi petite et resplendissante, apparut à la porte de la cuisine en chaussettes. Elle s'était improvisé un tablier avec un torchon pour ne pas salir sa jolie jupe et elle avait une flûte de vin pétillant à la main.

« Ma chérie ! Oh mon Dieu, mais tu es trempée ! »

D'une main, elle lui ôta son manteau mouillé tandis qu'elle lui ébouriffait les cheveux de l'autre. Quand elle fut à peu près satisfaite, elle l'embrassa. « Mince, je t'ai mis du rouge à lèvres partout, s'excusa-t-elle en frottant vigoureusement sa joue d'un geste maternel expérimenté. Allez, viens voir qui est là ! Je n'arrive pas à croire que tu ne m'aies même pas dit qui vit en face de chez toi ! »

Accoudé au comptoir de sa cuisine, un verre à la main, se tenait Nick Jordan.

« Hey ! » lui dit-il en souriant. Il portait son vieux pull.

Mandy, tout en remplissant un troisième verre, babillait :

« Tu imagines ? Je suis sortie sur le balcon pour arroser cette pauvre plante qui meurt dehors, et qui est-ce que je vois, juste en face ? Nick Jordan ! J'ai tenu ce garçon dans mes bras quelques heures après sa naissance et regarde-le aujourd'hui !

— Salut, voisin, répondit faiblement Justine.

— Les enfants, je suis désolée mais je vais devoir vous laisser ! dit Mandy en enfilant des escarpins. Je retrouve des amies pour dîner et je vais être en retard. Ma chérie, je t'ai fait de l'agneau comme tu aimes. Laisse-le encore trente minutes, recommanda-t-elle en accrochant une grosse boucle d'oreille. Tu peux faire de la semoule avec. Pourquoi ne dînes-tu pas avec Nick ?

J'en ai fait assez pour toute une armée ! Tu sais, Nick, il faut la surveiller ! Elle mange à peine. Elle peut passer toute la journée à travailler en oubliant de se nourrir. »

Elle ôta son tablier improvisé et fit bouffer ses cheveux. « Moi, ça ne m'arrive jamais de ne pas avoir faim. Quelle tristesse, dit-elle en se tapotant le derrière pour illustrer son propos. Nick, mon chéri, je suis désolée de ne pas pouvoir rester avec vous plus longtemps. Il faut vraiment que j'y aille ! La prochaine fois que je viens en ville... » Elle s'interrompit brièvement pour se remettre du rouge à lèvres. « ... on dînera tous ensemble ! »

Nick ouvrit la bouche pour répondre mais Mandy ne lui en laissa pas le temps. « Drew aussi adorerait te revoir. Et je veux des nouvelles ! Tu embrasses très fort ta mère pour moi, hein ? »

Nick fit une nouvelle tentative qui n'eut pas plus de succès. Il resta la bouche ouverte comme un poisson rouge et Justine lui adressa un petit sourire narquois. Il fallait un timing parfait pour réussir à en placer une quand Mandy Carmichael était lancée et Nick avait perdu son entraînement.

« Tu sais, j'ai perdu le compte des fois où j'ai pensé à appeler Jo. Et puis je me dis que ce n'est pas le moment et que je le ferai plus tard et bien sûr je ne le fais jamais. Dis-lui que je suis horriblement désolée d'être une amie aussi lamentable. Tu lui dis, hein ? »

Nick parvint à caser un signe de tête.

« C'était un bonheur de te voir, Nick. Tu es magnifique ! Vraiment. Et je n'arrive pas à y croire, juste en face ! Dire qu'elle ne m'avait même pas raconté... Du coup, je me demande ce qu'elle peut bien me cacher d'autre, n'est-ce pas... ! Allez, j'y vais. »

Elle embrassa Justine, lui laissant une autre trace de rouge à lèvres, et s'étira pour déposer un baiser sur la joue de Nick.

« Je vais rentrer tard, on se voit demain matin, ma puce. Je te préparerai le petit déjeuner, d'accord ? Je t'assure, Nick, cette enfant ne mange pas ! Il faut vraiment que j'y aille ! Je vous aime. »

Elle finit par partir et la pièce fut soudain étonnamment silencieuse. C'était comme un coin de désert après le passage d'un gros 4 × 4. Justine pouvait presque voir les grains de sable retomber doucement au sol dans l'air soudain immobile. Le silence était absolu et il y avait un certain malaise.

« Elle n'a pas changé du tout ! tenta Nick.

— C'est le moins qu'on puisse dire. »

Il enchaîna :

« Alors, le boulot ? Tu as des trucs sur le feu ?

— Pas ce mois-ci. »

Et la tentative de conversation échoua de nouveau.

« Quel temps de chien !

— Je crois qu'il ne pleut plus.

— Au moins il fait chaud chez toi. Chez moi, c'est comme de vivre à l'intérieur d'un Esquimau.

— Tu es vraiment le bienvenu si tu veux rester dîner, proposa Justine.

— J'adorerais pouvoir dire oui mais je dois être à la répétition dans trente minutes. C'est l'un des inconvénients des troupes d'amateurs, on bosse surtout le week-end et le soir. »

Évidemment. C'était pour ça qu'il était si peu chez lui.

« En parlant de théâtre… Regarde ce que j'ai pour toi ! » dit-elle en attrapant la carte d'Alison Tarf.

Nick loucha sur le nom.

« Alison Tarf ?! Comme Alison Tarf ?!

— Ha ha, eh oui ! Je l'ai rencontrée la semaine dernière pour le boulot.

— Et ?

— Et elle est en train de monter une compagnie. Shakespeare, chemins de traverse. Elle cherche encore des acteurs. Je lui ai parlé de toi, je lui ai dit que tu jouais Roméo. J'espère que ça ne t'embête pas. Elle a dit, je cite : "J'attends son appel." »

Justine s'était imaginé ce moment de très nombreuses fois mais à présent qu'elle y était, elle se sentait exposée et un peu gênée, comme si elle avait dépassé une ligne invisible.

Nick ne disait rien, se contentant de fixer la carte.

« Enfin, si tu… Je veux dire si ce n'est pas… J'ai seulement pensé que…

— C'est adorable de ta part, Justine. Vraiment adorable, finit-il par dire. Et Alison Tarf… Je n'ai pas de mots. J'adorerais travailler avec elle, bien sûr. C'est juste que…

— Que quoi ? »

Nick prit une grande inspiration :

« C'est juste que j'ai fait une promesse. J'ai promis à ma copine qu'après *Roméo et Juliette* j'arrêtais et je cherchais un boulot plus stable.

— Oh.

— Laura est Capricorne. Ascendant Lion. Tu peux imaginer ce que ça donne. Je suis vraiment désolé, Justine. Je ne sais pas comment te remercier d'avoir pris la peine de parler de moi à Alison Tarf. Ça aurait été une opportunité incroyable. »

Justine acquiesça et se détourna pour masquer sa déception, enfilant une manique pour soulever le couvercle bouillant de la cocotte et planter inutilement sa fourchette dans la viande qui mijotait dans le jus délicieux.

« Je comprends. Si tu as fait une promesse…

— En parlant de promesse, tu m'as dit que tu me montrerais une vue incroyable. Tu le fais ?

— Maintenant ?

— J'ai encore… quinze minutes. »

Justine referma la cocotte et réfléchit.

« Il risque d'y avoir un peu de vent.

— S'il te plaît », insista Nick.

Et il lui adressa un sourire qui lui rappela leur enfance. Il avait déjà ce sourire en CP, quand sa mère ne lui avait donné que des carottes et qu'il restait à Justine un ourson en guimauve.

☙

Fleur Carmichael avait forcément entendu parler du toit. Pourtant, malgré tous les étés que Justine avait passés dans son appartement, jamais elle ne l'y avait emmenée.

La porte qui y menait était bien dissimulée. Cachée au fond d'une alcôve du douzième étage, peinte de la même couleur que le mur, elle n'avait qu'une minuscule serrure et même pas de poignée. Fleur s'était probablement toujours dit qu'elle n'ouvrirait sur rien d'autre qu'un placard à balais.

Quand Justine avait emménagé, son père lui avait donné un trousseau de clés assez conséquent. Il y avait la clé qui ouvrait la porte du bas, celle qui ouvrait la porte d'entrée et celle qui ouvrait sa porte-fenêtre. Mais les autres restaient un mystère. Un dimanche où elle n'avait rien d'autre à faire, Justine avait découvert que l'une d'entre elles était destinée à cette petite porte bien dissimulée et que derrière il y avait un escalier métallique particulièrement raide.

Ce soir-là, l'air dans la cage d'escalier était froid et immobile, et quand elle ouvrit la petite porte, Justine fut accueillie par une bourrasque glacée. Ce n'était pas sa chemise qui allait la protéger du froid.

« Waouh, s'exclama Nick, c'est incroyable ! »

Ce toit-terrasse n'était rien de plus qu'un carré de béton, glissant et luisant après la pluie. Un grand étendoir parapluie branlant, deux bacs à fleurs vides et un projecteur cassé constituaient son seul mobilier. Ce qui comptait, c'était la vue qui embrassait toute la ville, la rivière et s'étendait jusqu'aux lumières qui scintillaient sur les montagnes lointaines.

« En général, je viens ici pour regarder le feu d'artifice du premier de l'An. C'est aussi pas mal pour profiter du festival du film d'Alexandria sans la foule. »

Elle avait depuis des années l'ambition d'embellir un peu ce toit, de mettre du mobilier de jardin, des fleurs dans les bacs. Mais elle n'avait même pas réussi à réparer le projecteur.

Voyant que son amie était morte de froid, Nick enleva distraitement son pull, le fit passer par-dessus sa tête et le lui tendit. Il n'avait qu'un tee-shirt dessous et Justine vit la chair de poule se former aussitôt.

« Non, protesta-t-elle, ça va aller.
— Ne fais pas l'idiote, tu es gelée. »

Le pull était en laine grise très douce et il avait encore la chaleur du corps de Nick. Une légère odeur de santal était prise dedans.

« Il y a d'autres gens qui viennent ici ? lui demanda-t-il en traversant le toit.

— Je n'y ai jamais rencontré personne. Juste un oiseau de temps en temps.

— On pourrait y faire tellement de choses. »

Elle le regarda tirer sur les grands bras métalliques de l'étendoir à linge puis s'accroupir à côté du projecteur et examiner son fonctionnement. Justine estima qu'il était assez loin pour qu'elle puisse lui dire quelque chose qui les mettrait possiblement mal à l'aise.

« Nick, la promesse dont tu m'as parlé tout à l'heure. Celle que tu as faite à ta copine. Écoute, je t'ai vu donner la réplique à Verdi l'autre jour. Quand on était enfants aussi, je t'ai souvent vu jouer. Déjà, à l'époque, tu… Tu as une présence incroyable sur scène, Nick. C'est un vrai don. »

Il s'approcha d'elle, les résidus de l'ampoule dans la main.

« Une présence incroyable, répéta-t-il en riant doucement. Qu'est-ce que tu dirais d'une nouvelle ampoule ? Ce serait mon offrande à cette terrasse.

— Merci beaucoup, répondit-elle, déterminée à aller au bout de cette conversation. Tu entends ce que je te dis ? »

Quand Justine leva les yeux vers lui, elle lut sur son visage une telle vulnérabilité qu'elle en fut gênée.

« Ju… Comment est-ce que tu sais… commença-t-il sans parvenir à terminer sa phrase. Je veux dire, comment tu sais quand il faut suivre ce qui t'appelle ?

Comme toi avec l'écriture ? Tu as beaucoup de talent mais tu as dû attendre. Et tu attends toujours. Comment tu fais pour continuer à y croire ? »

Si ç'avait été n'importe qui d'autre, Justine aurait probablement trouvé quelque chose de sage ou rassurant à dire. Mais c'était Nick et son cerveau n'était plus qu'une masse de synapses mal connectées. Elle se contenta donc de hausser les épaules avec fatalisme.

Nick soupira. « Le mois dernier, Leo a dit… »

En l'entendant, le cœur de Justine rata un battement.

« Je sais que tu ne crois pas à l'astrologie. Mais écoute-moi juste. Il a dit que j'étais à un carrefour dans ma vie. Et il a dit que ce serait beaucoup plus facile si on pouvait différencier les bons champignons des mauvais. »

Bien qu'elle sente son pouls battre jusque dans ses oreilles, elle se força à rester calme et silencieuse pour qu'il réussisse à finir. Tandis qu'elle attendait qu'il en dise plus, elle était consciente à l'extrême de la multiplicité des sons qui montaient de la ville et de son trafic nocturne, et du bruit du vent dans les branches des grands arbres centenaires du parc.

« J'ai une peur bleue des champignons, Justine. Jamais je ne mangerais un champignon cueilli dans la forêt, j'aurais bien trop peur de finir à l'hôpital avec un lavage d'estomac. Je suis précisément le genre de crétin qui confondrait un bon avec un mauvais. Mais est-ce que c'est vraiment de l'amour quand tout ce que quelqu'un veut, c'est te changer en quelque chose que tu n'es pas ? »

Justine comprit que son horoscope avait atteint son but.

Bien au chaud dans le pull beaucoup trop grand de Nick, elle avait du mal à en croire ses oreilles. Ça avait marché. Son horoscope avait semé le trouble, ou en tout cas réveillé les doutes qui rôdaient dans l'esprit de Nick. Justine inhala profondément le parfum de santal, finalement pas si agréable que ça, et bénit silencieusement Katherine Mansfield et tous les champignons du monde.

« Laura est incroyable. Tout lui réussit. Elle est rigoureuse, organisée et perfectionniste. Non-stop. Crois-moi, elle ne s'accorde jamais de break : 24/24, 7/7, elle excelle dans tout ce qu'elle entreprend.

— Mais toi aussi, il y a une chose dans laquelle tu excelles. Je suis ta plus vieille copine et je me dois de te le dire : tu devrais vraiment appeler Alison Tarf.

— Mais…

— L'appeler ne t'engage à rien. Tu ne brises aucune promesse.

— En toute bonne foi ? »

Il paraissait un peu sceptique.

Elle haussa les épaules.

« Ce n'est qu'un coup de fil.

— Rien qu'un coup de fil », répéta Nick.

Et Justine vit ses lèvres hésiter avant d'afficher un large sourire.

Le jour où Justine reçut le dernier horoscope de Leo, elle resta assise un moment, immobile, à fixer la page fraîchement sortie du fax. Elle n'avait aucune idée de ce qu'elle allait faire. Mais peut-être son propre horoscope lui donnerait-il un indice.

Sagittaire. Avec Vénus dans le Cancer et Mercure dans la Vierge, le mois qui s'annonce pourrait bien apporter les conditions parfaites à l'épanouissement du joli succès professionnel qui germe depuis le début de l'année. Vous êtes aussi particulièrement en beauté en ce moment. Mais l'attention que vous allez gagner n'est peut-être pas celle que vous espérez.

« Ha ha ! Tu parles ! » s'exclama Justine. *Particulièrement en beauté...* L'arnaque. Je suis à peu près aussi en beauté qu'une ratte à côté de Laura Mitchell.

Elle passa directement au Verseau. *Avec Mars dans le Lion, il serait peut-être préférable de remettre à plus tard toute confrontation cruciale. Mais cette énergie cosmique est aussi susceptible de rendre plus palpables les derniers développements de votre vie sentimentale. Plus tard dans le mois, Vénus antagoniste à Saturne pourrait vous inciter à mieux gérer vos biens : ne sous-estimez ni votre temps ni votre argent. Vous pourriez aussi gagner à consolider un peu vos finances.*

Justine fronçait les sourcils en fixant son document à son écran. Elle tapa tous les horoscopes du Bélier au Capricorne, mais une fois arrivée à celui du Verseau, elle fit une pause.

Que faire ? Peut-être que Katherine Mansfield et Justine Carmichael en avaient assez fait. Plus qu'assez. Peut-être qu'il était temps d'arrêter de jouer et de laisser le destin suivre son cours.

Avec Mars dans le Lion, commença-t-elle.
Cerveau : Poule mouillée.
Justine : Qu'est-ce que tu viens de dire ?
Cerveau : Tu m'as parfaitement entendu.

Justine : Il est en couple. Je ne pense pas que ce soit particulièrement honorable de s'en mêler. Il existe un vague concept qu'on appelle solidarité féminine. Tu connais ?

Cerveau : Okaaaay. C'est par solidarité féminine que Lizzie Bennet aurait laissé Darcy à cette pleurnicheuse d'Anne de Bourgh ? Et que Maria aurait abandonné le capitaine aux mains de la baronne von Schraeder ? Que Juliette aurait dit à Roméo qu'il pouvait rejoindre Rosaline ?

Justine : Je ne connais même pas Laura. Je ne vais pas m'en faire une ennemie.

Cerveau : Mais tu n'as pas besoin d'être l'ennemie de Laura pour être l'amie de Nick. Contente-toi de sa vie professionnelle.

Le cerveau avait fait mouche. Elle pouvait peut-être mettre au point un protocole, comme elle l'avait fait avec ses rideaux. Une sorte d'éthique d'ajustement de l'horoscope. Un ensemble de règles lui permettant de dispenser ses conseils dans le champ professionnel mais sans se mêler de sa vie amoureuse.

« Ça pourrait le faire », murmura-t-elle. Elle supprima donc les quelques mots qu'elle venait d'écrire et réfléchit un instant, se livrant à une petite recherche dans sa banque de données mentale.

Comme l'a dit Tolkien : « Tout ce que nous avons à décider, c'est quoi faire du temps qui nous est imparti. »

☞

Si le protocole concernant le week-end incluait l'ouverture des rideaux dès son lever, Justine se livrait souvent à un certain nombre d'activités avant. Ce samedi-là, elle :

— se doucha ;

— enfila un jean moulant, un chemisier bien ajusté à motif cachemire (qui avait appartenu à Fleur Carmichael dans les années 1960) et un gilet orange ;

— mit ses bottes rouges ;

— appliqua du mascara et du rouge à lèvres ;

— retira son haut pour mettre une chemise bleu cobalt à manches bouffantes ;

— enleva ses bottes rouges ;

— mit ses bottes fourrées en peau ;

— se sécha les cheveux ;

— retapa les coussins de son canapé ;

— plia son plaid ;

— remit du rouge à lèvres ;

— lança un CD de Joni Mitchell.

Ce n'était pas non plus comme si elle s'attendait, en ouvrant ses rideaux, à tomber nez à nez avec Nick Jordan assis sur son balcon avec une paire de jumelles d'opéra braquées sur elle et du pop-corn. Elle ne pensait pas non plus qu'il s'intéresserait beaucoup à la façon dont elle avait placé son plaid ou à ce qu'il tombe en admiration devant ses bottes. Mais elle tenait quand même à un petit effort de mise en scène.

Quand elle finit par ouvrir ses rideaux, elle vit, accroché à son étendoir avec des pinces à linge, un morceau de papier avec un message. Tout en haut, il y avait un J. En dessous, un dessin d'ampoule. Et dessous : APPELLE-MOI.

Justine sortit dans l'air froid, essayant de comprendre ce qu'elle était censée faire. Devait-elle crier

« Nick » ? « Bonjour » ? Mais avant qu'elle ait pu se décider, Nick sortit en bas de pyjama froissé et tee-shirt moelleux, ses cheveux sombres tout ébouriffés. Apparemment, il ne s'était pas rasé depuis quelques jours.

« Salut, voisine !

— Salut !

— Tiens, regarde ce que j'ai pour toi ! dit-il en agitant une boîte d'ampoule. Pour le toit-terrasse. C'est le bon modèle et c'est la plus puissante que j'ai pu trouver. »

Justine était impressionnée. Il lui avait dit qu'il le ferait et il l'avait fait.

« C'est trop gentil ! Je ne sais pas quand j'aurais fini par m'en occuper. Moi aussi, j'ai quelque chose pour toi. »

Elle rentra et ressortit aussitôt avec le dernier exemplaire de *L'Étoile*.

« Il est sorti hier ! » dit-elle en lui montrant la couverture sur laquelle s'étalait le portrait en noir et blanc d'une grande propriétaire minière, ses traits durs contrastant avec la délicatesse du nœud de diamant qu'elle avait autour du cou.

Nick était sur son balcon, son ampoule à la main. Et Justine sur le sien, avec le magazine. Entre eux s'étendait le vide.

« Je ne pense pas que ce soit une très bonne idée de te lancer ça.

— Moi non plus. »

Nick posa soudain l'ampoule sur sa tête et annonça :

« J'ai une idée ! Il nous faut un petit panier, comme dans *Le Déjeuner du gardien de phare*.

— Oh, bon sang ! Ça fait des années que je n'ai pas pensé à ce livre !

— Combien de fois est-ce qu'on a bien pu le lire ?

— Assez pour que l'école doive le racheter ! »

L'idée était simple mais elle avait charmé les deux enfants, enthousiasmés par le petit panier à pique-nique rempli de nourriture qui coulissait doucement sur son fil de fer, au-dessus de l'océan, jusqu'au phare.

« Une salade de fruits de mer, dit Nick en adoptant une voix de pirate.

— Et des biscuits de marin ! se rappela Justine.

— Et une pêche surprise !

— Est-ce qu'on pourrait vraiment s'en installer un ? » demanda-t-elle, presque sérieuse.

Nick, manifestement amusé, haussa les sourcils et Justine attendit la moquerie. Mais au lieu de ça, il s'exclama :

« J'ai de la ficelle !

— Et moi un panier ! Celui dans lequel ma mère met du coton. »

Après un lancer de panier à peu près maîtrisé, des rattrapages de ficelle presque coordonnés et quelques nœuds, Nick et Justine parvinrent à créer un système de tyrolienne permettant de faire naviguer leur petit panier d'un balcon à l'autre.

C'est ainsi qu'ils assistèrent au premier voyage aérien d'ampoule jamais enregistré puis au voyage inaugural d'un exemplaire de *L'Étoile*. Et dans ce magazine s'étalait, sur une pleine page, l'horoscope de Leo Thornbury. Enfin, façon de parler.

La cuspide

✦

Dorothy Gisborne – *Verseau, anglophile passionnée résidant depuis longtemps sur Devonshire Street, veuve depuis cinq ans, fière propriétaire de ce qui était probablement la plus importante collection d'Australie (en tout cas de Christendom) de vaisselle commémorative du mariage de Charles et Diana et repasseuse acharnée de draps, torchons et sous-vêtements divers* – entra une adresse dans Google Map. Sur son écran se matérialisa progressivement une sorte d'échiquier grisâtre qui se transforma petit à petit en Fritwell, petit village de l'Oxfordshire. Le site de rencontre déconseillait l'échange de données personnelles, surtout aussi rapidement. Mais à leur âge, il n'y avait plus de temps à perdre.

Consciente de son souffle haletant, Dorothy cliqua sur « street view ». Et elle apparut. Sa maison. La photo avait dû être prise peu de temps auparavant, par une journée maussade, quand le camion de Google était passé dans sa rue. C'était une petite maison mitoyenne recouverte de crépi, si ordinaire que Dorothy Gisborne était probablement la seule au monde à la trouver charmante. Mais Dorothy, bien que née dans la poussière australienne, avait grandi parmi les primevères couvertes de rosée, les haies verdoyantes et les hérissons taquins de Beatrix Potter. À ses yeux, rien n'était plus beau que la fraîcheur paisible de la lumière grise et la promesse lointaine, derrière la maison, de prairies vallonnées gorgées de chlorophylle, de jacinthes encore ensommeillées et de lapins qui parlent.

Dans son bungalow saumon brûlé par le soleil, il était déjà quatorze heures. Mais son esprit bien entraîné calcula sans peine qu'à l'heure d'été anglaise il n'était que cinq heures du matin. Rupert était donc encore couché, son corps endormi formant une seule bosse dans le lit double que sa femme n'était plus là pour partager.

La main de Dorothy tremblait sur la souris.

« Idiote, reste tranquille », dit-elle à voix haute.

Elle observa attentivement la maison. Elle nota le jardinet de devant bien propret et la fente de la boîte aux lettres dans la porte d'entrée, les pâquerettes qui poussaient dans un grand pot en pierre à côté du petit escalier. Si elle y allait, si elle acceptait, cette porte deviendrait celle de sa maison. Et ce serait sur ce paillasson qu'elle s'essuierait les pieds. Ces pâquerettes, ce seraient celles dont elle égayerait la salle de bains.

Elle regarda de nouveau l'heure. Quatorze heures cinq. Il était donc cinq heures cinq chez lui. Encore deux heures et cinquante-cinq minutes à attendre que le carillon de Skype traverse l'éther, résonnant comme des boules de relaxation dans un tunnel plein d'eau. Et Rupert serait là, l'angle de sa webcam faisant paraître ses joues un peu plus flasques qu'elles ne l'étaient probablement vraiment, la luminosité faisant ressortir sa cravate, coincée comme une serviette multicolore dans son col de chemise.

« Bonjour, Dorothy », lui dirait-il.

Et elle répondrait « Bonsoir, Rupert ».

Ce n'était pas très drôle mais c'était leur façon à eux d'entamer leurs échanges quotidiens.

Maintenant il était quatorze heures douze. Cinq heures douze. Dorothy soupira et effectua très doucement un tour complet de la rue. Est-ce que c'était un petit pont qu'elle apercevait là-bas, tout au bout ? Mais oui, c'en était un. C'était ce pont que Rupert et elle traverseraient pour se rendre à la vieille église de pierre le dimanche matin ou au pub pour boire le panaché du vendredi après-midi. Son border collie bas comme un renard les suivrait à quelques pas et Dorothy porterait des bottes en caoutchouc et un fichu sur la tête, comme la reine à Balmoral.

« Ne sois pas stupide », marmonna-t-elle. Elle se rendit compte qu'elle l'avait dit avec l'accent anglais. Écarlate, elle ferma la fenêtre de son ordinateur et repoussa sa chaise.

Le postier signala son passage par le vrombissement de sa moto. Quand elle sortit prendre le courrier, son regard fut attiré par les affreux trous qui marquaient l'emplacement de ses daphnés et de ses rhododendrons morts de soif. Ça ne risquait pas d'arriver à Fritwell, se dit-elle en sortant le dernier numéro de *L'Étoile d'Alexandria* de sa boîte aux lettres.

Dorothy posa sur un plateau le magazine, une petite théière Charles et Diana et un *shortbread*. Puis, d'une large commode surchargée, elle sortit avec soin une tasse en porcelaine Reine Anne au bord doré, à l'intérieur décoré de camées de Charles et Diana dans un cercle doré lui-même orné de roses Tudor et de fleurs de lys. Elle avait hésité un instant avec une tasse Crown Trent, sur laquelle Charles et Diana étaient blottis dans un cœur d'un rouge vibrant, sous un lion doré. Elle aurait tout aussi bien pu choisir une tasse Aynsley, Royal Stafford, Royal Albert ou une Brosnic. Ou peut-être une Wedgwood, une Royal Doulton ou une Spode.

Sa collection de porcelaine consacrée au mariage de Charles et Diana couvrait les étagères et remplissait les placards de deux larges buffets. On y trouvait des classiques (des tasses à thé, des assiettes, des vases et carafes) mais sa collection comptait également des dessous-de-plat, des dés à coudre, des boîtes à bijoux, des éteignoirs, des cendriers et des cloches. La maison Wedgwood avait commercialisé sa faïence commémorative effet jaspe en bleu, lilas et ocre, et Dorothy avait acheté chacune des pièces consacrées à Charles et Diana (même si elle avait renoncé à l'ocre). Des années plus tôt, son principal passe-temps consistait à écrire à des collectionneurs basés en Angleterre et aux États-Unis. Puis eBay était apparu et, après la mort de Reg, Dorothy avait récupéré son atelier, dans lequel elle avait fixé autant d'étagères qu'il en fallait pour accueillir les nouveaux arrivages de ces inimaginables trésors conçus pour les noces du 29 juillet 1981.

Dorothy s'assit à la petite table ronde installée dans le bow-window qui surplombait son jardin. Elle sirota son thé et dégusta son biscuit. Sur la couverture de *L'Étoile* s'étalait en gros plan le visage effrayant de l'héritière du plus grand empire minier d'Australie. Dorothy se fit la réflexion qu'on lisait vraiment dans les yeux de cette femme ce que la cupidité peut faire à l'âme humaine. Elle posa sa main sur la couverture et l'y laissa un instant, comme si elle essayait d'absorber quelque chose à travers le papier.

« Leo, chuchota-t-elle, qu'est-ce que je dois faire ? »

Puis elle inspira profondément et ouvrit le magazine à la page des horoscopes.

Verseau. Comme l'a dit Tolkien : « Tout ce que nous avons à décider, c'est quoi faire du temps qui nous est imparti. » Même pas vous, Verseau, l'esprit le plus libre du zodiaque, né de l'élément air, le plus détaché de tous, ne pouvez échapper aux séduisants plaisirs des biens terrestres et des succès palpables. Mais demandez-vous, aujourd'hui, à quoi vous désirez réellement employer les heures qui vous ont été confiées.

Dorothy retint son souffle et le tic-tac d'une petite pendule grandit dans le silence. C'était une céramique de Denby qui représentait Charles et Diana. Quatorze heures trente-cinq. Cinq heures trente-cinq. Encore deux heures et vingt-cinq minutes. *Tic-tac, tic-tac.* La veille, Rupert portait une cravate orange à motifs bleus hexagonaux. Il lui avait raconté qu'il avait emmené Flossie chez le vétérinaire pour lui faire nettoyer les dents, qu'il avait battu Nigel aux fléchettes pour la première fois depuis cinq ans et qu'il pensait à faire changer le tissu des fauteuils. Puis, à brûle-pourpoint, il lui avait dit : « Viens, viens donc me retrouver. Viens vivre avec moi et sois ma femme. » Dorothy, sous le choc, avait refusé.

Tic-tac, tic-tac. Tic tic tic. C'étaient les secondes de sa vie qui s'écoulait. Et à quoi allait-elle la passer ? Sur eBay ? À acheter des coquetiers commémoratifs ? Elle allait passer le reste de sa vie avec des objets ? Dorothy regarda ses buffets. Ils vacillaient presque. Charles pointait son long nez sur elle depuis chaque étagère. Diana, timide et charmante, souriait sous sa frange blonde. Et où était-elle aujourd'hui ? Morte. Un jour, Dorothy le serait aussi.

« Oh, Leo », murmura-t-elle.

Il avait raison. Tolkien aussi avait raison. Et Dorothy savait bien à présent ce qu'il lui restait à faire. Elle allait se débarrasser de chaque assiette, chaque tasse, chaque vase, chaque dessous-de-plat et chaque éteignoir. Même les dés à coudre y passeraient. Et les buffets avec. Tous ses meubles. Ses bijoux, ses vêtements, ses sacs à main. Puis elle vendrait la maison.

« Bonjour, Dorothy », lui dirait Rupert dans deux heures et vingt minutes.

« Bonsoir, Rupert », lui répondrait-elle.

Et, sans plus essayer de masquer ces adorables pointes d'accent anglais, elle lui dirait : « Rupert, j'ai pris ma décision. »

✦

Blessed Jones – *Cancer, chanteuse célèbre, groupie cachée de Dolly Parton, gaga de banjo, propriétaire d'un cœur deux fois recollé et à présent trois fois brisé* – se rassit au bout du large comptoir du Strumpet & Pickle et maudit silencieusement Margie McGee.

À la différence de la grande majorité des collègues féminines du sénateur Dave Gregson, Margie avait été fiable. Pas seulement parce qu'elle était plus âgée mais surtout parce que c'était une femme de principes. Oh, pourquoi avait-elle quitté son boulot ?! Si elle était restée, cette nymphette rouquine n'aurait jamais été embauchée par Dave Gregson. Ni débauchée. Et elle n'aurait probablement jamais fini dans le lit qui aurait dû être partagé, à l'instant même, par Dave Gregson et Blessed elle-même.

Blessed était parvenue à se persuader que ses grosses lunettes noires empêchaient les autres clients de voir que c'était bien Blessed Jones qui était assise au bout du comptoir devant deux pintes vides et une troisième encore pleine. Les manches de son pull étaient gonflées par des mouchoirs (à gauche les sales, à droite les propres) et à ses pieds reposait un étui de guitare aux courbes sensuelles.

De derrière ses lunettes, Blessed constata que les clients du lundi soir n'avaient rien à voir avec les jeunes habitués, beaux et percés de partout, qui se tenaient la main et s'embrassaient avec la langue du mardi au samedi. Les petites tables qui, un vendredi, auraient résonné des rires de hipsters barbus étaient actuellement occupées par des hommes d'affaires solitaires avachis devant leur bière comme des géants devant du mobilier miniature. Blessed comprit qu'au Strumpet & Pickle le lundi soir était réservé à ceux qui avaient fini leur journée de travail mais n'avaient pas envie de rentrer chez eux. Sans compter le complotiste en résidence, qui était parvenu à séquestrer un pauvre diable près de la cheminée. Elle avait entendu dire que dans sa période la plus faste, il avait écrit un brûlot qui avait fait polémique. Il y traitait de l'extinction imminente de la race humaine et la destruction de la planète. Mais il en était à présent réduit à des coups de gueule sur les scènes libres et à des discours incohérents sur les collisions d'astéroïdes et la cendre volcanique.

Blessed sortit un mouchoir (propre) de sa manche et se moucha. Puis elle prit une lampée de cidre. Sa fraîcheur se propagea derrière son front et jusqu'à ses pommettes mais le cidre n'était pas assez fort pour faire disparaître les images qui passaient en boucle. La lourde porte de son appartement qui s'ouvrait. La fille nue dans la lumière du frigo. Peut-être qu'elle pouvait au moins essayer d'en faire une chanson… *La fille nue dans la lumière du frigo / J'en peux plus de ta libido / Tu nous as encore dynamités / Je vais finir par t'éclater.*

Elle lui avait déjà tant pardonné. Elle lui avait pardonné l'universitaire collet monté chez qui tout était noir et asymétrique, à part le rouge à lèvres jaune. Elle lui avait pardonné la travailleuse humanitaire qui empestait le patchouli et devait soi-disant briefer son équipe sur le Timor oriental. Elle lui avait pardonné l'adolescente tatouée qui baby-sittait son fils de huit ans, unique rescapé d'un autre mariage coulé par l'infidélité pathologique de Dave.

Après chacune de ses passades, Blessed lui demandait : « Qu'est-ce que tu veux ? Qu'est-ce que tu cherches ? Pourquoi je ne te suffis pas ? » Mais il se contentait de hausser les épaules. Parler à Dave au lendemain d'une infidélité, c'était comme essayer de creuser le fond d'une piscine à la pioche. Et elle n'avait vraiment plus la foi. De toute façon, il n'y avait rien dessous.

« Vous êtes un homme », lança-t-elle au type, assis seul à deux tabourets du sien, qui rangeait sa carte bleue dans son portefeuille. Vu sa tenue, il devait travailler dans un hôpital. Sexy, décida-t-elle. Ses cheveux lisses et noirs, un peu longs, tombaient sur ses lunettes. Des lunettes de bon goût. Ses lèvres étaient pleines, ses dents belles et larges. Dangereux et pourtant inoffensif. Blessed pensa à un loup bien élevé.

Il eut l'air surpris et se désigna.

« Moi ?

— Oui, vous », confirma-t-elle en calant son mouchoir sale dans sa manche.

Peut-être que tout ce dont elle avait besoin, c'était de sexe brut.

« Simon, se présenta-t-il.

— Et moi, Bronwyn. »

L'homme haussa un sourcil mais ne fit aucun commentaire.

« Vous êtes un homme, répéta-t-elle en se rapprochant de lui. Alors expliquez-moi les hommes. »

Devant lui, sur le comptoir, était posé un ordinateur lisse et doré. Elle s'approcha assez pour distinguer l'écran. C'était le site d'une banque. Et avant qu'il ne ferme son ordinateur, elle put lire un nom : Tansy Brinklow. Le rythme de ce nom lui disait quelque chose. *Tansy Brinklow. Tansy Brinklow.* (Deux chardonnay avaient précédé les pintes.)

Simon Pierce – *Scorpion, sage-femme, geek, addict au chocolat, grand habitué de la Maison du cinéma, conducteur de Vespa et détenteur d'un cœur tout aussi brisé que celui de Blessed* – avait parfaitement reconnu la petite femme assise à côté de lui, avec son nez un peu rouge et son articulation pâteuse. Il savait même ce que renfermait l'étui : c'était Gypsy Black, une guitare acoustique plantureuse et brillante aux pickguards en écaille de tortue et décorée d'une rose de nacre. La photo de Blessed avec sa guitare fétiche était en couverture de ses albums et Simon les possédait tous.

Il lui versa un verre d'eau et sortit une double dose de vitamine C de son sac.

Oh, pensa Blessed, à la fois déçue et soulagée. *Pas de sexe brut, alors. Tansy Brinklow, Tansy Brinklow, Tansy Brinklow.*

Merde, se dit-elle quand elle retrouva enfin la zone de son cerveau à laquelle correspondait ce nom. Tansy Brinklow avait été l'oncologue de son père.

Les yeux écarquillés, elle posa la main sur le bras du jeune homme.

« Mon Dieu, vous n'allez pas mourir… ?
— Quoi ?
— Mourir.
— Non ! Enfin, pas plus que n'importe qui, lui répondit-il, complètement perdu.
— Oh, tant mieux alors. Quel soulagement ! Enfin, j'imagine. Pas de cancer alors ?
— Un cancer ? Mais non, pourquoi ?
— La gorge, les poumons, l'estomac ? Et c'est quoi déjà ce que vous avez, vous, les hommes ? Ah oui, la prostate. Pas la prostate non plus ? Oh, bon sang, je suis désolée, vous n'avez sans doute aucune envie de me parler de vos testicules. Je suis désolée. C'est parce que je suis Cancer. Casanière, hypersensible, facilement blessée. Et vous ?
— Je crois que je suis Scorpion.
— Ah ! Est-ce que ce n'est pas le code pour "Je suis un super coup" ? »

Simon eut un petit mouvement de recul et son sourire se figea. Blessed tendit la main vers son cidre et le silence s'attarda comme une mauvaise odeur.

« Pardon, je suis désolée. Simon.
— Je vous pardonne. Blessed. »

Elle fit la grimace.

« Qu'est-ce qui vous a fait penser que j'étais mourant ?

— Tansy Brinklow. Vous étiez en train de lui faire un virement. Vous êtes en rémission, maintenant ? »

Simon eut un rire sans joie.

« Pas du tout.

— Alors, qu'est-ce que vous étiez en train de payer ?

— Mon intégrité, je pense », répondit-il après un moment de réflexion.

Blessed se cala sur un coude et le regarda avec douceur.

« Racontez-moi ça », lui dit-elle d'un ton engageant.

Deux heures plus tard, Simon lui avait raconté comment il avait été fiancé à Tansy Brinklow, à quel point ils étaient bien ensemble, et le piano qu'il avait pris sur la tête quand elle avait tout arrêté à cause d'une sombre histoire d'Alfa Romeo qu'il lui aurait suggéré d'acheter. Ou peut-être seulement parce qu'elle avait peur. En fin de compte, la honte qu'elle avait ressentie à l'idée que ses amies puissent penser qu'elle s'était fait avoir avait été plus forte que l'amour et le sexe avec les gants en cuir. Elle l'avait traité de croqueur de diamants et lui avait envoyé une facture pour qu'il lui rembourse l'argent qu'elle lui avait prêté, sans compter la moitié de tout ce qu'ils avaient dépensé ensemble.

Durant ces deux heures, Blessed avait dû aller deux fois aux toilettes et avait fini sa troisième pinte. Simon avait refusé de lui en payer une quatrième et avait préféré leur commander deux chocolats chauds.

Et Blessed, tout en dégustant la mousse de son chocolat à la petite cuillère, lui avait parlé de Dave, lui expliquant la politique de ressources renouvelables des Verts, qu'elle suspectait à présent d'être une façon de s'assurer que les filles ne viendraient jamais à manquer. Elle lui avait même raconté comment elle avait trouvé en rentrant chez elle plus tôt que prévu sa dernière conquête, une rouquine aux seins pâles assez gros pour couler une petite île. À poil devant son frigo.

Simon avait mis en place un virement automatique pour rembourser Tansy jusqu'au dernier centime, ce qui allait lui prendre au moins un an. Il lui arrivait encore de la croiser dans les couloirs de l'hôpital et il commençait doucement à s'habituer à la morsure brûlante de la honte qui l'assaillait chaque fois. Tout ça à cause de l'argent, qui ne représentait pour lui qu'un concept vague, une chose que vous pouviez utiliser quand vous en aviez et dont vous vous passiez quand vous n'en aviez pas. Alors que pour elle, l'argent représentait tout à la fois la sécurité, le succès, la famille, le pouvoir et une armure. Tout, en fait.

« J'ai cru qu'on allait passer le reste de notre vie à s'explorer, à découvrir nos profondeurs secrètes. Mais en fait, il n'y en avait pas. Il n'y avait que des récifs. Tant pis pour moi. »

Blessed se redressa soudain sur son tabouret et une expression d'urgence traversa son visage.

« Redis ça.
— De quoi ?
— Redis ce que tu viens de dire, s'il te plaît.
— Tant pis pour moi.
— Non, avant, insista-t-elle en agitant ses petites mains.

— Qu'il n'y avait que des récifs ? »
Blessed se détendit.

« Y avait que des récifs », répéta-t-elle à mi-voix. Puis elle le redit en séparant bien les syllabes, laissant une mélodie se former. Elle attrapa son étui de guitare et en sortit le précieux instrument qu'elle posa doucement sur ses genoux. Gypsy Black était magnifique. Simon observa Blessed pincer les cordes et déclencher une cascade encore hésitante de notes douces-amères. Puis elle ferma les yeux et ajusta les notes en se mettant à fredonner.

« J'ai eu trente-cinq ans la semaine dernière, glissa-t-elle. Tu te rends compte ? Trente-cinq ! »

Il était sur le point de lui souhaiter un joyeux anniversaire en retard lorsqu'il constata qu'elle n'était plus vraiment avec lui. Simon était sage-femme depuis assez longtemps pour bien connaître ce regard. C'était celui d'une femme qui se détourne du monde extérieur pour se focaliser tout entière sur ce qui se passe en elle, sur la naissance à venir.

La musique jaillit de ses doigts et sa voix s'éleva comme le plus tendre des papiers de verre, le plus âpre des chants d'oiseau.

Tes profondeurs, je les ai sondées
Sans y pêcher que des mensonges ;
J'ai jamais pu que patauger
Impossible de nager dans tes songes.
T'es un vrai gag, même pas un drame,
Rien qu'une maquette en carton-pâte ;
Un beau parleur, un roi d' l'épate
Mais où sont les coraux pour ta dame ?
J'ai eu beau sonder, je n'ai rien trouvé,

*Plongé dans tes yeux sans pouvoir m'y noyer
Et j'ai fini par m'échouer
Sur tes récifs sans pitié.*

Puis elle se tut et lâcha la bride à Gypsy Black dont la voix s'éleva à son tour, libérant des harmonies si fluides qu'il sembla à Simon qu'elles étaient de nacre. Blessed reprit, plus fort, de façon plus plaintive, laissant finalement mourir le morceau sur un dernier accord. Quand elle rouvrit les yeux, l'attention de chaque âme que comptait le Strumpet & Pickle était fixée sur elle. Même celle du fou aux astéroïdes.

LION

♌

« Sa robe de vestale n'est que malade et verte. Nul ne la porte que les folles », récita Nick. Il faisait les cent pas sur son petit balcon en déclamant, quatre pas dans un sens, quatre pas dans l'autre.

« Rejette-la.

Voici mon amour ! oh elle est ma Dame !

— Non ! » le coupa Justine.

C'était un samedi matin de juillet et Justine avait sorti un siège sur son balcon. Elle était assise en tailleur, une édition de *Roméo et Juliette* ouverte sur un genou, un paquet de Maltesers presque vide sur l'autre. Elle portait un gros gilet et un bonnet car même s'il était bientôt midi, une fine couche de glace recouvrait toujours la balustrade.

« Comment ça, non ?

— Tu as inversé. C'est : "Voici ma Dame ! oh elle est mon amour !"

— Merdouille », lâcha Nick en arpentant son balcon de plus belle.

Il portait un jean noir qui le faisait paraître encore plus mince que d'habitude et le vieux pull que Justine appelait « le pull au santal ».

« Recommence ! lui ordonna-t-elle en gobant un Malteser.

— "Voici ma Dame ! oh elle est mon amour ! Voici ma Dame ! oh elle est mon amour !" Eh, je peux en avoir, moi aussi ?

— Non. Le chocolat, ça se mérite, l'ami. D'abord, il faut que tu arrives au bout de ce monologue. Deux fois. Et sans aucune erreur.

— Espèce de sadique !

— L'art aussi, ça se mérite. Allez, vas-y, depuis le début. Juliette paraît à une fenêtre.

— Mais silence ! quelle lumière éclate à la fenêtre ? C'est l'Orient et Juliette est le soleil !
Lève-toi, clair soleil et tue l'envieuse lune…

— Biiiiiiiiip, l'interrompit de nouveau Justine.

— Quoi encore ?

— C'est : "Lève-toi clair soleil, et tue l'envieuse lune."

— Lève-toi clair soleil, et tue l'envieuse lune.

— C'est ça. Tu sens le rythme ?

— Mon Dieu, ce que tu peux être tatillonne, fit remarquer Nick, sans méchanceté. Tu as ta lune dans la Vierge ? Ou tu es ascendant Vierge ?

— Comment veux-tu que je le sache ?

— Tu es née à quelle heure ?

— Deux heures du matin. Quel rapport ?

— Attends, attends, dit-il en cherchant quelque chose sur son portable. Alors… Deux heures du matin, le 24 novembre de notre année… Donc, tu es… ascendant Vierge ! J'en étais sûr !

— Mais tu es sur quel site ? demanda Justine en riant.

— C'est un site qui te permet de déterminer ton ascendant en fonction de la date, l'heure et le lieu de ta naissance.

— C'est n'importe quoi.

— Ah, vraiment ? Écoute un peu ça : "Les ascendant Vierge sont des personnes extrêmement sensibles aux modifications dans leur environnement immédiat. Elles reconnaîtront aussitôt les éléments disruptifs et les fausses notes et dépenseront une énergie considérable à restaurer l'ordre dans ce qui les entoure." Tu ne trouves pas que ça colle assez bien pour quelqu'un qui se promène avec un stylo spécial dans son sac à main dans le but de débarrasser le monde des BROCCOLIS ?

— On va dire que les gens tatillons ont leur utilité pour la planète, alors. Bon, tu as dit toi-même que Verdi connaît déjà son texte sur le bout des doigts. Tu veux te faire ridiculiser par une gamine de quinze ans ?

— Tu as raison. Elle serait insupportable, acquiesça-t-il en soupirant.

— Allez, on continue.

— Je ne sais pas si je vais y arriver sans un petit chocolat. Je t'en supplie, juste un.

— Oh, allez », céda Justine.

Elle déposa un Malteser dans le panier et Nick tira sur la corde pour réceptionner le tout.

Depuis son installation, le panier avait permis un certain nombre d'échanges entre voisins. Même s'il n'avait pas encore eu l'occasion de faire transiter le traditionnel paquet de sucre, il avait vu passer le DVD de *Roméo + Juliette* de Baz Luhrmann (de Justine à Nick), un CD de Blessed Jones (de Nick à Justine), un pansement (de Justine à Nick) et une portion de pop-corn spécial micro-ondes (de Nick à Justine).

« Grand merci, bonne et généreuse maîtresse, dit Nick en récupérant son butin.

— Plus de chocolat tant que tu n'as pas terminé ! Allez, Juliette paraît à une fenêtre.

— Mais silence ! quelle lumière éclate à la fenêtre ? C'est l'Orient et Juliette est le soleil ! »

Il fallut une bonne demi-heure supplémentaire pour que ce soit enfin parfait et Justine dut faire de gros efforts pour maîtriser sa consommation de Maltesers et en laisser quelques-uns en vue de récompenser son ami.

« Quoi, seulement trois ?! se lamenta-t-il en découvrant le contenu du paquet. C'est tout ce que j'obtiens pour mon dur labeur ?

— Il y en aurait eu plus si tu avais mieux su ton texte ! »

Nick enfourna tous les chocolats en même temps et marmonna un merci.

« Merci pour quoi ?

— Merci de m'aider avec mon texte. »

Justine lui sourit.

« Alors, tu as passé le coup de fil ?

— À Alison Tarf ? »

Justine acquiesça.

« J'ai appelé, oui. J'ai eu son assistante.

— Et ?

— Les auditions se feront en groupe. Beaucoup d'impros, apparemment. L'idée, c'est de voir comment les gens travaillent ensemble, ce qu'ils font ressortir chez les autres, ce genre de chose.

— Et c'est quand ?
— Pas avant septembre. C'est-à-dire après la dernière représentation de *Roméo et Juliette*. Donc d'un point de vue timing, c'est...
— ... c'est parfait ! termina Justine. Il faut que tu prépares quelque chose ? Tu voudras que je t'aide ? »
Nick ne semblait pas particulièrement enthousiaste.
« Je ne sais pas. Je ne devrais pas...
— Tu ne devrais pas tenter l'audition ? Pourquoi ?
— Tu sais bien que j'ai promis. Laura et moi, ça a été un peu compliqué. On s'est même séparés pendant un moment. Mais depuis qu'on s'est remis ensemble, elle est vraiment super, beaucoup plus détendue. Et la promesse que je lui ai faite, c'est important pour elle. Je veux vraiment y mettre du mien. Mais avec cette histoire d'audition, je me sens déchiré. J'imagine que ça mériterait une petite séance d'introspection. »
N'avait-il pas lu l'horoscope ? Est-ce que « Leo » n'avait pas clairement indiqué aux Verseau dans quel recoin de leur âme chercher les réponses ? Justine se creusait les méninges pour trouver comment glisser discrètement une allusion à l'horoscope dans leur conversation. *Biens terrestres... Les heures qui t'ont été confiées...*
Mais au lieu de ça, elle lui dit :
« Une audition, ce n'est qu'une audition, tu sais. Je veux dire, même si tu es pris, tu peux toujours dire non. Rien ne t'en empêche. Tu ne penses pas que tu devrais au moins tenter ?
— Je ne sais pas, Ju... Peut-être que c'est juste plus facile comme ça.
— Plus facile ? »

Les épaules de Nick s'affaissèrent et il soupira.

« Peut-être que c'est plus facile de tourner le dos à tout ça avant de me rendre compte que je ne suis pas à la hauteur. Après, on peut toujours imaginer ce qui aurait pu se passer et se consoler en se disant qu'on a décidé de prendre un autre chemin.

— Dis-moi que tu ne crois pas vraiment à ce que tu me racontes.

— Je n'y croyais pas vraiment, admit-il avec un rire sans joie. Et puis j'ai lu l'horoscope... »

Allez, l'encouragea mentalement Justine.

« C'est-à-dire ? lui demanda-t-elle avec candeur.

— Leo a dit que je devais réfléchir à la façon dont je veux vraiment vivre ma vie. Et je me suis dit que je n'utilisais peut-être pas mon temps de la meilleure des façons. Peut-être que je le gâche à essayer de devenir acteur. Si finalement je ne suis pas assez bon, j'y aurai passé tous ces mois, toutes ces années... Qu'est-ce que j'en aurai fait, finalement ? »

Ah. Ce n'était donc pas seulement la promesse faite à Laura. Le vrai problème, c'était surtout le courage et la confiance en soi. Le grand classique.

« Mais si tu découvres qu'en fait tu es très bon ? Est-ce que ce n'est pas une éventualité à prendre en compte ?

— Merde ! jura-t-il soudain en regardant sa montre. La répétition commence dans trente minutes. Il faut que j'y aille !

— Est-ce que cette question te fait peur au point que tu t'enfuies quand je la pose, Nick ? » lui demanda Justine en souriant.

Il croisa son regard et le soutint pendant un instant.

« Peut-être bien, Ju. Mais je te promets que je vais y réfléchir. Et il faut vraiment que j'y aille ! Pour de vrai.

— Alors courez !

— Merci, Nourrice. »

Ce n'était pas sur ce rôle que Justine aurait porté son choix mais c'était toujours mieux que rien.

♌

Chaque année, Jeremy Byrne abêtissait ses employés avec un événement qu'il avait baptisé *State of the Nation*[1]. Le café bien corsé de Jeremy et les masses de viennoiseries de chez Rafaello étaient censés compenser l'heure et demie de travail perdue à écouter le compte rendu chiffré et le détail des succès de l'année passée, sans oublier les objectifs à atteindre dans les mois suivants.

Cette année, le *State of the Nation* se tenait un mardi de début août. Justine avait passé la matinée à reprendre l'article de Lesley-Ann dédié à la majesté des pivoines. La version manuscrite lui était parvenue dans une enveloppe contenant un généreux échantillon de terreau et Justine avait passé vingt bonnes minutes à nettoyer son clavier.

Après avoir terminé (son nettoyage et l'article), elle se rendit compte que pour la première fois depuis sa prise de poste, elle n'avait plus rien à faire. Les rubriques finance, gastronomie, littérature, jardinage et le courrier des lecteurs étaient déjà sur le serveur.

---

[1]. Le *State of the Nation* est traditionnellement un bilan annuel sur l'état du pays présenté par le président.

Quant aux mots croisés, elle devait attendre que Doc les envoie.

Elle mit donc de l'ordre sur son bureau et dans sa boîte mail, répondit, classa et jeta, puis elle fixa intensément le fax dans l'espoir qu'il se mette en marche. Sans grand succès, évidemment. Après un bref moment de réflexion, Justine sélectionna un stylo et attrapa une feuille de brouillon.

Verseau, commença-t-elle. Mais quels étaient les mots magiques ? Quelle mystérieuse combinaison convaincrait Nick Jordan de passer l'audition ?

Justine : Cerveau ? Un peu d'aide ?

Cerveau : Pour moi, la clé, c'est le timing.

Justine : Bien sûr ! Le magazine va sortir le soir de la première de Roméo et Juliette ! *On pourrait profiter du fait que Nick surfe sur une vague d'enthousiasme, juste après le spectacle, et...*

Cerveau : ... et le conforter dans cette idée...

Justine : ... en rédigeant l'horoscope comme une sorte de critique du spectacle. Une très bonne critique.

Justine commença à griffonner des mots-clés : « salve d'applaudissements », « acclamations », « révérence ». Elle venait d'ajouter « avec brio » quand elle prit conscience d'une présence dans son bureau.

Il devait avoir une petite trentaine d'années et sa chemise, remontée jusqu'aux coudes, révélait des avant-bras naturellement mats ou très bronzés pour la saison. Sa cravate vieil or était desserrée et ses cheveux blond foncé un peu trop longs. Il fallut à Justine quelques secondes pour se le remettre.

Daniel Griffon. Il n'était pas aussi grand que dans son souvenir mais ses épaules carrées et sa chemise bien remplie donnaient une impression de solidité. Accro au sport, diagnostiqua Justine.

« Justine ?

— Daniel ? répondit-elle en feignant une hésitation très éloignée de la réalité.

— C'est bien moi ! »

Il s'approcha de son bureau et elle retourna son brouillon d'un geste vif. *Merde*, se dit-elle aussitôt, *ça a dû paraître carrément louche*.

« Tu es venu pour le *State of the Nation* ?

— Oui, répondit-il en inclinant légèrement la tête.

— Waouh. Ça, c'est du dévouement.

— C'est tout moi, dit-il, la main sur le cœur. Au fait, super ton article sur la jeune comédienne ! Très très bon. Il faudrait que tu sois publiée beaucoup plus souvent, on gaspille ton talent à ce poste. »

Il lui dit ça sur un ton si badin qu'elle se demanda s'il se moquait d'elle.

« Tu sais comment c'est, ici. C'est compliqué d'avoir une ouverture tant que personne ne part à la retraite. Ou ne meurt.

— Ouf. Rappelle-moi de toujours te faire face, dit-il en haussant les sourcils.

— Tu ferais bien, oui, rétorqua-t-elle.

— On se voit à la petite sauterie ! » dit-il en quittant la pièce à reculons.

♌

En entrant dans la cuisine, où les plateaux de douceurs étaient déjà disposés parmi le désordre habituel de journaux et de boîtes de chocolats vidées depuis longtemps, Justine remarqua que Jeremy paraissait tendu.

Daniel Griffon, quant à lui, était accoudé au comptoir d'une façon que Justine jugea un peu trop décontractée. Puis elle se rendit compte qu'en vérité il était complètement alerte et observait tout ce qui se passait autour de lui.

« Il est pas mal, hein ? » fit Anwen en lui mettant un petit coup de coude.

Mais avant qu'elle ne puisse répondre, Jeremy se racla la gorge.

« Merci, merci à tous d'être là aujourd'hui. Et merci à Daniel d'avoir fait le déplacement tout spécialement pour être avec nous. »

Durant la présentation exhaustive qui suivit, Jeremy ne trouva pas moins de six façons différentes de leur expliquer que si la diffusion était légèrement en baisse par rapport à leurs chiffres de l'année précédente, le revenu conséquent lié aux publicités se maintenait. La matinée s'acheva doucement et la majorité d'entre eux était quasi endormie quand leur rédacteur en chef annonça : « Et je vais en venir à la dernière question à l'ordre du jour. »

Jeremy fit une pause et Justine comprit au léger tremblement de sa bouche et à son regard embué que ce qui venait n'avait rien à voir avec les banalités précédentes.

Elle coula un regard en direction de Daniel, qui semblait déployer un effort considérable pour ne regarder rien ni personne et affichait toujours une décontraction un peu suspecte. Il savait parfaitement ce que Jeremy allait dire. Il attendait même ce moment depuis le début. Et il était venu dans ce but. Pour assister à l'abdication et à la succession. Pour y prendre part. La première dans l'histoire de *L'Étoile*.

Roma aussi venait de comprendre. Sous le choc, elle porta son poignet plâtré à sa poitrine et son geste sembla entraîner une cascade de réactions qui précéda de quelques secondes les mots de Jeremy.

« Certains ont prétendu que je ne quitterais *L'Étoile* que les pieds devant. Au risque de les décevoir, et malgré tout ce que ce magazine signifie pour moi et tout ce qu'il m'a apporté, j'ai décidé d'écrire une fin différente. J'ai décidé de… Aujourd'hui, je fais un pas en avant. Disons que je me suis auto-décerné le titre de rédacteur en chef émérite, une tâche que je me propose d'exercer principalement de chez moi. Ce qui me permettra de me consacrer à la lecture, même si je sais que mon époux chéri envisage plutôt de me mettre au jardinage. Dans tous les cas, ma routine quotidienne en sera grandement allégée. Je vois bien vos visages, et même si ce que j'y lis est très flatteur, je me hâte de vous dire que ce jour doit être un jour de célébration. Car aujourd'hui, nous retrouvons Daniel Griffon. Après avoir pendant des années admirablement occupé son poste de correspondant à Canberra, Daniel va à présent reprendre les rênes de *L'Étoile* et devenir son nouveau rédacteur en chef. Dès maintenant. »

Et Jeremy commença à applaudir. Pendant quelques instants, le temps que son équipe, sous le choc, se joigne à lui, ses applaudissements parurent assourdissants. Daniel ne fit pas un geste, se contentant d'accueillir les éventuelles félicitations d'un simple hochement de tête, comme s'il n'y avait rien de plus naturel pour lui que de reprendre le poste de Jeremy Byrne.

Dès qu'il le put, et probablement dans l'espoir de prendre de vitesse les sentiments qui menaçaient de le déborder, Jeremy accéléra son débit. « Notre chère Jenna Rae a accepté de reprendre le poste de Daniel à Canberra et je suis certain que vous allez tous vous joindre à moi pour lui souhaiter tout le succès qu'elle mérite dans la capitale. »

Il y eut d'autres applaudissements et Jenna tenta du mieux qu'elle put de masquer sa joie sous un masque de professionnalisme.

« Et je pense que vous avez tous compris ce que cela signifie », dit finalement Jeremy. Justine fut déconcertée de constater que tout le monde s'était tourné vers elle. Elle se sentit rougir sous les regards.

« Cela signifie qu'il va y avoir un bureau de libre ici ! Et, parmi cette grande refonte, notre chère Justine, qui vous a si patiemment apporté votre courrier et vos cafés, va enfin pouvoir prendre son poste de journaliste junior. Poste auquel elle a déjà touché, de façon assez spectaculaire, avec sa première page dans l'édition du mois dernier. Je sais bien, Justine, que tu as longtemps attendu ce jour. Mais il est enfin arrivé ! Et de grandes réussites s'annoncent. »

Il y eut d'autres applaudissements et Justine commença à comprendre les conséquences de l'annonce de Jeremy. La carrière qu'elle avait imaginée, dont elle avait rêvé, pour laquelle elle avait étudié, pour laquelle elle s'était échinée, allait enfin devenir réalité. Elle allait prendre le poste de Jenna et rejoindre Roma et Martin dans le bureau des journalistes. Sa signature allait apparaître dans le magazine. Pas sur un coup de chance mais chaque mois. Elle y était enfin parvenue.

Justine profita d'une digression de Jeremy pour écrire rapidement un texto : « Jeremy prend sa retraite, Daniel Griffon prend la relève. Et moi, j'ai mon poste de journaliste junior ! » Elle l'envoya à sa mère et à Tara. Et, sur un coup de tête, à Nick. Elle reçut presque aussitôt trois réponses : « incroyable ma chérie comme tu es brillante c'est le moment d'aller faire du shopping que je t'achète quelque chose pour fêter ça ». Justine sourit puis se fit une note mentale pour montrer une nouvelle fois à sa mère comment accentuer les capitales et ponctuer ses textos. Tara se contenta d'un : « CANONISSIME!!!!! » Quant à Nick, qui fut le dernier à répondre, il lui dit : « Je vais te cuisiner une modeste tourte pour fêter ça et tandis que nous la dégusterons, tu admettras le génie de Leo Thornbury. »

Justine reporta sa concentration sur ce qui se passait autour d'elle, juste à temps pour entendre Jeremy parler de Henry.

Le jeune homme rougissait si furieusement que sa tête semblait sur le point d'exploser. Justine fronça les sourcils. Non, Jeremy n'allait quand même pas faire ça ? Il n'allait pas lui accorder une promotion après seulement quelques mois ? Qu'avait-il eu le temps d'apprendre ? Rien du tout ! Quelle injustice. Justine avait passé deux longues années à porter le courrier et à aller chercher les cafés. Il était impossible que Henry soit promu après quelques pauvres semaines.

« Après une assez courte période parmi nous, disait justement Jeremy, notre cher Henry va prendre le poste de responsable des contributions extérieures. Cela représente une avancée incontestable, et je suis sûr que vous l'assisterez tous de votre mieux le temps qu'il apprenne les ficelles du métier. »

Merde, se dit Justine en imaginant déjà Henry dans son joli bureau, en train de corriger les critiques de livres qu'elle avait sélectionnées. Et pire, en l'imaginant sélectionner les lettres adressées au rédacteur en chef. Henry ! Avec ses vues conservatrices sur l'univers tout entier. Serait-il vraiment capable de relire les indices cryptiques des mots croisés de Doc ? Il allait falloir qu'elle lui fasse bien prendre conscience de ses nouvelles responsabilités.

Elle sentit soudain déferler une nouvelle vague d'excitation. Elle était journaliste junior ! Elle allait enfin pouvoir écrire pour de vrai ! Justine se fit pour la deuxième fois une réflexion qui l'étonna elle-même : jusque-là, Leo avait eu tout juste. Lui vint aussitôt l'image très désagréable de Henry en train de taper ses horoscopes. Elle allait pouvoir dire adieu à sa chasse gardée.

Elle était traversée de sentiments contradictoires et elle aurait voulu être seule, ou au moins invisible, pour pouvoir mettre tranquillement de l'ordre dans les émotions qui l'assaillaient. Mais elle était loin d'être invisible. Elle était dans la cuisine, à la vue de tous, et quand elle sortit de l'enchevêtrement de ses pensées, elle surprit les yeux de Daniel Griffon posés sur elle. Son regard brun la fixait, ferme, intelligent et interrogateur.

♌

En quittant le travail ce soir-là, Justine vérifia que personne ne la regardait avant de se placer juste sous l'étoile en mosaïque, jaune et gaie, qui semblait briller de mille feux dans le ciel bas et sombre. Elle s'y attarda un instant, essayant de ressentir la douce radiation de ses rayons sur son visage. Puis, en se moquant d'elle-même, elle s'engagea dans le parc.

À la moitié du chemin, elle reçut un nouveau texto. C'était Nick.

« À quelle heure je t'attends pour ma modeste tourte ? »

« Oh, je croyais que c'était une blague ! » lui répondit-elle, un peu déconcertée.

« Ta blague est au four. 19 h 30 ? »

« Ça marche ! »

Justine se demanda s'il était possible que les étoiles soient dans un alignement particulièrement fabuleux.

♌

Justine n'avait encore jamais mis les pieds dans l'immeuble en brique brune qui faisait face au sien. Mais si elle avait dû l'imaginer, elle aurait eu tout juste : les murs et le sol étaient crasseux et une odeur de poubelle planait dans la cage d'escalier.

Heureusement, l'appartement de Nick, malgré une touche de moisi, sentait surtout la tourte en train de cuire et le déodorant.

« Toutes mes félicitations ! » s'exclama-t-il en la prenant dans ses bras. Il était habillé d'un jean clair et d'une chemise rayée et, quand il la serra contre lui, elle se sentit à la fois très petite et un peu ivre.

« Je suis venue sans rien, je suis désolée. Pas de vin ni de chocolats ni…

— Oh, chut ! la coupa-t-il gaiement. Entre donc. Le vin est déjà ouvert. »

Dans la petite entrée, Justine passa devant une série de portemanteaux encombrés d'une collection de couvre-chefs pour le moins éclectique. Il y avait une coiffe de cavalier tibétain, un casque de policeman anglais, une toque comme celle de Davy Crockett – ornée de ce qui semblait être une authentique queue de raton laveur – et une toque de cuisinier.

Dans le salon était disposée, sur une étagère de planches et de briques, la collection de ukulélés de Nick. Il y en avait un tout simple en bois brun et d'autres qui rappelaient un coucher de soleil à Hawaï, avec des teintes chaudes et orangées. Dans leurs cadres, des affiches de pièces de Brecht, Tchekhov et de *La Tempête*, *Comme il vous plaira*, *Henri IV* et *La Nuit des rois* de Shakespeare étaient alignées contre les murs. Il y avait aussi des affiches de pièces australiennes plus confidentielles, de productions de théâtre physique, de théâtre de marionnettes, de cabaret et de spectacle de pantomime.

La modeste tourte *à la** Nick Jordan se révéla être une merveille crémeuse au poulet et aux poireaux. Même la pâte était parfaite. Comme il n'avait pas de plat approprié, il l'avait fait cuire directement sur la grille, dans du papier aluminium. Il servit le résultat, particulièrement réussi, avec des pointes d'asperge.

Il n'y avait pas de table et ils mangèrent avec leur assiette sur les genoux, sur le canapé de Laura. Nick avait choisi un vin blanc bien frais qu'ils burent dans des verres à eau décorés de tournesols, les seuls qu'il avait.

« À la nouvelle Lois Lane ! » s'exclama Nick en brandissant le sien.

Ils réglèrent rapidement son sort à la première bouteille et débouchèrent la seconde. Bien réchauffée et légèrement ivre, Justine avait enlevé ses chaussures et calé ses pieds sous elle.

« Merci pour tout, Nick. Merci pour le dîner et merci de fêter ça avec moi.

— Avec plaisir, Justine. Mais je n'ai pas oublié que tu dois encore faire une petite déclaration. Tu sais, au sujet de Leo Thornbury ?

— C'est une grande déclaration.

— Je ne vais pas te mettre la pression. Je préfère attendre que tu sois prête, dit-il d'un ton grandiloquent.

— Je suppose que maintenant ou plus tard, ça ne sera pas mieux », rit-elle en prenant une gorgée de vin. Elle se racla la gorge et afficha un air sérieux : « Il semblerait que Leo Thornbury soit un assez bon astrologue.

— Pff, pathétique ! Recommence.

— D'accord, d'accord. Tu n'as pas tort… L'horoscope de Leo Thornbury, pour une raison qui m'échappe, a semblé annoncer avec une assez grande précision les évolutions de ma vie professionnelle.

— Qu'est-ce que c'est que ces dérobades ?! Je pense que les mots que tu cherches sont : Leo Thornbury sait tout.

— Leo Thornbury… » tenta Justine avant d'éclater de rire.

Cerveau : S'il savait…
Justine : Tu crois vraiment que c'est le moment ?!

« Leo Thornbury… l'aida Nick.

— … fait généralement preuve d'une certaine perspicacité. »

Cerveau : Très malin…

Mais avant que Nick n'ait pu la reprendre, Justine fut surprise, au moins autant que le jeune homme, d'entendre une clé tourner dans la serrure. Quelques secondes plus tard apparut Laura Mitchell, dans un long manteau d'un vert chatoyant qui cachait presque ses talons vertigineux. Sa coiffure était si complexe que Justine était certaine que c'était l'œuvre d'un pro. C'était comme si Laura descendait tout droit d'un podium. Et pour débarquer dans le silence le plus gêné du monde.

« Eh ! dit Nick en sautant sur ses pieds. Tu m'avais dit que tu venais ? » demanda-t-il en l'embrassant sur la joue.

Le regard de Laura passa de Nick à Justine puis de nouveau à Nick.

« J'avais une soirée de lancement au Westbury, juste en face, dit-elle en indiquant la direction avec sa pochette. Je me suis dit que j'allais passer te dire bonsoir en rentrant. »

Le silence qui suivit cette phrase s'éternisa au point que Justine sentit son malaise monter à chaque milliseconde qui passait.

« Je te présente Justine », lâcha précipitamment Nick.

Une expression perplexe traversa brièvement le visage de Laura avant qu'elle ne recompose avec brio son expression.

« Ravie de te rencontrer, Justine, dit-elle d'une façon si formelle et bien élevée que Justine fut partagée entre irritation et envie.

— Ma voisine ! précisa Nick.

— Oh, fit Laura, et soudain toutes les pièces du puzzle semblèrent s'organiser. C'est toi qui étais à l'école avec Nick ! Tu es son coach de théâtre, c'est ça ?

— C'est bien moi », confirma Justine, et dans son esprit passa sans raison le petit panier.

Est-ce que Laura était au courant ? Est-ce que ça la dérangeait ?

La jeune femme enleva son manteau et l'accrocha sur l'un des chapeaux.

« Tu veux un verre de vin ? lui proposa Nick.

— Juste de l'eau, merci. »

Une fois Nick dans la cuisine, Laura prit un siège à côté de Justine.

« Alors, comment il se débrouille avec son texte ?

— Super bien ! Vraiment. Il reste juste un petit peu de travail sur le monologue final. S'il y a un moment qu'il ne faut vraiment pas louper, c'est bien la scène du tombeau. Tu l'imagines dans la crypte, Juliette dans les bras, et *bim*, le trou de mémoire ?! Ça tuerait l'effet ! »

Cerveau : Arrête de blablater.

Justine : Je sais. Tu as vu sa tête ? Elle me regarde comme si j'étais débilos.

Justine venait de comprendre quel type de femme était Laura. Avec son calme et sa réserve, c'était le genre de personne qui la mettait extrêmement mal à l'aise. L'effet produit était presque pavlovien. Elle avait beau faire, quand elle parlait avec une femme comme ça, Justine ne pouvait s'empêchait de se noyer dans des bavardages ridicules.

Justine : Oh mon Dieu, qu'est-ce que je dois faire ?

Cerveau : Mets tes chaussures, pour commencer.

Le temps que Nick revienne dans le salon, Justine avait déjà remis ses sabots (aussi charmants que peu glamour) et enfilé le duffle-coat qui, quand elle l'avait attrapé en sortant de chez elle, lui avait pourtant paru presque élégant. À présent, il lui donnait l'impression d'être une gamine.

« Je vais y aller, dit-elle assez inutilement.

— Je t'en prie, je ne veux pas que mon arrivée te chasse, protesta Laura, et Justine vit qu'elle était sincère.

— Ne t'inquiète pas, il faut vraiment que j'y aille, j'ai eu une grosse journée. »

À la porte, Nick prit de nouveau Justine dans ses bras mais il n'y avait plus trace de l'excitation enthousiaste de son arrivée.

« Je suis désolé, dit-il doucement. Ce n'était pas censé se passer comme ça. »

Et Justine sut qu'elle allait passer la nuit à se demander ce qu'il avait bien pu vouloir dire.

♌

Le jour où elle prit officiellement son nouveau poste, Justine était déjà devant *L'Étoile* à sept heures trente, avec un sac rempli d'une extravagante collection de stylos colorés, d'élégants carnets, d'adorables Post-it, de gommes en forme d'animaux, de trombones pingouin et d'effaceurs dernier cri.

Elle était bien sûr la première. Elle tapa le code d'entrée et pénétra dans l'immeuble sombre et silencieux. Sur le seuil du bureau des journalistes, elle fit une pause et examina l'espace qui avait appartenu à Jenna Rae. Les cartes postales et les Post-it avaient disparu, comme le contenu de sa petite bibliothèque et son pot à crayons. Justine agita la souris pour réveiller son nouvel ordinateur. Lui aussi était d'une froideur impersonnelle, avec un nouveau fond d'écran standard.

Changer de bureau, c'était comme un petit déménagement, sans les complications. Il y avait le même mélange de nouveauté, d'anticipation, d'excitation, mêlé à une pointe de nostalgie. Elle était bien contente de s'être réveillée ridiculement tôt et d'avoir ce moment pour elle, pour organiser tranquillement son nouveau bureau, se préparer une tasse de thé, rêvasser un peu… et aller jeter un coup d'œil dans son ancien bureau pour voir si le fax avait pondu quelque chose.

« Quel magnifique timing, Leo », murmura-t-elle en attrapant la page.

Verseau. Ce mois-ci, Mars se déchaîne dans la zone de pouvoir de votre Maison VIII. Très puissante, cette Maison correspond aux grands mystères de la vie – le sexe et la mort – mais aussi à la renaissance et aux expériences de transformation. L'éclipse du 21 août pourrait bien apporter son lot de révélations ainsi que les conditions idéales pour renoncer enfin à ce qui ne vous sert plus.

« Mmm… Pas très utile, tout ça, monsieur Thornbury », marmonna Justine.

Cerveau : Je ne sais pas… Le sexe et la mort, ça ne paraît pas si à côté de la plaque pour quelqu'un qui joue Roméo.

Justine : D'accord, d'accord. Mais on n'a pas vraiment envie qu'il « renonce », si ?

Elle regarda l'heure. Il était encore très tôt. Elle s'assit donc sur son ancien siège. Si Henry débarquait, elle pourrait toujours lui dire, sans vraiment mentir, qu'elle lui donnait un petit coup de main. Après tout,

Jeremy lui-même leur avait demandé de l'aider du mieux qu'ils pourraient.

Justine accrocha le fax et ouvrit un nouveau document. Ses doigts volant sur le clavier, elle tapa l'horoscope des Bélier, Taureau, Gémeaux, Cancer, Lion, Vierge, Balance, Scorpion, Sagittaire, Capricorne et…

Verseau. Vous êtes au top, porteur d'eau. Avec Jupiter qui distribue ses largesses du côté professionnel, vous commencez enfin à voir les résultats de toutes ces années de dur labeur et d'investissement. Sachez apprécier la reconnaissance et les louanges que vous avez bien méritées. Un petit salut, Verseau !

Justine venait de ponctuer sa dernière phrase quand Daniel Griffon fit son apparition à la porte du bureau, la faisant violemment sursauter.

« Pardon, je ne voulais pas te faire peur.

— Non non, ça va. C'est juste que je ne pensais pas…

— Je m'attendais plutôt à te trouver dans le bureau d'à côté.

— Je suis dans le bureau d'à côté. Enfin, commença à bafouiller Justine. Je suis juste venue récupérer quelques trucs et tant que j'y étais, je me suis dit que… »

Daniel lui jeta un long regard franc et légèrement amusé, faisant monter d'un cran sa nervosité. Il s'approcha et se percha sur le coin de son bureau, examinant son écran.

« L'horoscope, hein ?

— Oui. »

Elle sentit son pouls s'affoler. Si Daniel y regardait de plus près, il verrait que ce qu'elle venait d'écrire ne correspondait pas au texte du fax. Mais elle ne pouvait pas courir le risque d'attirer son attention en essayant de fermer son document ni en retirant le fax de son support. En tout cas, pas sans que ce soit vraiment louche. Mais peut-être que si elle se montrait particulièrement à l'aise, il n'y verrait que du feu.

« C'est étonnant, le nombre de personnes qui s'intéressent à l'astrologie, non ? Toi aussi ?

— C'est difficile de ne pas s'y intéresser.

— Ah oui ? Pourquoi ?

— Eh bien, disons que quand tu as le plus beau rôle, c'est difficile de le refuser.

— Le plus beau rôle… ?

— Je suis Lion. Le soleil. Le roi.

— Je vois, dit sobrement Justine en essayant de ne pas laisser ses sourcils s'envoler dans la zone réservée au "Pitié, dis-moi que tu n'es pas sérieux".

— Et toi ? »

Sa stratégie fonctionnait à merveille. Daniel était si concentré sur leur conversation qu'il en avait oublié l'écran.

« Eh bien, je ne suis pas Lion, répondit-elle avec peut-être un soupçon d'insolence.

— Gémeaux ? tenta-t-il.

— Tu me trouves hypocrite ?

— Balance ?

— Tu cherches une voie de sortie pour ne pas me vexer ?

— Et toi, tu réponds à mes questions par des questions ? Tu ne serais pas journaliste, par hasard ? Mais j'ai compris. Il va falloir que je te perce à jour, c'est ça ? »

Justine n'était pas tout à fait certaine que c'était le type de conversation qu'elle désirait avoir avec son patron pour son premier jour.

« On va dire ça.

— Bon, très bien. Quand tu auras fini, est-ce que tu pourras passer me voir ? J'ai un article pour toi. Il est sublime. Si je n'étais pas rédacteur en chef, je me le garderais.

— Ah oui ?

— Tu connais Huck Mowbray ?

— Le joueur de *footy* ?

— Exactement.

— Celui qui a cette affreuse moustache.

— Et qui porte des minishorts. Absolument. En ce moment il est rôdeur de mêlée pour les Lions mais avant de déménager dans le Queensland, il a joué pour quelques équipes du Sud.

— Et ?

— Et il rentre au pays ! Pour le lancement d'un recueil de poèmes. Les siens.

— Huck Mowbray écrit de la poésie ? Sérieusement ?

— Justine, Justine… Qu'est-ce que c'est que ces préjugés ? Sous prétexte qu'il ressemble à un homme des cavernes, tu penses qu'il ne peut pas être poète ? »

L'air de rien, pendant que Daniel parlait, Justine détacha le fax et le plia en deux distraitement.

« Ne t'inquiète pas pour la deadline, l'édition de ce mois-ci est déjà presque bouclée. Je veux cet article pour le magazine de septembre, histoire que ça coïncide avec la finale de la ligue. Qu'est-ce que tu en penses ? Ça te dit ?

— Et comment ! C'est comme si tu demandais à Pamela Anderson si elle dort sur le dos. »

Justine rougit violemment en réalisant qu'elle venait de faire une blague douteuse (et une blague de seins, en plus) à son nouveau patron.

Cela le fit sourire.

« J'ai une copine journaliste politique qui dit toujours : "Tu crois que Gough Whitlam[1] pense que c'est le moment ?"

— On ne peut plus australien, acquiesça Justine, bien calmée, en croisant les bras sur sa poitrine.

— Oh, j'en ai encore en réserve. Tu crois que quand un koala pète, ça sent l'eucalyptus ? Est-ce qu'un Tasmanien a deux têtes ? »

Justine aurait adoré pouvoir renchérir mais comme le seul bijou de rhétorique qui lui venait était : « Est-ce qu'un vieux pirate n'a que la dent dure ? », elle jugea préférable de se taire.

« Parfait, conclut Daniel en se redressant. Passe me voir quand tu auras fini, que je te donne les détails. »

Une fois qu'il eut disparu, Justine s'adossa à son siège en soufflant de soulagement. Ça n'était pas passé loin.

Elle saisit le fax de Leo et, au lieu de le piquer au sommet de la pile, elle l'enterra sous plusieurs articles déjà traités.

Puis elle déposa l'horoscope dûment corrigé sur le serveur et éteignit l'ordinateur qui était désormais celui de Henry. En quittant la pièce, elle tapota gentiment le fax au passage.

---

1. Ancien Premier ministre australien connu pour le message fort de sa campagne électorale de 1972 : « C'est le moment ! »

« Merci, mon vieux. On s'est bien amusés. Mais c'était la dernière. »

♌

Le vendredi de la première de *Roméo et Juliette*, Justine fit un commando toilettes stratégique sur les coups de dix-sept heures. Derrière la porte close, elle changea ses babies rouge cerise pour des chaussures noires à talons compensés, aussi canon qu'inconfortables.

Sur une petite robe noire, Justine passa un manteau du soir au revers savamment plissé et au col ouvragé.

Une voix sucrée se fit bientôt entendre derrière la porte.

« Tu en as pour longtemps ?
— J'ai presque fini, Barbel ! » répondit-elle en sortant sa trousse à maquillage.

Une fois la retouche faite, elle passa aux cheveux. Impossible d'approcher une bombe de laque de son visage, ça la faisait éternuer. Elle se contenta donc d'ébouriffer un peu ses boucles châtaines et de les ramener sur la tempe, où elle les fixa avec une barrette scintillante.

Elle s'examina dans le miroir.
Justine : Ça donne quoi ?
Cerveau : Pas mal du tout !
Franchir avec ses talons les quelques rues qui la séparaient des halles d'Alexandria fut assez pénible pour qu'elle décide de se rendre au théâtre en taxi. Mais d'abord, elle avait un achat essentiel à faire. Et ça n'avait rien à voir avec des « broccolis ».

La boutique du fleuriste portait le nom de Hello Pétales et la jeune femme derrière le comptoir, avec son tablier vintage, semblait avoir eu une dure journée. Son mascara avait coulé et même ses cheveux paraissaient fatigués. Elle parvint tout de même à adresser un sourire à Justine.

« Que puis-je faire pour vous ?

— Je voudrais deux bouquets, s'il vous plaît. Deux bouquets assortis, mais j'en voudrais un un peu plus gros, plus mature et plus masculin que l'autre. »

La fleuriste parut intriguée. Elle réfléchit un instant avant de se mettre en mouvement, naviguant avec aisance de vase en vase, attrapant une tige par-ci, une autre par-là, comme si elle dansait la valse.

« Et est-ce que vous pourriez accrocher ça dans le plus gros bouquet, s'il vous plaît ? demanda Justine en lui tendant le dernier exemplaire de *L'Étoile*.

— De plus en plus curieux ! » s'exclama la fleuriste, telle Alice au pays des merveilles.

♌

Tandis qu'elle se frayait difficilement un passage jusqu'à sa place, au deuxième rang, Justine fit le constat que le public était majoritairement composé de dames grisonnantes avec de grosses boucles d'oreilles et des châles bigarrés. Ces dames étaient pour la plupart accompagnées de messieurs aux cheveux tout aussi gris, vêtus de ce que Justine jugeait être leur deuxième meilleur costume. Les sièges les moins chers, à l'arrière, étaient occupés par des jeunes gens à grosses lunettes et pulls en laine, probablement des étudiants en art ou en lettres.

Deux sièges encore vides, au premier rang, donnaient à la rangée un air de dentition d'enfant. C'est là que Laura Mitchell vint s'asseoir, en souriant et s'excusant, suivie d'une dame portant un imposant collier de perles et un châle prune. C'était probablement sa mère, se dit Justine en remarquant la similarité de leurs mâchoires somptueuses, de leurs pommettes royales, et la même chevelure sombre et luxuriante, à la fois dense et aérienne, qui faisait irrésistiblement penser à une pub pour du shampooing. En s'asseyant, Laura vit Justine et lui adressa un petit signe poli.

La Gaieté n'était pas exactement réputée pour ses performances révolutionnaires. Pourtant, dès le lever de rideau, Justine comprit que l'adaptation allait être différente. Tous les personnages portaient le même costume, un haut noir basique à manches longues et un pantalon de la même couleur, mais l'identité de chaque personnage était signalée par des coiffures différentes. Bien que les costumes aient été réduits à leur plus simple expression, le maquillage était marqué. Les yeux et la bouche étaient mis en valeur avec talent.

La scène aussi était sommaire : le sol sombre était délimité par des rideaux dont les couleurs changeaient selon les différents moments de la journée, de l'aube la plus pâle au bleu nuit étoilé. Durant les scènes de nuit, les constellations projetées sur cet écran de tissu tournaient doucement, rappelant le passage inexorable du temps.

Comme souvent avec les troupes d'amateurs, de nombreux détails menaçaient de ruiner l'effet. Le jeune Tybalt ressemblait à une mauvaise caricature du diable et passait tout son temps à agiter sa longue chevelure noir corbeau en faisant étalage de ses talents à l'épée, qu'il devait probablement à quelques heures d'initiation à l'escrime. Lady Montaigu déclamait avec un ton pompeux digne des pires adaptations shakespeariennes tandis que Lord Capulet oubliait ses répliques s'il marchait en même temps qu'il parlait.

Mais le metteur en scène avait brillamment réparti ses maigres ressources. Il avait réussi à décrocher une vieille actrice professionnelle pour le rôle de la Nourrice et elle maniait avec un talent consommé le périlleux jonglage entre comédie et tragédie. Quant à Frère Laurent, il ressemblait terriblement à un acteur britannique connu.

Les amoureux n'étaient plus Nick et Verdi et leur badinage n'avait plus rien de malicieux. Leur attirance était aussi tendre que profonde, la poésie de leurs répliques n'avait d'égale que l'émotion intense qu'ils dégageaient. Le jeu des quatre personnages principaux parvint même à faire oublier à Justine la fin tragique et inéluctable.

Durant la scène du tombeau, le metteur en scène joua un peu avec son public : Juliette se réveilla quelques secondes après que Roméo eut bu son poison, ce qui leur laissa le temps d'une dernière étreinte passionnée. Des larmes jaillirent des yeux de Justine dont la gorge était douloureuse des sanglots retenus.

« Ainsi je meurs sur un baiser », dit Roméo, et Justine se mit à sangloter. Assez pour que la mère de Laura se retourne. Justine avait bêtement oublié ses mouchoirs et elle dut essuyer ses larmes du mieux qu'elle put.

Heureusement, le metteur en scène s'était attribué le rôle du Prince et la dernière réplique ne fut pas gâchée.

« Car jamais aventure ne fut plus douloureuse que celle de Juliette et de son Roméo. »

Dans le tonnerre d'applaudissements qui suivit, Justine se dit que Shakespeare était quand même un sacré génie. Si kitsch que puisse être cette dernière phrase, elle suffisait à déclencher des sanglots éperdus. Quand les acteurs vinrent saluer, elle les applaudit à s'en faire mal aux mains.

Lorsque les lumières se rallumèrent, Justine eut la surprise de voir mystérieusement apparaître un mouchoir au niveau de son épaule droite.

« Laisse-moi deviner, tu es Cancer. »

Même si elle avait encore les yeux pleins de larmes et qu'elle voyait flou, Justine constata que la personne derrière elle n'était autre que Daniel Griffon.

« Oh mon Dieu, merci, gémit-elle en lui arrachant presque le mouchoir des mains. Qu'est-ce que tu fais là ?

— Eh bien, il n'est pas impossible que les Amis du théâtre d'Alexandria envoient des places au rédacteur en chef de *L'Étoile*. »

Justine remarqua en même temps l'usage du pluriel à « places » et la présence d'une femme à côté de Daniel. Une femme qui n'était autre que Meera Johannson-Wong, la présentatrice de l'émission d'actualités la plus intello du pays. Elle était aussi connue pour ses questions impitoyables que pour sa garde-robe particulièrement avant-gardiste et elle portait ce soir-là une robe chasuble qui semblait avoir été découpée dans un costume d'homme. Justine ne put s'empêcher de rester bouche bée en la voyant. Elle était en train de parler à une femme assise derrière elle et sa position offrait une vue parfaite sur les nombreux cols de chemise qui fermaient ladite robe dans le dos.

« Mais c'est Meera Johannson-Wong, chuchota-t-elle à Daniel, impressionnée.

— C'est gentil de me prévenir, répondit-il d'un ton assez suffisant. C'est une vieille amie. Je suis soulagé de savoir que c'est bien elle. Après toutes ces années, imagine un peu ! »

Cerveau : Tu entends ça ?
Justine : Quoi ?
Cerveau : « Une vieille amie. » Comme dans « amis ». Il t'a bien précisé que ce n'était qu'une amie.
Justine : Et alors ?
Cerveau : Sérieusement, Justine...

La possibilité n'avait rien d'affreux. Il fallait bien admettre que Daniel était sympathique. Il avait été très encourageant par rapport à son travail et il n'était pas tout à fait aussi hautain que dans son souvenir. Et il était vraiment pas mal du tout. Mais il était surtout, et avant tout, son nouveau patron.

« Tu es là pour juger de la performance de la demoiselle Highsmith ? lui demanda-t-il en s'avançant vers elle. Pour voir si elle est aussi bonne que ce que tu en as dit ?

— Il y a un peu de ça. Mais je suis surtout venue voir Roméo. C'est un vieil ami à moi. »

Cerveau : Ce n'est pas tombé dans l'oreille d'un sourd, crois-moi.
Justine : Oh, fiche-moi donc la paix et rendors-toi.

Daniel parcourut son programme.

« Nick Jordan ? Il était bon. Très bon même. Tous les deux étaient excellents. Alors, j'ai raison ?

— À quel sujet ?

— Tu es Cancer ? »
Elle arqua un sourcil moqueur :
« Pourquoi serais-je Cancer ?
— Eh bien, tu es clairement émotive. Pleine d'empathie, sensible. Facilement émue jusqu'aux larmes.
— Facilement ? Tu exagères. On vient quand même de voir l'une des histoires d'amour les plus tragiques de tous les temps.
— Et tu es aussi assez imprévisible. Un peu dure en apparence mais tendre à l'intérieur.
— C'est peut-être vrai. Mais je ne suis pas Cancer. »
Daniel hocha la tête avec désolation. « Vous m'offrez un fort joli défi, mademoiselle Carmichael. »

♌

Pendant ce temps-là, en coulisses, un bouquet de roses pâles, de jacinthes à peine plus foncées et de gerberas rouges attendait Verdi Highsmith avec une note : « Pour Mlle Highsmith, avec admiration, de la part de Justine Carmichael. »

Un peu plus loin, un bouquet encore plus gros attendait Nick Jordan. Il était composé de roses blanches, de jacinthes bleu foncé et de myosotis. Son petit mot disait : « Pour un Roméo au poil, de la part de sa Miss Tatillonne favorite. » Un exemplaire de *L'Étoile*, porteur du dernier message de Leo Thornbury, pointait malicieusement du bouquet.

La cuspide

✦

Guy Foley – *Verseau, philosophe à tendance conspirationniste, musicien de rue spécialisé dans la flûte et les cuillères, voleur à l'étalage à la conscience toujours pure, propriétaire d'un sac en toile doublé de peau de mouton et grand habitué des arrière-cours, canapés et abris de jardin* – examinait les vitrines du buraliste avec la curiosité tranquille de celui qui n'a pas envie de retourner sous la pluie. Il sifflotait dans sa barbe épaisse et faisait de son mieux pour ne pas regarder la vitre qui séparait la boutique bien chauffée du froid humide de la rue. Car de l'autre côté de cette vitre, en équilibre instable sur le sac-poubelle qui contenait le butin de Guy, ses vilains poils trempés malmenés par le vent, il y avait Brown Houdini-Malarky. Et son unique œil le fixait, suppliant.

Brown – *terrier des rues né sous la constellation du Canis Major, propriétaire d'un bandana bleu miteux, passé maître dans la pratique du Voo Dog (art canin de la persuasion), voleur expert spécialisé dans les pique-niques laissés sans surveillance et infatigable pisseur* – n'était vraiment pas un joli chien. Sa tête hirsute et ses longues oreilles velues étaient bien trop grandes pour son corps maigrichon et ses jambes courtaudes. Sa queue démesurée était nue, à l'exception d'une sorte de gland crasseux à son extrémité. Sa mâchoire du bas, protubérante, découvrait constamment ses dents jaunes, même lorsqu'il avait la gueule fermée. De loin, sa dentition ressemblait à une ligne de points cousus avec maladresse. Son œil manquant n'arrangeait pas le tableau. On aurait cru voir un cadavre de chien fraîchement exhumé.

Brown frissonna. Guy était dans ce magasin depuis des heures et il avait plu sans arrêt. Il était trempé au point que l'eau ruisselait entre les touffes emmêlées de son pelage. Même s'il aboyait encore férocement en direction de ceux qui risquaient un regard sur le butin enveloppé d'un sac plastique, Brown était tout près de laisser tomber.

Pour être honnête, Guy lui avait procuré quelques heures plus tôt un excellent petit déjeuner composé de gras de bacon et de croûtes de pain. Brown lui devait aussi de nombreuses nuits douillettes sur la peau de mouton de son sac. Mais là, il avait l'impression de se faire avoir. Après tout, à qui Guy devait-il son tout récent succès ? Seul, il pouvait déjà s'estimer heureux s'il arrivait à se payer son Jack Daniel's ou sa Ruby avec ses piètres performances. Même quand il réussissait à occuper le meilleur coin de la gare, il n'obtenait que la petite monnaie des bons samaritains à qui il faisait pitié ou de ceux qui trouvaient la ferraille trop lourde dans leur portefeuille. Mais avec Brown qui sautillait sur ses pattes arrière en jappant de sa voix de ténor, Guy avait un sacré succès. On lui donnait même des billets ! Dix dollars par-ci, cinq par-là. Même les étudiants sans le sou participaient.

Guy et Brown s'étaient rencontrés dans un train et avaient aussitôt reconnu dans l'autre un camarade de l'Amicale des sans-billet. Brown aimait les trains parce qu'ils représentaient une vraie manne pour les restes de sandwich et aussi pour les petites galipettes occasionnelles et sans lendemain. Il n'avait rien contre un peu de chienne et une grattouille de temps en temps tant qu'il pouvait descendre à l'arrêt suivant et poursuivre sa petite vie tranquille. Mais Guy, en caressant Brown, avait inspecté le bandana et vu ce qui y était écrit : Brown Houdini-Malarky. Ça l'avait fait rire. « Eh ben, en voilà un nom chic ! » Puis il avait sorti sa flûte et Brown l'avait accompagné.

« Pas mal du tout, frère Brown ! » avait dit l'homme en enchaînant sur une autre chanson avec le chien. Trois arrêts et un demi-hot-dog plus tard, les deux avaient scellé une alliance. Une alliance qui, quelques semaines plus tard, commençait à prendre l'eau.

Brown s'ébroua inutilement. Il fixa Guy par la vitre et convoqua son pouvoir. *Tu vas sortir de ce magasin. Maintenant. Tu vas sortir. Tu vas sortir. Tu vas sortir. Maintenant.* Mais Guy se tourna à peine, trop occupé à glisser l'air de rien un briquet dans la poche de sa veste trempée. Brown, furieux, lança une terrible malédiction canine contre le verre qui semblait bloquer ses pouvoirs.

Encore une nuit, se dit-il. Encore une nuit et il planterait Guy. L'homme n'allait pas manquer à Brown, par contre, il regretterait la peau de mouton. Brown avait le droit de dormir dessus et ce petit luxe lui permettait de sombrer dans de doux rêves, des rêves dans lesquels il avait une maison à lui. Avec des humains dévoués, un panier plein de coussins, un bol de croquettes (à remplissage automatique) et un paquet de biscuits que ses humains lui apportaient sur simple aboiement.

Bon sang, mais qu'est-ce qui lui prenait ? C'était cette doublure en peau de mouton qui le ramollissait. Encore une nuit et basta. Il tournerait bride et disparaîtrait dans une allée sombre, de nouveau solitaire. Indépendant. Libre. Il était Brown Houdini-Malarky. Il n'était le chien de garde de personne.

À l'intérieur, Guy examinait une étagère de gongs décoratifs, faisant abstraction du regard hostile du commerçant qui ne le lâchait pas et évitant soigneusement le sort de Brown. Tant qu'il ne croisait pas le regard du chien, il pouvait garder à distance l'envie de quitter cette boutique pour aller acheter un burger. La radio était sur une station locale merdique et quand la voix du présentateur enchaîna sur les dernières notes de la chanson, il eut l'impression qu'on lui versait du fromage chaud fondu dans les oreilles.

« Eeeet c'eeeest Rrrrick Reeeevenuuuue, entonna-t-il en passant par tous les tons. Et vous venez d'entendre Juiiiice Neeeewtoooon, qui chantait vous savez quoiiii ! Ce que vous ne savez pas, c'est qu'il est deux heures et quart. L'heure du... placard ! Comme disait toujours mon vieux papa ! Et maintenant, l'horoscoooope ! Par notre génie des étoiles, Leoooo Thoooornburyyyy. »

Guy écouta d'une oreille distraite quelque chose sur les rencontres de hasard des Gémeaux et les opportunités financières des Vierge.

« Et pour tous les Verseau qui nous écoutent, voici ce que nous dit Leo ! *Vous êtes au top, porteur d'eau. Avec Jupiter qui distribue ses largesses du côté professionnel, vous commencez enfin à voir les résultats de toutes ces années de dur labeur et d'investissement. Sachez apprécier la reconnaissance et les louanges que vous avez bien méritées. Un petit salut, Verseau !* Et enfin, pour les Poissons... »

Mais Guy n'écoutait déjà plus.

Avec Jupiter qui distribue ses largesses, se répéta-t-il. *Vous commencez enfin à voir les résultats de toutes ces années de dur labeur*. Si ça, c'était pas un signe ! Il pensa à tout ce qu'il avait perdu tout au long de sa vie, surtout aux tables de black-jack du casino Jupiter de la Côte d'Or. Mais avait-il vraiment perdu tout cet argent ? Ou est-ce qu'il ne l'avait pas plutôt, comme l'astrologue venait de le dire, investi ? Il allait enfin y avoir des résultats !

Oh, Jupiter ! Le dieu l'appelait au Nord et lui promettait un éclair droit dans sa poche. « Au top », « Un salut »...

Guy jeta un coup d'œil au temps derrière la vitre et essaya d'imaginer le soleil de la Côte d'Or sur sa peau nue, la sensation de ses doigts de pied cuisant doucement sur le sable soyeux au lieu de s'engourdir de froid dans ses bottes. Quel meilleur moment pour partir qu'au cœur de cet affreux hiver méridional ? Bon, ce n'était encore que le début... Mais trop tard. Maintenant qu'il avait l'idée dans la tête, elle ne le lâcherait pas. Et elle lui plaisait beaucoup. Il avait pas mal gagné dernièrement. En tout cas, bien assez pour s'acheter un rasoir, voire même aller siffloter chez le barbier. Assez pour prendre un peu soin de lui avant de rejoindre le Nord en stop. Et ça lui laisserait assez en poche pour tenter sa chance avec Jupiter.

Mais s'il réussissait à rejoindre la Côte d'Or, qu'allait-il bien pouvoir faire de Brown là-bas ?

Guy se tourna et croisa le regard du chien. Au moment où ses yeux rencontrèrent l'œil unique de l'animal, il se dit : *Je vais sortir de ce magasin. Maintenant. Je vais acheter un gros burger. Je vais enlever la viande du burger et la donner à Brown.* Quand il sortit enfin, accompagné du grognement mécontent du vendeur, la cloche au-dessus de la porte tinta.

« Bon chien », dit Guy. Brown sauta du sac et agita la queue sans même en avoir conscience, programmé comme il l'était pour réagir à la flatterie et l'affection. L'homme hissa son sac sur son épaule et regarda le chien. Il aimait beaucoup son petit compagnon mais il ne pouvait pas partir avec lui. Qui allait prendre en stop un type accompagné d'un clébard crasseux et borgne ?

Il ne pouvait pas non plus laisser son petit pote tout seul dans la grande ville. En se dirigeant vers la gare, il élabora un plan.

Une demi-heure plus tard, réchauffé et presque sec, le ventre arrondi de steak haché, Brown dormait par terre dans un train, son menton dentu posé sur ses pattes. Il se réveilla soudain avec l'affreuse sensation d'avoir quelque chose autour du cou. C'était la ceinture de Guy, qui lui servait de collier et de laisse. Ils étaient encore loin mais Brown reconnut aussitôt l'odeur de ce maudit endroit.

Non, non !

Mais impossible de s'y tromper.

Il aboya, maudissant ce traître de Guy, cette sale engeance humaine qui ne valait pas mieux qu'un tas de merde de chat. Mais l'homme l'entraîna sans peine. À chaque pas, l'odeur de misère et de chien se faisait plus forte, et il perçut bientôt les sons de l'autre côté des barbelés, qui se répercutaient sur le sol de la cour bétonnée. Brown entendit une meute de bull terriers s'insulter à travers les grillages. Un border collie, en pleine crise psychotique, jappait « Mouton, mouton, mouton ! ». Des chihuahuas galeux appelaient leur mère en pleurant. Brown fixa la cheville de Guy et grogna de façon menaçante.

« Tout doux, tout doux », dit l'homme en le traînant jusqu'à l'entrée du refuge.

Brown continuait de glapir, inutilement, entre deux étranglements. Ce crétin d'humain ne savait-il pas combien de chiens terminaient leur course ici ?

Guy ouvrit la porte et une femme sortit de derrière le comptoir, aussi large qu'un vaisseau de guerre dans son uniforme kaki. Elle haussa un sourcil et se baissa légèrement vers lui, même si Brown vit bien qu'elle se tenait prudemment à distance de ses tentatives d'attaque aussi désespérées que vaines.

Elle sourit, froide comme la charité, et dit : « Eh bien, te revoilà, toi. »

Elles étaient en train de déjeuner au Medici où elles attiraient de nombreux regards, comme toujours. Et même si elles faisaient mine d'ignorer toute cette attention, il aurait été difficile de nier leur responsabilité dans leur choix de table. Elles s'étaient installées en plein milieu du restaurant, devant la plus grande baie vitrée. Le décor les mettait admirablement en valeur.

Charlotte Juniper, conseillère en communication chez les Verts, portait une robe vert olive et des bottes à talons. Sa chevelure rousse coulait jusque sur ses épaules, et malgré l'écharpe de soie qui couvrait sa gorge, il était difficile d'ignorer la large étendue de peau mouchetée de taches de rousseur de son décolleté plongeant.

En face d'elle était assise son amie Laura Mitchell – *Capricorne, diplômée en droit et mannequin au succès grandissant, détentrice disciplinée d'un indice de masse corporelle de 20, grande connaisseuse de fromages d'importation et assidue de cadeaux aussi dispendieux que spectaculaires.* À défaut d'être originale, l'expression « noir de jais » s'appliquait parfaitement à sa chevelure. Ce jour-là, elle était détachée et lisse. Et même si sa robe noire n'était pas particulièrement moulante, elle laissait tout de même deviner ses petits seins haut placés et ses hanches étroites mais bien dessinées. Elle portait des derbys noires et ses longues jambes, malgré la saison, étaient nues et parfaitement bronzées. Le pauvre serveur ne savait plus où donner de la tête.

« Quels fromages désirez-vous, mesdemoiselles ?

— Du pavé d'Affinois, définitivement, dit Laura.

— Et du leicester », ajouta Charlotte.

Il leur arrivait de fantasmer sur l'ouverture de leur fromagerie. Elles mèneraient ce projet à bien, avaient-elles décidé, quand Laura, millionnaire, prendrait sa retraite et que Charlotte aurait sauvé le monde.

L'amitié entre les deux jeunes femmes n'avait rien d'ordinaire. Elle dépassait leurs opinions politiques, leurs goûts et même les standards de compatibilité les plus basiques. Tout ce qu'elles avaient en commun, c'était le plaisir qu'elles tiraient de leur beauté, leur passion pour les jolis vêtements et le fromage, et le fait qu'elles avaient eu deux ex-beaux-pères et allaient sur leur troisième.

Dans le cas de Charlotte, la myriade de beaux-pères reflétait l'immersion de sa mère dans un environnement hippie qui refusait la notion de possession. Quant à Laura, c'était lié à la philosophie revendiquée par la sienne pour les époux : le premier pour les gènes, le deuxième pour l'argent, le troisième pour avoir encore plus d'argent. Son quatrième mari (le troisième beau-père de sa fille) était donc, comme elle l'admettait elle-même, un peu superflu. Mais il était de bonne compagnie, avait de très bonnes relations et surtout il possédait un yacht ravissant.

Charlotte et Laura s'étaient rencontrées durant leur deuxième année de fac. Charlotte venait d'être élue présidente du syndicat étudiant et Laura avait été choisie pour promouvoir l'université, en toge et calotte, dans le cadre d'une grande campagne publicitaire. Mais il avait fallu un soir bien particulier pour sceller leur amitié. C'était durant leur quatrième année, lors d'un bal universitaire.

Charlotte avait demandé, et obtenu, un stage dans le département chargé des questions éthiques de l'Organisation pour la préservation du bush australien. Quant à Laura, elle avait été ravie d'obtenir un stage dans leur département juridique. Charlotte s'était rendue au bal avec une robe chinoise en soie blanche, moulante et fendue jusqu'à mi-cuisse. Laura portait une robe bustier noire avec une ample jupe de brocart. Elles formaient un duo charmant, debout côte à côte dans le lobby d'un des hôtels les plus chics de la ville.

« Je ne me rappelle jamais, leur avait demandé un malheureux camarade saoul, laquelle a eu le stage au juridique et laquelle en éthique ?

— Ça ne se voit pas ? lui avait répondu Charlotte. Regarde : les gentils, avait-elle dit en désignant sa tenue, et les méchants, en désignant la robe de Laura.

— Peut-être bien. Mais au moins, le noir, ça ne tache pas », avait rétorqué Laura en lui jetant son verre de vin dessus.

La jeune femme était restée plantée là pendant un instant, dégoulinante, sous le choc, le temps que Laura soit submergée par le remords et l'entraîne aux toilettes. Elle avait fait de son mieux pour réparer les dégâts avant de payer un taxi pour les ramener chez elle, où elle avait prêté à Charlotte une autre robe (noire). Quelques semaines plus tard, elle lui avait offert un cheongsam particulièrement hors de prix. Elle l'avait choisi vert, parce qu'elle avait jugé que cette couleur siérait bien mieux à la rousse. Depuis, elles ne s'étaient plus lâchées.

« Et donc, demanda Laura en prenant un morceau de fromage, comment va le beau sénateur ?

— J'emménage chez lui, répondit son amie en avalant une gorgée de vin avec la mine d'un chat devant un bol de lait.

— Formidable, Lottie ! Et le reste de l'équipe ? Ils sont au courant ?

— On pourrait appeler ça un secret de Polichinelle, oui.

— Et pour sa tendance à aller voir ailleurs ? Comment tu comptes le mettre au pas ?

— Oh, j'ai mes petites techniques, sourit Charlotte en embrochant un morceau de fromage. Et toi ? Comment va Nick ? »

Laura ménagea une petite pause puis lâcha : « Nous allons nous marier. »

Les cris de joie de Charlotte firent se retourner la moitié du restaurant.

« Pas pour de vrai, rectifia Laura. Et pas avant l'an prochain de toute façon.

— Comment ça ?

— Tu te rappelles la campagne de pub pour le champagne Chance ? »

Laura apparaissait depuis plusieurs années dans leurs publicités qui suivaient la vie d'une jeune fille qui grandissait et devenait une femme.

« Il paraît que cette année, la jeune fille va rencontrer quelqu'un. Ils marcheront en amoureux dans les vignes, ce genre de truc. Au printemps prochain, *tada* ! Le mariage ! Et un an plus tard, ils se promèneront dans les vignes avec leur adorable bébé brun aux yeux bleus. Tu vois l'idée. C'est inimaginable ce qu'ils sont prêts à payer pour un contrat de cinq ans.

— Waouh ! Mais je croyais que Nick détestait faire le mannequin ?

— Il dit qu'il déteste ça mais il n'a jamais vraiment essayé. Comme je lui dis toujours, être mannequin, c'est exactement comme être acteur mais avec un salaire en plus. Et sans avoir à apprendre un texte. Quand il va voir combien il pourrait gagner, je pense qu'il va sauter au plafond. Chance et mon agence l'adorent. Ils nous trouvent parfaits ensemble. Et Nick... Je crois qu'il commence à comprendre que ce n'est pas en restant comédien qu'il va gagner sa vie.

— Comment c'était, *Roméo et Juliette* ?
— Oh, tu sais bien. Shakespearien.
— Quelle sauvage tu fais !
— Mais non, je suis juste honnête.
— Du coup tu en as parlé à Nick, pour la campagne de pub pour Chance ?
— Euh… Pas encore.
— Pas encore ? demanda Charlotte en haussant un sourcil. Et Chance ? Et l'agence ? Tu ne leur as quand même pas dit que Nick était chaud, si ?
— Écoute, de toute façon, il va dire oui. Je le sais. Ça représente plus d'argent que ce qu'il a gagné pendant toute sa vie. Il va pouvoir mettre de côté et tout. Il n'est pas fou au point de dire non. Il faut juste que je lui propose au bon moment et de la bonne façon.
— Tu veux dire que tu vas lui faire du chantage avant de passer au lit ? Ou que tu vas tirer profit de sa gratitude après ?
— Oh, ne fais pas ta juriste vertueuse. Je ne vais évidemment pas faire ça. Et il va dire oui, j'en suis sûre.
— Alors c'est quand, ce moment idéal ?
— Je ne sais pas exactement. Un peu après la fin de *Roméo et Juliette*.
— Pourquoi ?
— Nick est toujours un peu déprimé à la fin d'un projet. Il est abattu et il doute de lui. Le soir de la première, il plane. Il se dit qu'il est bientôt à Hollywood. Mais une semaine ou deux après la dernière représentation, il redescend sur Terre et se demande s'il va avoir un nouveau contrat. Ce sera le timing parfait, mon idée lui remontera le moral.
— Alors buvons à ça ! »

Et les deux jeunes femmes vidèrent leur verre. Presque aussitôt, le serveur réapparut.

« Vous désirez un autre verre, mesdemoiselles ? Je vous recommande le pinot de Chance.

— Chance ? Mon Dieu, même si vous me payiez, je ne boirais pas cette horreur ! » s'exclama Laura dans un éclat de rire cristallin.

À l'autre bout de la ville, bien loin du restaurant où déjeunaient Charlotte et Laura, Davina Divine tapotait ses ongles – vernis d'une teinte appelée Forêt nocturne – sur le Formica de sa table de cuisine. Il était presque quatorze heures et elle allait bientôt devoir aller chercher ses garçons à l'école. Il ne lui restait donc que quarante-cinq précieuses minutes de la journée qu'elle réservait à l'astrologie. Le lendemain, elle devrait retourner vernir des ongles. Elle ne serait plus Davina Divine, dotée d'une clairvoyance incroyable, mais la petite Nicole Pitt, toujours de bonne humeur.

Davina soupira. Au moins, elle avançait. Elle avait validé son diplôme de perfectionnement haut la main et s'était constitué une clientèle bien réelle, même si réduite. Elle ne pouvait pas dire que c'était particulièrement rentable, parce qu'elle avait passé tant de temps sur le thème astral de chacun de ses deux clients que son salaire s'était finalement réduit à peau de chagrin. Mais il fallait bien commencer quelque part, pas vrai ? Même Leo Thornbury n'était pas né astrologue.

D'ailleurs, que se passait-il avec les Verseau ? se demanda-t-elle en parcourant ses notes. Il y avait quelque chose de bizarre depuis quelques mois. Elle savait bien qu'elle n'était que débutante et que Leo savait calculer les forces et les angles qu'elle-même peinait encore à comprendre. Mais elle n'avait même pas réussi à trouver le premier mot des prédictions de Leo. En juin, il avait dit de faire preuve de méfiance dans l'amour alors que Davina avait vu que les Verseau naviguaient assez sereinement dans ces eaux. En juillet, il avait conseillé de prendre garde au matérialisme quand elle avait vu qu'au contraire c'était le moment de faire prudemment des économies. Et à présent, pour août, Leo autorisait les Verseau à se prélasser sous les projecteurs d'une gloire bien méritée alors que sa propre lecture lui disait que les porteurs d'eau feraient mieux de se planquer sous une grosse couette avant de faire face aux choix difficiles qu'apportait toujours Mars quand il était dans la Maison VIII. Bon sang, mais qu'est-ce qu'il se passait ? Qu'est-ce qui pouvait bien lui échapper ?

VIERGE

♍

Les premiers jours de Justine à son nouveau poste défilèrent à une vitesse alarmante. Elle avait l'impression de vivre en boucle un film en accéléré. À peine sortait-elle de son lit le matin qu'elle y retournait déjà le soir venu, trop fatiguée pour lire plus de quelques pages avant de sombrer.

Elle avait pris ses marques et accroché ses cartes postales et aphorismes. Il lui avait suffi de quelques jours dans l'open space pour comprendre qu'il faudrait rapidement parvenir à faire abstraction des jurons de Martin et du flot incessant de commentaires ponctuant chacune de ses pensées. En revanche, il pouvait être intéressant de prêter une oreille attentive aux questions aussi élégantes que stratégiques que Roma employait durant ses interviews téléphoniques.

Un vendredi matin, en arrivant, Justine croisa Daniel Griffon au portail, sous la grosse étoile jaune. Il était en pleine conversation avec une jeune femme en chaussures plates, vêtue d'une jupe bleu pâle et d'un gilet beige. Elle souriait et acquiesçait avec zèle et semblait surtout faire de son mieux pour ne pas dépasser le rédacteur en chef, s'ingéniant à abaisser une épaule ou plier un genou.

« Justine, je voudrais te présenter Cecilia Triffett.

— Bonjour, Cecilia. »

La poignée de main de la jeune femme était molle mais osseuse. Ses cheveux clairs, très lisses, semblaient particulièrement brillants. Elle avait le visage étroit et les lèvres très fines mais ses yeux, derrière des lunettes aux verres sans monture, étaient d'un joli bleu et ses cils longs et noirs.

« Cecilia va être notre nouvelle stagiaire, lui expliqua Daniel avec un air qui trahissait son amusement. Elle commence lundi prochain mais elle tenait à venir dès aujourd'hui pour… s'acclimater. Justine est journaliste ici. Elle aussi a commencé comme stagiaire. J'étais justement en train de raconter à Cecilia l'histoire de cette magnifique étoile et comment Jeremy m'a amené ici lors de mon premier jour, m'a fait me placer dessous et m'a dit de…

— … sentir le pouvoir de ses rayons qui allaient t'apporter l'inspiration, compléta Justine en mimant les rayons, comme Jeremy l'avait fait pour elle.

— Ah, toi aussi, il t'a fait le coup ?

— Tu ne peux qu'aimer la menace jaune, dit Justine à Cecilia. Elle est… totalement unique.

— Euh, non, rétorqua la jeune femme.

— Pardon ?

— Oui, tu sais, quelque chose ne peut pas être totalement unique. Être unique, c'est déjà un absolu. »

Évidemment, que Justine le savait. C'était même exactement le genre de chose qu'elle expliquait aux présentateurs radio, le matin dans sa cuisine. Elle corrigeait cette maladresse sur les articles des collaborateurs extérieurs avec un petit pincement de lèvres désapprobateur. Mais là, elle n'avait pas écrit un article, elle ne passait pas à la radio. Elle était seulement en train de parler, bon sang. Et dans un registre assez familier pour avoir le droit de dire « totalement unique ». Cette fille, qui n'arrivait même pas à fermer la bouche sur ses dents de devant, venait les lui briser en cherchant la petite bête.

« Touché, commenta Daniel, un peu trop amusé au goût de Justine.

— Cecilia, demanda celle-ci posément, tu ne serais pas Vierge, par hasard ?

— Comment tu as deviné ?! s'exclama-t-elle, l'air à la fois ravie et surprise.

— Bienvenue à *L'Étoile*, Cecilia. Je suis certaine que tu vas t'y plaire », dit Justine avec un sourire qu'elle espéra mystérieux.

♍

« Tu sais de quoi tu parles, pas vrai ? »

Daniel et Justine étaient seuls dans la cuisine, quelques heures plus tard, et la jeune femme cherchait désespérément du lait encore à peu près buvable dans le petit frigo. Daniel venait de faire couler trois sucres dans son café.

« Je te demande pardon ?

— Oui, peut-être que tu sais reconnaître les Vierge parce que tu en es une toi-même ? Tu t'es trahie ce matin. Tu es donc Vierge.

— En fait, dit-elle, faisant monter un peu le suspense en s'interrompant pour verser du lait dans son thé, je suis ascendant Vierge. À ce qu'il paraît. Tu brûles. Mais ce n'est pas encore ça.

— Ascendant Vierge… Merde. J'y croyais vraiment.

— Il n'y a que douze signes, tu devrais finir par y arriver. »

Daniel touilla son café, haussa les épaules et goûta son breuvage.

« Au fait, comment s'est passée ton interview avec Huck Mowbray ? Est-ce qu'il est aussi massif qu'il en a l'air à la télé ? »

Justine avait rencontré le sportif colossal dans la librairie où il faisait la promotion de son livre. Le public était principalement composé de journalistes, même si Justine avait reconnu dans le lot quelques joueurs en civil, déguisés sous une barbe de trois jours. Plantés par petits groupes, les mains dans les poches ou les bras croisés, sans savoir quoi faire d'eux-mêmes, ils paraissaient anormalement grands parmi les autres personnes.

« En fait, je dirais même qu'il paraissait encore plus grand.

— Et sa poésie ?

— Principalement des vers libres. Quelques sonnets. Une villanelle intitulée "Le Colisée". Il n'y a que quelques poèmes consacrés au sport mais la villanelle en fait partie.

— Et ça donne quoi ? »

Justine sentit, impuissante, que ses sourcils passaient en mode sarcasme.

« J'ai bien aimé "Hermès en défense" et "Soldat du gazon", même si c'est peut-être un peu trop autocentré, dans le style héroïque.

— Je vois… Et quand il ne parle pas de *footy* ?
— Il parle d'amour. Ou de conquêtes. Je pense qu'on ne prend pas trop de risques à décrire "Jouer sur du velours" comme une œuvre érotique. Ainsi que "Victoire de l'aube".
— "Victoire de l'aube" ? répéta Daniel, l'air inquiet.
— Tu as bien entendu. Il paraît que pendant les entraînements, il déclame de la poésie.
— La sienne ?
— En général, il préfère déclamer du Yeats, du Eliot, du Cummings…
— Ah, les grands hommes…
— Attention, il a bien insisté sur le fait qu'il n'est pas du tout sexiste. Il m'a expliqué que sur le terrain, on ne pouvait pas dire que Jonny Wilkinson était meilleur que Sylvia Plath.
— C'est une citation originale ? demanda Daniel en éclatant de rire.
— Absolument.
— Dis-moi que tu l'as mise dans ton papier !
— Comment dit ton amie, déjà ? "Est-ce que Gough Whitlam pense que c'est le moment ?" »
Daniel hocha la tête, approbateur.
« Combien de signes fait ton article ? S'il est bon, et apparemment c'est le cas, fais-toi plaisir sur la longueur.
— C'est gentil mais c'est déjà beaucoup trop long. C'est trop dur, j'ai entendu tellement de perles. Le coach aussi a dit des choses magiques. Et son ex-femme, tu n'imagines même pas. Pour ne pas te gâcher le plaisir, je vais juste te dire qu'elle n'a pas exactement fait dans la dentelle. Je crains que ledit velours ne soit pas le sien. Je suis aussi passée à son

ancien cours de poésie. Là où tout a commencé pour le jeune Huck. Un sacré personnage, son prof. Il…

— Capricorne ! Tu n'es pas Vierge mais Capricorne ! l'interrompit Daniel en claquant des doigts.

— Et pourquoi ? demanda-t-elle en riant.

— Ton éthique. Tu arrives toujours au travail très tôt ou tu pars très tard. Ou les deux. C'est le genre de chose que je remarque. Beaucoup de journalistes se seraient contentés d'interviewer Mowbray. Mais toi, tu es allée jusqu'au bout. C'est très Capricorne.

— Intéressant.

— J'ai raison, pas vrai ?

— Hélas, monsieur Griffon, vous n'êtes pas au bout de vos peines, lui lança-t-elle en quittant la pièce avec sa tasse de thé. Mais la bonne nouvelle, c'est qu'il ne reste plus que six signes ! »

♍

Le lendemain matin n'était pas un samedi comme les autres. Avant même le lever du soleil, les bonnes gens d'Alexandria avaient traîné sur le trottoir leurs vieux frigos, leurs télévisions hors d'âge, leurs fauteuils tachés et autres aspirateurs défunts. Alors que Justine Carmichael dormait encore, les abords verdoyants du quartier étaient progressivement recouverts de tapis à moitié déroulés, de cartons pleins de vieux numéros du *Reader's Digest*, de magnétoscopes, de paniers pour chien, de machines à raclette rayées, de ventilateurs cassés, de pèse-personnes tombés en disgrâce, de portemanteaux bancals et autres canapés si antiques qu'ils avaient probablement été vendus sous le nom d'ottomanes.

Il y avait aussi un rassemblement de grande ampleur d'appareils électroménagers et de gadgets de type machines à gaufre et à bain de pieds. Des familles se débarrassaient de leurs Trivial Pursuit, Mille bornes et Monopoly tandis que d'autres, plus ambitieuses, profitaient de l'occasion pour confesser l'ennui mortel infligé par les CalculO, Réflecto et autres Quarto. Car le jour tant attendu était enfin arrivé ! Le ramassage gratuit des encombrants, la chance annuelle de se libérer de tous ces vieux machins sans avoir à louer une remorque, payer le prix d'entrée à la décharge (prix qui augmentait scandaleusement d'année en année), y respirer un air putride et se faire repeindre sa voiture par des fientes de mouette.

Justine avait un programme bien défini pour ce samedi matin. Elle envisageait de se réveiller vers huit heures mais de rester couchée jusqu'à dix, à lire un roman ou à feuilleter le nouveau catalogue Ikea. Ensuite, elle sortirait de son lit pour se glisser dans sa baignoire avant de s'habiller de façon à célébrer le printemps, avec quelque chose de léger et coloré. Elle irait prendre un croissant aux amandes et un café chez Rafaello, lirait les journaux et en profiterait pour vérifier que Raf avait bien, comme Justine le lui avait vivement recommandé, corrigé son menu (« moitié de poulet grillé » et pas « moitié de poulet grillée »). En revanche, les sonneries insistantes de son téléphone à six heures trente ne figuraient pas sur sa liste. Son portable était au fond de son sac, qu'elle avait négligemment abandonné par terre, dans sa chambre, la veille au soir.

Quand elle entendit la première sonnerie, Justine referma aussitôt les yeux et attendit que le son meure pour se convaincre qu'elle ne s'était même pas réveillée. Mais lorsque le silence se fit enfin, il ne dura que quelques secondes. Le téléphone recommença à sonner aussitôt, toujours à plein volume.

« Fait chier », marmonna Justine.

Cerveau : Peut-être qu'il y a un problème. Peut-être que ton père s'est crashé avec son avion et qu'il t'appelle pour te dire adieu. Peut-être que ta mère s'est fait poignarder pendant son jogging matinal et qu'elle gît dans les rues d'Edenvale. Justine ! Décroche ! Tu risques de regretter toute ta vie de ne pas l'avoir fait !

Justine : Saloperie.

Cerveau : De rien.

De façon tout à fait prévisible, et en parfait accord avec la loi de Murphy, le téléphone se trouvait dans la dernière poche que Justine fouilla. Avec des doigts encore engourdis de sommeil, elle finit par décrocher.

« Allô ? dit-elle d'une petite voix.

— Justine, vite ! Lève-toi et habille-toi !

— Quoi ?

— Allez, ne traînasse pas ! Pas le temps de tergiverser ! »

La voix manifestait une bonne humeur tout à fait exagérée pour l'heure matinale.

« Nick ?

— C'est le grand jour ! Moi aussi, j'avais oublié. Heureusement, je me suis couché si tard que je l'ai vu commencer. Allez, Ju. Il faut que tu te dépêches.

— Mais qu'est-ce qu'il se passe ?

— C'est le jour des encombrants d'Alexandria ! La plus grosse brocante de la Terre !

— Mais je dormais.

— Tu ne dors plus. Je suis sérieux, tu devrais voir ça ! Allez, le monde appartient à ceux qui se lèvent tôt.

— Je te le laisse alors…

— Arrête de ronchonner. Je te jure, c'est le nirvana dehors. Je te retrouve dans dix minutes ! »

Quinze minutes plus tard, vêtue de façon très chic avec ce qui traînait sur son parquet, un foulard noué sur ses cheveux tout ébouriffés par la nuit, ses yeux encore à moitié collés, Justine émergea de son immeuble. Nick l'attendait, habillé d'une chemise de flanelle, d'un short de chantier et d'une paire de vieilles bottines usées. Il avait un Caddie avec lui.

« Tu l'as volé au supermarché du coin ?

— Seulement emprunté.

— Tu es un vrai professionnel, à ce que je vois.

— Je nous ai même fait du café. Tu le bois sans sucre ?

— Absolument.

— Alors c'est parfait ! Et je nous ai préparé un petit itinéraire. »

Nick sortit de son sac à dos un plan du quartier, que Justine reconnut comme celui imprimé par l'Association pour la préservation du patrimoine d'Alexandria Park.

« Allons-y ! » lança-t-il en empoignant fermement son Caddie.

♍

Quelques heures plus tard, le toit-terrasse de l'immeuble de Justine avait été métamorphosé. Des carreaux en céramique vert mousse (reliquats d'une rénovation de salle de bains sur Lanux Court) avaient été disposés en chevrons – assez approximativement – sur une partie du sol de ciment. Ils avaient installé dessus deux chaises longues en rotin trouvées sur Austinmer Street. (Des chats avaient dû se faire les griffes dessus mais c'était à peine visible.)

Ils avaient un peu triché avec quelques modestes achats en jardinerie : un terreau bien frais emplissait les pots et des tournesols, du basilic, du persil et des pensées n'allaient pas tarder à pointer leurs tiges.

Justine et Nick avaient calé entre les pots leur trouvaille la plus impressionnante : un brasero avec un pied en fer forgé, dégoté dans les tréfonds d'Evelyn Street. Il était un peu éraflé et lézardé mais paraissait à peu près fonctionnel. Il serait parfait pour les nuits froides.

Entre les chaises longues, ils avaient casé deux tables d'appoint recouvertes d'un lino étoilé marqué de traces de tasses à café. Ils y avaient disposé le plateau d'échecs presque neuf en étain (thématique bataille de Waterloo) qu'ils étaient parvenus à emporter dans un combat de rue sur Kellerman Circle. Nick avait trouvé la boîte contenant l'armée de Napoléon et Justine avait localisé le plateau sous une pile de magazines *Manger autrement*. Mais un autre couple de chasseurs de rue était parvenu à leur chiper la boîte contenant l'armée anglaise. Il s'était ensuivi un débat serré durant lequel Justine et Nick étaient finalement parvenus à prendre le dessus, sur l'argument que la possession des deux tiers du jeu les faisait propriétaires de droit. Ils avaient tout de même dû se défaire d'un imposant candélabre en cuivre pour emporter la mise.

Nick, qui jouait avec les troupes anglaises (gagnées de haute lutte), avait écrasé Justine et ses Français dans ce qu'il avait qualifié de « bataille inaugurale du toit-terrasse ». La partie avait été un vrai bain de sang, et (même s'il l'ignorait encore) pour Justine, elle resterait surtout « la seule et unique partie du toit-terrasse ». Au bout de quelques minutes, elle s'était brusquement rappelé, devant la mâchoire crispée et l'expression féroce de son ami, que sortir un plateau de jeu, quel qu'il soit, était la meilleure façon d'activer le cerveau primaire de Nick. Un jour, il faudrait qu'elle lui confesse que c'était elle qui avait donné à ses frère et sœur l'idée brillante de jeter leur Monopoly familial au feu.

« Ce déjeuner était extra », fit Nick en engouffrant le dernier biscuit au chocolat, abandonnant la boîte vide parmi les sacs en papier graisseux qui avaient contenu leurs croquettes de poisson, galettes de pomme de terre et raviolis chinois.

« De la grande cuisine », confirma Justine.

Étalée sur son transat, elle sentait ses bras lourds de la manutention de la journée. Légèrement somnolente, elle commençait à prendre un coup de soleil et aurait eu grand besoin d'une douche.

« Si Laura voyait ça, elle me forcerait à courir un marathon en pénitence, dit-il, la bouche pleine.

— Où est-elle, aujourd'hui ? »

Justine s'était posé la question toute la matinée.

« Au Texas.

— Au Texas ?!

— Mmm.

— Pourquoi ?

— Elle fait une pub pour un parfum.

— Lequel ?

— Nénuphar. Apparemment, au Texas, ils ont un grand jardin avec un immense plan d'eau plein de nénuphars. »

Lorsque Tara voulait indiquer avec délicatesse qu'une personne était aussi jolie qu'insipide – qu'elle était belle en surface mais vide en dessous – elle la qualifiait de nénuphar. Justine laissa échapper un petit rire, ce qui n'était pas conseillé après une gorgée de bière. Nick lui tendit une serviette aussi graisseuse que les sacs et lui demanda ce qui la faisait rire.

Justine : Je lui dis ?
Cerveau : Ce n'est pas moi qui me targue de faire preuve de solidarité féminine.
Justine : Mmphm... On va garder ça pour nous, je pense.

« Oh, rien ! fit-elle, souriante.

— Tu sais comme j'aimerais rester et vous saigner encore une fois, toi et ton petit diable corse. Malheureusement, je dois y aller, dit Nick en terminant sa bière.

— Oh ?

— Oui, le rideau m'appelle. Et j'ai besoin de dormir. Sinon Roméo ne pourra pas courtiser Juliette comme il se doit ce soir.

— C'est la dernière représentation, non ?

— Oui, dit-il en se levant péniblement. Oh, au fait, je voulais te dire. Alison Tarf m'a appelé.

— Quoi ? Elle t'a appelé ?! s'exclama-t-elle en se relevant brusquement.

— Elle a vu la pièce à La Gaieté, dit Nick en feignant la modestie. Elle a retrouvé mon CV et m'a appelé pour me dire qu'elle avait très envie que je passe son audition.

— Mon Dieu, Nick, mais c'est génial ! Il faut absolument que tu le fasses ! Si Alison Tarf elle-même t'a contacté, ce serait vraiment malpoli de ne pas y aller.
— Tu sais quoi ? Je pense que tu as raison. »
Justine dut réprimer l'envie de jaillir de sa chaise longue pour brandir le poing, à la Lleyton Hewitt, en criant « Alleeez ! ».
« Oui, je pense que je suis assez de ton avis, continua Nick. Mais je vais attendre un peu pour voir ce que Leo a à dire là-dessus. Tu n'es pas sans savoir que Leo a toujours raison. »

♍

Cette nuit-là, tandis que Romeo envoyait *ad patres* un Tybalt chevelu d'un bon coup d'épée, Justine Carmichael descendait discrètement Rennie Street en direction des locaux de *L'Étoile*. La lumière des réverbères ricochait sur la surface irrégulière de la menace jaune et jaillissait dans toutes les directions. Perdue dans ses pensées invisibles, Justine gravit les marches et déverrouilla la porte. À l'exception du ronronnement lointain du frigo, le bâtiment était totalement silencieux.

À présent que Henry occupait le petit bureau blanc, il n'avait plus rien d'un havre de paix à l'agencement minimaliste. Des piles de magazines et des feuilles volantes couvraient le bureau et le sol, et des Post-it de toutes les couleurs (orange, rose, jaune, bleu) étaient accrochés en vrac tout autour de l'écran d'ordinateur. Il y avait une photo encadrée du petit Henry, tétanisé, à côté d'un joueur de cricket connu, et il avait abandonné sous le bureau une paire de baskets puantes assortie d'un petit tas d'habits de sport.

Justine était bien placée pour savoir qu'à ce moment du mois Henry aurait probablement déjà transcrit l'horoscope. Pour s'en assurer, elle fouilla rapidement son porte-documents avant de passer au pique-notes sur lequel s'embrochaient les chroniques déjà traitées.

« Ah, te voilà », marmonna-t-elle en lisant la page en diagonale.

Verseau. Ce mois-ci, Vénus passe du Lion à la Vierge, soulevant dans son sillage les thèmes de la sexualité, de l'intimité et de la confiance. Les Verseau peuvent s'attendre à être confrontés à ces problèmes dans leur couple mais ils devraient aussi se préparer à de nombreuses difficultés de communication dans leurs relations en général. Lorsque le soleil passera dans la Balance, elle aussi signe d'air, vous sortirez enfin la tête de ce bourbier et entrerez dans une saison de liberté et d'expansion.

Justine prit place sur le siège de Henry et agita la souris pour réveiller l'ordinateur, qui lui demanda un login et un mot de passe. Elle prit une longue inspiration et tapa le nom de famille de Henry auquel elle ajouta la terminaison de son propre login, commune à tous les employés.

Cerveau : Ta tension est un peu haute.

Justine : Merci de me le faire remarquer.

Cerveau : La culpabilité que tu ressens n'y est peut-être pas étrangère.

Justine : Mais tais-toi donc. Je suis sûre qu'il est encore par là.

Justine cherchait un Post-it orange. Elle en voyait deux : « Anniversaire d'Éloïse » et « Marche sans te retourner ».

« Ha ha, je t'ai trouvé ! » s'exclama-t-elle en retrouvant le Post-it couvert de l'écriture d'Anwen avec le mot de passe de Henry, suivi de la mention : « À détruire après lecture ». Justine retint son souffle devant l'écran qui resta figé un très long moment, avant que le bureau de Henry apparaisse enfin en couleur.

Très contente d'elle, elle ouvrit le sous-dossier contenant l'horoscope.

Cerveau : Alors, ton horoscope ?

Sagittaire. Comme l'a dit Walt Whitman : « Gardez votre sang-froid, votre calme, en face des millions d'univers. » Peut-être était-ce bien à vous qu'il parlait, Sagittaire, car vous embarquez ce mois-ci pour un voyage très incertain. Mars sera particulièrement puissant dans les semaines à venir, et durant cette période, les risques que vous prendrez seront susceptibles de vous rapporter de façon spectaculaire. Mais, dans votre emportement, vous pourriez bien voler un peu trop près du soleil et vous brûler les ailes...

Cerveau : Et tu penses toujours que c'est une bonne idée ?
Justine : Pour ça, il faudrait déjà que j'en pense quelque chose. Ce n'est qu'un horoscope, enfin !
Cerveau : Si tu es sûre de toi...
Justine : Absolument. Allez, les Verseau. Qu'est-ce qu'on fait ?
Cerveau : Eh bien, il me semble que tu veux que Nick pense à Shakespeare, qu'il pense que c'est son destin ?
Justine : Mais encore ?

Cerveau : Imagine un peu si Leo citait le grand Shakespeare lui-même...

Justine : Ça, c'est futé !

Justine fit une recherche Google sur les citations de Shakespeare concernant le courage.

Allons, encore une fois à la brèche, chers amis, emportez-la d'assaut.

Oh non, pas *Henri V*. Beaucoup trop belliqueux.

Courage, consolons nos douleurs par des coups triomphants !

Non merci, Lady Macbeth...

Non, lâches, point de trêve.

Non plus...

Hardiesse, sois mon amie ; audace, arme-moi de pied en cap.

Bingo ! Voilà qui ferait parfaitement l'affaire.

La cuspide

✦

Dans un morne quartier résidentiel inondé de la douce lumière d'une aube rosée, dans sa petite maison mitoyenne, dans sa chambre parquetée, dans son vieux lit en cuivre, dans son pyjama fleuri, Fern Emerson planait encore entre veille et sommeil. C'était son premier jour de repos en neuf mois.

Au début de l'année passée, Fern – *Balance, fleuriste arborant souvent un gerbera derrière l'oreille, habile créatrice de robes vintage, fumeuse occasionnelle de cigarettes mentholées et buveuse de gin, fanatique des films des Brat Pack et diva occasionnelle en karaoké* – avait fait le pari risqué de se défaire de son van de fleuriste mobile pour ouvrir Hello Pétales dans les halles d'Alexandria, avec les frais exorbitants que cela entraînait.

Sept jours par semaine, elle se levait donc ridiculement tôt pour être certaine d'obtenir les plus jolies fleurs chez son grossiste. Puis elle passait la journée à gérer seule la confection des bouquets, les commandes, l'entretien des fleurs, le remplissage des vases, l'emballage des bouquets, les rubans, elle souriait avec les clients heureux, tendait des mouchoirs à ceux qui sanglotaient, s'enthousiasmait avec les futures mariées et faisait des suggestions aux mères fortunées. Elle n'avait même pas le temps de déjeuner et consacrait ses soirées à la comptabilité, aux e-mails, à la publicité, à répondre aux commentaires des clients et autres tâches agaçantes. Elle pouvait s'estimer contente si elle arrivait à trouver trois minutes pour étaler une crème sur ses mains rougies et abîmées et enfiler des gants avant de sombrer dans le sommeil.

Mais tout ce travail payait. Les affaires marchaient même assez bien pour qu'elle puisse se permettre d'engager une assistante. Elle avait trouvé une jeune femme du nom de Bridie qui, avec ses grands yeux, ses petits cheveux fins et son tablier rouge fané, semblait tout droit sortie d'un roman de Dickens. Et Fern avait décidé que Bridie était à présent tout à fait capable de faire tourner la boutique toute seule pendant une journée. Elle s'était donc accordé une chose absolument excitante qu'elle avait attendue très longtemps, une chose sublime et rien que pour elle : un jour de congé. Elle s'assit dans un froissement de draps blancs, attrapa ses lunettes à forte correction sur sa table de chevet et fit réapparaître la pièce.

Qu'allait-elle faire de sa journée ? Il y avait tant de choses dont elle rêvait. Elle avait envie de fouiller dans ses masses de robes et de tissus vintage pour se tailler une jupe ou deux. Elle avait envie de passer toute la journée à relire *Le Château de Cassandra* dans son bain, en remettant de l'eau chaude autant de fois qu'il lui plairait. Elle avait aussi envie de sauter au volant de sa petite Coccinelle et de rouler jusqu'à l'océan, où elle marcherait au bord de l'eau et ramasserait des coquillages avant de terminer la journée avec un gin tonic dans un joli pub. Mais ce qu'elle avait le plus envie de faire, décida-t-elle, c'était de se lancer dans un marathon shopping dans ses friperies préférées et de rentrer avec de nouveaux trésors à transformer. Des robes, des vestes, du tissu au mètre ! Qui savait quelles merveilles elle allait bien pouvoir dénicher ?

Fern déchira une page de son journal intime (qu'elle n'avait pas ouvert depuis janvier), humecta le stylo tout sec qui était à côté et se dessina une carte de la ville. En s'y prenant bien, elle pourrait faire trois magasins avant le déjeuner et deux après. Ce qui lui laisserait le temps de rentrer admirer ses achats et de transformer des chemisiers en jupes en regardant distraitement *Rose bonbon*. Ça allait être une bonne journée. Une excellente journée, même.

Sa première destination était une boutique de seconde main installée dans un quartier très chic, au milieu de magasins qui vendaient du mobilier suédois minimaliste, des savons artisanaux, des sabots et des fruits exotiques hors de prix. Fern s'arrêta un instant devant la vitrine pour admirer la Vierge Marie illuminée et entourée de mannequins vêtus de jupes, de chemises, de vestes et de chaussures dont les différents bleus couvraient l'intégralité du prisme entre le pervenche et le bleu de Prusse. Derrière, un cadre jaune chromé qui pendait du plafond affichait plusieurs petites représentations de la Madone. Fern ne manqua pas de noter que l'une d'entre elles était en fait une photo de Madonna durant sa phase « Like a Virgin ».

À l'intérieur, elle déambula parmi les rayons en prenant son temps. Face au miroir, elle serra contre elle une robe en mousseline de soie marron à jabot et jupon plissé. Le tissu était en parfait état mais ce marron n'était définitivement pas sa couleur. Le miroir lui révéla aussi la prolifération de fils argentés dans ses boucles brunes. Enfin, il lui dévoila l'homme derrière elle, le nez dans les bacs de vinyles. La façon dont il se déhanchait légèrement sur le morceau qu'il écoutait dans son casque la fit sourire. Il avait de beaux cheveux châtains taillés court et de belles mains, larges et bronzées. Il ressemblait à un homme qui aime la vie au grand air et Fern imagina l'odeur de terre et d'eucalyptus de sa chemise à carreaux.

Arrête ça tout de suite, Fernie, s'ordonna-t-elle en allant reposer la robe.

Derrière le comptoir, une jeune femme aux cheveux roses accrochait des gants par paires. Elle portait un badge à son nom : ASTRID.

« Bonjour, lui dit Fern en souriant. Je me demandais, est-ce que vous auriez rentré des tissus récemment ? »

Astrid cligna doucement ses paupières lourdement maquillées de khôl et lui rendit son sourire.

« Il se trouve que oui ! On a même reçu un lot assez incroyable. Un décès, probablement. Ça devait occuper toute une armoire. Ça date des années 1950, 1960, 1970. Y a vraiment des trucs sympas. On n'a pas encore déballé, c'est derrière. Si vous n'avez pas peur du désordre…

— Ça devrait aller. »

Mais lorsqu'elle se retrouva en face, elle prit peur. C'était un vrai paradis pour collectionneur fou, un piège cataclysmique de rebuts. Une partie de la pièce était occupée, du sol au plafond, par des piles de sacs-poubelle de dons tandis que de l'autre côté s'élevait une avalanche imminente de vêtements, de livres et d'un bric-à-brac varié. Le mur de derrière n'était pas mieux : c'était une pile vacillante de boîtes en carton qui penchait dangereusement. Un minuscule espace permettait encore d'accéder au lavabo mais le contenu d'une étagère improvisée, fixée au-dessus, grimpait jusqu'au plafond. Une bouilloire électrique était posée en équilibre instable sur le bord du lavabo, rempli d'un fatras de mugs. Astrid sourit en voyant la stupéfaction se peindre sur le visage de Fern.

« Quelque part derrière ça, dit-elle en indiquant le mur de cartons, il y a la sortie de secours.

— Pas tout à fait accessible… »

Astrid extirpa des piles de tissus de l'un des tas et Fern dut résister à la tentation de se protéger la tête. Mais l'excitation remplaça rapidement l'inquiétude quand elle commença à déplier des mètres et des mètres de velours côtelé à minuscules motifs géométriques, des longueurs généreuses d'un sublime Viyella à imprimé floral, de délicats morceaux de linon en Liberty, du cloqué primevère et du vichy brodé.

« Eh ! cria soudain Astrid. Eh oh, non ! »

Fern comprit vite quel était le problème : la porte d'entrée était bloquée jusqu'à hauteur d'homme par une forteresse de cartons. La jeune femme courut jusqu'à la porte, tombant nez à nez avec un livreur en salopette bleue qui était en train d'ajouter un nouveau carton à l'amoncellement.

« Bordel, mais qu'est-ce que vous faites ? s'égosilla-t-elle.

— Consigne de la centrale, ma belle », dit-il en retournant à son camion.

Fern révisa son programme de la journée. Rester enfermée dans le premier magasin sur sa liste ne faisait définitivement pas partie de ses plans.

« Mais vous ne pouvez pas les laisser là, protestait toujours Astrid. C'est un magasin ! Il faut que les gens puissent entrer et sortir ! »

Le livreur lui jeta un regard implacable en ajoutant un carton.

« Ça s'appelle du porte-à-porte, ma poule, dit-il à travers une fente dans l'édifice cartonné. Je suis allé chercher ça chez quelqu'un et maintenant c'est à vous. C'est pour ça qu'on me paie.

— Mais vous bloquez ma putain de porte ! Qu'est-ce que je suis censée faire ?

— Pas mon problème ! »

Astrid, furibonde, se précipita sur son téléphone tandis que Fern observait, sidérée, la montagne de cartons. Elle mit un moment à se rendre compte que le beau collectionneur de vinyles était apparu à côté d'elle, son casque à présent autour du cou. Il avait une dizaine d'albums sous le bras. Les Pixies, les Sugarcubes. *Pas mal*, se dit Fern. Ils regardèrent ensemble le livreur poser son ultime paquet sur le tas, bloquant l'intégralité de la porte. Astrid faisait de grands gestes et parlait avec véhémence à son interlocuteur. Le livreur claqua les portes de son camion et redémarra.

« Oh oh, pas cool, dit le collectionneur de vinyles.

— Vraiment pas cool, acquiesça Fern.

— Peut-être qu'on devrait essayer par-derrière ?

— Il y a beaucoup de choses par là-bas, dit Fern en lui adressant un sourire contrit.

— Alors on n'a plus qu'à creuser. »

Il posa son butin et délogea un trio de poupées vintage de leur petit fauteuil qu'il traîna jusqu'à la porte pour s'en servir comme d'un escabeau.

« Bon sang, soyez prudent ! » s'exclama Fern en le voyant prendre appui sur l'assise en piteux état.

Le carton du haut, qu'il tentait de déplacer, était particulièrement bien calé contre le chambranle extérieur.

« J'imagine qu'on va devoir d'abord s'occuper de son copain du dessous. Avec un peu de chance, ce n'est pas trop lourd. Vous voulez bien me donner un coup de main ? »

Fern monta à côté de lui sur le fauteuil à ressorts. Tous deux essayaient de garder leur équilibre avec un pied sur l'assise et l'autre sur un accoudoir. Elle vacilla et quand il tendit le bras pour la stabiliser, elle prit conscience de sa force avec un sentiment d'ivresse. Elle avait imaginé un chaud parfum de terre, mais à présent qu'elle était contre lui, sa légère odeur de chlore lui indiquait qu'il avait dû aller à la piscine récemment. C'était une odeur agréable, propre et tonique.

« Tout va bien ? » lui demanda-t-il.

Et en plus, il était vraiment sympa…

« Oui ! Ça roule. »

Arrête ça, Fernie. Tu as trente-huit ans et lui a quoi ? Vingt-cinq ? Trente, max. Ta vie amoureuse n'a été qu'une suite de désastres et maintenant tu as les cheveux gris. En plus il est sûrement marié. Ou en tout cas en couple. Avec une prof d'art. Ou la propriétaire d'un pub à la mode.

Leurs efforts conjoints leur permirent, au prix de multiples contorsions et exercices de stabilisation, de dégager le deuxième carton. Il était si lourd que Fern faillit le lâcher. Celui juste au-dessus retomba violemment sur la pile, de travers, et finit par aller s'écraser par terre, de l'autre côté.

« Bon Dieu, ça va finir aux urgences ! cria Astrid dans le combiné. Ce que je veux que vous fassiez ?! Je veux que vous envoyiez immédiatement quelqu'un. Pas dans une heure. MAINTENANT. J'ai deux clients en équilibre instable sur un vieux fauteuil, en train de hisser vos putain de… Oh, bon sang, il faut que j'y aille, ils vont le lâcher. »

Astrid se précipita pour les aider et, moyennant quelques négociations, le carton atterrit sans trop de heurts. Fern, reprenant son souffle, examina ce qui était écrit dessus.

« SR 12. Vous pensez que c'est quoi ?
— Des skis rouillés ? suggéra l'homme.
— Des serviettes en rayonne ? dit Fern.
— Des sanitaires réformés ? Des sangles pour rennes ?
— Quoi ?
— Je ne sais pas, pardon, admit-il en riant.
— Des souris en rotin ? » proposa-t-elle.

Ils auraient pu faire durer longtemps le plaisir si Astrid n'avait pas ouvert la boîte au cutter avec la mine d'un chirurgien excédé.

À l'intérieur, bien protégées dans du papier bulle et soigneusement empilées l'une sur l'autre, ils découvrirent les innombrables pièces d'un service à thé consacré au mariage du prince de Galles et de Lady Diana Spencer, en 1981. Des assiettes, des bols, des soucoupes, des boîtes à bijoux, des pendulettes et des tasses, en nombre affolant.

« Bizarre, commenta l'homme.

— Service royal ! s'exclama Astrid en déballant un set de tasses décorées des visages des jeunes mariés.

— Ce carton porte le numéro douze », fit remarquer Fern en même temps qu'une pensée invraisemblable lui venait.

La porte d'entrée restait bloquée. Tous les cartons étaient de taille identique et portaient la même inscription, à la différence des numéros. Ils ne pouvaient quand même pas être tous remplis de vaisselle commémorative, si ?

« Putain de noces, lâcha l'homme.

— Il va nous falloir une petite tasse de thé, je pense. »

C'est ainsi que Fern Emerson passa son premier jour de repos depuis neuf mois à patauger entre du papier bulle et de la vaisselle commémorative en buvant du thé insipide accompagné de biscuits à la framboise. Il était un peu plus de seize heures quand elle rentra chez elle avec son butin de tissus vintage, qu'elle avait obtenu pour quasi rien. En ouvrant sa porte, elle fut prise de l'envie étrange de crier « Hello, je suis rentrée ! » dans son entrée blanche, même si elle savait bien que personne ne lui répondrait.

C'était toujours un plaisir pour Fern de remplir sa machine de Viyella aux motifs printaniers puis de bien étaler le tissu encore un peu humide, d'y accrocher le patron de sa jupe patineuse préférée et d'écouter la musique de ses ciseaux de couture tandis qu'ils dévoraient le tissu. Mais la triste vérité, c'est que ce soir-là, elle prit bien moins de plaisir qu'elle n'avait escompté. Et même si elle releva régulièrement les yeux de son travail pour regarder Molly Ringwald mordre ses lèvres en bouton de rose ou voir l'expression déroutée et blessée d'Andrew McCarthy, même si elle chanta avec enthousiasme sur « If You Leave », sa soirée ne fut pas aussi douce et simple qu'elle l'aurait voulu. Ce type séduisant rencontré à la boutique, avec son casque et ses vinyles, son humour détendu, avait rappelé à Fern Emerson la bosseuse qu'elle avait beau se tuer à la tâche, elle se sentait seule. Et maintenant elle avait le cœur lourd. Elle aurait mieux fait de passer la journée dans son bain.

◆

Grace Allenby – *Poissons, championne de dos crawlé aux Jeux du Commonwealth, professeure de natation à la retraite, survivante d'un cancer du sein et grande navigatrice de bateau-dragon* – se présenta à la maison de retraite du Saint-Rosaire à dix heures.

Ce mardi-là, comme d'habitude, elle commença son tour par une visite à M. Pollard, dans l'aile Eucalyptus. C'était un vieux fermier qui passait ses journées dans son lit médicalisé avec une peluche de chien de berger grandeur nature. Puis Grace rendit visite à Mme Hampshire dans l'aile Acacia, où elle passa une demi-heure à écouter, encore une fois, les exploits de son incroyable fils, le célèbre chef Dermot.

Elle se dirigea ensuite vers l'aile Myrte pour voir M. Magellan qui serait, comme toujours, assis bien droit dans son fauteuil électrique et brandirait sa télécommande en maudissant sa télévision. Il l'ignorerait, bien sûr, mais elle lui ferait quand même la lecture. Pour Len, Grace choisissait toujours des extraits joyeux, légers et totalement dépourvus d'intérêt. Cela l'irritait grandement et engendrait des pics d'agressivité et une hostilité presque grossière. Grace savait bien que c'était l'un des rares plaisirs dont il jouissait encore. L'autre petit plaisir qu'il conservait, c'était ce secret qu'il lui avait confié quelques semaines plus tôt : « Qu'ils aillent se faire foutre, tous autant qu'ils sont. Ils ne sont plus sur mon testament. Aucun des trois ! Je laisse tout mon argent au refuge canin ! À des chiens, avait-il ajouté en s'étranglant de rire. Je n'aime même pas les clébards ! »

En progressant dans l'aile Myrte, Grace jetait, par les portes entrebâillées, des coups d'œil dans les chambres confortables mais désespérément stériles. Elle n'était qu'à quelques mètres de celle de M. Magellan quand elle remarqua quelque chose de tout à fait inhabituel : sa porte était grande ouverte. Puis l'odeur mortuaire du désinfectant lui parvint. Son cœur accéléra et elle pressa le pas, s'étonnant elle-même de ne pas avoir perdu ce réflexe, même après tant d'années ici.

Sa chambre était exactement comme elle s'y attendait. Les tapis étaient encore humides après le nettoyage, la porcelaine de la salle de bains brillait de mille feux, comme des dents fraîchement blanchies. Sur le fauteuil électrique, au milieu de la pièce, s'entassaient des piles bien nettes de pyjamas rayés, de chemises de batiste et de pantalons de velours de vieil homme. Au sommet était posée une trousse de toilette.

Grace s'assit sur le lit nu et ferma les yeux, priant silencieusement.

Elle sortit l'exemplaire de *L'Étoile* qu'elle avait prévu de lire à Len. Cet affreux joueur de *footy* en minishort faisait la couverture, remarqua-t-elle avant d'aller directement aux horoscopes. Ses lèvres bougeant doucement tandis qu'elle lisait dans sa tête, elle s'attarda sur celui des Verseau.

« Hardiesse, sois mon amie ; audace, arme-moi de pied en cap. » Prenez conseil auprès du Barde et montez à bord du grand huit que vous réserve ce mois-ci, qui saura vous emporter vers la réalisation et l'épanouissement. Remettez vos hésitations à plus tard. Il est temps de passer à l'étape supérieure et de monter plus haut ! Verseau, faites le grand saut.

Grace eut un pauvre sourire teinté d'ironie et referma le magazine.

« À la prochaine, Len, murmura-t-elle. Vieux salaud. »

Puis elle prit une longue inspiration et partit voir Mme Mills.

◆

Mariangela Foster (née Magellan) – *Taureau, mère au foyer de trois garçons, maniaque du rangement, addict à eBay et joueuse de Tetris mystérieusement surdouée* – savait à quoi s'attendre lorsque le téléphone se mit à sonner à six heures trente-sept, ce matin-là. Son mari Tony le savait aussi. Déjà vêtu de son costume et de sa chemise à imprimé cachemire, il se tenait près de la machine à café, sa tasse à la main. Le téléphone sonna deux fois. Puis trois. Il observa sa femme se composer une expression avant de décrocher. Le visage de Mariangela était parfaitement ovale et elle avait le teint mat tout au long de l'année. Ses traits étaient aussi mobiles et larges que ceux d'une chanteuse d'opéra. Il la vit chercher dans son répertoire ce qui correspondait à la dignité et la résignation.

« Allô ? » dit-elle d'une voix parfaitement en accord avec son expression.

Il y eut une pause. « Oh, bonjour, sœur Claire. »

Mariangela écouta son interlocutrice un moment avant de lâcher un sanglot étouffé, d'une grande perfection.

« Quand ? »

Une nouvelle pause.

« Est-ce qu'il est parti… tranquillement ? »

Tandis que Mariangela écoutait la réponse, une larme aussi grosse qu'une perle de culture glissa du coin de son œil. Tony observa sa course. Elle suivit le bord de son nez puis roula sur sa joue, où elle l'essuya du bout de ses doigts habiles d'ancienne esthéticienne.

« Merci, ma sœur. Merci beaucoup de m'avoir appelée. Je vais contacter mes frères et nous serons là d'ici la fin de la matinée pour nous occuper de ce qui doit être fait. Je suis sûre que mon père aurait tenu à ce que je vous remercie pour vos bons soins. Non, vraiment, nous vous sommes vraiment reconnaissants de… Oui, bien entendu. Merci encore. Au revoir. »

Mariangela replaça soigneusement le téléphone sur son socle et se tourna vers son mari, ses mains serrées contre le corsage de sa robe de chambre en satin.

« Alors ? » demanda Tony en posant son mug toujours vide. Un sourire menaçait de s'épanouir sur son visage.

Il y eut un bref instant d'immobilité parfaite durant lequel toute la cuisine sembla se vider de tout, même d'air. Puis enfin Mariangela expira et ses traits se détendirent, affichant finalement un soulagement intense.

Tony se précipita vers elle et l'embrassa, les larmes de crocodile remplacées à présent par de vraies larmes tandis qu'elle réalisait qu'enfin tous leurs ennuis étaient terminés, leurs dettes payées, leur futur assuré. Il n'y aurait plus de recommandé leur demandant de payer les frais de scolarité de Luke, ils n'auraient plus à jongler avec les retards de paiement sur leur crédit, plus besoin de faire croire à la banque qu'elle s'était trompée de numéro et qu'ils n'étaient pas les Foster. Tout ça prendrait probablement quelques mois mais après ça, ils seraient libres.

« Wouhouuuuuuu ! hurla Tony en entraînant Mariangela dans une danse de la joie à travers la cuisine.

— Youhouuuuuu ! » renchérit-elle alors que son mari la faisait tourner sur le lino à carreaux.

C'est le moment que choisit Luke, leur aîné, pour faire son apparition dans la cuisine, son bas de pyjama tombant sur ses fesses et ses cheveux encore tout ébouriffés par sa nuit. Tony et Mariangela se figèrent instantanément.

« Qu'est-ce qui se passe ? » demanda Luke en clignant des yeux.

Pris en flagrant délit, ses parents n'avaient pas la moindre idée de la façon dont ils allaient lui annoncer que son grand-père venait de mourir.

BALANCE
♎

Cette année-là, le 23 septembre ne marqua pas seulement le jour de l'équinoxe de printemps, le bref moment durant lequel le soleil est exactement au zénith sur l'équateur terrestre. Ce fut également le jour où le soleil entra dans le signe de la Balance. Et tout cela coïncida avec les cinquante-cinq ans de Drew Carmichael.

Il faisait déjà presque nuit lorsque Justine lança sa petite Fiat 126 sur l'autoroute de l'Ouest en direction d'Edenvale, chantant à tue-tête les standards des années 1980 que crachotait sa vieille radio et piochant dans le sac de bonbons perdu sur le siège passager, parmi plusieurs exemplaires de *L'Étoile*.

Justine n'avait commis qu'une fois l'erreur de rentrer chez ses parents avec un seul et unique exemplaire du magazine. Son père était depuis près de vingt ans lancé dans une lutte acharnée (bien qu'unilatérale) avec le concepteur des mots croisés de *L'Étoile*. Il était capable de passer tout un week-end dessus, rythmant sa progression de grognements de victoire ou d'exclamations ordurières.

Lorsque Justine se gara enfin dans Curlew Court, elle se félicita de la taille de son pot de yaourt. Le cul-de-sac était envahi de Range Rover, Land Rover et autres pick-up. De la lumière et de la musique s'échappaient de la maison et du jardin. Avec un sourire, Justine identifia les basses de « Obscured by Clouds » des Pink Floyd.

Vu depuis la rue, le numéro sept était un bungalow en brique de taille assez modeste qui n'avait rien d'exceptionnel. Mais en découvrant le jardin, on prenait la mesure de l'amour de ses propriétaires pour les soirées. La partie arrière du bungalow s'ouvrait comme une maison de poupée, ses baies vitrées disparaissant totalement pour que le salon et la cuisine ne forment plus qu'un avec la terrasse de bois, sur laquelle était présentement rassemblée la moitié d'Edenvale. Justine se fraya un chemin à travers la foule, embrassant oncles et tantes (réels ou symboliques) jusqu'à atteindre l'extrémité de la terrasse. Juste à côté, sur l'herbe, Drew Carmichael présidait à la rôtissoire spectaculaire qu'il avait lui-même construite dans la grange de son frère Kerry. La carcasse bien entamée d'un infortuné mouton tournait doucement au-dessus d'un lit de braises.

« Joyeux anniversaire, papa !

— Non ?! C'est bien toi ? Justine Carmichael, journaliste à *L'Étoile d'Alexandria* ? »

Justine ne fut pas étonnée de trouver son père passablement saoul, d'autant qu'elle savait qu'il était aussi ivre du plaisir de la fête que de la bière brune de l'oncle Kerry. Des bouchons pointaient d'ailleurs d'une petite piscine remplie de glace pilée, comme autant de bouteilles à la mer dérivant dans l'océan Arctique.

« Mandy, où es-tu ? La fille prodigue est de retour ! Il faut tuer le veau gras ! cria son père en prenant Justine dans ses bras. Oh, mince, on n'a qu'un agneau ! Et en plus il est bien attaqué. Mais il en reste plein dans la cuisine. Va donc te chercher à manger, ma chérie. »

Mandy apparut, fendant la foule, un plateau chargé de verres dans les mains.

« Ma belle ! Le trajet s'est bien passé ? Tu as faim, mon cœur ? Du rouge ou du blanc ? » lui demanda-t-elle en vacillant légèrement sur les hauts talons qui la hissaient à la même taille que sa fille, pourtant pas très grande. Quand elle s'approcha pour l'embrasser, Justine fut submergée par un cocktail de vin blanc, de parfum Miracle et du fond de teint dont Mandy avait couvert son décolleté pâle.

En lui tendant son verre de rouge, sa mère lui chuchota à l'oreille : « Je suis contente que tu sois arrivée avant que ton père ne tire sa révérence. Il a commencé à deux heures, quand Kerry a débarqué avec le mouton. Je crois qu'il a oublié qu'il fêtait ses cinquante-cinq ans, pas ses trente ans ! » Puis elle enchaîna en haussant le ton : « Ton frère est par là. Aussie ? Austin ? Austin James Carmichael, où es-tu ? Et il a ramené sa copine, cette fois-ci ! Tu me diras, il était temps. Je l'aime vraiment bien, cette petite. Il faut qu'on la garde, celle-ci ! Tu me diras ce que tu en penses. »

Justine avait encore un peu de mal avec l'idée que son petit frère soit devenu un homme. Il faisait vingt bons centimètres de plus qu'elle et ses épaules étaient aussi larges que celles de l'oncle Kerry. Pourtant, à ses yeux, il avait toujours cinq ans, les genoux tachés d'herbe et un adorable zézaiement.

Mais ce soir, il avait une fille à son bras. Et une jolie. Elle portait un haut en dentelle rouge foncé et quelques mèches de ses cheveux bruns bouclés s'échappaient pour encadrer son visage amical.

« Voici Rose, lui dit Austin, très content de lui. Rose, voici ma sœur.

— Oh, c'est donc toi la fameuse Justine ! » s'exclama la jeune fille, radieuse.

Justine lui tendit la main, mais au lieu de la saisir, Rose l'enlaça. Par-dessus son épaule, Justine tenta de capter le regard de son frère pour voir si cet enthousiasme était habituel. Mais son visage ne trahissait qu'un amour inconditionnel. Toujours contre la jeune fille, Justine sentit monter en elle une bouffée d'émotion qu'elle eut du mal à contenir.

« Alors, dit-elle, tentant de reprendre le contrôle d'elle-même, comment tu survis à cet attroupement de Carmichael ?

— Oh, pas de problème !

— Rose travaille dans la laine, tu sais, expliqua son frère, sans parvenir à détourner les yeux de sa petite amie. Elle sait gérer les fermiers pas complètement finis. Pas vrai ? »

Rose se contenta de hausser les épaules mais avant que quiconque ait pu ajouter quelque chose, Mandy apparut.

« Vous venez décorer la pavlova, les filles ? » dit-elle en les entraînant vers la cuisine, dont l'éclairage leur parut violent après la semi-obscurité de la terrasse.

Justine cligna des yeux quand Mandy fit apparaître deux larges meringues.

« Voici les fraises, les myrtilles et les framboises. Deux kiwis. Et les bananes. Les fruits de la passion. Un couteau et une planche à découper pour vous. Et voilà !

— Rappelle-moi pourquoi tu ne demandes pas à Aussie de s'occuper de la pavlova ? s'enquit Justine, plaisantant à moitié.

— Écoute-moi ça, Rose, dit Mandy avant de prendre une petite voix geignarde : "C'est au tour d'Aussie de ranger la vaisselle ! Pourquoi est-ce que tu ne demandes jamais à Aussie de plier les chaussettes ? C'est pas juste !"

— Non, c'est pas juste ! rétorqua l'intéressée, qui ne plaisantait plus tellement.

— La pavlova, ma fille, c'est une affaire de femmes ! Abandonne les desserts et les salades et tu passeras ta vie à retourner des saucisses sur le barbecue et à puer le graillon », assena sa mère en faisant claquer son torchon sur les fesses de Justine.

Et sur ce sage conseil, elle s'en fut avec le plateau de fromages, laissant les filles seules dans la cuisine.

« Je n'ai jamais vu mon frère aussi amoureux », dit Justine gentiment.

Les joues de Rose prirent une teinte soutenue. « Moi aussi, je l'aime énormément. J'ai su tout de suite que c'était lui. Tu sais, on voit quelqu'un et... »

Justine, qui répartissait les myrtilles sans grande application, voyait très bien. Mais est-ce que c'était suffisant ? Que se passait-il quand vous saviez mais que l'autre n'avait pas l'air de savoir ?

Justine n'avait pas envie d'être jalouse. Ni d'Aussie et Rose, avec leurs feux d'artifice dans les yeux, ni de sa mère et son père, qui semblaient s'aimer un peu plus chaque année, ni de Kerry et Ray, qui dansaient ensemble sur la terrasse avec la même tendresse routinière qu'ils dégageaient quand ils se chamaillaient au sujet de la pluie. Mais ce soir-là, il lui était particulièrement difficile de n'envier personne.

Ω

« Bla bla T... Bla R bla... marmonnait Drew. Futur... ? Saturne... ? Pâtir... ? Non, bien sûr que non... »

C'était le début de l'après-midi, et même si le frigo des Carmichael était plein à craquer de morceaux de fromage bizarrement découpés, de bouteilles de blanc entamées et d'un grand Tupperware de mouton grillé, la maison ne présentait aucun stigmate de la grosse soirée de la veille. L'arrière avait retrouvé son allure habituelle, les portes-fenêtres avaient été refermées, le mobilier de jardin nettoyé et remis en place, la piscine à bière rangée.

Drew, particulièrement ébouriffé, ses rides bien plus marquées que dans l'esprit de Justine, était installé dans son fauteuil préféré avec son exemplaire de *L'Étoile*. Mandy, dans la cuisine avec le sien, était concentrée sur la recette de dartois à la poire et aux noisettes de Dermot Hampshire.

Justine s'était levée tard, avait exhumé de vieux vêtements de ses tiroirs, cédé à sa mère et englouti une masse d'œufs et de tartines, puis elle avait emmené la vieille chienne épagneule de la famille faire une promenade. Elles étaient passées, à très petits pas, près de l'endroit où Nick Jordan, âgé de huit ans, s'était cassé la clavicule en essayant d'impressionner une Justine peu enthousiaste avec une figure de skate particulièrement acrobatique. Un peu plus loin, elles s'étaient arrêtées à côté de la bouche de canalisation où Justine et Nick faisaient résonner leurs éclats de rire diaboliques en écho.

« Mouahahahaha », avait-elle tenté en l'honneur du bon vieux temps.

À présent, Lucy était allongée aux pieds de Drew, si immobile qu'elle aurait aussi bien pu être morte.

Assise à côté de la chienne, Justine la caressait distraitement en finissant sa tasse de thé. Elle n'allait pas tarder à prendre la route.

« Allez, merde ! Bla bla T, bla R bla. »

Justine l'avait déjà aidé avec « tesselles » et « gaspacho » et sur ce coup-là, elle se contenta de hausser les épaules.

« C'est une anagramme, en plus... Bon sang... Ton Doc Millar, c'est un vrai sadique. Tu le sais, hein ? Faire souffrir les autres, ça lui fait plaisir.

— Mais c'est toi le masochiste qui se prête à son jeu, papa, lui répondit Justine en buvant sa dernière gorgée. Je vais devoir t'abandonner à ta souffrance, il faut que j'y aille.

— Tu pars déjà ? demanda Mandy en affichant un air de clown triste.

— J'ai des choses à faire, des gens à voir », mentit Justine.

Drew ôta ses lunettes de lecture, s'arracha à son fauteuil et lui dit au revoir dans le salon, mais Mandy accompagna sa fille jusqu'à sa petite voiture et la regarda mettre son sac dans le coffre. Puis elle la saisit par les épaules et plongea son regard dans le sien :

« Je t'ai trouvée un peu absente, hier soir. Est-ce qu'il y a quelque chose que tu voudrais me dire, ma chérie ? »

Et pour une fois, elle attendait vraiment une réponse.

« Eh bien, je pense qu'il faut que je te dise que tu vas avoir sous peu une charmante belle-fille.

— Je parle de toi, insista sa mère, le front plissé d'inquiétude.

— C'est juste que... Aussie et Rose... Ils ont l'air tellement heureux. Et... lâcha-t-elle, s'interrompant avant que la boule qui grossissait dans sa gorge ne la fasse croasser.

— Ma chérie, dit Mandy en l'attirant contre elle. Toi aussi, ça va venir. Plus tôt que tu ne le penses.

— Il faut juste y croire, c'est ça ? marmonna Justine dans le cou de sa mère.

— Absolument. On ne sait jamais ce qui nous attend au tournant. »

Ω

Il faisait déjà nuit quand Justine arriva enfin à Alexandria Park et gara sa minuscule Fiat en marche arrière sur la pire place du parking. Il était possible que la petite voiture y reste des semaines, voire des mois, sa peinture rouge rouillant doucement, son capot se couvrant de fleurs fanées et de fientes, jusqu'à la prochaine visite de Justine à ses parents.

Son sac sur l'épaule, elle se faufila péniblement au travers de la haie de lilas mal taillée qui séparait le parking de la rue. Une fois au douzième étage, elle eut la surprise de voir Nick qui l'attendait devant sa porte. Justine regretta soudain de s'être habillée avec les vieilleries qu'elle avait laissées chez ses parents. Elle regretta aussi de ne pas s'être lavé les cheveux et d'avoir fait l'impasse sur le mascara.

Nick, lui, devait sortir de la douche car il avait encore les cheveux mouillés. Sous une veste élégante, il portait une chemise bleu clair presque jolie et un jean bien taillé.

« Où allez-vous, si bien vêtu, en ce beau dimanche soir, monsieur Jordan ? »

Mais Nick semblait ailleurs. Il se passa la main dans les cheveux et lui demanda comment était la fête.

« Super, c'était… super. »

Sur la route du retour, elle avait eu envie de l'appeler pour lui donner des nouvelles d'Edenvale. Elle mourait d'envie de lui raconter comment la petite brute de l'école primaire avait trouvé la paix dans le bouddhisme et que Nora Burnside, pilier de la communauté, avait été prise en flagrant délit de vol de dentifrice au supermarché du coin. Mais maintenant qu'elle était face à lui, le moment semblait mal choisi.

« Il y a quelque chose dont il faut que je te parle », commença Nick.

Justine : Est-ce que ça y est, on y est ? Ou pas du tout… ?

Cerveau : Mmm… En général, quand ça commence comme ça, c'est plutôt mauvais… Un peu comme « J'espère que tu ne vas pas m'en vouloir mais… »

« Je ne vais pas pouvoir », lâcha Nick.

Justine comprit immédiatement de quoi il parlait mais demanda quand même, pour la forme :

« Pas pouvoir quoi ?
— Je ne vais pas pouvoir passer l'audition. »

Une nouvelle fois, Justine ressentit un douloureux affaissement intérieur. Son cœur descendit de quelques étages.

« Mais je croyais que…
— Je suis vraiment désolé, Ju. Je sais que c'était important pour toi, que tu t'es donné du mal pour que je puisse tenter ma chance avec Alison Tarf. Et moi aussi, j'avais très envie de tenter l'audition. Vraiment. Mais je ne vais pas être là pendant une bonne partie de l'été et je ne pourrai pas m'investir dans le projet. Je voulais juste te le dire en face.
— Tu ne seras pas là ?
— J'ai signé un nouveau contrat.
— Comme acteur ? demanda Justine avec espoir.
— Il paraît que c'est pareil mais sans le texte.
— Ah ?
— Laura et moi, on va être le couple Chance. Tu sais, le vin ? Ils veulent qu'on signe un contrat de cinq ans pour toute leur com. À la télé, sur les affiches, les magazines. Tu n'imagines même pas ce qu'ils vont me payer pour que je brandisse un verre de vin avec un Akubra[1] sur la tête.
— Tu vas faire du mannequinat ? s'étonna Justine sans essayer de cacher son mépris. C'est ça que tu vas faire ?
— Laisse-moi t'expliquer », fit Nick, l'air peiné.

Justine avait bien conscience que beaucoup trop d'émotions menaçaient de jaillir d'elle. Elle ne savait

---

1. L'Akubra est un chapeau traditionnel australien qui tire son nom de l'entreprise qui les fabrique.

plus à quel saint se vouer, où regarder ni comment se tenir.

« Ce n'est pas la peine.

— Mais j'ai besoin que tu comprennes. Je ne sais pas si tu as lu l'horoscope de ce mois-ci. J'imagine que non. Tu ne vas jamais croire qui Leo a cité. Devine. »

Justine se contenta de hocher lamentablement la tête.

« Shakespeare ! Tu y crois ? »

Oh oui, elle y croyait.

« Hardiesse, sois mon amie ; audace, arme-moi de pied en cap. *Cymbeline*. »

Justine réfléchit. Prudemment, et même si elle savait qu'elle naviguait par vent contraire, elle tenta : « Et ça ne pourrait pas vouloir dire autre chose ? Par exemple que tu devrais avoir le courage de passer l'audition d'Alison Tarf pour jouer Shakespeare ? »

Nick soupira. « Je ne crois vraiment pas. Ça ne me demanderait pas tellement de courage parce que ça ne me fait pas vraiment peur. Ça ne m'ébranle pas en profondeur. Mais abandonner quelque chose qui compte vraiment à mes yeux pour la femme que j'aime ? Ça, ça fait mal. Ça demande une vraie force. Il en faut, pour faire ça. »

Justine le laissa terminer.

« Hardiesse, sois mon amie ; audace, arme-moi de pied en cap. C'est ce que Leo a dit. Alors je vais faire le truc le plus courageux que je puisse imaginer. Je vais sacrifier une chose à laquelle je tiens, une chose dont j'ai vraiment envie, pour donner à Laura ce qu'elle veut.

— Et c'est ?

— Elle veut que je renonce au théâtre. Elle veut m'avoir tout entier, dit-il avec une sincérité déroutante. Chaque morceau. Leo a dit que je devais passer à la vitesse supérieure. Faire le grand saut. Ce sont ses mots. Alors c'est ce que je vais faire. Je vais lui demander de m'épouser. »

Cerveau : Je te recommande vivement de la fermer.

Mais Justine dit : « Les Sagittaire sont censés être tranchants, c'est ça ? »

Cerveau : Non non non non non. Justine !

« Oui, directs », acquiesça Nick.

Cerveau : Justine ! Ferme-la !!

« Alors laisse-moi être directe. Ça ne m'étonne pas du tout que Laura soit l'égérie de Nénuphar. Elle est parfaite.

— De quoi tu parles ?

— Elle est absolument sublime à la surface. Magnifique. Mais tu as déjà retourné un nénuphar ? Il n'y a que de pauvres petites racines dessous. Parce que rien ne se passe. »

Nick secoua la tête, l'air déçu.

« Tu sais, ça arrive tout le temps. Les autres femmes détestent Laura parce qu'elle est belle. Elles la détestent sans même la connaître.

— Je ne la déteste pas du tout. Et même si c'était le cas, ça n'aurait rien à voir avec sa beauté. Peut-être que tu es obsédé par la beauté mais moi je m'en fiche complètement.

— Moi, obsédé par la beauté ?

— Est-ce que tu t'es déjà penché sur le fait que peut-être que si vous vous aimez tellement, c'est parce que vous vous ressemblez comme deux gouttes d'eau ? »

Cerveau : Arrête ça tout de suite ! Tais-toi. Interruption immédiate de la mission !

« Si on y pense… Votre relation tourne autour de quoi, au juste ? Parce que ce n'est certainement pas autour de toi. Est-ce que c'est juste une sorte de reproduction par osmose ?

— Quoi ?!

— Imagine comme vos enfants seront parfaits, lâcha Justine d'une voix pleine de dégoût.

— Mais enfin, de quoi tu parles ? Tu ne sais rien de notre relation.

— Ce que je sais, c'est que ça ne te réussit pas ! Et comment ça pourrait, avec quelqu'un qui veut que tu deviennes un putain de mannequin ?!

— Qu'est-ce que ça peut bien te faire, de toute façon ?

— Tu as raison ! Je m'en fous ! Va épouser Miss Nénuphar. Fais de la pub pour du vin de merde. Hardi et audacieux, tu parles ! »

Justine était entrée dans la zone de non-retour, elle ne se maîtrisait plus. Son cerveau, quant à lui, s'était réfugié dans son QG d'où il pouvait, depuis une pièce bien isolée, se laisser agiter par les humeurs de Justine en marmonnant faiblement.

« Ton talent, c'est dans les chiottes qu'il va faire le grand saut, Verseau !

— Je ne vais pas t'écouter plus longtemps déverser ces horreurs, finit par lâcher Nick en tournant les talons.

— Je n'ai rien à ajouter, de toute façon ! » rugit Justine dans son dos.

Mais seul l'écho de ses pas lui répondit.

Ω

Justine, en état de choc, était recroquevillée sur son canapé et fixait le vide qui la séparait de l'appartement de Nick Jordan, plongé dans l'obscurité. Quand son téléphone sonna, elle le sortit de sa poche avec espoir. Mais ce n'était que son père. Elle envisagea de ne pas répondre puis se ravisa : il risquait de croire qu'elle avait eu un accident sur la route du retour.

« Coucou papa.

— Ton père est un génie !

— Pourquoi ? » demanda-t-elle en soupirant.

Elle espéra qu'il n'avait pas entendu.

« J'ai résolu mes mots croisés ! fanfaronna-t-il. Alors, petite surdouée ? Un synonyme de "partance" en six lettres ?

— Je suis trop fatiguée pour ça, papa.

— Okay. Je vais te faciliter la tâche. Ce synonyme est… départ !

— Excellent, commenta Justine en s'enfonçant un peu plus profondément dans ses coussins.

— Maintenant, il faut se demander quelles sont les anagrammes possibles pour ce mot. Et laquelle aurait un rapport avec les flatulences.

— Je suis certaine que tu vas me le dire.

— Ahah ! Eh bien, figure-toi que "péter", qui nous vient du vieux français, est l'origine étymologique de "pétard". Et pétard – comme tu le sais sans doute déjà, parce que tu ne fais pas semblant d'être ma fille – est bien sûr l'anagramme de départ. Et voilà ! Ton père est donc un génie. Le mot manquant est "pétard", mes mots croisés sont terminés, et Doc Millar peut bien aller enterrer son œil gauche dans de la merde fumante.

— Tu es donc un vrai gentleman en plus d'être un génie.

— D'ailleurs, tu sais d'où vient le mot pétard ? C'était à la base une machine de guerre utilisée au XVIe siècle pour "souffler" les murailles. Une sorte de bombe, donc. Conçue pour détruire les murs.

— Merci beaucoup pour cette précieuse information, père. »

Justine imagina soudain un pétard allumé par ses propres soins lui exploser entre les mains.

« Tu es bien rentrée, donc ?

— Oui.

— Alors je te laisse, ma chérie. Je voulais juste m'assurer que tu dormirais bien. Maintenant que tu sais que mes mots croisés sont finis, je suis sûr que tu vas faire de beaux rêves. Et si tu vois ce vieux Doc, dis-lui que je ne m'avoue jamais vaincu.

— Entendu. Bonne nuit, papa. »

Justine, incapable de se lever, regarda de nouveau vers l'appartement de Nick. Toujours vide et sombre. Hardi et audacieux, il était en train de demander Laura en mariage.

« Prise à mon propre piège », marmonna Justine.

BOUM !

Ω

Avec trois mois d'avance, Justine décida de prendre quelques bonnes résolutions de début d'année. La première était de ne plus jamais toucher à l'horoscope de Leo Thornbury. Même si elle arrivait tôt un matin et voyait le fax tentateur lui faire de l'œil depuis le bureau de Henry, même si elle partait tard un soir et entendait la machine se mettre en marche. Quelle que soit l'heure, quelles que soient les circonstances, jamais plus elle ne toucherait aux prédictions. Elle avait bien assez prouvé quelle lamentable astrologue elle était.

Sa deuxième résolution était d'accepter le fait que Nick Jordan se destinait à devenir l'époux de Laura Mitchell et la nouvelle égérie des vins Chance et qu'elle-même était vouée à ne plus le voir que sur des panneaux publicitaires. Elle leur enverrait des sets de table assortis en cadeau de mariage.

Sa troisième résolution, c'était de présenter ses plus plates excuses à Nick.

Durant la semaine qui suivit, Justine mena à bien la première résolution. Elle n'interféra pas le moins du monde avec l'horoscope. Elle ne vit pas le fax, n'entra même pas dans le bureau de Henry. Dix sur dix, très bien partout. Jusque-là, ça allait.

La deuxième résolution était plus difficile à tenir. Comment déterminait-on à quel moment on était parvenu à tordre le cou à un espoir, totalement et définitivement, sans risquer qu'il se ravive un jour ? Justine n'en savait rien mais elle faisait de son mieux pour ne pas penser à Nick autrement que comme son ami et voisin.

Quant à la troisième résolution, elle présenta ses excuses à Nick de différentes façons. Elle l'appela et lui envoya plusieurs textos. Mais Nick ne décrocha pas son téléphone et ne répondit à aucun de ses messages. Elle enclencha la vitesse supérieure et glissa une lettre dans sa boîte. Toujours aucune réponse.

Alors elle décida de vraiment passer aux choses sérieuses et, armée d'une paire de robustes ciseaux de cuisine, elle rôda dans les rues chics jusqu'à trouver un joli pied d'olivier dans le jardin d'une vieille et imposante demeure. Elle en coupa une belle branche, qu'elle fit passer jusque chez Nick par le petit panier. Mais le lendemain, le rameau d'olivier n'avait pas bougé. Il y resta toute la semaine, se flétrissant un peu plus chaque jour.

Durant cette même semaine, la ville fut prise dans la tourmente des grands préparatifs en vue de la finale de *footy*. Les gens accrochèrent des drapeaux aux façades et aux portails, des banderoles aux antennes des voitures et s'affublèrent d'écharpes aux couleurs de leur équipe, y compris pour aller au travail, alors que le temps était particulièrement clément.

La veille du grand événement, Huck Mowbray appela Daniel Griffon pour lui proposer de regarder le match dans les confortables sièges VIP. Il lui proposa également d'amener quelqu'un. Daniel fit venir Justine dans son bureau pour lui expliquer qu'il était tout à fait logique que ce soit elle qui l'accompagne puisque c'était elle qui avait rédigé l'article qui avait fait la une.

« Alors ? Qu'est-ce que tu en penses ? »

Il était debout derrière son bureau, avec une écharpe aux couleurs de son club favori sur les épaules. L'équipe avait été méchamment sortie en demi-finale. Celle que soutenait Justine (avec une loyauté parfaite mais, il fallait bien le dire, peu d'enthousiasme) n'était même pas arrivée jusque-là et avait joué de façon désastreuse toute la saison.

Justine : C'est un rencard ou c'est purement professionnel ?

Cerveau : Si c'est professionnel, c'est parfait. Tu pourras rencontrer des gens.

Justine : Et si c'est un rencard ?

Cerveau : Alors ce sera parfait pour la résolution numéro deux ! C'est exactement ce dont tu as besoin.

« Merci beaucoup, Daniel, répondit donc Justine. Avec grand plaisir. »

$$\Omega$$

Assister au match en tant que VIP s'avéra très décevant. Ç'aurait pu être une opportunité du point de vue professionnel, mais seulement si Justine avait été en mesure de se payer la climatisation ou d'assurer sa voiture de sport. Quant aux femmes qui accompagnaient ces éminents personnages, elles étaient soit enceintes soit impatientes de l'être, et Justine n'était pas très au point sur l'épisiotomie ou les aliments riches en acide folique. Elle s'ennuyait tellement qu'elle se gava de bonbons aux couleurs des équipes et dut passer un certain temps aux toilettes pour faire partir les colorants de ses dents. Elle aurait été bien mieux à regarder le match depuis les gradins avec un hot dog et une bière plutôt que là, avec des antipasti et du chardonnay.

À deux minutes de la fin du match, alors qu'il ne faisait plus aucun doute que les éternels perdants s'apprêtaient enfin à brandir la coupe, Huck Mowbray, qui avait ingurgité plusieurs litres de bière, se mit péniblement sur ses pieds, se redressa de toute sa masse et déclama un extrait de « La Charge de la brigade légère » de Tennyson.

« Comment leur gloire peut-elle faiblir ? Ô la charge sauvage qu'ils firent. »

Au sifflet de fin de match, un tourbillon sonore envahit le stade et Justine s'imagina que la clameur soudaine allait faire se crasher l'hélicoptère de la télévision locale. Sur le terrain, les gagnants se jetaient dans les bras les uns des autres en oubliant la douleur tandis que les perdants, assis sur le gazon retourné, les bras autour des genoux, prenaient double ration de défaite. Tout le stade vibrait des basses de la chanson des vainqueurs diffusée à plein volume par les grosses enceintes et Daniel dut se rapprocher pour se faire entendre.

« Est-ce qu'on ne devrait pas s'enfuir et aller boire un verre tranquille quelque part ? lui proposa-t-il, et elle sentit son souffle chaud lui caresser l'oreille.

— Pour ça, il faudrait qu'il existe encore un endroit tranquille dans cette ville ce soir, répondit-elle en riant.

— Je connais cet endroit. »

Il lui prit la main, sans doute pour ne pas la perdre dans la foule, et l'entraîna dehors. Il la tenait encore quelques minutes plus tard, quand ils durent se frayer un chemin dans les rues en liesse. Elle ne fit pas d'effort pour la lui retirer.

« Où va-t-on ? finit-elle par demander.

— Au Zubeneschamali.

— Pardon ?

— Au Zube-nes-cha-ma-li. C'est un bar à chartreuse. Près des quais. »

Et Justine, qui ne voulait pas paraître trop ignorante, garda sa question pour elle.

Le bar à chartreuse était, de façon assez prévisible, un bar spécialisé dans la chartreuse, dont Justine apprit ce soir-là que c'était plus qu'un nom prétentieux attribué à une couleur jaune verdâtre.

Le Zubeneschamali se trouvait près de la rivière, au tout dernier étage d'un bâtiment qui ressemblait à un ancien entrepôt. On y accédait par un escalier dissimulé qui donnait l'impression d'entrer dans un bar clandestin. Il y avait bien quelques écharpes de *footy* accrochées aux murs mais pas d'écran géant montrant l'agonie et l'extase de fin de match. Et enfin, chose appréciable, personne ne s'égosillait sur l'air de la victoire.

Le bar était, de façon tout aussi prévisible, décoré à la couleur de la chartreuse. Des murs aux tabourets en passant par les coussins, toutes les nuances du jaune étaient au rendez-vous. Des bouteilles s'entassaient sur les étagères de verre au-dessus du bar, toutes remplies de liquides allant du jaune au vert, et entre ces étagères pendaient des bouquets de ce qui ressemblait assez à des herbes séchées.

Daniel commanda deux formules dégustation à un prix qui donna des palpitations à Justine.

« Tu as déjà bu de la chartreuse ? lui demanda-t-il quand les douze petits verres firent leur apparition devant eux.

— Pas que je m'en souvienne.

— C'est une préparation à base d'herbes qui a été inventée par des moines français. C'est censé contenir cent trente plantes différentes. »

Justine trouva la chartreuse sucrée, sirupeuse et très alcoolisée. Pourtant, le contenu des douze petits verres disparut rapidement tandis qu'ils parlaient de

Sydney, du prix de l'immobilier, des bons restaurants, de Jeremy Byrne, de Radoslaw et sa conduite hasardeuse, du magazine et des projets de Daniel. Il commanda encore deux verres de la chartreuse qui avait le plus plu à Justine.

Ils discutèrent de politique et de cinéma, de littérature et de musique, de la possibilité d'être à la fois fan de Brontë et d'Austen (ce qui était le cas de Justine, alors que Daniel se déclarait 100 % Brontë). Ils reprirent un verre et puis encore un, pour faire bonne mesure.

« Canberra ne te manque pas trop ?

— Pas vraiment. Ça a bien évolué mais ça reste une ville de carton-pâte plantée dans un champ. C'est un lieu de quarantaine pour les politiciens et leurs parasites.

— Tu veux parler des journalistes ?

— Ce sont les pires ! dit-il avec un sourire plein d'autodérision.

— À ce propos, j'ai entendu dire que du côté de Canberra, tu es célèbre pour tes opérations séduction ? Un peu de charme et tout désarme, à ce qu'il paraît ? »

Il sembla perdre un peu de sa superbe mais se ressaisit rapidement. « Qui t'a dit ça ? »

C'était Tara qui le lui avait raconté. Daniel s'était forgé une sacrée réputation et il était bien connu pour attendrir ses proies en leur faisant du charme avant de leur assener la question qui tue.

« Alors, c'est vrai ? Un peu de charme et tout désarme ? Ce ne serait pas de la manipulation ?

— Oh, j'appelle ça de la stratégie.

— C'est bonnet blanc et blanc bonnet pour moi.

— Qui t'a raconté ça, alors ?

— Un bon journaliste ne trahit jamais ses sources, dit-elle en riant.

— Très bien, conclut-il en buvant une gorgée d'un air songeur. Par contre, ce que je comprends, c'est que tu t'es renseignée sur mon compte. »

Justine haussa un sourcil, préparant sa défense.

« Je n'emploierais pas vraiment ce terme.

— Mais tu ne peux pas nier que tu as parlé de moi, en tout cas. Ce qui indique un certain niveau d'intérêt, non ? »

Il y eut un silence, durant lequel Daniel plongea son regard dans celui de Justine. Un regard un peu trop direct. Elle comprit soudain ce que peut ressentir un zèbre isolé, seul dans la savane. Il se rapprocha légèrement et cala son coude sur la table.

« Tu me plais, Justine », dit-il simplement.

Elle cligna des yeux.

Est-ce qu'elle était vraiment sur le point d'embrasser son nouveau patron ?

Ω

Justine : Hello ?
Silence.

C'était le matin. Et à en juger par la lumière qui filtrait à travers les rideaux, il était déjà tard. Pendant un instant, elle eut peur d'être en retard pour le travail. Puis, sans trop savoir comment, elle se rappela que c'était dimanche.

Justine : Y a quelqu'un ?
Toujours le silence.

Ce sont mes rideaux ? se demanda-t-elle en essayant de se repérer dans l'espace. C'étaient bien les siens.

C'était déjà ça. Et au-dessus de sa coiffeuse, c'était sa carte du monde, avec des épingles rouges sur les endroits où elle était déjà allée et des vertes sur ceux où elle voulait aller. La Mongolie, Terre-Neuve, la Norvège, la Finlande, Buenos Aires, les Galápagos, l'île de Jersey, Lucknow. Elle était chez elle.

Justine aurait bien voulu se rendormir mais elle mourait de soif. Et elle avait l'impression que ses dents s'étaient transformées en récif corallien. Elle avait aussi besoin de faire pipi, ce qui signifiait que même si ça paraissait être une opération risquée, il allait vraiment falloir qu'elle réussisse à sortir de son lit.

Lorsqu'elle parvint à s'asseoir, elle fut submergée par une vague de nausée, une sorte de mal de terre, comme si elle avait passé plusieurs années en mer et qu'elle devait à présent se réadapter à une terre stable qui restait dangereusement immobile. Elle ferma les yeux mais la sensation persista. Quand elle les rouvrit, elle découvrit qu'elle n'était pas seule.

Merde.

Daniel Griffon était dans son lit. Il était couché sur le ventre, ses épaules nues hors du drap, et son bras bronzé pendait presque jusqu'au sol. Ses cheveux, brillants et épais, formaient une masse désordonnée sur l'oreiller blanc. Au cas où Justine aurait conservé un doute sur ce à quoi ils avaient occupé la nuit, un déluge d'images s'abattit soudain sur elle. Elle revit ses mains, sa langue sur elle.

Justine : Hello ?? Y a quelqu'un ??

Mais son cerveau ne répondait toujours pas. Cet idiot était parti en vacances. Sur l'île de la Chartreuse, à coup sûr.

Justine parvint finalement à sortir de son lit et saisit sur une chaise une paire de grosses chaussettes et un long gilet qui ferait office de robe de chambre. Elle passa aux toilettes puis à la cuisine, dans un état de panique sourde. Il fallut deux aspirines pour que son cerveau daigne enfin revenir à la vie.

Cerveau : Bonjour !
Justine : Bonjour ?! Sérieusement ?
Cerveau : Les rideaux. Ils sont ouverts.
Justine : Et merde.

Serrant les pans de son gilet contre elle, elle se glissa en crabe le long de ses murs et ferma précipitamment les rideaux.

Cerveau : C'est déjà mieux.
Justine : Mieux ? Mieux que quoi ? Mieux que le merdier incommensurable dans lequel je me suis fourrée ? On était censés aller voir un match, pas finir dans mon lit ! Mais qu'est-ce qui s'est passé... ?! Je finis enfin par avoir le poste dont je rêve et la première chose que je trouve à faire, c'est de coucher avec mon patron. Mais c'est quoi mon problème ?!
Cerveau : Est-ce qu'on pourrait boire une petite tasse de café avant de débattre de la question ?

Justine se prépara maladroitement un café.

Cerveau : Ah... Cet arôme... Ça va déjà mieux.
Justine : C'est mauvais, très mauvais, très très mauvais. Comment j'ai pu être aussi débile ?

Son cerveau s'absenta de nouveau lorsque Daniel fit son entrée dans la cuisine et encercla sa taille de ses bras nus. Puis sa main, chaude et légèrement rêche, s'insinua sous son gilet et remonta doucement jusqu'à sa gorge. Peau contre peau. C'était délicieux.

« Bonjour », dit-il dans son oreille.

Justine : ... à l'aide.

Mais son cerveau resta aux abonnés absents. Au lieu d'une réponse, ce fut l'autre main de Daniel qui vint se glisser sur sa cuisse tandis qu'il commençait à embrasser sa nuque. Elle finit par se retourner, sans défaire leur étreinte, et prendre sa bouche pour un baiser digne de ce nom.

« Scorpion, murmura-t-il.
— Encore raté. »

Ω

Comment s'habiller un lundi matin quand on avait malencontreusement couché avec son nouveau patron pendant le week-end ? C'était en ces termes que se posait le choix vestimentaire de Justine tandis qu'elle faisait face à son miroir, encore en culotte et soutien-gorge.

Elle attrapa une robe noire qu'elle colla contre elle. C'était l'une de ces petites robes noires toutes simples qui lui allaient si bien qu'elles en étaient devenues des incontournables. Mais pas pour aujourd'hui. Car la ligne de dentelle dans le dos, entre les épaules, était un appel au crime. Non, pas de robe noire.

Peut-être le pantalon gris avec la chemise bleu cobalt ? Non plus. La tenue criait « désinvolture » et paraissait bien trop confortable. Et confortable, ça voulait dire qu'elle n'avait aucun problème avec ce qui s'était passé. La simple pensée des événements du week-end suffisait pour le moment à faire rougir Justine. Le canapé, le tapis, le comptoir de la cuisine… Elle n'allait plus pouvoir les regarder pareil.

Daniel était resté jusqu'au soir. Il l'avait embrassée en partant et s'était retourné vers elle juste avant qu'elle ne ferme la porte.

« J'imagine qu'on devrait parler de ce qui va se passer. Au boulot.

— Ce qui va se passer ?

— On est des adultes. Et on est intelligents. Le travail, c'est le travail. Le reste, c'est autre chose. On garde juste les deux bien distincts.

— Bien sûr. Intelligents. Bien distincts, avait répété Justine comme un perroquet.

— Eh ?

— Oui ?

— J'ai adoré le reste. Vraiment. Okay ? »

Après son départ, Justine était allée prendre une douche et, en ôtant son gilet, elle avait vu dans le miroir les marques de morsure violacées à la base de son cou.

Cerveau : Très chic.

Justine : Te revoilà enfin, toi. Une suggestion à faire ?

Cerveau : Eh bien… On pourrait céder à la panique.

Justine appliqua donc ce programme à la lettre. Et avec détermination. Pendant toute la soirée et même une bonne partie de la nuit. Et le lundi matin, après trois heures de sommeil, elle se retrouva devant son miroir, à se lamenter parce qu'elle n'avait rien à se mettre pour aller travailler. Une fois sa garde-robe ravagée et le sol couvert de vêtements, elle finit par se décider pour un pantalon en tweed marron et un pull brique par-dessus lequel elle fit ressortir les manchettes et le col d'une chemise blanche. Pour plus de sécurité, elle alla jusqu'à nouer une écharpe en soie autour de son cou pour cacher les marques. Juste au cas où.

Il était encore tôt quand elle passa devant chez Rafaello mais elle se sentait trop nauséeuse et à côté de la plaque pour y entrer. Elle alla donc faire un tour dans les halles, où elle n'éprouva pas le plaisir et la satisfaction habituels en corrigeant les « broccolis ». Elle ne ressentit que de l'agacement et une pointe désagréable qui croissait dans ses tempes. Elle pria pour ne pas couver quelque chose.

$$\underline{\Omega}$$

« Justine ? »

Daniel se tenait sur le seuil du bureau des journalistes. Son expression était parfaitement neutre, mais de toute façon, ni Martin ni Roma ne levèrent les yeux vers lui.

Enfin. Il était presque cinq heures et Daniel n'avait pas fait le moindre effort pour passer ne serait-ce que quelques minutes seul avec elle. Même si elle savait parfaitement que ça n'aurait pas dû la surprendre, elle avait été distraite toute la journée. « Le travail, c'est le travail. » Il le lui avait bien dit. Et il se contentait d'appliquer ce qu'il avait dit.

« Je peux te voir dans mon bureau ? »

Justine acquiesça, son visage tout aussi neutre.

Cerveau : Voilà, je te l'avais bien dit. Il suffisait d'être patiente.

Justine : D'accord, monsieur Je-sais-tout.

Mais une fois installée dans son bureau, Justine eut la désagréable impression qu'elle n'allait pas exactement passer le type de moment à deux auquel elle s'attendait.

« Tu penses qu'il y a combien de chances que Davina Divine soit un vrai nom ? lui demanda-t-il très sérieusement en se carrant dans le fauteuil que Justine considérait toujours comme celui de Jeremy, derrière ce bureau qui restait aussi celui de Jeremy à ses yeux, dans cette pièce qui était nettement mieux rangée que du temps de son prédécesseur.

— Je te demande pardon ?

— Il se trouve que ce matin, j'ai reçu un courrier d'une personne se faisant appeler Davina Divine, dit-il en tendant la main vers une feuille pliée. Je serais assez intéressé par ton avis sur la question. »

C'était le genre de papier à lettres qu'on pouvait trouver dans un kit de papeterie, comme ceux qu'on achète à une adolescente pour Noël quand on n'a vraiment pas d'idée de cadeau. La bordure était décorée de vaguelettes bleues et violettes dans lesquelles se prélassaient des sirènes. Justine pouvait voir l'enveloppe, juste devant Daniel. La lettre était adressée au rédacteur en chef et l'adresse avait été écrite avec une encre bleue à paillettes parfumée. Justine la sentait de là où elle était : c'était douceâtre et écœurant comme du chewing-gum.

« Vas-y, lis », la pressa Daniel.

À l'attention du Rédacteur en chef,

Je vous écris dans l'espoir que vous ferez parvenir mon courrier à votre astrologue, Leo Thornbury. J'aurais préféré lui écrire directement, mais malgré tous mes efforts, je ne suis pas parvenue à trouver son adresse. Je suis aussi astrologue, même si bien sûr je n'ai pas le niveau de Monsieur Thornbury. J'espérais qu'il aurait la gentillesse de m'expliquer où je me trompe avec l'horoscope des Verseau, car depuis quelques mois, ses prédictions sont très différentes des miennes, parfois même totalement contraires aux miennes. Je sais que je dois me tromper quelque part mais je n'arrive pas à trouver où et j'espère vraiment que Monsieur Thornbury aura la gentillesse de me conseiller.

Bien à vous,

Davina Divine,
Diplômée en Astrologie (FAA) et Diplômée en Astrologie Avancée (FAA)

Il suffit de la première phrase pour que le cœur de Justine s'emballe. À la deuxième, il cavalait. À la fin de sa lecture, elle était au bord du malaise et le papier à lettres kitsch tremblait dans sa main.

« Je me demandais quel éclairage tu pouvais apporter sur ce courrier. »

Malgré les décharges d'adrénaline qui la parcouraient, Justine tenta d'évaluer la situation. Daniel avait reçu une lettre d'une astrologue fêlée. Rien de plus. En soi, ça ne voulait pas dire grand-chose. C'est à ce moment-là qu'il ouvrit un dossier cartonné et en sortit des papiers que Justine n'eut aucun mal à reconnaître. C'étaient les fax de Leo, pour la plupart froissés, et tous portant la trace du pic qui les avait embrochés. Daniel était allé récupérer tous les vieux fax.

Cerveau : Ça craint.

En plus des fax de Leo, il y avait des pages arrachées aux derniers exemplaires de *L'Étoile*. Celles de l'horoscope, bien sûr. Et les fax et les pages du magazine étaient couverts de grandes lignes surlignées en rose. Verseau. Verseau. Encore Verseau. Le mot semblait se jeter à la gorge de Justine.

Cerveau : Ça craint puissance 10 000.

Sur les fax de Leo, Justine pouvait lire certains mots : « nouvelle voie avec détermination », « beaucoup de forces contraires », « Saturne pourrait vous inciter ». Sur les coupures de journal, d'autres étaient surlignés. Les siens.

Daniel considéra qu'elle en avait vu assez pour comprendre et referma le dossier.

« Pourquoi tu as fait ça ? »

Elle tenta de répondre mais c'était comme si sa langue avait été anesthésiée. Elle ne put que hausser les épaules.

Daniel la fixait d'un regard pesant et Justine prit douloureusement conscience des multiples difficultés engendrées par le fait de coucher avec son patron. Par exemple, en plein milieu d'un sévère remontage de bretelles, elle pouvait se rappeler avec quelle délicatesse il lui avait embrassé le bout du nez. Elle pouvait revoir son visage quand il jouissait. (En l'occurrence, Daniel jouissait avec les yeux écarquillés, comme une version bronzée d'Astro le petit robot.)

« J'étais sur le point de mettre cette lettre à la corbeille sans l'ombre d'une arrière-pensée. Sauf que je me suis rappelé le lendemain de ta promotion. Quand je suis arrivé ici, tu n'étais pas dans ton nouveau bureau mais dans ton ancien. Et tu travaillais sur l'horoscope. Pour aider Henry, tu m'as dit. »

Justine se sentit percée à jour. C'était très désagréable.

« J'ai ma petite théorie », continua Daniel.

Il jouait avec un stylo qu'il faisait tourner entre ses doigts tout en parlant. Il avait beau être très sérieux, il paraissait aussi assez content de lui, un peu comme un détective sur le point d'expliquer à son public comment il en est venu à découvrir le meurtrier.

« Il s'agit toujours des Verseau. Jamais d'un autre signe. Ce qui m'amène à penser que... Je vais le formuler ainsi : en modifiant les horoscopes de Leo, peut-être que tu essayais de mettre en avant ce que tu as de meilleur, d'étouffer les côtés les plus matérialistes, peut-être même de t'aider à te remettre d'un chagrin d'amour. En tout cas, tu as essayé d'aller vers ce qui est le plus important pour toi dans la vie. À la poursuite de tes rêves. Car c'est toi, le Verseau. N'est-ce pas, Justine ? Et ce que tu as essayé de faire, en modifiant l'horoscope de Leo, c'est de modifier ton propre destin. »

Cerveau : Waouh. Ça, c'est du génie.

Justine : Oh que oui. C'est bien mieux que la vérité, en tout cas.

Justine fit un douloureux effort pour paraître aussi contrite qu'admirative.

« Mon Dieu, Daniel. C'est incroyable que tu aies tout compris. Tu as entièrement raison. »

Elle eut l'impression que son large torse se gonflait légèrement. Ou l'avait-elle imaginé ?

« Très bien. Je suis content que nous allions dans la bonne direction. »

Il ne lui adressa pas un sourire à proprement parler mais ses muscles faciaux semblaient plutôt tendre dans cette direction.

« C'était vraiment stupide de ta part, en tout cas. »
Justine s'appliqua alors à mimer la contrition la plus extrême.

« Tu t'es probablement dit que ce n'était que l'horoscope. Et tu n'as pas tort, ce n'est que l'horoscope. Mais Leo Thornbury est l'un de nos collaborateurs les plus anciens et les plus brillants. Comme tu es maligne, tu as dû calculer les risques et te dire que Leo ne remarquerait jamais la différence avec son texte. Mais Justine, que se serait-il passé si à un moment donné il avait eu un exemplaire de *L'Étoile* sous les yeux ? S'il avait remarqué tes modifications ? Ce que tu as fait est on ne peut plus irrespectueux. Pour ne pas dire malhonnête.

— Je sais. Je suis désolée. Et je ne recommencerai pas.

— Bon Dieu, j'espère bien ! Parce que si tu le refais, tu retournes directement dans les mines de sel comme stagiaire. Dans le meilleur des cas. Dans le pire des cas, je ne pourrai malheureusement pas te garder avec nous. »

Le boulot, c'est le boulot, se dit tristement Justine.

« Alors j'espère bien que tu ne le referas pas. Et pour être bien sûr que tu ne sois plus jamais tentée, sache que même si je ne vais rien dire à Henry de ta petite expérience de correction, je vais lui demander de prêter une attention toute particulière à l'horoscope. Je vais lui dire que j'attends de lui un travail parfait et que je vérifierai moi-même.

— Qui d'autre est au courant ?

— Seulement toi et moi. Et je pense que c'est mieux comme ça.

— Merci.

— On est donc bien d'accord, conclut-il en traçant distraitement un trait sur la page devant lui. Et, Justine ?

— Oui ? demanda-t-elle, espérant qu'il lui dise enfin quelque chose, n'importe quoi, qui lui confirmerait qu'ils avaient bien passé la moitié du week-end au lit ensemble et qu'elle lui plaisait.

— Tu as tout ce qu'il faut pour devenir une excellente journaliste. Alors ne refais plus jamais quelque chose d'aussi stupide, d'accord ? »

Elle l'avait bien mérité mais la honte restait cuisante. Effectivement, elle s'était comportée comme une idiote. Elle avait été assez stupide pour jouer avec les étoiles et assez stupide pour coucher avec Daniel.

« D'accord.

— Promets-le-moi.

— Je te le promets. »

$$\Omega$$

En rentrant chez elle ce soir-là, Justine avait l'impression de planer dans un épais brouillard. Chaque muscle de son corps lui faisait mal et elle n'aurait pas su dire si elle mourait de chaud ou de froid. Ses joues étaient brûlantes, elle frissonnait. Est-ce qu'elle avait de la fièvre ? Non, certainement pas. Elle ne pouvait pas se permettre d'être malade.

Alors qu'elle s'apprêtait à fermer ses rideaux, elle aperçut sur le balcon d'en face Nick Jordan, vêtu de son pull au santal et de ses bottes en mouton, qui sortait la branche d'olivier du petit panier. Il releva la tête, la vit et lui sourit en lui tendant la branche comme s'il s'agissait d'une rose.

Quand Justine ouvrit sa porte-fenêtre, l'air du soir la fit trembler des pieds à la tête.

« Est-ce que c'était un rameau d'olivier ?

— C'était même un très gros pardon.

— Je n'étais pas chez moi, dit Nick en laissant retomber son bras.

— Tu étais si loin que tu ne pouvais pas décrocher ton téléphone ?

— Peut-être pas si loin. Mais j'avais besoin d'un peu de temps pour digérer notre petite conversation.

— Je suis vraiment désolée, Nick. Pour toutes les bêtises que je t'ai dites.

— Ce n'étaient pas des bêtises.

— Si. Et c'était déplacé de ma part. Je n'aurais pas dû te balancer cette histoire de nénuphar, je suis sortie de mes gonds.

— C'est une chose qui a tendance à arriver aux Sagittaire, oui.

— J'ai cru que tu n'allais plus jamais vouloir me parler, dit-elle d'une petite voix, une grosse boule se formant dans sa gorge.

— Eh, ça va ?

— Oui, je… En fait, je ne sais pas. J'ai mal à la tête et à la gorge aussi.

— Tu es malade ?

— Non. Je déteste ça. C'est tellement nul. »

Nick secoua la tête, lui indiquant clairement à quel point elle le navrait.

« Rentre au chaud, j'arrive.

— Ça va aller, ne t'inquiète pas. »

Mais Nick était déjà parti.

Ça ne faisait pas si longtemps. Ils ne s'étaient pas vus depuis seulement quelques semaines. Et pourtant, lui ouvrir la porte, après cette petite séparation, lui donna envie de parler allemand. *Unheimlich.* C'était Nick tout craché. Il était parfaitement égal à lui-même. Un petit peu plus que d'habitude même, si c'était possible, comme si ses contours étaient plus marqués ou ses couleurs plus saturées. *Unheimlich.* Inconnu dans le sens de ce qui est aussi totalement familier. Les Allemands étaient vraiment bons avec les mots.

Justine sentit l'odeur de santal que dégageait le pull de Nick et eut peur de faire quelque chose de totalement irrationnel, comme de se jeter contre lui, pleurer, tout avouer. Lui parler du savon que Daniel lui avait passé, de l'horoscope, de…

« Tu as vraiment une sale mine, lui dit Nick.

— Merci.

— Tu as des citrons ?

— Peut-être qu'il en reste un en mauvais état au fond de ma coupe de fruits. Pourquoi ?

— Couche-toi. Tout de suite. Je reviens. »

Justine se recroquevilla sur un coin du canapé et tira le plaid sur elle. Elle entendait le bruit des placards et des couverts dans la cuisine. Nick finit par revenir et lui tendit deux comprimés de paracétamol ainsi qu'un mug rempli d'un liquide brûlant et jaune qui semblait avoir été mixé avec un échantillon de terre certifiée bio de Lesley-Ann. Justine goûta du bout des lèvres et fit la grimace.

« Bon Dieu, mais c'est quoi ?

— Du citron et du miel, dit-il en s'asseyant près d'elle. Les trucs habituels. Avec peut-être un peu d'ail et de piment. Oui, je sais… Mais je t'assure que tu te sentiras bien mieux après. »

Elle avala une autre gorgée mais la mixture maudite était toujours aussi mauvaise.

Nick fit alors quelque chose d'à la fois étrange et très mignon. Il tendit la main et la posa sur le front de Justine, ce qui eut pour effet de lui faire monter les larmes aux yeux.

« Allez, bois. Descends-moi ça, prends ton paracétamol et au lit ! D'accord ? »

Et il retira sa main.

« Je suis vraiment désolée, Nick. Je déteste que tu sois en colère contre moi.

— Je peux être un pauvre crétin têtu parfois. Oublie ça. »

Mais Justine n'en avait pas terminé.

« Si tu aimes Laura, c'est que tu dois avoir de bonnes raisons.

— C'est bon, Ju. Vraiment. N'y pense plus.

— Tu es l'un de mes plus vieux amis. Je ne veux pas perdre ça.

— Moi non plus. »

Justine savait ce qu'elle devait dire à présent. Elle ne le fit pas de gaieté de cœur mais il fallait en passer par là.

« La dernière fois qu'on s'est vus, tu m'as dit que tu allais la demander en mariage. J'imagine que ça s'est bien passé ?

— Je crois, oui.

— Alors, c'est officiel ? Vous avez choisi la date du grand jour ? »

Nick lui jeta un regard surpris.

« Tu vas un peu vite en besogne. On pourrait dire que Laura et moi, nous en sommes au stade des pré-fiançailles. Les vraies fiançailles, il paraît que c'est quand on a une bague.

— Je vois. Et la bague, c'est pour quand ?

— J'ai bien peur que ce ne soit toute une procédure. Il faut acheter une pierre, choisir un modèle et puis c'est au tour des joailliers de faire leur boulot.

— Ça a l'air cher, tout ça, dit-elle en laissant échapper une grimace.

— Effectivement, ça l'est, confirma-t-il sombrement. Écoute, je vais y aller. Il faut que tu te reposes. Prends soin de toi, d'accord ? Si demain tu te sens encore mal, tu n'hésites pas, tu m'appelles. Je te referai de la potion magique.

— Que le ciel m'en préserve », dit Justine en jetant un regard hostile au contenu de son mug.

Une fois Nick parti, elle but une gorgée de plus puis vida le reste dans l'évier. Face à son lit nu, elle se rappela avec désespoir qu'elle avait mis ses draps au sale le matin même. Tout était en boule sur le sol de sa salle de bains et elle n'avait pas la force de refaire son lit. Pas plus qu'elle n'avait la force de se mettre en pyjama. Elle se déshabilla, enfila sa robe de chambre et se glissa sous la couverture chauffante réglée au maximum.

Lorsqu'elle sombra dans un sommeil agité, elle n'avait plus conscience que de deux choses : Laura Mitchell était la plus heureuse des femmes sur Terre. Et elle avait clairement une fièvre de cheval.

Justine passa les deux jours suivants couchée, incapable de quitter son lit. Le troisième jour, elle parvint à manger un peu de soupe et à passer de son lit à son canapé, où elle resta jusqu'à la fin de la journée à regarder des épisodes d'une série des années 1970 en somnolant.

Elle fut réveillée par des coups frappés à la porte de son appartement. En ouvrant les yeux, elle vit qu'il était presque dix-huit heures. Le temps qu'elle parvienne à la porte, il n'y avait plus personne mais une grosse gerbe de roses aux pétales crème bordés de fuchsia était posée sur son paillasson. Elle était drapée dans du papier blanc brillant sur lequel était fixé un petit carton : « Malade, hein ? Voilà une façon brillante de m'éviter. J'espère que ça va. Je t'embrasse. DG. »

Justine ramassa les roses et les respira mais elles n'avaient aucun parfum. Elle remplit un vase, mit les fleurs dans l'eau et réfléchit. Enfin, elle appela Daniel.

« Alors, tu as eu les fleurs ?

— Effectivement.

— Elles te plaisent ?

— Oui, merci. Elles sont magnifiques.

— Pourquoi est-ce que j'ai l'impression que cette phrase va être suivie d'un "mais" ?

— Parce que c'est le cas. »

Il y eut un long silence, durant lequel Justine tenta de rassembler tout son courage en se rappelant la journée du lundi passée à jouer au jeu du « le boulot, c'est le boulot » de Daniel.

« Je ne vais pas pouvoir, Daniel. Je suis désolée.

— Attends, sérieusement ? Tu m'en veux ? À cause de cette histoire d'horoscope ?

— Non, bien sûr que non. Tu as eu totalement raison et je me suis comportée comme une idiote. Je parle du reste. Je me connais, Daniel. Je sais que je ne vais pas être capable de partager un lit avec toi le week-end et, le lundi matin, de faire comme si de rien n'était et prétendre que nous ne sommes que collègues. C'est trop confus pour moi. Et ça me fait de la peine.

— Mais Justine, c'est un lieu de travail. Ce n'est pas comme si on pouvait...

— Je ne te dis pas que tu as tort. C'est évidemment mieux de faire comme ça. Je te dis juste que moi, je n'y arrive pas. Ça n'a pas l'air de te poser problème mais je ne suis pas comme toi. Je suis le genre de fille qui a le cœur en bandoulière. Je suis désolée.

— Et il n'y a rien que je puisse faire pour que tu changes d'avis ?

— J'ai bien peur que non.

— Écoute, je sais que c'est loin d'être idéal. Ce serait plus simple si on ne travaillait pas au même endroit. Ce serait même plus simple si on n'était encore que de simples collègues. Et je sais qu'on y est allés un peu fort. Peut-être qu'on est allés trop vite.

— Bien trop vite, oui.

— Mais c'était bien, non ? »

Il fallait bien reconnaître qu'il ne manquait pas d'aplomb.

« C'était bien, oui, admit-elle.

— Alors dans ce cas, dit-il (et Justine eut comme l'impression que ça n'avait rien à voir avec ce qu'elle venait de lui dire), je ne voulais pas faire ça mais tu ne me laisses pas vraiment le choix.

— Pas faire quoi ? demanda-t-elle, soudain glacée.

— L'horoscope vient d'arriver. J'ai le fax de Leo juste sous le nez. Et je vais te lire ton horoscope. Prête ?

C'est le printemps, Verseau, la saison du grand renouveau. »

Justine : Verseau ? Mais pourquoi...

Cerveau : Tu ne te rappelles pas votre petite conversation ?

Justine : Oh, merde.

Daniel continuait : « *Ces vieux ressentiments et cette colère devraient se faire oublier dans la grande vague de grâce et de pardon qui va nettoyer nos côtes. Ce mois-ci apporte une expansion de l'âme et un désir de générosité envers toutes créatures, petites et grandes. Est-ce que tout le monde ne mérite pas une seconde chance ? Et pourquoi pas même une troisième ?* »

Justine se demanda combien de fois son propre pétard pouvait lui exploser à la figure.

« Alors, reprit Daniel après un bref silence, crois-tu que cette vague de générosité pourrait s'appliquer à ma personne ? Est-ce que tu accepterais de me donner une seconde chance ?

— Mais le travail sera toujours le travail, pas vrai ? glissa Justine.

— Oui... Mais laisse passer un peu de temps. Donne-moi une chance de te montrer que c'est possible.

— Je ne...

— Tu sais, je m'intéresse pas mal aux étoiles. Et il se trouve que les Verseau et les Lion sont deux signes totalement opposés en astrologie. L'air a besoin du feu. Et le feu a besoin de l'air. En tout cas, c'est ce que disent les astrologues.

— Et donc ?

— Donne-moi une autre chance. Qu'est-ce que tu dirais de ce week-end ? »

L'ascendant Vierge de Justine aurait pu souligner que la plus grande prudence s'imposait, étant donné que la situation n'était pas tout à fait telle qu'elle paraissait. Mais ce ne fut pas son ascendant qui répondit. Ce fut l'impulsif Sagittaire. Elle se contenta donc de demander : « Et tu penses à quoi au juste ? »

La cuspide

✦

Elles vinrent chercher Brown Houdini-Malarky sous le couvert de l'obscurité, ces femmes chuchotantes dans leurs tuniques kaki et gants de daim. Il dormait tranquillement sur ses chiffons, dans le coin le plus reculé du chenil, et la seconde suivante il se débattait en jappant, malmené dans une caisse de transport. Son monde bascula et tangua, et bientôt, il fut renversé dans une pièce éclairée de néons et poussé dans une cage minuscule au sol couvert de papier journal. La porte se referma violemment et il entendit le verrou. Brown savait exactement ce que cela signifiait.

Il n'était pas seul dans la pièce violemment éclairée. Lori la caniche, avec sa gale et ses ligaments croisés foutus et boursouflés, se trouvait déjà dans la cage d'à côté. La porte se rouvrit, laissant passer les femmes avec la caisse. Cette fois-ci, c'était Fritz, un croisé teckel à la digestion capricieuse. Caisse par caisse, les femmes remplirent les cages du dessus. Dumpling le carlin, avec ses yeux qui coulaient et ses plis baveux ; Esther la kelpie sans âge qui avait survécu à son humaine et était trop vieille pour être adoptée. Puis les lumières s'éteignirent. Brown savait qu'elles ne seraient rallumées que le lendemain, quand ils seraient fin prêts pour la visite du vétérinaire.

Peu après l'aube, on donna aux chiens condamnés leur dernier repas : un bol de bœuf. Fritz, avec son éternel optimisme, engloutit son petit déjeuner. Mais ni Dumpling ni Lori ne purent cesser de gémir assez longtemps pour en profiter. Esther, avec sa taille épaisse et ses penchants dévots, mangea doucement son dernier repas avant de s'allonger tranquillement, la tête sur les pattes, en pensant aux histoires qu'on lui avait racontées sur la vie après la mort et le Pont de l'Arc-en-ciel.

Brown n'avait pas faim du tout. Il s'était jeté assez de fois contre la porte de sa cage pour savoir qu'il était impossible de s'en échapper. Maudit soit ce bâtard de Guy. Maudit soit ce damné bâtard et sa pute de mère et chaque gosse pourri de vers qui sortirait jamais de ses tripes immondes. Enfoiré de bâtard ! Brown parvint tout de même à tirer une certaine satisfaction de ses imprécations. Puis il se demanda si c'était là le dernier plaisir qu'il lui restait à vivre. Puisqu'il n'y avait rien d'autre à faire, il se pelotonna en boule au fond de sa cage et somnola.

Le vétérinaire arriva à midi. C'était Annabel Barwick, une jeune femme casquée d'une douce chevelure rousse, avec une alliance toute neuve qui brillait de mille feux. Brown, qui l'observait à travers son œil valide, lui accorda qu'elle leur parla au moins avec un découragement qui trahissait une certaine affection et s'excusa même auprès de tous. Elle était assistée par l'infirmière Jesse Yeo, une jeune femme aux jambes en tuyau de poêle et aux cheveux noirs de jais dont les yeux étaient bordés de rouge.

Brown se concentra et visualisa un rayon laser de Voo Dog émanant de son regard. *Le chien borgne n'a rien à faire ici. Le chien borgne doit retourner au chenil.* Mais la vétérinaire comme l'infirmière étaient préoccupées et il ne parvint pas à capter leur regard.

Fritz, béni soit-il, semblait penser qu'il pouvait encore tenter un petit numéro de charme et il se précipita vers la porte de sa cage en aboyant gaiement. Il fut donc le premier. L'infirmière tint sa petite patte châtaine tandis que la vétérinaire, après avoir coupé quelques poils, plantait l'aiguille. Puis Fritz alla dans le sac-poubelle par terre. Brown ne détourna pas le regard et il vit Lori recevoir l'injection à son tour, tandis qu'elle pleurait en appelant une certaine Prudence, de plus en plus incohérente. Il regarda Esther fermer les yeux et s'endormir doucement, rejoignant enfin sa maîtresse.

Brown savait que c'était à présent son tour. Mais qu'il soit damné s'il leur faisait passer un bon moment ! Il avait bien étudié la disposition de la pièce, il savait donc que c'était la pire merde jamais conçue. Pas de recoins, pas de meubles, le sol était comme une patinoire et le revêtement montait jusqu'au bas des murs. Quant à la porte qui menait au couloir, et donc au monde extérieur, elle était elle aussi fermée. Aucune issue.

Mais il eut un coup de chance. Au moment où Jesse se pencha pour ouvrir sa cage, Annabel s'avança vers la porte et posa sa main sur la poignée. Le timing allait frôler la perfection. Tout ce qu'il avait à faire, c'était de se ruer hors de la cage en bousculant Jesse et de foncer droit sur la porte. La véto était en train d'abaisser la poignée. La chance était mince, mais pour un increvable terrier de la rue, c'était bien suffisant.

Brown jaillit hors de la cage, échappant facilement aux larges mains ouvertes de l'infirmière. Il fallait tout donner. Ses griffes glissaient sur le sol parfaitement lisse mais en poussant sur ses pattes arrière, comme un lapin, il parvint à avancer tant bien que mal. La porte n'était qu'entrouverte mais il était certain de pouvoir au moins passer la tête. Et ensuite, à lui la liberté. Le couloir puis la grande porte puis *Adios amigos* !

« Petit voyou ! grogna Jesse. Annabel, la porte ! »

Bam. Le loquet retomba. La lourde porte blanche se fondit de nouveau dans le mur. Et Brown était du mauvais côté. Bien sûr, il les força à courir un petit moment, leur faisant danser un beau boogie-woogie. Mais c'était sans espoir. Il fut bientôt cerné et Jesse l'attrapa par la peau du cou. Brown eut beau se débattre dans les airs, se cambrer et grogner tandis que l'infirmière l'emmenait jusqu'à la table, cela ne détourna pas la vétérinaire du remplissage de sa seringue avec son liquide vert.

Luke Foster – *Balance, quinze ans, joueur demi-avant central l'hiver et gardien de guichet l'été, dompteur acharné d'un épi rebelle et grand fan devant l'éternel de* Star Wars *(les premiers, bien sûr)* – ouvrit la boîte à gants de la Saab de sa mère et en sortit un mouchoir parfumé à l'aloe vera, qu'il lui tendit. C'était vendredi matin et ils étaient garés à quelques rues de l'école publique qui serait désormais son lycée.

Il avait quitté Saint Gregory un jour plus tôt que prévu, sans tambour ni trompette. Il avait préféré éviter les regards apitoyés des héritiers de vieilles fortunes et de tous ceux dont les parents étaient médecins, patrons ou yachtmen à plein-temps. Tous ceux dont les parents étaient capables de financer l'éducation de leurs enfants avec de l'argent bien réel plutôt qu'avec un héritage imaginaire. Ses anciens camarades allaient paisiblement poursuivre le chemin bien pavé de leur destinée en blazer, canotier et cravate rouge et bleue, ils allaient continuer avec les courses d'aviron et les cours privés de violoncelle ou d'euphonium, jusqu'aux plus grandes universités. Mais il n'en serait pas. Sa voie, il devrait la trouver vêtu d'un simple polo jaune.

« Je suis tellement désolée, sanglotait sa mère, Mariangela. Oh, Luke, on voulait tellement t'offrir le meilleur. »

Durant ses deux années à Saint Gregory, pas une seule fois Luke ne s'était même demandé comment ses parents réussissaient à payer les frais d'inscription exorbitants. Lui et ses deux plus jeunes frères, qui voguaient encore dans la douce insouciance de l'école primaire, avaient été inscrits au lycée le plus sélect de la ville dès leur tendre enfance. C'était peut-être la raison pour laquelle il avait toujours été persuadé que ses parents avaient un plan secret. Mais même s'il s'était penché sur la question, jamais il ne se serait dit que ce plan consistait à se laisser noyer sous des emprunts à des taux ridicules en attendant que son grand-père meure. Surtout qu'il n'avait finalement rien laissé de plus que l'alliance de sa femme, d'affreux meubles en palissandre et un piano désaccordé.

Une partie de Luke voulait demander à sa mère ce qui avait bien pu lui passer par la tête. Pourquoi ne s'était-elle pas contentée de le mettre dans le public dès le début ? Car quand il entrerait, d'ici quelques minutes, dans une salle de classe encore inconnue avec son polo jaune trop neuf et trop propre, l'histoire serait déjà sur toutes les lèvres : « Regarde, c'est le type qui a dû quitter Saint Gregory. »

Une autre partie de Luke (celle qui détestait voir sa mère avec les yeux rouges et le nez gonflé) voulait seulement lui prendre la main, la serrer fort et lui dire que tout allait bien se passer. De toute façon, il ne s'était jamais vraiment plu à Saint Gregory. Et maintenant, elle allait pouvoir venir le chercher avec ses UGG et son gilet en pilou. Elle n'aurait plus à enfiler une veste de costume griffée ou un ensemble de gym de bourge. Il aurait aussi pu lui dire que le lycée du coin avait quelque chose que Saint Gregory n'aurait jamais : des filles. Ça l'aurait bien fait rire.

« Ça va aller, mon chéri ? lui demanda-t-elle d'une petite voix.

— Mais oui, maman. »

Luke lissa son épi, qui reprit presque aussitôt sa forme anarchique, et descendit de la voiture.

« À ce soir, maman.

— À ce soir, mon cœur, murmura-t-elle en lui envoyant un pauvre baiser mouillé.

— Passe une bonne journée.

— Je vais essayer, fit-elle en reniflant.

— Que la force soit avec toi », lui répondit-il dans une imitation redoutablement réussie de Yoda.

✦

Patricia O'Hare – *Vierge, femme au foyer professionnelle devenue femme au foyer sans enfants, mère de deux filles à présent adultes, Larissa et Zadie, bientôt grand-mère, génie de la Bourse et de la mousse à l'ananas* – faisait du bénévolat chaque vendredi dans un refuge canin. C'était l'une des multiples activités dans lesquelles elle s'était jetée à corps perdu quand ses filles avaient quitté le nid. Même si elle avait son portefeuille d'actions à gérer et pas mal de tricot en cours avec l'accouchement imminent de Zadie, ça ne suffisait pas à occuper une femme aussi active que Patricia et à la sauver des talk-shows du midi et du petit chardonnay de début de soirée.

Elle avait découvert ce chenil quand elle s'y était rendue après avoir fait le deuil de Bonnie, son bouvier australien. Lors de sa toute première visite, tandis qu'elle marchait dans les allées, elle avait repéré derrière une cage un lévrier roux et blanc qui attendait sagement, assis sur son maigre derrière. Sa pose avait rappelé à Patricia une danseuse de music-hall des années 1920, assise sur sa valise à attendre qu'on veuille bien la prendre en stop. La chienne avait regardé Patricia comme pour lui dire : « Te voilà enfin. » Et effectivement, elles s'étaient bien trouvées. La chienne comme la maîtresse partageaient un air de respectabilité, et le même amour pour les canapés confortables et le bon goût.

Au début, Patricia s'était contentée de promener les chiens. Coiffée d'un charmant chapeau acheté spécialement pour l'occasion et chaussée de baskets d'une couleur un peu criarde, elle parcourait la cour ravagée du chenil avec des bergers allemands, des huskies, des braques hongrois, des shetlands et des shih tzus.

C'était moins sympathique quand venait son tour de nettoyer les crottes de chien à la pelle. Mais Patricia ne se faisait guère d'illusions : s'il n'y avait pas eu un revers à la médaille, les bénévoles auraient été légion.

Il n'avait pas fallu bien longtemps à l'administration du refuge pour se rendre compte que Patricia constituait un atout inestimable. Elle avait bientôt été chargée du courrier, de la newsletter, de la comptabilité et de la banque de données.

Mais tous les trois mois, en se réveillant, Patricia se rappelait que ce n'était pas n'importe quel vendredi. Non, c'était ce vendredi-là... Celui où elle aurait préféré être n'importe où ailleurs. C'était le jour où cette adorable petite vétérinaire, Annabel, prenait sa journée à sa clinique pour venir accomplir une triste matinée de bénévolat.

Tandis que la vétérinaire menait sa tâche à bien, Patricia s'enfermait dans son bureau en faisant de son mieux pour ne pas penser au contenu des sacs-poubelle qui allaient être emportés par un utilitaire de la mairie.

Ce vendredi-là, il n'était même pas dix heures et sa corbeille à papier débordait déjà de mouchoirs trempés. Elle adorait Esther, la vieille kelpie. Si Neil ne lui avait pas fait promettre de ne pas ramener à la maison chaque cause perdue qui lui brisait le cœur, elle l'aurait déjà adoptée.

Patricia prit un autre mouchoir et commença à trier le courrier. Elle remarqua aussitôt l'enveloppe. Elle était large et lourde et son papier, très épais, paraissait coûteux. Ce n'était pas vraiment ce que recevait en général le refuge. Cette lettre venait d'un vénérable cabinet d'avocats, Walker, Wicks & Clitheroe.

La première chose qui attira son attention fut la signature tout à fait royale qui ornait le bas de la page. C'était celle de Don Clitheroe en personne. Quel que soit le contenu, ce devait être important. Elle remonta ses lunettes et commença sa lecture. Apparemment, un client fortuné du cabinet venait de mourir et avait décidé de léguer toute sa fortune au refuge. Ses instructions stipulaient de liquider toutes ses actions afin de pouvoir faire usage de l'argent au plus vite. Le montant de la vente de tous les biens et actions de ce M. Magellan approcherait probablement les…

« Hiiiiiiiiiiii !!!!!!! »

Le hurlement de Patricia résonna dans les couloirs comme une sirène. Il satura l'accueil, la cuisine et les toilettes et parvint jusqu'à l'infirmerie où Annabel s'apprêtait à plonger sa seringue de Lethabarb dans la patte d'un vilain terrier borgne. Quand le cri s'éteignit, le refuge tout entier n'était plus qu'une cacophonie d'aboiements et de jappements divers. Patricia bondit sur ses pieds et effectua toute une série de mouvements rappelant d'assez loin une danse de la pluie. Puis elle écarquilla les yeux et s'élança dans le couloir, courant aussi vite qu'elle le pouvait dans ses baskets flashy en hurlant : « Annabel, Annabel ! Annabel, arrête tout ! Arrête tout ! »

Mais Annabel et Jesse avaient déjà tout arrêté. Parfaitement immobiles, elles jetaient des coups d'œil nerveux vers la porte, s'attendant à voir surgir un tueur fou d'une seconde à l'autre. Au lieu de ça, ce fut une Patricia en larmes qui fit irruption dans la pièce en brandissant l'épais papier crème qui signait la seconde chance de Brown Houdini-Malarky.

✦

Phoebe Wintergreen – *Lion, quinze ans, chouchoute bien malgré elle de ses professeurs, grande amatrice de milk-shakes au citron, fille unique et consommatrice boulimique de livres, amoureuse de Shakespeare, comédienne de salle de bains spécialisée dans les soliloques passionnés* – était en colère. Elle l'avait été tout l'après-midi. Elle avait été en colère pendant son cours de maths, durant lequel elle avait résolu des équations du second degré avec assez de violence pour briser trois mines de crayon, ainsi qu'en cours de sport, où elle s'était jetée à corps perdu dans le fractionné avec la vigueur et le visage écarlate d'un boxeur se préparant à prendre sa revanche. Elle était arrivée à son cours de musique toujours aussi fulminante et avait attaqué ses gammes comme si son vieux saxophone était un serpent redoutable qu'elle devait soumettre coûte que coûte.

Phoebe avait été en colère tout le long du chemin jusque chez elle. Elle l'avait été en gravissant lourdement les marches du pont qui enjambait l'autoroute et en les redescendant, son sac de cours trop chargé et son instrument lui battant douloureusement les flancs. Elle était tout aussi en colère quand elle franchit le petit portail cassé du vilain pavillon de brique que louait sa mère. Le nuage de rage qui semblait flotter au-dessus de sa tête suffit à faire fuir Tiggy le chat, qui alla chercher refuge sous un buisson d'hortensias. Oh que oui, Phoebe Wintergreen était en colère.

Alice Wintergreen – *Gémeaux, responsable de rayon travaillant de nuit dans un grand supermarché, très investie au sein du syndicat, jeune mère célibataire et addict aux émissions de cuisine* – n'était pas en colère, elle. Elle était seulement fatiguée, de cette fatigue particulière à laquelle finissent presque par s'accoutumer ceux qui font les trois-huit. Elle était aussi un peu inquiète, à cause de la facture d'électricité, de la souffrance des migrants qu'elle avait vus à la télévision, des courses qui coûtaient de plus en plus cher, à cause de son voisin M. Spotswood, dont la démence devenait vraiment difficile à gérer, à cause du réchauffement climatique, du prix des cours de saxophone de Phoebe et de la ceinture de sécurité cassée dans la voiture. Mais cette inquiétude était si habituelle qu'elle en avait à peine conscience. Faire de la pâtisserie la détendait et Alice était justement en train de préparer des cookies au chocolat, ainsi que des piments confits. Elle en était à couper le chocolat, un œil sur les piments qui mijotaient doucement dans leur sirop, quand elle entendit la porte d'entrée claquer.

« Elle entre d'un pas lourd », marmonna-t-elle en guise de didascalie juste avant que sa fille ne fasse son apparition.

« Je le déteste, commença aussitôt Phoebe en laissant tomber son saxophone et son sac à dos.

— Bonjour, mon cœur.

— Je le déteste ! Je le déteste comme jamais personne, mort ou vivant, a jamais détesté quelqu'un. Dans toute l'histoire de la haine, aucune n'a été si terrible que ce que je ressens pour ce clown emplâtré !

— Tu veux du thé ?

— Je le méprise. Je le hais, je l'exècre, je l'abhorre, je… Tu aurais dû le voir lire Shakespeare. Il se croit tellement malin ! Mais il ne serait même pas fichu de reconnaître un pentamètre iambique si l'un d'entre eux avait le malheur de venir mourir entre ses miches. Il ne mérite même pas de vivre.

— Qui ça ?

— Luke… Foster, cracha la jeune fille. Voilà qui.

— Et c'est ?

— Un nouveau.

— Un nouveau ? Si tard dans l'année ?

— Ses parents ne pouvaient plus lui payer Saint Gregory, alors ils nous infligent l'insupportable présence de cet attardé. Ils me l'infligent, à moi ! Je t'en supplie, dis-moi ce que j'ai fait au ciel pour mériter un tel châtiment ? Quel atroce péché ai-je pu commettre pour devoir partager un cours de littérature avec cette affreuse huche de bestialité, ce paquet gonflé d'hydropisie, cet énorme baril de xérès, ce sac bourré de viandes de rebut…

— Ça sort d'où, tout ça ?

— *Henri IV*, première partie, répondit Phoebe en aparté avant de poursuivre, imperturbable : je le maudis ! Et pas seulement lui, mais aussi son père et sa mère et chacun de ses ancêtres dont la bêtise lubrique a contribué à mettre cet amas de tripes à cervelle de boue, ce sot à cerveau noué, ce fils de putain obscène, graisseuse boule de suif, dans *mon* cours de littérature ! Je prie pour que des veuves noires viennent pondre dans son scrotum ! J'appelle de mes vœux la maladie de peau rarissime et immonde qui l'empêchera de revenir au lycée… à jamais…

— Ce serait vraiment mieux si tu ne te regardais pas dans le miroir en train de déblatérer, ma chérie.

— Quoi ? Il n'y a même pas de miroir, ici !

— Je ne suis pas encore complètement aveugle, tu sais. Je te vois très bien t'admirer là-dedans, dit-elle en pointant du doigt la porte du micro-ondes. Ça gâche tout l'effet. Ça a toujours été ton petit défaut d'ailleurs, même quand tu avais trois ans.

— Mamaaaan. C'est vraiment grave ! Il a ruiné mon examen de théâtre ! Ruiné ! Maintenant je vais échouer lamentablement. Et ce sera entièrement la faute de ce répugnant petit pénis de lamentin fripé et de son maudit iPhone 6 !

— Je croyais que c'était juste un contrôle intermédiaire ?

— Peut-être, mais c'est ma matière la plus importante ! Et qui met "Bad to the Bone" en sonnerie de portable ? Sérieusement ?! À part un… vrai furoncle !

— Attends voir… Tu détestes ce Luke parce que son téléphone a sonné pendant ton examen ?

— Il l'a tuée. Il a tué ma Juliette. Elle était si parfaite ! Tu sais à quel point j'avais travaillé dur. J'en étais à peine à "et de gémissements pareils à ces cris de mandragores déracinées". J'étais en train de me chauffer, tu vois. Et tout à coup : *Da da da da daaa !* Ce salaud de George-Thorogood-sa-race fait tout sauter ! J'ai complètement perdu le fil et je n'ai pas réussi à reprendre.

— Oh, ma chérie, je suis désolée. »

Sous la douceur de l'empathie maternelle, Phoebe se dégonfla comme un ballon. Elle s'affaissa sur une chaise et se coucha presque sur la table, ses boucles s'étalant autour de sa tête comme une nappe soyeuse.

« Je vais le haïr pour toujours », dit-elle.

C'est à ce moment-là qu'on sonna à la porte.

« Oh non, soupira Phoebe en levant les yeux au ciel. On parie que c'est encore M. Spotswood ?

— Probablement, dit Alice avec un petit sourire.

— Ça fait combien de fois aujourd'hui ?

— C'est déjà la quatrième.

— Tu veux que j'y aille ?

— Je veux bien, s'il te plaît.

— Ooookay », grogna-t-elle en se levant à regret.

Depuis le temps que le voisin perdait la boule, Phoebe avait amélioré sa stratégie. Si M. Spotswood lui confiait qu'il envisageait de voter pour Robert Menzies, Phoebe lui disait qu'elle était certaine que c'était un très bon choix. S'il avait remarqué avec surprise, en allumant sa télévision, que l'image était en couleurs, elle lui confirmait que la technologie faisait des progrès incroyables. Phoebe échauffa son esprit pour le préparer à la séance d'improvisation à venir. Mais quand elle ouvrit la porte, ce ne fut pas face à M. Spotswood qu'elle se retrouva. C'était Luke Foster. L'adolescent se tenait sur son paillasson, avec ses épais sourcils de diable et son gros épi.

Elle secoua brièvement la tête, comme si elle essayait de chasser l'hallucination visuelle.

« Je… Euh… J'ai demandé à Maddie où tu vivais », commença Luke, qui tenait à la main un grand milk-shake portant le logo d'un café un peu chic dans lequel Phoebe n'avait jamais osé mettre les pieds.

Sans réponse de son interlocutrice, qui semblait figée, il enchaîna bravement : « Elle m'a dit que tu aimais beaucoup les milk-shakes. Il est au citron. J'espère qu'elle ne se fichait pas de moi. »

Il inclina légèrement le gobelet dans un geste d'invitation. Mais Phoebe se contentait de cligner des yeux, incapable de parler ni d'extraire quoi que ce soit de l'embouteillage massif de son cerveau.

« C'est pour me faire pardonner pour ce qui s'est passé tout à l'heure. Je suis désolé d'être un tel abruti. Je ne fais pas ça juste parce que tu étais vraiment furieuse, mais parce que ton monologue, c'était vraiment le seul truc intéressant que j'ai entendu de la journée. Tu as beaucoup de talent. »

La porte d'entrée n'était pas si éloignée de la cuisine dans laquelle Alice Wintergreen était en train de remuer ses piments confits. Elle entendit donc la majorité de la scène. Elle entendit même Luke dire à Phoebe qu'il allait y avoir une représentation de *Roméo et Juliette* au Jardin botanique, et que si elle voulait, il lui prendrait une place en guise de vraie excuse. Elle entendit Phoebe le remercier en balbutiant. Aussi, lorsque Tiggy grimpa sur le comptoir et lâcha un miaulement bavard qui voulait clairement dire « Tu ne devineras jamais qui est à la porte », Alice lui répondit par un sourire mystérieux tout à fait digne du chat d'*Alice au pays des merveilles*.

« Je crois bien, Miss Tiggy, que notre Phoebe va avoir besoin d'un bon contre-sort. »

SCORPION

♏

Chaque année, quand Halloween se profile avec les ossements de Samain, son ancêtre païenne, transparaissant sous son grand manteau en lambeaux, les habitants de l'hémisphère Nord se rappellent qu'il faut faire la paix avec leurs morts et réunir leurs forces pour la lutte hivernale à venir. Mais dans l'hémisphère Sud, où Halloween tombe juste après le début de la saison de cricket, alors que les ventes de crème solaire explosent, la nuit des morts est surtout une excellente excuse pour se déguiser et concocter des cocktails aux couleurs douteuses.

Pour tous ceux qui travaillaient à *L'Étoile*, c'était toujours un grand moment car la responsable de la communication, Barbel Weiss, organisait à cette occasion une très grosse fête. Elle avait passé son enfance à voyager avec ses parents européens et avait vécu un temps dans le Minnesota, où elle était tombée amoureuse des citrouilles sculptées, des costumes, des histoires effrayantes et de la chasse aux bonbons. Alors chaque 31 octobre, elle et son épouse donnaient une fête d'Halloween dans leur maison d'Austinmer Street et invitaient tous leurs amis et collègues. Année après année, cette soirée avait gagné une belle réputation et les invités prenaient très au sérieux leur devoir de se costumer.

Les préparatifs de Justine avaient compris l'achat d'un petit arc et de flèches dans un magasin de jouets et une plongée dans sa valise de souvenirs de voyages. Elle en avait sorti un chapeau en peluche Statue de la liberté, de couleur vert menthe, qu'elle avait enduit de colle liquide avant de le rouler sur un plateau plein de paillettes argentées.

Cette année-là, le 31 tombait un mardi, et à cinq heures précises, Justine était déjà sortie du travail et se pressait vers chez elle, tout en discutant au téléphone avec Tara.

« Écoute, c'est sympa », disait-elle.

Elles étaient en train de parler de Daniel. Plus précisément du fait de sortir avec Daniel, ce que Justine faisait depuis quelques semaines.

« Sympa ? répéta Tara. Tu penses que tu peux faire un peu mieux que ça ?

— Mmm... Peut-être que je pourrais même aller jusqu'à très sympa ! »

En passant à côté de la vitrine d'une agence immobilière, Justine s'immobilisa soudain. Une annonce avec photo décrivait une belle demeure avec bow-window, un « bien très rechercher ». Calant son téléphone contre son épaule, elle extirpa un marqueur de son sac et écrivit à même la vitrine, dans un petit couinement : « Je pense que vous voulez plutôt dire : très recherché. »

« Si j'en crois tous les potins que j'ai pu ramasser à son sujet, continuait son amie, totalement indifférente au fait que le monde venait d'être débarrassé d'une faute répugnante, Daniel Griffon est carrément sexy. Il est aussi charmant, intelligent et c'est un journaliste brillant. Et tu m'as dit toi-même qu'en prime il est bon au lit. Mais maintenant, tu te contentes de siroter du vin hors de prix avec lui et de le bécoter sur le pas de ta porte ?! Il y a quelque chose qui m'échappe. Quel est le problème, bon Dieu ? »

Justine soupira.

« Je ne sais pas. C'est vraiment bizarre. Quand on est ensemble en dehors du boulot, on passe toujours un bon moment. Mais ensuite, il y a un truc, comme ce soir, où tous ceux avec qui on travaille sont là et on doit faire comme si de rien n'était. Ça me met mal à l'aise. J'imagine que ce n'est pas pour rien qu'on dit que c'est une mauvaise idée de coucher avec ses collègues.

— Oh, je t'en prie. Tout le monde le fait. Tout le monde l'a toujours fait. Depuis au moins la nuit des temps. Je pense que la vraie question, c'est plutôt : pourquoi tu n'as pas envie ? »

C'était effectivement une excellente question.

Un soir, Daniel avait emmené Justine dîner au Cornucopia (où elle avait eu le plaisir de constater que « fettuccine » avait été corrigé) et elle avait apprécié qu'il l'invite dans une des belles adresses de la ville. Mais elle avait été estomaquée quand, après le plat principal, il avait demandé l'addition et lui avait proposé d'aller prendre le dessert au Raspberry Fool. Puis il avait commandé un bateau-taxi pour une longue balade au fil de l'eau avant de lui offrir un chocolat chaud au Clockwork. Il ne l'avait même pas laissée payer les chocolats alors que la soirée avait dû lui coûter un bras.

Un dimanche, il l'avait emmenée déjeuner dans un vignoble au bord de l'eau. Les grappes de raisin verdissaient joliment, l'endroit tout entier embaumait l'herbe du printemps. Daniel et Justine avaient goûté un vin différent avec chaque plat, puis ils avaient passé quelques heures étalés sur des poufs géants, sous des parasols, dans la caresse d'une brise marine qui n'était ni trop chaude ni trop fraîche, ni trop forte ni trop douce. En somme, la perfection absolue.

Et pourtant, Justine ne parvenait pas à se défaire de l'impression qu'ils rejouaient chaque fois le même rendez-vous. La nourriture était toujours délicieuse, le vin parfait, la conversation drôle et charmante, Daniel chevaleresque et attentionné. Il n'y avait rien à redire.

« C'est vraiment difficile à expliquer, fit-elle faiblement.

— Essaie quand même.

— C'est un peu comme s'il manquait quelque chose.

— Comme quoi ? » insista son amie.

Justine : Bon sang, je ne sais même pas ce que j'essaie de dire.

Cerveau : Désolé, je ne peux rien pour toi.

« Je ne sais pas, tenta Justine. Peut-être que je n'arrive pas à mettre le doigt dessus parce que je ne connais pas encore ce qui manque. Peut-être même que je ne le connaîtrai jamais. Peut-être que ça n'existe même pas. »

Justine entendit Tara soupirer lourdement. « Non contente d'avoir Daniel Griffon sur un plateau d'argent, ma meilleure amie voudrait en plus pouvoir chevaucher une satanée licorne. »

Quand elle était morte, la grand-mère de Justine n'avait rien laissé au hasard. Son testament faisait des dizaines et des dizaines de pages. Dans le tas, elle avait transmis à Justine une adorable sélection de boucles d'oreilles et de pendentifs, de bracelets, de bagues et de minuscules objets d'une fragilité impensable en porcelaine de Belleek. Mais ce qui comptait vraiment pour sa petite-fille, c'était surtout les deux dernières choses que sa grand-mère lui avait transmises : une garde-robe pleine de vêtements vintage et la silhouette menue qui lui permettait de les porter.

Même si elle avait toujours prêté une grande attention à son style, Fleur n'avait jamais été une accro de la mode et ne l'avait jamais suivie. Elle s'était en revanche offert de beaux vêtements bien coupés, destinés à durer toute une vie. C'était la raison pour laquelle elle ne s'était jamais défaite de ses robes d'été en vichy brodé, de ses manteaux taillés sur mesure, de ses robes de soirée, de ses pantalons taille haute ni de ses blouses en Liberty. Si Justine aimait tant porter ces vêtements, ce n'était pas seulement parce qu'ils étaient beaux mais surtout parce qu'elle avait l'impression de porter une part de sa grand-mère.

Pour la fête de Barbel, Justine s'était décidée pour un vêtement qu'elle n'avait encore jamais eu l'opportunité de sortir de la penderie de Fleur : une robe fourreau taillée dans une maille argentée. Ça grattait un peu mais pour une soirée, ça irait bien. Et il lui paraissait particulièrement approprié de porter une des robes de sa grand-mère un 31 octobre, date qui aurait marqué ses quatre-vingt-huit ans.

La robe était posée sur le lit de Justine, à côté de collants de la même couleur, de bottines argentées et de son chapeau de la Liberté revisité. Dans la salle de bains l'attendait un sac contenant tous ses autres accessoires.

Elle commença par peindre son visage couleur argent avant d'appliquer des paillettes sur ses lèvres, ses joues et son front. Elle se colla ensuite de petites étoiles au coin des yeux, formant comme des constellations, puis elle se teignit les cheveux en gris à la bombe et y éparpilla des paillettes. Le tout en parvenant à refouler la dure réalité : sa salle de bains allait être pailletée pour les années à venir. Elle venait de passer sa robe et d'arranger son chapeau quand son téléphone lui annonça l'arrivée d'un message. C'était Nick.

« Tu es chez toi ? »

Du bout de ses doigts pailletés, elle lui répondit : « En quelque sorte. »

« Comment ça en quelque sorte ? »

« J'y suis en quelque sorte. »

« Que de mystère. Sors sur ton balcon. »

Justine jeta un dernier regard dans le miroir. Elle brillait de mille feux. « Murphy, quel salaud tu fais », marmonna-t-elle en se décidant à sortir.

Nick, lui, paraissait parfaitement normal. Justine tenta de compenser son étrangeté argentée par une pose outrageuse.

Il haussa les sourcils en l'apercevant.

« C'est pour Halloween, je présume ?
— Devine ce que je suis !
— Tu es… une étoile ?
— Presque. »

Justine disparut à l'intérieur et reparut avec son arc et ses flèches. Nick fronça les sourcils un moment avant d'avoir l'illumination.

« Mais oui, bien sûr. Tu es une étoile filante ! Excellent ! Dis, tu aurais du Tabasco ?

— Ha ha. Ça sent le bloody mary.

— C'est Halloween, il paraît.

— J'arrive. »

Elle dénicha une bouteille au fond de son frigo et la lui fit passer dans le petit panier.

« Tu veux que je t'en fasse un ? proposa Nick.

— Je pense qu'il risque d'y avoir plus qu'il n'en faut là où je vais.

— Et tu vas ?

— À une soirée d'Halloween chez une collègue. Et toi ? Tu vas chercher des bonbons ?

— On était censés aller à une soirée aussi mais Laura a eu un problème avec son avion et elle ne peut pas rentrer ce soir. J'imagine que je pourrais y aller tout seul mais je ne connais personne. Hélas, mon incroyable costume ne connaîtra pas la gloire. »

L'idée qui traversa l'esprit de Justine fut exprimée par sa bouche avant même que son cerveau n'ait une chance de l'analyser.

« Sauf si tu viens avec moi ! »

♏

Justine et Nick furent accueillis par Gloria, qui les attendait près de la boîte aux lettres. Le squelette grandeur nature avait été coiffé d'une perruque blonde et on lui avait glissé une rose rouge entre les dents. Barbel les rejoignit bientôt avec un grand plateau chargé de verres. Ses cheveux, habituellement blond platine et lisses, étaient complètement ébouriffés et colorés en violet et vert. Son maquillage de fête des morts était parfait.

« Oh, quelle ravissante étoile filante ! Tu es magnifique ! Et c'est ? »

Justine présenta Nick que Barbel scruta longuement, les sourcils froncés. « Tout ça est bleu, très bleu. Mais je pense que je vais avoir besoin d'un petit complément d'information. »

Effectivement, Nick était très bleu. Il portait une perruque lisse et bleue, une chemise couverte de petites étoiles bleu foncé, et son visage et son cou étaient peints de torsades de peinture bleue. Lorsqu'il se retourna et se pencha légèrement, il leur apparut clairement qu'il avait découpé son pantalon au niveau des fesses et les avait peintes en bleu aussi.

Barbel rejeta la tête en arrière et éclata d'un grand rire. « Bon sang, une lune bleue ! J'adore ! Vous voulez un cocktail ? »

La moitié des verres étaient remplis d'une boisson noire qui sentait très fort l'anis et les autres étaient comme un lever de soleil jaune orangé, avec un œil en plastique flottant à la surface.

« Loup noir ou Apocalypse zombie ? » leur proposa-t-elle. Justine choisit le premier, Nick le second.

« Je suis si contente que vous soyez là. Faites comme chez vous ! »

Justine repéra Radoslaw et Anwen. Jeremy et son mari étaient assis côte à côte sur une causeuse, déguisés en cow-boys. Glynn, devant le barbecue, portait un tablier de caoutchouc avec les organes dessinés en relief. On avait l'impression qu'on l'avait dérangée au beau milieu de sa propre autopsie pour lui demander d'aller retourner les saucisses.

Justine et Nick avaient déjà bu quelques verres quand Daniel arriva. Il portait un costume et une cravate et Justine ne nota rien d'inhabituel dans son apparence, sinon que ses cheveux étaient gominés et bien séparés par une raie au milieu. Lorsqu'il fut plus près, elle put cependant constater qu'il y avait sur son col une petite plaque sur laquelle était inscrit 007.

« Ah ah ! fit-elle quand elle comprit, et elle l'accueillit en levant son verre dans sa direction. Bonsoir, *mister* Bond. Nick, voici Daniel Griffon, le rédacteur en chef de *L'Étoile*.

— La dernière fois que je vous ai vu, vous étiez Roméo. Je dois dire que ce soir, vous paraissez un peu plus... bleu. »

S'ensuivit une explication du costume de Nick puis de celui de Justine, durant laquelle Daniel tendit la main pour repousser une mèche qui s'échappait de sa coiffure argentée. Même si le geste avait été discret, c'était une infraction à la dure loi du « le travail, c'est le travail », et Justine se demanda s'il l'avait fait par distraction ou à l'adresse de Nick.

« Je pense que tu vois qui est la petite amie de Nick, lui dit-elle. Ou peut-être devrais-je dire la fiancée. Tu l'as sûrement déjà vue.

— Ah oui ? demanda Daniel, l'air peu convaincu.

— Elle est mannequin. C'est elle qui fait la pub pour le parfum Nénuphar. »

Elle ne manqua pas le regard stupéfait que Daniel posa sur Nick, un regard qui exprimait clairement sa perplexité à l'idée qu'un type comme lui puisse être fiancé à une femme pareille.

« Alors, comme ça, vous êtes le nouveau rédacteur en chef ?

— Oui, depuis août. Il y a eu pas mal de changements cette année au magazine. Probablement plus que dans toute son histoire.

— Leo l'avait bien dit », plaisanta Nick avec une touche d'autodérision qui n'était pas dénuée de sérieux.

Cerveau : Oh-oh.

« Leo Thornbury ? Notre éminent astrologue ?

— Lui-même. Il en a parlé un peu plus tôt dans l'année. Aujourd'hui, Justine veut bien admettre qu'il avait raison. Mais à ce moment-là, elle ne voulait rien entendre.

— Vraiment ? Pourtant, c'est un sujet qui l'intéresse particulièrement », dit Daniel en lui donnant un petit coup de coude, sa deuxième entorse de la soirée.

Une expression d'incrédulité se peignit sur les traits de Nick. « Justine ? S'intéresser à l'astrologie ? Cette Justine-là ? »

Cerveau : Alerte, alerte, alerte ! Détournement d'attention immédiat !

« Vous n'avez pas faim ? » demanda-t-elle en désespoir de cause. Mais aucun des deux ne sembla l'entendre.

« Vous savez, il m'a fallu une éternité pour parvenir à deviner son signe. Mais j'ai fini par y arriver.

— Ah oui ? Pourtant, je trouve qu'elle l'incarne parfaitement. Vous savez, curieuse de tout, toujours en action. Honnête. Un peu trop même, parfois », ajouta-t-il en lui adressant un regard torve.

Justine : Oh, merde merde merde. Panique générale. Dans trois secondes, l'un des deux va dire Verseau ou Sagittaire. Et je serai cuite.

Cerveau : Il va falloir que tu proposes une diversion un peu plus efficace.

Justine : Et comment ?
Cerveau : Dis n'importe quoi !
« *Erklärungsnot !* s'exclama vigoureusement Justine.
— Quoi ? demanda Nick.
— Tu veux un mouchoir ? proposa Daniel.
— Non, non, merci. Je pensais juste à cette conversation qu'on a eue l'autre jour sur ces mots allemands incroyables et impossibles à traduire.
— Et ça, c'était quoi ? demanda Nick, ses yeux paraissant particulièrement écarquillés dans son visage peint en bleu.
— *Erklärungsnot*. Ça veut dire quelque chose comme "en panne d'explications". Par exemple, quand tu es pris en flagrant délit de mensonge et que tu ne sais pas quoi dire pour t'en sortir.
— Je vois… fit Nick platement avant de finir son verre.
— Comment est ton cocktail ? lui demanda Daniel en agitant doucement les profondeurs obscures du sien.
— Totalement infect, mais bien alcoolisé, répondit Nick.
— Pareil, renchérit Daniel.
— Tu ne préfères pas un verre de vin ? J'en ai vu à l'intérieur.
— Avec grand plaisir.
— Et toi, Justine ?
— Ça va pour l'instant. »
Son pouls retrouvait doucement son rythme normal. Elle venait d'échapper de peu au désastre. À un cheveu près. Et les paroles de Nick résonnaient dans sa tête : « Honnête. Un peu trop, même. »

♏

Leo Thornbury – *Sagittaire octogénaire, astronome et astrologue bien connu pour ses tendances à la réclusion, meilleur ami d'une vieille chienne d'eau portugaise répondant au doux nom de Vénus, amateur de longues marches sur la plage et d'un petit verre de Tom Collins sur les coups de seize heures* – n'avait fait qu'une seule concession à Halloween. Au lieu de préparer son cocktail habituel avec du Bombay Sapphire, il avait pioché dans sa réserve spéciale un gin distillé dans la Forêt-Noire dont le simple transport jusqu'à sa demeure reculée constituait déjà une petite folie.

Leo avait passé les vingt dernières années à l'écart du monde, sur une île au large d'une autre île qui était déjà elle-même, techniquement, au large d'une île. Il avait choisi le lieu pour la pureté de son air et l'obscurité parfaite de ses nuits épargnées par la pollution lumineuse et s'y était construit une maison dont le cœur était un octogone au toit de verre. Il avait placé dessous son grand bureau taillé sur mesure, recouvert d'un cuir bleu aussi sombre que la nuit et d'une très fine couche de ce sable blanc qui semblait s'infiltrer partout, dans son petit morceau de terre au bout du monde.

Le soleil s'était couché et le ciel qui s'encadrait dans le plafond octogonal s'assombrissait, se préparant pour la nuit. Leo inséra une feuille dans sa vieille Remington. *Bélier*, écrivit-il. Puis il se cala contre le dossier de son fauteuil en cuir, pressa ses lèvres contre les jointures de sa main droite et réfléchit. Sa machine à écrire était entourée de diverses éphémérides, fermées et ouvertes, d'un certain nombre de cartes des étoiles plus ou moins roulées, d'ouvrages de référence écornés, de notes, d'intercalaires et d'un compas, d'un rapporteur, d'une règle et de crayons 2B.

Rédiger l'horoscope pour *L'Étoile* était devenu une corvée. Parfois il se demandait même pourquoi il le faisait encore. Mais il le savait bien. Il écrivait pour *L'Étoile* parce qu'il était un fervent admirateur de Jeremy Byrne. Et aussi parce que Jem était un flagorneur incomparable et sans vergogne. Il lui était très difficile de se dire que le jeune homme était à présent à la retraite.

Pendant longtemps, il avait prodigué ses conseils à la mère de Jem, Winifred, une Lion flamboyante, ascendant Bélier. Quelle femme c'était, se rappela Leo, se surprenant à essuyer un filet de sueur sur son front. Il rangea son mouchoir et rédigea prédictions et conseils pour les Bélier, les Taureau, les Gémeaux, les Cancer, les Lion, les Vierge et les Balance. Quand il mit le point final à l'horoscope des Scorpion, il faisait totalement noir. En relevant les yeux, il eut le bonheur de voir un ciel nocturne généreusement éclaboussé d'étoiles. C'était comme ça que Leo aimait rédiger ses horoscopes, sous la lumière des étoiles. Même s'il devait bien admettre qu'il recevait aussi un peu d'aide de sa petite lampe.

Sagittaire. Par habitude, il consulta ses notes. Mais il n'avait guère besoin de le faire car il n'avait aucune difficulté à se rappeler leur troublant contenu.

« Allons, Leo », s'admonesta-t-il en reposant ses doigts sur les touches.

Il regimbait. Il n'avait jamais particulièrement aimé écrire l'horoscope de son propre signe mais ce soir, c'était pire que de coutume. Il fixa le mot

« Sagittaire » jusqu'à ce qu'il perde tout son sens. Puis, avec un lourd soupir, il laissa un blanc et passa aux Capricorne. Il faudrait qu'il y revienne.

Leo se retrouva bientôt aux Verseau. Il ôta ses lunettes, se frotta les yeux, remit ses lunettes et chercha un papier.

« Verseau, Verseau, marmonnait-il. Où êtes-vous, mes petits porteurs d'eau ? Ah, vous voilà. »

Il relut ses notes et réfléchit un instant, le front plissé de concentration. Il avouait avoir un petit faible pour ce signe. Les Verseau, ces libres penseurs, ces génies passionnés. Certes, ils n'étaient pas aussi évolués que les Poissons sur le plan émotionnel. Ils avaient tendance à entretenir des points aveugles assez étonnants en amour et même en amitié. Mais qui pouvait résister à leur courage et à leur fantaisie ? Jules Verne était Verseau, comme Virginia Woolf. Thomas Edison, Lord Byron, Mozart et Lewis Carroll également. Et Charles Darwin. Sacrés Verseau.

Verseau. Comme l'a écrit Ursula K. Le Guin : « C'est un don très rare que de savoir où il faut être sans être passé par tous les endroits où il ne faut pas être. » Bien que nous soyons très peu à posséder ce don, est-il vraiment besoin, Verseau, de chercher avec tant d'acharnement dans les moindres recoins stériles de votre réalité ? Ce mois-ci, les étoiles vous invitent à arrêter de chercher et à vous contenter de voir. Cessez de tisser. Soyez plutôt attentif au motif qui pourrait bien apparaître de lui-même.

Leo se relut avec une certaine satisfaction.

« Pas mal, pas mal du tout. »

Il rédigea sans effort l'horoscope des Poissons puis il revint au blanc qu'il avait laissé pour les Sagittaire.

Mais avant qu'il ait pu réunir son courage, il remarqua le regard brun implorant de Vénus. Elle avait beau être allongée par terre, totalement immobile, tout son corps était tendu et ses muscles étaient prêts à répondre au moindre mot, au moindre geste laissant présager une promenade sur la plage.

« Encore un signe, lui dit-il. Plus que les archers, ma chérie. Et on y va. »

Vénus laissa échapper une légère protestation, entre le bâillement et le gémissement, et la détermination de Leo fondit comme neige au soleil.

« Ma chérie, ma vieille chérie. Tu sais bien que je ne peux pas te résister. Je cède toujours. Allez, viens. »

Il fallut un quart de seconde à Vénus pour se mettre sur ses pattes et s'élancer dans la nuit iodée. La vieille chienne efflanquée ouvrit la marche de son pas plus tout à fait assuré, s'engageant dans le sentier éclairé par la lumière de la pleine lune. Tandis que les fougères laissaient la place à la végétation des dunes, les oreilles de Leo s'accordaient au rythme des allées et venues de la mer. Lorsqu'ils atteignirent l'extrémité du sable blanc, Vénus se jeta dans l'eau. C'était son élément, et quand elle y entrait, le poids des années semblait la quitter. Elle lui adressa un grand sourire de chien heureux qui dévoila ses dents raccourcies par l'usure.

Leo leva les yeux vers le ciel. Ces belles étoiles. Ces étoiles divines. Ce soir, il était inquiet. *Quelque chose touche à sa fin pour toi, Sagittaire*, avaient-elles murmuré à Leo. Et il savait que lorsqu'il se réinstallerait à son bureau pour terminer son travail, ce seraient les mots qu'il devrait écrire : *Quelque chose touche à sa fin*.

Peut-être n'était-ce rien de plus que sa quatre-vingt-deuxième année qui allait bientôt s'achever, se dit-il avec espoir. Mais non. C'était plus que ça. Il regarda sa chienne qui s'ébattait dans les vagues, des plantes vert vif et phosphorescentes ondulant autour de ses pattes.

S'il vous plaît, pas Vénus. Pas déjà.

Les sens exacerbés de la chienne ne manquèrent pas de détecter la tristesse soudaine de son maître, comme un brusque changement atmosphérique, et elle revint vers lui en trottinant pour voir ce qui n'allait pas. Le clown qui se cachait toujours en elle l'incita à s'ébrouer, arrosant les jambes de Leo d'une fine pluie d'eau et de sable. Il éclata de rire et le sourire canin s'élargit tandis que le vieil homme s'agenouillait sur le sable pour la caresser.

Quelque chose touche à sa fin, pensa-t-il encore une fois.

« Tu sais quoi ? Je ne vais pas l'écrire. Je ne vais pas écrire ces mots », lui dit-il. Et elle sembla acquiescer.

♏

Le soir d'Halloween, sur les coups de minuit, une étoile filante et une lune bleue traversèrent le parc Alexandria. L'étoile filante marchait pieds nus, ses bottines argentées passées par-dessus son épaule, et la lune bleue semblait fondre doucement dans la chaleur inhabituelle de l'air nocturne. Tous deux tenaient une pomme d'amour qu'ils venaient d'acheter à un vendeur de rue et ils y mettaient un coup de dent de temps en temps.

Même s'il suait affreusement sous la peinture qui le recouvrait, même si les pommes d'amour peuvent être très agaçantes à manger, Nick Jordan savait qu'il était en train de vivre un moment qu'il se rappellerait. Il avait appris à les reconnaître, ces moments : c'étaient ceux où le temps semblait ralentir et ses sens s'affiner, où il n'avait envie de rien, d'aller nulle part, où il ne pensait ni au passé ni au futur. Il se contentait d'être dans le moment et c'était parfait. Ç'avait peut-être quelque chose à voir avec la brise chaude qui soufflait doucement sur le parc, avec la musique cajun que jouaient les musiciens dans le kiosque. Et aussi peut-être un peu avec la présence de Justine. L'idée le traversa que dans un monde vraiment parfait, il serait sur le point de lui prendre la main.

« Alors, qu'est-ce qu'il se passe entre Daniel et toi ? demanda-t-il au lieu de ça.

— Oh. Rien ne t'échappe…

— Je ne suis pas tout à fait sûr de ce que j'ai vu, en fait. »

Il se demandait encore pourquoi Daniel avait paru contrarié que Justine et lui partent ensemble. Et si ça l'agaçait tellement, pourquoi ne l'avait-il pas raccompagnée lui-même ?

« Vous en êtes où en fait ? Vous êtes ensemble ? Vous flirtez ? C'est fini ?

— Je n'en ai aucune idée moi-même ! dit Justine en riant.

— Mais vous êtes ensemble ?

— En quelque sorte, répondit-elle en fronçant les sourcils. Je ne sais pas trop. J'aime beaucoup Daniel, mais chaque fois qu'on est ensemble, je me demande s'il n'est pas un peu trop chic pour moi. Dans le genre caviar et roses, tu vois.

— Et toi, tu es quoi ?

— Moi, je suis plus Vegemite et pissenlits. Lui, c'est un vrai adulte. Alors que moi...

— Je vois très bien, dit-il en riant. Toi et moi, finalement, on est toujours des gosses de la campagne.

— Nick, tu n'imagines pas comme tu m'as manqué quand tu as déménagé.

— Toi aussi, tu m'as manqué.

— Ça fait un moment que j'ai envie de te demander quelque chose. Tu te rappelles cette soirée ? Le week-end de la fête nationale, dans le Sud ? »

Justine n'avait pas ralenti le pas et Nick nota qu'elle fixait le sol, comme si c'était moins risqué comme ça.

« Je commençais sérieusement à me demander si on allait en reparler un jour. Je me suis dit que ça devait être un mauvais souvenir pour toi.

— Sérieusement ?

— Eh bien... C'était assez clair que tu regrettais ce qui s'était passé. Le lendemain, tu n'es même pas sortie de ta chambre pour me dire au revoir.

— Nick ! s'exclama-t-elle en s'arrêtant brusquement pour se tourner vers lui. On avait quatorze ans !

— Et ?

— Et ce n'était pas du tout parce que je ne voulais pas te parler. C'était exactement le contraire : je mourais d'envie de te parler. »

Au lieu de repartir ou de se détourner, Justine le fixa, parfaitement immobile. Ses fiers sourcils de Carmichael étaient si froncés qu'ils formaient presque une ligne. Ses lèvres luisantes étaient couvertes de sucre et elle avait une fine traînée rouge sur le menton.

Elle était si drôle comme ça, si pleine de vie, qu'il dut réprimer un éclat de rire.

Il lui saisit les mains.

« Ç'a été l'une des plus belles nuits de ma vie. » Et en s'entendant le dire, il comprit à quel point c'était vrai. Couché sur cette plage avec Justine, tous les deux à moitié saouls. C'était l'un de ces instantanés parfaits que Nick chérissait.

« Vraiment ? » demanda-t-elle, le visage levé vers lui. Les petites étoiles qu'elle avait au coin des yeux brillaient de mille feux.

« Ju ?
— Quoi ?
— Quand je suis avec toi, je… » commença-t-il.

Puis il s'interrompit quand il prit conscience que malgré toutes les choses qu'il brûlait de lui dire, il y avait autant de raisons de ne pas le faire. Ç'aurait été trop injuste. Pour Laura et pour Justine. Il aurait fallu qu'il puisse garder tout ce qu'il s'apprêtait à lui dire dans une sorte de bulle. Que ses paroles n'appartiennent qu'à ce moment-là. Mais c'était impossible. Alors il se contenta de se pencher vers elle et il déposa un baiser sur le sommet de son crâne argenté.

« Je suis vraiment heureux que tu sois mon amie, Justine. Je suis tellement heureux qu'on se soit retrouvés. »

Et ils reprirent leur route côte à côte, la lune bleue et l'étoile filante.

♏

Une fois chez elle, Justine prit une longue douche fraîche. Des ruisseaux de peinture scintillante et d'étoiles argentées tourbillonnaient autour de ses jambes nues comme des galaxies puis disparaissaient dans la bonde. Elle resta sous la douche jusqu'à ce que l'eau soit claire.

Justine : J'imagine que c'est vraiment fini... S'il est heureux que je sois son amie.
Cerveau : Apparemment.
Justine : On a fait tout ce qu'on pouvait.
Cerveau : Et même plus. Mais un ami, ce n'est pas rien. Surtout celui-là.

♏

Le lendemain, la chaleur fut étouffante. Et le surlendemain pire encore. Mais Sydney n'était pas une ville où le soleil brille pendant des jours sans un nuage à l'horizon. C'était plutôt le genre d'endroit où même quelques journées de canicule se paient avec une tempête et de la pluie. Elles arrivèrent le jeudi soir, accompagnées d'éclairs particulièrement impressionnants et de grêlons qui s'en prirent violemment aux voitures. Les poubelles municipales furent éparpillées aux quatre vents et plus d'un trampoline prit son envol. Quand le vendredi montra son nez, gris, humide et tiède, Justine frisait comme un mérinos.

À dix-huit heures, elle était encore à son bureau. Elle avait passé la journée à essayer d'instiller un peu de poésie à un article de fond sur le marché immobilier d'Alexandria Park, un sujet dont les lecteurs ne se lassaient apparemment jamais. Il ne restait plus que Daniel. D'un accord tacite, ils s'attardaient jusqu'à ce que tous les autres soient partis pour avoir un peu de temps à eux.

Ce soir-là, Daniel traîna une chaise jusqu'au bureau de Justine et s'assit à califourchon dessus. Calant ses coudes sur le dossier, il sourit à la jeune femme d'une façon qui lui fit entrevoir le petit garçon qu'il avait dû être. Il était si proche qu'il l'effleurait presque. Il brandit soudain deux gros tickets d'un noir brillant couverts de caractères rouges.

« C'est pour la nouvelle salle de cinéma ! annonça-t-il, très content de lui. La réponse de l'Orion au Ciné premier ! La patronne essaie de s'attirer mes bonnes grâces. »

Justine avait dit à Daniel qu'elle adorait aller au Orion pour voir un film au hasard et se laisser surprendre, sans idées préconçues ni baratin promotionnel. En fait, moins elle en savait et mieux c'était.

« Est-ce que tu veux aller voir un film qu'aucun de nous ne connaît ? Puis dîner à l'Afterwards ? Marcher sous la pluie ?

— Tout ça me paraît pas mal du tout.

— Parfait ! Je te rejoins dans deux minutes. »

Justine éteignit son ordinateur, mit un peu d'ordre sur son bureau et attrapa son manteau. Puis elle ramassa sa tasse pour la laver. Mais en se rendant à la cuisine, elle ne put s'empêcher de remarquer qu'une feuille de papier venait de sortir du fax.

Cerveau : Hum hum. Résolution numéro un. Plus d'horoscopes.

Justine : On n'a rien dit au sujet de lire *l'horoscope.*

Cerveau : En d'autres mots : tu vas juste déboucher ta bouteille de whisky pour le renifler ?

Justine : Je ne vais rien faire. J'ai juste envie de voir ce que Leo a à dire.

Cerveau : À Nick ? Ou à toi ?

Justine : Peut-être un peu aux deux. Allez, juste un petit spoiler. Je ne suis pas la seule curieuse ici.

Cerveau : Un petit spoiler et c'est tout ?

Justine : Oui. Rien de plus. Je vais prendre ce fax avec moi dans la cuisine, le lire et le reposer en passant.

Cerveau : C'est une promesse ?

Justine : Absolument.

Derrière les carreaux de la cuisine, les branches violettes d'un jacaranda rabougri ployaient sous le poids des gouttes. Justine cala le fax de façon à pouvoir le lire en même temps qu'elle laverait sa tasse. Bélier, Taureau, Gémeaux, Cancer, Lion, Vierge, Balance, Scorpion, Sag…

« Eh », fit Daniel, les bras chargés de tasses.

Surprise, Justine laissa tomber la sienne dans l'évier dans un grand tintement de vaisselle.

« Oh, merde. Excuse-moi. »

Cerveau : Le fax, le fax !

Justine : Qu'est-ce que je fais ? Qu'est-ce que je fais ?

Cerveau : Mets-le dans ta poche avant qu'il le voie.

Justine : Mais il va être tout plié ! Je ne peux pas remettre un papier froissé sur le fax.

Cerveau : Effectivement… Tu le photocopieras plus tard. Et tu remettras la photocopie sur le fax.

« C'est la fête à la grenouille, dis donc », dit-elle en indiquant la fenêtre d'un mouvement de tête.

Justine : Oh, bon sang, voilà que je parle de la météo… Et comme les copains de mon père, en plus…

Cerveau : Justine, fax ! Poche !

« Ça va ? lui demanda Daniel.

— Oui oui, tout va très bien », répondit-elle en souriant innocemment tandis qu'elle glissait l'objet du délit dans son manteau.

♏

Cette nuit-là, Justine se réveilla en sursaut à trois heures quarante-sept. Elle était seule dans son lit et une horrible pensée l'habitait. En général, quand elle se réveillait avec d'affreuses images dans la tête, elles disparaissaient rapidement car elle savait qu'elles étaient irrationnelles. Son appartement n'était pas une boîte de Pringles géante et personne n'allait l'étouffer en refermant le couvercle. Elle ne risquait pas non plus de perdre le code secret lui permettant d'ouvrir son tiroir de culottes. Et il y avait peu de chances qu'elle ait oublié de recharger son foie. Une fois éveillée, tous ces scénarios paraissaient peu convaincants. Mais l'horrible pensée qui la tenaillait à présent n'avait rien d'irréaliste. Elle était même dangereusement plausible. Avait-elle vraiment quitté le cinéma sans son manteau… ?

Justine bondit hors de son lit et fouilla fébrilement la pile de vêtements qui encombrait le fauteuil de sa chambre. Pas de manteau. Elle inspecta les dossiers de chaise et le comptoir. Pas de manteau. Il n'était pas non plus dans la salle de bains et il n'était pas tombé sur le palier ni dans l'escalier. Plus elle y pensait, plus elle se revoyait nettement poser le manteau mauve pâle de sa grand-mère sur un des tabourets du bar du cinéma. Était-il vraiment possible qu'après les tapas et le vin elle se soit levée et l'y ait abandonné ?

Le lendemain, quand le cinéma ouvrit ses portes à onze heures, Justine était déjà devant. L'employé commença par dire qu'il allait vérifier lui-même dans le vestiaire et les objets trouvés, mais face aux supplices de Justine, il céda et l'autorisa à chercher elle-même. Elle passa donc tout au peigne fin, allant jusqu'à vérifier dans les toilettes (même celles des hommes) et la nouvelle salle où Daniel et elle avaient regardé un film mexicain complètement fou dans lequel un salaud macho se faisait abandonner par la femme à qui il avait tout fait subir. Mais le manteau resta introuvable. Et l'horoscope de Leo Thornbury avec lui.

Justine : Je suis tellement dans la merde.
Cerveau : J'en ai bien peur.

De retour chez elle, Justine se prépara une tasse de thé et passa en revue ses options. Ce fut rapide, il n'y en avait que deux. La première, c'était d'avouer à Daniel qu'elle avait perdu l'horoscope de Leo qui était dans son manteau et lui dire qu'il fallait contacter le vieil astrologue pour qu'il le renvoie. Cette option avait le mérite d'être tout à fait honorable. Mais Daniel saurait qu'elle avait subtilisé le fax.

La seconde solution était moins évidente. Elle consistait à trouver une machine à écrire et à refaire les horoscopes de tout le zodiaque. Puis elle se rendrait au bureau au beau milieu de la nuit, photocopierait la page tirée de sa machine à écrire pour qu'elle ressemble à un original de Leo et replacerait cette photocopie sur le fax, dans le bureau de Henry, comme si de rien n'était.

Justine : Bon sang, mais qu'est-ce qui t'a pris de me laisser m'approcher de ce fax ?

Cerveau : Tu es bien placée pour savoir que mon contrôle sur tes impulsions est pour le moins limité. Au fait, tu n'oublieras pas que les fax de Leo ont ce petit chapeau portant le numéro de l'émetteur ? Et évidemment, pas question de taper cet en-tête à la machine à écrire.

Son cerveau avait évidemment raison. Mais elle pouvait facilement trouver un des anciens fax de Leo, le photocopier, découper et coller l'en-tête sur sa version de l'horoscope et rephotocopier le tout. Le plus compliqué serait de faire disparaître les marques trahissant le collage. Mais ça devait être possible en jouant avec les réglages de la machine et un peu de blanco.

En revanche, où allait-elle bien pouvoir dénicher un des vieux fax de Leo ? Il était peu probable qu'elle en trouve sur le pique-notes ; ils devaient encore être dans le dossier que Daniel avait réuni.

Ça ne ferait que rajouter une intrusion dans le bureau de son chef à la liste de tous ses autres méfaits…

Justine s'arracha un bout d'ongle, but son thé froid et se connecta à un site de petites annonces.

♏

Le lendemain, Justine rentra chez elle en milieu d'après-midi nouvellement dotée d'une antique machine à écrire Olympia SM9, de papier A4 et d'un compte en banque passablement dégarni. De toutes celles qu'elle avait vues dans le pavillon de banlieue d'un collectionneur enthousiaste, elle avait choisi celle-ci car il lui avait raconté que Don DeLillo avait utilisé ce modèle. Apparemment, il avait écrit toute son œuvre, y compris *Libra*, sur une Olympia SM9. Justine avait décidé que c'était un signe.

Elle ferma les rideaux de son salon un peu plus tôt que de coutume. La machine était belle, avec son corps rond gris pâle et ses touches vertes qui rappelaient le nom de la marque sur le capot. Justine se servit un grand verre de vin et glissa une feuille dans la machine.

Comment allait-elle bien pouvoir s'y prendre ?

Elle n'y connaissait rien en astrologie. Elle aurait été bien en peine de classer les planètes du système solaire dans le bon ordre, sans parler de comprendre comment elles restaient suspendues dans le ciel. Et même si elle avait su où elles étaient placées et comment elles étaient positionnées par rapport à leurs voisines, si elles étaient directes ou rétrogrades, elle n'aurait pas eu la moindre idée de ce que ça pouvait bien signifier. Justine avait l'impression de devoir monter sur scène sans connaître son texte. Elle ignorait même quelle pièce elle devait jouer.

Cerveau : Ne parle pas de planètes. Reste vague.

Elle finit par avoir une idée : elle se rappela ce que Tara lui avait raconté au sujet du journalisme radio. Le secret, c'était de ne pas penser à la multitude qui écoutait derrière son poste mais de s'adresser à une seule personne. Un ami, un parent ou même l'auditeur idéal.

« On va commencer comme ça », marmonna-t-elle.

Il lui suffisait de penser à une personne en particulier pour chaque signe et de lui adresser un message. Justine se lança.

Pour les Bélier, elle pensa à la mère de Nick, Jo Jordan, à qui elle écrivit un message au sujet des vieux amis qui ne disparaissent jamais vraiment de nos cœurs.

Pour les Taureau, elle déclara à Tara que le monde était à elle. À sa mère, Gémeaux, elle prédit qu'il y aurait bientôt un mariage dans la famille. Roma Sharples était son Cancer et Justine l'engagea à continuer à faire profiter la jeune génération de son expérience. Elle commençait à bien s'amuser, glissant de-ci de-là des citations et essayant d'adopter le ton mystique de Leo. Les touches de la machine à écrire étaient complètement différentes de celles de son ordinateur, mais elle aimait leur musique rythmée comme un petit trot et l'effort nécessaire pour maintenir une pression uniforme sur toutes les lettres.

Puis vint le Lion. Elle sut d'emblée que son interlocuteur serait Daniel Griffon.

Qu'allait-elle pouvoir lui dire ?

Elle se cala contre son dossier et réfléchit un instant.

Le philosophe gallois Bertrand Russell a un jour écrit que pour la plupart d'entre nous, la vie réelle est « un long pis-aller, un compromis perpétuel entre l'idéal et l'impossible ». Mais vous êtes un Lion et les Lion ne connaissent pas le compromis. Que ce soit au travail ou chez vous, dans votre vie sentimentale ou amicale, le moment est peut-être venu de vous défaire de ce que vous pensiez être idéal mais que vous savez ne pas être possible.

C'était triste mais vrai.

Les Vierge. Son frère était Vierge. Elle parla donc d'amour et cita Elizabeth Barrett Browning. À son père, Balance, elle dit que la persévérance et les jeux, voire les jeux de mots, allaient prendre une place importante dans les semaines suivantes. Et même si son Scorpion préféré, sa grand-mère, n'était plus de ce monde, cela ne l'empêcha pas d'écrire sur l'admiration que suscitent ceux qui vivent leur vie pleinement.

Justine ne connaissait pas de Capricorne, alors elle dut réfléchir un peu plus. Puis elle se rappela ce que Nick lui avait dit de Laura, à qui elle adressa un message au sujet de la joie et du succès qu'apportent un travail acharné et des dons naturels. Justine eut presque l'impression d'être une bonne personne en rédigeant cet horoscope. Le douzième signe du zodiaque, celui des Poissons, fut bien plus facile puisqu'elle pensa à Jeremy Byrne, à qui elle parla des nouvelles phases de la vie et du plaisir des choses simples.

En écrivant l'horoscope des Sagittaire, elle s'adressa évidemment à elle-même : *Il est parfois délicat de savoir quand s'arrêter. Quelque chose pourrait bien toucher à sa fin ce mois-ci, Sagittaire, et vous risquez de trouver cela douloureux. Mais vous savez qu'il faut laisser aller ce qui fut, pour le meilleur. Quand tout paraît perdu, un voyage est souvent le meilleur des toniques. Peut-être est-il temps de ressortir votre vieille valise et d'appliquer ce mantra des archers que nous adresse Susan Sontag : « Je ne suis pas encore allée partout mais c'est sur ma liste. »*

Arrivée aux Verseau, elle pensa à Nick – son bon ami Nick – à qui elle rédigea une sorte d'au revoir. *Verseau, votre regard toujours fixé sur le futur et le vaste monde vous fait parfois oublier une autre source d'inspiration et de sagesse : vous-même. Que se passerait-il si, au lieu d'aller chercher l'avis de ceux qui vous entourent et de ceux que vous admirez, vous faisiez confiance aux murmures de votre cœur ? Comme la grande Jane Austen l'a dit : « Notre meilleur guide, c'est nous-même, à condition que nous l'écoutions. »*

Une fois terminé, elle descendit l'Olympia SM9 jusqu'au sous-sol de l'immeuble où elle la jeta dans la grande benne à ordures. Tandis qu'elle écoutait le fracas métallique de sa chute, des mots repassèrent dans son esprit. *Quelque chose touche à sa fin, Sagittaire.*

La cuspide

Daniel Griffon – *Lion, brillant journaliste politique récemment promu rédacteur en chef de* L'Étoile d'Alexandria, *élu par ses anciens camarades d'université « étudiant le plus susceptible de finir en couverture du magazine* Esquire », *victime soumise mais jamais brisée d'un coach personnel qui répondait au doux nom de Sadie* – leva les yeux en entendant taper à la porte de son bureau.

Il était encore tôt, en ce vendredi matin de novembre, et un jeune coursier se tenait sur le seuil, ses jambes rasées et musculeuses dépassant d'un short cycliste brillant. Il avait entre les mains un vêtement en jacquard soigneusement plié.

« Daniel Griffon ?

— Oui ?

— Avec les compliments de Katie Black, responsable du cinéma L'Orion. Elle dit que votre petite amie a oublié son manteau au bar. Et comme Katie vous a reconnu, elle a préféré garder le manteau en sécurité dans son bureau.

— Mais c'était il y a des semaines, dit Daniel, stupéfait.

— Elle voulait aussi vous donner ça, ajouta le coursier en lui tendant un dépliant. Mme Black vous fait dire qu'ils viennent de finaliser le programme du festival de cet été. Elle attend avec impatience de voir la couverture que votre journal réserve à l'événement et elle vous fait dire qu'elle est disponible quand vous voulez pour une interview.

— Merci beaucoup, répondit Daniel d'un ton empreint d'ironie. Dites à Katie que je la remercie chaudement de s'être donné tant de mal. » *Et pour rien, en plus*, ajouta-t-il *in petto*.

Il déplia le vêtement, qui dégagea une légère odeur de camphre. Le tissu mauve était couvert d'un motif de petits hexagones roses et violet foncé, les boutons étaient en bakélite et le vêtement avait probablement fait un tabac en 1963. Justine avait un sens de la mode qui tournait beaucoup autour des résidus de vide-greniers. Mais Daniel était persuadé que maintenant que son salaire était un peu plus décent, elle allait commencer à s'ouvrir à de nouveaux horizons.

Le manteau était vraiment étroit. Il n'avait pourtant pas l'impression que Justine était mince à ce point. Mais à l'évidence, si. S'il y avait bien quelque chose de constant dans leur relation, c'était qu'il semblait toujours se tromper. Mais pouvait-on vraiment parler de relation ? se demanda-t-il amèrement. Elle avançait en marche arrière. À chaque rendez-vous, la passion semblait décroître.

En accrochant le vêtement à son portemanteau, Daniel remarqua qu'un morceau de papier froissé sortait de la poche. Bien sûr, il aurait été plus louable de ne pas y toucher. Mais quel journaliste aurait fait ça ?

Et n'était-il pas constamment en quête d'indices en ce qui concernait la jeune femme ?

Il lui suffit de déplier le papier pour comprendre de quoi il s'agissait. Il regretta aussitôt.

« Putain », lâcha-t-il.

Elle avait recommencé. Il lui avait donné une autre chance et elle avait recommencé.

« Putain », répéta-t-il.

Après quelques longues inspirations, il se dit qu'il faisait un piètre journaliste. *Les bons journalistes ne sautent pas directement sur des conclusions hâtives.*

Une heure plus tard, il avait devant lui toutes les preuves nécessaires. Mais il aurait largement préféré n'avoir rien trouvé. Il était sous le choc. Il était évident que Justine n'avait pas agi sur un coup de tête. Impossible de nier avec quelle préméditation sidérante elle avait opéré. Et cette fois-ci, elle ne s'était pas attaquée qu'aux Verseau.

L'horoscope de la dernière édition n'avait rien à voir avec le contenu du fax trouvé dans le manteau. Pire encore, Daniel avait découvert, embroché sur le pique-notes de Henry, le document soi-disant original qui avait été retranscrit pour la publication. En y regardant de plus près, il avait remarqué qu'autour du numéro de fax de Leo le papier était un peu plus clair que le reste de la page, preuve que le document avait été falsifié.

Et de toute façon, le faux fax ne résistait pas à un examen approfondi : la police de caractère n'était pas exactement la même que celle de tous les fax de Leo.

« Mon Dieu », gémit Daniel en se massant le front.

De ce qu'il avait pu en voir, Justine était un individu normal, sensé et intelligent. Alors pourquoi s'était-elle donné tant de peine pour faire ça ?

Sans compter ce qu'elle avait écrit pour les Lion.

Le philosophe gallois Bertrand Russell a un jour écrit que pour la plupart d'entre nous, la vie réelle est « un long pis-aller, un compromis perpétuel entre l'idéal et l'impossible ». Mais vous êtes un Lion et les Lion ne connaissent pas le compromis. Que ce soit au travail ou chez vous, dans votre vie sentimentale ou amicale, le moment est peut-être venu de vous défaire de ce que vous pensiez être idéal mais que vous savez ne pas être possible.

Il avait comme l'impression que ça lui était personnellement adressé. Daniel se mit à faire les cent pas, tournant et retournant ses pensées dans sa tête. Puis il remarqua quelqu'un qui stationnait dans le couloir, devant son bureau, l'air perdu. L'individu portait un tee-shirt *Max et les Maximonstres* qui avait connu des jours meilleurs et son casque de vélo contenait ce qui ressemblait à des mauvaises herbes. C'était l'ami de Justine, Roméo. La lune bleue. Enfin, Nick.

« Bonjour, Nick.

— Bonjour euh... Dan ? »

Daniel n'appréciait pas particulièrement qu'on l'appelle comme ça mais il laissa couler.

« Pardon de te déranger, je passais juste en coup de vent pour voir Justine mais je ne sais pas où est son bureau.

— C'est celui juste là, indiqua Daniel. Mais elle n'est pas encore arrivée. Ce qui est assez étrange, d'ailleurs. En général, elle arrive tôt.

— Est-ce que je peux lui laisser ça dans ton bureau alors ? » demanda Nick en brandissant le casque plein de végétation, qui se révéla être un enchevêtrement de pissenlits et d'herbes folles fraîchement cueillis.

Dans l'autre main, il tenait des tranches de pain dans du film plastique.

« C'est son anniversaire, expliqua-t-il.

— Et donc tu lui apportes de… l'herbe ? Et un sandwich ?

— Un sandwich à la Vegemite, précisa Nick.

— Ah. Parce que ? »

Nick sembla sur le point de dire quelque chose mais se ravisa, se contentant d'un :

« C'est une blague, en fait.

— Je vois.

— Je vais…

— Nick, tu es certain que son anniversaire est aujourd'hui ? le coupa Daniel.

— C'est aujourd'hui, oui.

— Tu en es bien sûr ?

— On se connaît depuis tout petits. Je ne pense pas qu'elle ait changé de date de naissance depuis.

— Non, bien sûr. Mais nous ne sommes pas dans le Verseau, si ?

— Pas du tout, c'est en février, répondit Nick, qui semblait de plus en plus surpris. Ça commence fin janvier.

— Et, dis-moi… Est-ce que tu crois que tu pourrais… commença Daniel en l'entraînant dans son bureau. Écoute, comme tu la connais depuis toujours, peut-être que tu pourrais m'aider à comprendre quelque chose. Est-ce que tu veux bien jeter un œil sur quelques papiers ? »

Daniel montra à Nick le dossier d'accusation étalé sur son bureau. D'avril à septembre, lui expliqua-t-il, Justine avait modifié l'horoscope des Verseau. Mais là, alors même qu'il l'avait percée à jour en octobre, elle était allée encore plus loin en novembre et avait carrément remplacé le fax de l'astrologue par un faux intégral, réécrivant tout elle-même.

« Elle m'avait promis qu'elle ne le ferait plus. Et non seulement elle n'a pas arrêté, mais elle a fait pire. Je devrais être furieux, j'imagine. Mais je suis surtout estomaqué. Et déçu. Ça doit te paraître presque drôle, tu dois te dire que de toute façon, ce n'est que l'horoscope. »

Nick avait posé ses étranges cadeaux et il examinait attentivement les documents. Et il n'avait pas du tout l'air amusé. Daniel finit par se sentir un peu mal à l'aise face à l'extrême attention que le jeune homme portait aux horoscopes et à l'expression glaciale qui figeait ses traits.

« Je n'aurais pas dû montrer ça à qui que ce soit. Mais c'est juste que je n'y comprends rien. J'ai besoin d'un peu d'aide pour y voir plus clair. Pourquoi aurait-elle fait ça ? C'est vraiment un manque de respect monstrueux envers Leo. C'est complètement malhonnête. Et c'est surtout complètement débile. Tout le contraire de Justine. Alors, pourquoi a-t-elle fait une chose pareille ? Elle m'a dit qu'elle était Verseau, qu'elle essayait de changer son destin ou un truc du genre. Non, attends. En fait, c'est *moi* qui lui ai suggéré tout ça. Elle s'est contentée de me le laisser croire. Alors que c'était faux. Mais pourquoi, bon sang ? C'est quoi, cette histoire avec les Verseau ?

continua Daniel, de plus en plus agité. Qu'est-ce que Justine a avec les Verseau ? Elle doit en connaître un. Mais qui est-ce ? Tu le sais, toi ?

— Oui. C'est moi, le Verseau », dit Nick en se passant la main dans les cheveux.

SAGITTAIRE

Ce vendredi 24 novembre, à sept heures quinze, Justine Carmichael ouvrit grands les rideaux de son salon. Elle ne s'attendait pas exactement à ce que Nick Jordan se tienne sur son balcon avec un chapeau pointu et des ballons ni à trouver un cadeau ou une carte dans le panier. Mais quand elle vit le panier vide et qu'elle remarqua que l'appartement d'en face semblait inoccupé, elle sentit une petite pointe de déception.

Il ne fallut pas longtemps, cependant, pour que les appels et les messages commencent à affluer. Mandy l'appela sur la route, hurlant dans son téléphone qui était pourtant sur haut-parleur. Puis elle reçut un appel de son père, qui était quelque part dans le bush et essayait de chasser des chevaux sauvages d'une piste de décollage. Il était à bout de souffle mais de très bonne humeur. Justine rit à la blague nulle que lui envoya son frère et sourit en lisant le message un peu plus civilisé que lui adressa Tara, qui promettait de la rappeler.

Il y eut ensuite un coup de fil de la tante Julie, la sœur de Mandy, qui n'avait jamais manqué un anniversaire. Et, assez surprenant, sur les coups de huit heures, elle reçut un message de Tom. Même de la part d'un ex, c'était particulièrement peu enthousiaste. « Tous mes vœux et que cette journée t'apporte beaucoup. » C'était un message assez étrange pour qu'elle se demande s'il était possible que Tom ait installé sur son téléphone une application spéciale reliée aux fuseaux horaires et qui envoyait des vœux d'anniversaire automatiques.

Après ce petit déluge, un silence inconfortable tomba sur l'appartement. En versant ses céréales dans son bol, Justine se dit qu'elle n'avait pas de cadeaux à ouvrir. Et en ajoutant le lait, elle s'appesantit sur le fait qu'elle n'avait personne avec qui partager son petit déjeuner d'anniversaire. Justine avait parfaitement conscience que tous ceux qui l'aimaient avaient pensé à elle. Mais elle savait aussi qu'elle n'était la plus importante aux yeux de personne.

✗

Quand elle était petite, les anniversaires n'avaient rien à voir. Le matin de ses sept, huit, neuf ans, elle s'était réveillée en sachant que le jour à venir allait être spécial, que c'était le sien. Et ce jour restait spécial jusqu'au soir, jusqu'au moment où Justine allait se coucher. Quand elle était enfant, le 24 novembre était plus gai, plus vivant, plus savoureux que n'importe quel autre jour.

Puis, à l'adolescence et au début de la vingtaine, Justine n'avait plus ressenti cela que par vagues occasionnelles. Le 24 novembre était devenu un jour normal, sauf quand elle se rappelait tout à coup que c'était son anniversaire. Alors la magie du jour opérait de nouveau, le faisant étinceler de toutes les couleurs contenues dans une boîte de bonbons. Mais à présent qu'elle avait vingt-sept ans, il ne restait plus que le fantôme de cette joie si vive qu'elle ressentait avant. Et elle avait peur qu'elle ne s'affadisse de plus en plus, jusqu'au moment où son anniversaire serait une date comme une autre.

Pour chasser cette triste pensée, Justine décida de passer par les halles pour vérifier l'intégrité orthographique des brocolis. En approchant du stand, elle fut hypnotisée par un magnifique arrangement de fruits d'été. Il y avait là des fraises, des framboises, des myrtilles, des mûres, des groseilles, des cassis et même quelques cerises précoces. Tous ces fruits étincelaient comme des pierres précieuses. Cela suffit à lui rappeler les merveilles pâtissières que sa mère lui confectionnait pour ses anniversaires. Ce fut même presque assez pour lui faire oublier les « broccolis » coupables.

Mais pas assez, cependant.

Feutre en main, Justine s'abrita derrière une pyramide de melons et regarda rapidement autour d'elle. Puis, vive comme l'éclair, elle barra le *c* fautif.

Peut-être avait-elle été moins prudente que de coutume ou peut-être manqua-t-elle simplement de chance. Une main s'abattit lourdement sur son épaule avant qu'elle ait le temps de refermer son feutre.

Le commerçant était à peine plus grand que Justine mais il était bien plus large. Les bons jours, son menton prognathe et ses canines proéminentes lui donnaient l'air d'un bouledogue. Mais en cet instant, il ressemblait plutôt à un pitbull enragé et écumant. Il agrippa la main de Justine et la serra à lui faire mal. Il était si proche qu'elle pouvait distinguer le tartre entre ses dents. Apparemment, il ne connaissait pas le fil dentaire.

« Fous le camp ! Et ne reviens jamais ! Si je t'y reprends, je te jure que…

— Mais je voulais seulement…

— Fous le camp ! Tout de suite ! vociféra-t-il.

— Ça s'écrit avec un seul *c* ! tenta de nouveau Justine.

— Espèce de petite vandale ! Dehors ! »

Les commerçants et les acheteurs fixèrent Justine tandis qu'elle s'enfuyait, les joues rouges de honte et de peur. Tremblante, elle reprit son chemin vers *L'Étoile*. Elle était déjà loin quand elle se rendit compte que sous le coup de l'émotion, elle avait lâché son feutre. Elle ne tenait plus que le bouchon dans sa main crispée.

Rafaello en personne était au comptoir lorsque Justine entra dans le café, encore sous le choc. Était-il possible que le regard furibond du vendeur de légumes lui ait brûlé la peau ?

« Ah, la voilà ! Aujourd'hui, ton latte et ton croissant aux amandes sont pour la maison ! Et voilà de quoi raturer mon nouveau menu, plaisanta-t-il en lui tendant un stylo. Je me suis dit que si tu le faisais maintenant, tu serais peut-être moins tentée de gribouiller mes menus fraîchement sortis de chez l'imprimeur. Pas vrai ?

— Sinon je pourrais juste payer mon café et mon croissant ?

— Comment ? s'exclama-t-il, feignant la stupéfaction. Je lui offre une opportunité inespérée de corriger mon menu et la reine de l'apostrophe refuse ?

— Je promets que je ne le ferai plus.
— Même si mes soufflés n'ont qu'un *f* ?
— Je te le promets.
— Même si mes framboises ne sont pas accordées ?
— Ah, ça…
— Ah, tu vois !
— Est-ce que je pourrais plutôt te faire ça demain ? Je ne suis pas très en forme, aujourd'hui.
— Pas de problème, Justine ! Ce n'est que partie remise ! »

Elle alla s'asseoir dans le coin le plus tranquille, hors de vue. Il était neuf heures passées, elle était donc techniquement en retard. Mais elle avait besoin d'un café et d'un moment pour elle.

Quand elle se sentit enfin prête, elle reprit son chemin. Quelqu'un avait calé son vélo contre la grille de *L'Étoile*. Un vélo qui ressemblait beaucoup à celui de Nick.

Elle salua gaiement tous ses collègues et s'apprêtait à interpeller Daniel, dont la porte était ouverte, lorsqu'elle vit qu'il n'était pas seul. Près de lui se tenait Nick Jordan, en tee-shirt *Max et les Maximonstres* et short en Lycra. Leurs visages étaient graves. Et sur le bureau de Daniel, sous le casque de vélo de Nick, rempli (entre autres) de pissenlits en piteux état, elle aperçut quelques pages qu'elle reconnut aussitôt.

« Justine », commença Daniel.

Mais elle s'était déjà sauvée.

✗

Justine : Être dévorée vivante par des piranhas.
Cerveau : Mourir sur le bûcher.

Justine : Servir de cobaye au chirurgien – aveugle – de Michael Jackson.

Cerveau : Rouler une pelle à une grosse merde fumante.

Justine : Beurk !

Cerveau : Quoi ? Quel est le problème ? Je croyais qu'on était censés se remonter le moral en pensant à tout ce qui pourrait être pire que ce qui est vraiment en train de se passer ?

Justine : Oui ! Mais pas la peine d'être immonde non plus.

Cerveau : Petite nature… Euh… Être chatouillée pendant quarante-huit heures par un gosse de cinq ans qui fait des claquettes en chantant « Joyeux anniversaire », mais faux.

Justine : Franchement, je ne sais pas. Ça vaudrait peut-être le coup. Ce serait toujours mieux que ce qui s'est passé ce matin. Mieux que de me faire renvoyer. Ne plus jamais être embauchée par aucun journal. Devoir travailler au McDonald's. Ou faire la circulation. Et Nick va vraiment me haïr maintenant. Sans parler de Daniel.

Cerveau : Est-ce que ça n'a pas frappé à la porte ?

Justine : Pas du tout.

Cerveau : Tu l'as entendu, pas vrai ?

Justine : C'était à la porte du voisin.

Cerveau : Certainement pas.

Justine : Je ne veux pas ouvrir la porte. Je ne veux plus jamais voir un autre humain. De toute ma vie. Je ne veux même plus jamais parler à un autre humain. C'est pour ça que j'ai fermé les rideaux, verrouillé la porte et éteint mon portable.

Cerveau : Il va bien falloir que tu ailles voir qui c'est, Justine.

Justine : Peut-être que ce sont juste des mormons.

Cerveau : Je n'aime pas devoir te dire ça mais je pense que tu es en plein déni.

Justine : Alors qui est-ce ?

Cerveau : Probablement Daniel. Ou Nick.

Justine : Non... Je ne veux voir ni l'un ni l'autre... c'est lequel ?

Cerveau : Qu'est-ce qui serait pire ?

Justine : Nick.

Cerveau : Alors c'est sûrement lui. C'est exactement ce genre de journée.

Cette fois-ci, pourtant, le cerveau s'était trompé. C'était Daniel qui attendait à la porte, en manches de chemise, la cravate desserrée, le visage défait. Justine se sentit submergée par la honte.

« Je peux entrer ? »

Elle acquiesça et lui céda le passage.

Dans l'appartement, Daniel regarda autour de lui comme s'il voyait les lieux pour la première fois. Ou peut-être comme s'il essayait de voir l'appartement, et Justine, avec un nouveau regard.

« Tu veux une tasse de thé ?
— Non, merci.
— Un café ?
— Non plus, merci. »

Il ne s'assit pas. Il se contenta de s'adosser à la table et commença à jouer avec l'arc miniature que Justine avait utilisé pour son déguisement, le faisant tourner entre ses mains et testant la corde.

« Bon », commença-t-il. Justine, perchée sur l'accoudoir du canapé, se sentait comme un accusé dans son box, dans l'attente du verdict du jury.

« Tu comprends que je vais devoir te mettre à pied ?

— Me mettre à pied ?

— Et comment ! Tu as de la chance que…

— Non, je veux dire, je vais seulement être mise à pied ? Merci beaucoup. Je sais que je mérite de…

— Je vais te suspendre provisoirement, le temps de prendre une décision, Justine. Tu risques d'être renvoyée.

— Oh.

— Et pourquoi ? À cause de ce putain d'horoscope ! Justine, bon sang, qu'est-ce qui t'est passé par la tête ? Je n'arrive pas à croire qu'une journaliste aussi brillante ait pu être aussi abrutie.

— Je suis désolée, Daniel. Vraiment désolée. »

Mais il repoussa d'un geste ses excuses, comme s'il ne pouvait plus croire aucune de ses paroles.

« Je ne vais pas te sortir des excuses minables. Je sais que je suis totalement fautive. Et je suis vraiment désolée. Mais s'il y a quoi que ce soit que je puisse dire pour ma défense…

— Compte tenu des circonstances, la coupa Daniel, ce n'est pas moi qui prendrai la décision finale. Je suis mal placé pour ça. Je vais donc m'en remettre à une plus haute autorité.

— À Jeremy… ? chuchota Justine, sentant une nouvelle fois la honte lui chauffer les joues en imaginant l'expression déçue qui se peindrait sur son visage.

— Oui. Et pour qu'il comprenne bien la situation, je vais être obligé de lui dire que notre relation n'a pas été que professionnelle… J'ai cru qu'on y arriverait, Justine. Peut-être que je suis un indécrottable optimiste. Mais j'ai vraiment cru que ça marcherait.

— Je suis désolée…

— À ce stade, je vais aussi devoir en parler à Leo Thornbury.

— Qu'est-ce que tu vas lui dire ?

— Je vais lui expliquer les faits. Et une dernière chose, souffla-t-il en évitant son regard. Qui n'a rien à voir avec le boulot.

— Quoi ? »

Il planta ses yeux dans les siens. « Depuis combien de temps tu es amoureuse de Nick ? »

Le simple fait de poser cette question le blessait. Justine comprit que c'était un privilège de connaître une personne au point de pouvoir lire la tendresse et la peine sur ses traits. Elle avait fait preuve d'une extrême désinvolture à l'égard de ses sentiments et à présent elle lui devait au moins la vérité.

« D'aussi loin que je m'en souvienne.

— Tu es Sagittaire, n'est-ce pas ? dit-il, l'arc toujours entre ses mains.

— Oui.

— Libre.

— Oui.

— Impulsive.

— Souvent.

— Honnête. Parfois trop. »

Justine grimaça. Daniel se redressa, reposa l'arc et s'avança vers la porte.

« Je te tiens au courant. Ah, et… joyeux anniversaire, Justine. »

⚔

Durant les jours qui suivirent, Justine resta terrée chez elle, les rideaux fermés. Au début, elle s'était dit que tout ce qu'il manquait à son malheur, c'était que Nick se présente à sa porte pour lui crier dessus. Mais au bout de quelques jours, elle commença à comprendre à quel point elle avait eu tort. Quelques cris auraient été plus que bienvenus. Nick ne se présenta pas à sa porte et il ne l'appela pas. Il ne lui donna aucune nouvelle.

Elle eut envie d'appeler Tara pour lui raconter le drame mais elle ne savait pas si elle pourrait supporter de décevoir une autre personne qu'elle aimait ou admirait. Alors elle se contenta de rester cloîtrée chez elle, subsistant sur de maigres victuailles.

Mais bientôt même le lait en poudre fut épuisé, ce qui ôta tout intérêt au thé et au café. Et après avoir terminé le pain, elle ne put même plus se faire de tartines. Il n'y avait que des glaçons dans son congélateur, son frigo ne contenait plus ni œufs ni yaourts, et dans la coupe à fruits, il ne restait plus qu'une orange en train de moisir. Justine finit par en arriver à la triste conclusion qu'elle allait devoir sortir.

Elle n'était pas parvenue à remettre la main sur ses lunettes de soleil, et après ces jours de semi-obscurité, l'éclat vif du soleil d'été l'aveugla. Elle resta immobile sur le trottoir, à cligner des yeux. Quand elle parvint enfin à y voir quelque chose, elle se rendit compte qu'un petit camion de déménagement était garé devant l'immeuble d'à côté. Deux hommes étaient en train d'y hisser un gros canapé.

Elle sut aussitôt ce qui se passait. Elle le sentit dans son ventre avant même de le voir. Puis Nick sortit de l'immeuble, chargé de valises. Justine fut prise de l'envie de courir lui parler, de tout lui expliquer. Mais son instinct de fuite fut plus fort et elle s'élança en sens inverse pour disparaître au plus vite.

Quand elle revint un peu plus tard avec ses courses, la camionnette était partie. Une fois chez elle, elle ouvrit ses rideaux et vit ce à quoi elle s'attendait : l'appartement de Nick était vide. À la place du grand tapis il n'y avait plus que la moquette verte, dans la salle de bains, le rideau de douche avait disparu. Et sur son balcon, comme s'il avait été jeté là, gisait son panier. La ficelle qui le reliait à celui d'en face avait disparu. Dénouée ou coupée, Justine ne le saurait jamais.

La cuspide

Tansy Brinklow se tenait sous l'arche qui ouvrait sur la salle d'attente de son cabinet. Un bloc-notes entre les mains et ses lunettes posées bas sur son nez, elle examinait la liste de ses patients, le front plissé.

« Giles Buckley », appela-t-elle.

Elle observa un grand homme se lever en ajustant ses bretelles et lui adressa une expression faciale qui était presque un sourire.

« Attention à votre tête, avec l'arche », lui conseilla-t-elle en l'entraînant à sa suite.

Son bureau était arrangé avec un sérieux qui fleurait bon le cuir bien encaustiqué. Elle n'était pas du genre à exhiber des photos de ses filles ou à avoir un calendrier rigolo. Elle fournissait bien sûr les mouchoirs, mais ils étaient cachés dans un tiroir.

Sur son invitation, son patient s'assit. Elle aussi. Puis elle ouvrit un dossier et posa dessus ses deux mains jointes, dépourvues de tout bijou.

« Allons directement au but, monsieur Buckley. Votre tumeur est bénigne.

— Pardon ?

— J'ai de bonnes nouvelles pour vous. La tumeur est bénigne. C'est seulement qu'elle s'est logée dans un endroit particulier de votre poumon, ce qui cause vos problèmes de respiration, les sifflements et le sang quand vous toussez. »

Puis elle lui parla pendant un moment de l'opération, des risques que cela pouvait présenter, du temps de convalescence. Mais Tansy voyait bien que M. Buckley n'était pas complètement avec elle. Il restait assis sans rien dire, fixant les paumes de ses immenses mains. De temps en temps, il agitait légèrement la tête, comme pour chasser un insecte.

« Monsieur Buckley ? Vous avez des questions ? »

Il releva les yeux vers elle, le front plissé. « Qu'est-ce que je dois faire alors ? »

Tansy cligna des yeux. Ce n'était pas tous les jours qu'elle avait de bonnes nouvelles à annoncer à ses patients et pourtant le pauvre homme paraissait plus perturbé que soulagé.

« Ce que vous devez faire ? Au sujet de l'opération ?

— Non, non, ce n'est pas ce que je veux dire. Je veux dire, qu'est-ce que vous feriez, docteur ? Si on venait de vous apprendre que vous avez encore toute la vie devant vous ? Que vous pouvez en faire ce que vous voulez ?

— Oh. Eh bien, c'est difficile à dire... Qu'est-ce que vous aimez faire, monsieur Buckley ? »

Il tendit ses mains déployées devant lui, comme s'il allait se mettre à jongler avec des fruits. « Mais quand on vous donne une seconde chance, il faut en faire quelque chose de vraiment spécial, non ? »

Une grosse boule se forma dans la gorge de Tansy. Elle eut soudain la vision des mains douces de Simon

Pierce, aussi différentes que possible de celles de Giles Buckley. C'était comme si tout à coup elle pouvait sentir les mains de Simon la toucher en six endroits différents en même temps.

« Alors, docteur, qu'est-ce que vous feriez à ma place ?

— Je m'achèterais une Alfa Roméo décapotable. »

Elle fut aussi surprise que l'homme de s'entendre dire ça. Puis elle pinça la bouche bien fort pour ne pas poursuivre : « Et j'épouserais Simon Pierce. »

✦

« Non, pas celle-là. Celle-ci », fit Laura avec un rire perlé en l'entraînant vers la file la plus courte, réservée aux passagers de première classe. Mais attendre moins longtemps ne changeait malheureusement rien au fait qu'il était ridiculement tôt. Nick avait froid et il avait l'impression de grincer comme une machine mal huilée, symptômes habituels d'un lever avant l'aube. Ils devaient prendre le premier vol pour le Sud, où ils allaient passer plusieurs heures sur un chemin de vignes pour un shooting photo. Il avait envoyé ses mensurations à Chance pour qu'ils lui préparent son pantalon moulant en moleskine. Et son chapeau Akubra.

« Ça va ? » lui demanda Laura.

Elle lui avait déjà posé la question un peu plus tôt, à l'appartement. Même s'il avait officiellement réemménagé avec elle, les cartons qui contenaient tous ses biens terrestres étaient encore entassés dans l'entrée. Pendant leur période de séparation, Laura avait enlevé tous les crochets des murs et tout fait repeindre. Les affiches de Nick étaient donc calées les unes contre les autres. Ses livres, CD et DVD n'avaient pas encore retrouvé leur place non plus.

« Est-ce qu'on ne peut pas attendre un peu pour voir ce dont on a vraiment besoin, avant de tout encombrer à nouveau ? » avait-elle suggéré.

À l'approche des fêtes, les comptoirs d'embarquement étaient décorés de guirlandes argentées et de boules de Noël rouges et vertes. Devant eux, dans la queue, il y avait une femme avec une combishort à imprimé zèbre et les épaules couvertes d'autobronzant. Elle ne s'était pas ratée, le tissu était de la même couleur que sa peau.

« Nick ? Tu vas bien ? » lui demanda une nouvelle fois Laura en posant doucement sa main sur son bras.

Dans la plus pure tradition de ceux qui ne sont pas prêts à expliquer pourquoi ça ne va pas, Nick se contenta d'un « Oui oui » laconique.

Il n'aimait pas se comporter de cette façon, mais pour l'instant, il se sentait mieux bien verrouillé à l'intérieur de lui-même. Même s'il n'aurait pas su dire ce qui clochait, il savait en tout cas qu'exprimer ses pensées et sentiments n'apporterait rien de bon.

« Très bien », répondit Laura avec un haussement d'épaules qui signifiait « Comme tu voudras ».

Ils atteignirent le comptoir et, alors qu'ils déposaient leurs valises, l'employée fixa Laura.

Et allez, c'est reparti, pensa Nick.

« Est-ce que vous n'êtes pas... Mais si ! C'est vous qui faites les pubs pour Nénuphar ! s'exclama la fille. Oh mon Dieu, j'adore cette pub ! »

Et Laura, dont la soyeuse cascade brune était attachée en une queue-de-cheval toute simple et le maquillage très minimaliste – mais qui, elle, n'avait pas du tout l'air d'être debout depuis cinq heures du matin – lui adressa un charmant sourire.

« Est-ce que peut-être... demanda la fille, dégainant déjà son iPhone. Ça vous gênerait que... ? »

Nick était encore stupéfait de la bonne grâce avec laquelle Laura se prêtait au jeu. Elle faisait toujours preuve de bienveillance et de patience quand les gens voulaient la prendre en photo ou faire des selfies avec elle. Tandis que la fille contournait le comptoir, rougissante et tout sourire, Nick vit sa petite amie adapter son visage pour l'exercice. Cela ne lui prit qu'un quart de seconde. Ce visage différait à peine de son visage habituel mais c'était comme si ses expressions devenaient légèrement figées, en quelque sorte standardisées. Après tout, c'était son travail ; elle savait comment immobiliser ses yeux, ses joues, ses lèvres pour obtenir un résultat impeccable et sublime.

« Tu es sûr que ça va ? lui demanda encore une fois Laura quand ils furent assis dans la salle d'embarquement.

— Oui oui, ça va.

— C'est juste que tu as l'air... »

Elle avait raison. Effectivement, il avait l'air... Mais il avait aussi la chanson.

« Je vais aller me chercher un truc à lire. Tu veux quelque chose ?

— Juste que tu aies l'air un peu plus heureux », répondit-elle en souriant tristement.

Nick prit des bonbons au cassis et le dernier numéro de *L'Étoile*. Une caricature de Ruthless Hawker faisait la couverture. En y regardant de plus près, il ne put s'empêcher de ricaner. Le dessin représentait un salon décoré pour Noël. Sur une petite table, on voyait une assiette qui ne contenait plus que des miettes, un verre à cognac presque vide et une carotte à moitié mangée. Au centre, vêtu d'un pyjama de style Babygro, on reconnaissait le Premier ministre enfant, qui réagissait avec un enthousiasme effréné à ce qu'il venait de découvrir sur le manteau de cheminée. À la place des chaussettes débordant de cadeaux se trouvaient, joliment noués ensemble, les testicules des leaders des principaux syndicats, chaque paire décorée d'un petit nœud rouge et d'une branche de houx.

Nick ouvrit la page de l'horoscope et regarda Leo Thornbury qui le fixait de sous ses gros sourcils hirsutes.

Verseau. Malgré les hauts et les bas de l'année qui vient de s'écouler, vous avez trouvé, porteur d'eau, le chemin menant exactement là où vous devez être. Attendez-vous à de la bonne fortune dans votre vie professionnelle, surtout si elle est liée à la représentation et au public. Au travers de la convergence des forces cosmiques, une nouvelle clarté émergera et permettra à l'amour de s'épanouir. Tout ça ne vous apparaît peut-être pas encore clairement, mais rassurez-vous, Verseau, vous êtes sur la bonne voie.

Puisqu'il savait que Justine avait été mise à pied et que c'était Daniel lui-même qui supervisait l'horoscope, Nick était aussi sûr qu'il pouvait l'être que ce qu'il lisait émanait réellement de Leo Thornbury. Et pourtant, même si tenir le magazine entre ses mains déclenchait tout un cocktail d'émotions, aucune n'était vraiment plaisante.

Il y avait encore un peu de colère, mais moins. Il ne ressentait plus la furieuse envie de se précipiter chez Justine pour la pendre par les pieds à son balcon jusqu'à ce qu'elle lui explique pourquoi elle avait fait une chose pareille.

Elle l'avait mené en bateau. Avec brio. Et pendant des mois. Elle l'avait fait passer pour un crétin. En repensant à ce que « Leo » avait écrit, il était pourtant évident que c'était l'œuvre d'un ventriloque. Mais il ne saisissait toujours pas l'intérêt de sa petite farce. Était-ce pour s'offrir la démonstration que Nick était vraiment ridicule avec son horoscope ? Comptait-elle tout lui raconter à un moment donné ? Ou voulait-elle seulement rire de sa petite farce seule dans son coin ?

Elle l'avait fait passer pour un crétin mais surtout elle avait détruit quelque chose. Elle avait gâché le minuscule plaisir, l'étincelle de magie qui lui restait encore dans ce monde si pragmatique. Elle lui avait volé la petite poignée de poussière d'étoiles et de mystère, complètement innocente, qu'il retrouvait chaque mois dans les pages de *L'Étoile*.

À présent que sa colère s'était apaisée, il se sentait perdu. Et il avait de nombreuses questions sans réponse. Par exemple, si vous suiviez un mauvais guide, cela voulait-il forcément dire que la destination aussi serait faussée ? Ou le destin avait-il ses propres chemins de traverse pour vous catapulter à l'endroit où vous deviez vous trouver quoi qu'il arrive ?

Pendant la plus grande partie de l'année, il n'avait pas suivi les prédictions astrologiques de Leo Thornbury mais celles de Justine Carmichael. C'était un peu comme s'il avait confondu une étoile avec un satellite ou effacé toute une page de texte avant de se rendre compte qu'il avait gardé son doigt appuyé sur la mauvaise touche. C'était comme d'essayer de se repérer dans Londres avec une carte de New York. Alors pouvait-on vraiment penser, comme Leo le suggérait, que Nick était arrivé exactement là où il devait être ? Peut-être qu'il était juste perdu dans le mauvais quartier.

Beaucoup de gens auraient voulu sa vie. Il habitait, et était presque fiancé, avec une femme d'une incroyable beauté. Il avait un nouveau travail qui rapportait bien. Il ne déambulait plus, déguisé en piment, dans les allées d'un salon bio, il ne faisait plus de la promo pour des huîtres dans un costume puant de poisson. Il aurait dû être parfaitement heureux. Mais il ne l'était pas.

Nick reposa *L'Étoile*, prit *GQ* à la place et paya.

CAPRICORNE

♑

Le consensus humain selon lequel la Terre achève son grand tour annuel le 31 décembre n'est qu'un accident de l'histoire. Cette décision arbitraire aurait aussi bien pu se porter sur un autre choix. N'importe lequel des 364,25 autres. Mais ça n'a pas été le cas. C'est tombé le 31 décembre, ce qui signifie que cette date, pour un grand nombre d'humains, reste synonyme de fin – notion inséparable, bien sûr, de celle de commencement. Car si nous avons hâte de dire joyeusement adieu aux désagréments et blessures infligés par l'année qui vient de s'écoxuler, nous sommes également impatients d'entamer la nouvelle page blanche qui se profile, riche de tous ses potentiels. Demain.

Comme de nombreuses personnes (mais peut-être un peu plus que d'autres, quand même), Justine Carmichael se réveilla ce 31 décembre avec une sensation diffuse de soulagement. Cette année était presque finie. Et le douzième coup de minuit marquerait la conclusion de cette catastrophe intégrale. Ce serait enfin terminé. *Over*. Tout ça serait bientôt relégué au rang de souvenir et archivé. Dans les tréfonds d'un lieu bien obscur.

Cette année-là, le jour de l'An tombait un dimanche. Justine se réveilla tôt dans sa chambre d'enfant à Edenvale. Malgré l'heure matinale, le soleil tapait déjà fort quand elle sortit sur la terrasse. Clignant des yeux dans la lumière aveuglante, elle distingua au fond du jardin la silhouette de sa mère qui s'activait avec un seau – le seau qu'elle gardait toujours à ses pieds lorsqu'elle se douchait. À présent, vêtue en tout et pour tout d'une nuisette minimaliste, elle arrosait ses chères cordylines Sensation écarlate et ses grosses pattes de kangourou avec l'eau ainsi récupérée.

Justine renvoya son salut à sa mère et fit le vague projet d'aller promener Lucy. La vérité, c'est qu'elle allait plutôt passer la journée à regarder la trilogie *Star Wars* en pyjama, dans le but avoué de faire avancer l'horloge plus vite.

ƶ

Pendant les fêtes, Patricia O'Hare avait passé pas mal de temps dans les centres commerciaux et les supermarchés. Son exposition massive aux musiques de Noël qui y tournaient en boucle avait fini par lui laisser dans la tête des bribes de chansons, comme un éclat de sucre d'orge qui serait resté planté dans un coin de son cerveau. Bien qu'on soit déjà le 31, cet éclat ne semblait pas vouloir disparaître et elle se surprit à fredonner « C'est la magie de Noël » dans les couloirs du refuge.

Comme chaque année à cette période, ils avaient vu affluer des chiots cockapoos et cavapoos hors de prix après qu'ils avaient laissé de petites flaques jaunes aussi inattendues qu'indésirables sur les tapis luxueux.

Il y avait aussi le lot habituel de carlins qui avaient paru bien moins mignons quand ils avaient commencé à mâchouiller les chaussures. Ils avaient récupéré un labrador chocolat multirécidiviste qui avait encore mangé les boules de Noël et une famille envisageait de récupérer son berger allemand vieillissant en revenant de Bali. S'il n'était pas mort.

Cette période était loin d'être la plus agréable. Les chiens étaient en surnombre et la plupart des bénévoles en vacances. Même si Patricia considérait que sa tâche se limitait à présent à l'administratif, ce n'était vraiment pas le moment de jouer la diva. En début d'après-midi, Patricia et sa pelle à caca entrèrent donc dans la cage occupée par l'animal le plus laid du chenil. C'était un chien errant bien connu au refuge et ses chances d'être jamais adopté approchaient du zéro. La dernière fois qu'il avait été amené, il portait autour du cou un bandana bleu crasseux sur lequel était écrit Brown Houdini-Malarky. C'était devenu son nom officiel, celui qu'ils avaient inscrit à la craie au-dessus de sa cage.

« Salut, Brown. »

Le chien agita sa vilaine queue nue surmontée d'un drôle de pompon. Il n'avait aucun intérêt à se montrer désagréable avec ceux qui travaillaient là. Il se contenta donc de l'observer ramasser une pile de crottes rappelant un peu de la mousse au chocolat. Puis, parce qu'il était de bonne nature, il accompagna sa chanson de quelques petits aboiements bien placés.

« Tu as une très jolie voix, Brown », déclara Patricia en lui grattouillant la tête.

Brown aurait beaucoup aimé pouvoir s'attribuer le mérite de ce qui se passa ensuite. D'ailleurs, c'était exactement ce qu'il allait faire, décida-t-il rapidement. Quand il arpenterait de nouveau fièrement les rues, de retour dans son habitat naturel, il raconterait comment son charme Voo Dog irrésistible avait poussé la femme à abandonner précipitamment la cage. Comment ses pouvoirs psychiques l'avaient incitée à mal la refermer et à s'enfuir avec ses baskets criardes, son téléphone à l'oreille, sans même jeter un regard en arrière.

« Zadie est quoi ? s'exclama-t-elle. Comment ? Elle est déjà en train d'accoucher ? »

Brown vit tout à coup la femme se figer.

Ne te retourne pas, ne te retourne pas.

« Elle a perdu les eaux ? Non ?! »

Ne te retourne pas, ne te retourne pas.

Ça fonctionnait parfaitement. La femme ne se retourna pas. Elle avait les larmes aux yeux et ne prêtait aucune attention à ce qui se passait autour d'elle.

« C'est vrai ? C'est bien vrai ? Je vais devenir grand-mère ? J'arrive tout de suite ! »

Après son départ, Brown attendit prudemment quelques minutes. Puis il poussa doucement la grille avec son museau.

Yes ! Elle s'ouvrait sans problème. Il sortit d'abord la tête puis regarda à droite et à gauche. À cause de son œil gauche manquant, il devait se tordre le cou pour avoir une bonne visibilité. La voie était libre, il remercia sa bonne étoile. Quand il s'agissait d'être adopté, c'était un gros inconvénient d'être relégué tout au fond du refuge. Mais pour s'échapper, c'était parfait.

Un peu plus loin, il remarqua deux grosses poubelles à roulettes calées contre un mur, près des portes de service. Il suffisait qu'il se cache derrière. Et des poubelles à la sortie, ce ne serait plus qu'un jeu d'enfant pour un chien comme lui. Tout ce qu'il avait à faire, c'était se cacher et attendre.

Brown aurait voulu savoir résister à cette vile tentation. Mais le fait est qu'en passant devant la cage d'un loulou de Poméranie qui lui tapait sur le système depuis des mois, il leva la patte et lâcha à la hâte un petit message bien odorant : *Enfin libre ! Je suis Brown Houdini-Malarky et je suis enfin libre !*

♐

Caleb Harkness – *Sagittaire, architecte paysagiste la semaine et capitaine de hockey subaquatique le week-end, célibataire pas du tout endurci et collectionneur de vinyles* – n'avait pas réussi à oublier la jolie brune avec le gerbera derrière l'oreille qu'il avait rencontrée à la boutique vintage. Celle où il avait mis la main sur l'album *Doolittle*, des Pixies. Depuis ce jour, il se reprochait souvent d'être un parfait crétin. Non seulement il avait été trop timide pour prendre son numéro mais en plus il avait été si stupide qu'il ne lui avait même pas demandé son prénom ni où elle travaillait.

Durant cette journée fatidique qu'il avait rebaptisée Jour de la porcelaine de Charles et Diana, il avait pourtant eu amplement le temps et l'opportunité. Pendant que les vingt cartons bloquaient la porte, il aurait pu trouver le moyen de lui soutirer quelques informations. Et une fois l'entrée enfin dégagée, il aurait encore eu largement l'occasion. Car avec la fille du magasin, Caleb et la jolie brune avaient ouvert tous les cartons l'un après l'autre, leur incrédulité et leur hystérie grimpant progressivement. Ils avaient besoin de savoir combien de porcelaines de commémoration une seule et même personne pouvait réellement posséder.

Durant toute cette longue journée, la seule donnée qu'il ait obtenue (et encore, c'est parce qu'elle le lui avait dit), c'est qu'elle était fleuriste. Où ? En ville ? En périphérie ? Il n'avait même pas demandé. Il était le plus grand crétin que le monde ait jamais porté.

De toute façon, elle était probablement déjà mariée. À un peintre spécialisé dans l'art abstrait, intense et sophistiqué, ou à un dramaturge à favoris. Ou peut-être, d'ailleurs, à une dramaturge aux seins superbes. Mais si ce n'était pas le cas ? Il ne s'était jamais beaucoup intéressé au concept d'alchimie. Pourtant, il était tout à fait certain d'avoir été complètement atomisé par son odeur. Des lilas après la pluie. Elle était mince et brune, avec une voix sexy légèrement éraillée. Elle était vive, avait le rire facile et surtout elle lui était familière, comme s'il savait déjà comment ce serait de se réveiller avec sa tête bouclée au creux de son bras. C'était la raison pour laquelle il avait entrepris la visite systématique de chaque fleuriste de Sydney et des alentours.

Il n'aurait jamais cru qu'il pouvait y en avoir autant. Il ne la trouva pas chez le fleuriste de l'hôpital qui vendait des nounours bleus ou roses et des ballons avec des messages. Ni chez les fleuristes chics du centre. Il avait placé certains espoirs dans le fleuriste japonisant dont la vitrine croulait sous les orchidées et les fleurs tropicales, à côté de la boutique où ils s'étaient rencontrés. Elle n'y était pas non plus.

Il avait commencé sa quête avec enthousiasme mais il approchait de la fin de sa liste sans gaieté de cœur.

En ce 31, sa liste de bonnes résolutions mentionnait d'oublier la jolie fleuriste, tout comme d'arrêter de passer des soirées entières sur eBay pour trouver des vinyles, d'apprendre à bien ranger ses avis d'imposition et de se préparer ses déjeuners la semaine.

En ce dernier jour de l'année, la petite sœur de Caleb, une vraie maniaque de l'organisation, accueillait toute la famille chez elle. Comme elle ne jugeait pas son frère capable d'apporter une salade ou un dessert dignes de ce nom, elle lui avait donné pour mission d'aller acheter des crevettes.

Il se retrouva donc aux halles d'Alexandria, un 31 décembre à seize heures, avec deux kilos de crevettes crues qui n'arriveraient jamais jusque chez sa sœur. Car en face de chez le poissonnier, il découvrit un fleuriste qui n'était pas sur sa liste. La boutique s'appelait Hello Pétales, et derrière le comptoir, un gerbera orange calé derrière l'oreille, il y avait sa belle fleuriste. Caleb ne prit même pas le temps de réfléchir. Il marcha droit sur elle. Et avant d'avoir pu penser au fait qu'il n'avait aucun plan, il n'était déjà plus qu'à quelques mètres.

Elle portait un tablier de vichy brodé avec un calicot à son nom. Fern. Ça lui allait merveilleusement bien. Caleb sentit ses mains transpirer tandis qu'il la regardait poser sur le comptoir un pot de pensées veloutées. Elle releva les yeux et le vit.

Elle l'avait reconnu.

« Eh ! Bonjour, vous ! » lança-t-elle.

Elle avait l'air content de le voir.

« Salut, dit-il. Je cherchais... »

Il tenta désespérément de trouver quelque chose. Des roses ? Trop chiant. Des lys ? Trop glauque.

Le silence menaçait de s'éterniser. Caleb cligna des yeux et le sourire de Fern s'élargit. Elle savait très bien ce qu'il était venu chercher.

Elle lui plaisait tellement. Au diable les prétextes.

« Je vous cherchais, en fait. »

༒

Couché à l'entrée d'une large buse en béton, au bord d'une autoroute, Brown Houdini-Malarky regarda le dernier coucher de soleil de l'année. Il venait de passer plusieurs heures à mourir de chaud et de soif en attendant que quelqu'un sorte enfin les maudites poubelles derrière lesquelles il était caché. Il avait presque cru que ça n'arriverait jamais. Il avait fini par avoir un coup de chance spectaculaire quand un vieux bénévole à moitié aveugle et tout bancal s'en était chargé. Brown lui avait filé entre les jambes sans même qu'il le remarque. Par contre, l'épagneul en laisse qui l'accompagnait avait aboyé comme un fou.

Il faisait nuit à présent et Brown trottina le long de l'autoroute jusqu'à apercevoir les lumières d'un restaurant routier dont s'échappaient des odeurs plus qu'appétissantes. Devant, il y avait une poubelle débordant de délices. Il engloutit les restes d'un burger trouvé par terre puis, en calant ses pattes avant contre la poubelle, il utilisa son museau pour faire basculer un gobelet contenant encore un peu de milk-shake qui lui coula directement dans la gueule. La boisson, jaune et parfumée à la banane, finit sa course sur le sol où Brown put la laper. Cela faisait des mois qu'il n'avait pas mangé autre chose que des croquettes.

Une fois à peu près rassasié, Brown alla se tapir dans l'obscurité, d'où il observa les camions arriver et repartir. Ils étaient loin de constituer un mode de transport idéal. Brown savait par expérience qu'en général ils n'entraient pas dans le centre de la ville, circulant seulement en périphérie. Mais les chauffeurs, souvent solitaires, étaient bien plus amicaux que les conducteurs de voiture et étaient ravis de transporter sur quelques kilomètres un petit compagnon. S'il parvenait à trouver une place, il pourrait se rapprocher considérablement des rues qui lui étaient familières.

Le premier routier que Brown repéra ne convenait pas du tout. Il avait le visage étroit, des gestes de professionnel et son semi-remorque étincelait. Il était sûrement intolérant aux poils de chien. Le deuxième paraissait plus accommodant mais il n'allait pas dans le bon sens. *La troisième, c'est la bonne*, se dit Brown en observant un homme corpulent à l'allure négligée qui sortait du *diner* les bras chargés de burgers et de sodas. Le temps qu'il rejoigne sa cabine avec son chargement, Brown était assis près de la portière, agitant la queue de façon amicale – mais sans exubérance.

Le camionneur vit ce vilain chien et plusieurs pensées s'enchaînèrent aussitôt dans son esprit : *Je vais ouvrir la portière et laisser ce gentil chien monter. Je vais lui baisser la fenêtre passager pour qu'il puisse sortir sa tête et sentir le vent.*

Quelques instants plus tard, Brown Houdini-Malarky roulait vers la ville, le vent agitant sa fourrure et son unique œil rivé sur sa prochaine opportunité.

ᚹ

Laura Mitchell portait une robe fourreau noire avec une subtile touche de dentelle à l'encolure et de hauts talons assortis. Ses cheveux tombaient gracieusement en vagues sur ses épaules, et si son maquillage ne pouvait pas exactement être qualifié de discret, en tout cas, il n'était pas vulgaire.

« Tu es sublime », la complimenta Nick qui, sur l'insistance de Laura, avait sorti son smoking.

Ils étaient devant leur immeuble, attendant le taxi qui les conduirait au casino Galaxy. Ils retrouvaient Eve et Sergei, deux collègues de Laura, qui avaient proposé de dîner au Capretto, le plus tape-à-l'œil des restaurants du casino, où les plats étaient ridiculement chiches mais où la cuisine ne fermait jamais. Après le dîner, ils voulaient aller au traditionnel concert du Nouvel An, sur le toit du casino. Cette année, c'était l'une des artistes favorites de Nick, Blessed Jones, qui s'y produisait.

Laura lui adressa un sourire exquis. « Cette nuit devrait rester gravée dans nos mémoires, n'est-ce pas ? »

Nick acquiesça. Il voyait très bien de quoi elle parlait. Ils s'étaient tacitement mis d'accord pour que ce soir, à un moment donné, Nick la surprenne en lui offrant la bague de fiançailles dont il sentait le poids dans sa poche. Même si la bague ne la surprendrait pas beaucoup plus que le timing. Laura avait été présente à chaque étape : elle avait choisi le bijoutier, choisi la pierre (un rubis rouge sombre), choisi l'anneau (simple, élégant, en or blanc), essayé le résultat pour vérifier la taille et avait envoyé à Nick un texto pour le prévenir qu'il pouvait aller chercher la bague.

C'était juste plus pratique que la femme s'occupe de tout ça et choisisse son bijou, lui avait-elle expliqué.

Après tout, si c'était pour toujours, autant que ce soit parfait.

ᚦ

Tansy Brinklow appuya sur l'accélérateur et son Alfa Romeo Spider flambant neuve émit un ronflement grisant en bondissant vers l'avant. Il était tout juste vingt heures en ce soir du Nouvel An, elle avait relevé la capote et « You Sexy Thing » faisait vibrer les enceintes tandis que la longue écharpe en cachemire gris-vert dont elle s'était couvert les cheveux volait au vent.

Tansy n'avait pas vraiment de destination en tête. Tout ce qui l'intéressait, pour le moment, c'était de dépasser le gros camion qui la ralentissait et lui bouchait la vue. Elle enclencha son clignotant et le doubla rapidement. Tandis qu'elle passait à côté, il lui sembla apercevoir du coin de l'œil quelque chose qui tombait de la cabine, comme un vieux tapis ou un jouet mâchouillé. Mais elle ne vit rien sur la route dans le rétroviseur. Elle haussa les épaules et se dirigea vers la ville sans se rendre compte qu'un petit passager clandestin était niché derrière son siège et haletait de soulagement.

ᚦ

Vers vingt et une heures, le taxi de Nick et Laura passa près du Jardin botanique. Malgré le léger étranglement causé par son col et son nœud papillon, le jeune homme était absorbé dans le plaisir rêveur qu'il éprouvait toujours à se faire conduire.

« À quoi tu penses ? lui demanda Laura.

— Mmm ? marmonna-t-il, même s'il l'avait parfaitement entendue.

— Je t'ai demandé à quoi tu penses.

— Je pense à mon horoscope. »

Et c'était presque vrai.

Au travers de la convergence des forces cosmiques, une nouvelle clarté émergera, avait écrit Leo. Mais fatalement, penser à l'horoscope et à Leo Thornbury l'avait fait penser à Justine.

« Ah, toi et ton horoscope », se moqua gentiment Laura en lui pressant la main.

C'est à ce moment-là que Nick vit un petit chien sauter d'une décapotable. Brusquement sorti de sa rêverie, il écrasa son visage contre la vitre pour suivre la progression de l'animal qui courait entre les voitures. Il le regarda atteindre sans problème un îlot et attendre un moment avant de s'élancer de nouveau dans le trafic. Le chien s'en tira très honorablement en esquivant les voitures qui redémarraient au feu vert. Mais il fit une erreur de calcul et fut soudain heurté à pleine vitesse. Il glissa sur la route, laissant une traînée de sang sur le bitume. La voiture ne s'arrêta pas.

« Oh merde ! Vous avez vu ça ?

— Eh oui. Le pauvre, il a l'air mal en point, répondit le chauffeur.

— Arrêtez-vous, s'il vous plaît !

— Qu'est-ce qu'il y a ? Il y a eu un accident ? demanda Laura.

— Un chien s'est fait heurter par une voiture. Je vais le chercher, dit Nick en se précipitant à son tour dans la circulation.

— Un chien ?! s'exclama-t-elle, incrédule. Mais Nick, on a une réservation pour le dîner !

— Vas-y, je te rejoins tout de suite. Commande-moi à manger, ce que tu veux.

— Mais enfin, Nick, tu ne peux pas partir comme ça à la poursuite d'un chien ! Pas ce soir ! »

Mais il était déjà sur l'îlot central et il se contenta de lui souffler un baiser avant de se détourner.

À la différence du chien, Nick avait l'avantage d'être vu pas les automobilistes. En levant les deux bras dans un geste qui était à la fois celui de la reddition, de la supplique et de l'excuse, il parvint, au milieu d'un concert de klaxons et des véhicules qui faisaient des écarts pour l'éviter, à suivre la traînée de sang laissée par le chien.

Nick finit par le retrouver, roulé en boule et tout tremblant, à moitié caché dans les branchages au bas d'une haie. À travers son œil unique, le chien l'observait approcher. Sa fourrure était couverte de sang et il avait une patte salement amochée.

« Oh, mon pauvre vieux. On va trouver quelqu'un pour t'arranger. Allez, viens. Viens par là. »

Nick s'accroupit et avança doucement la main, lui parlant d'une voix basse et réconfortante. Mais l'œil du chien s'agrandit de terreur et au moment où Nick était sur le point de l'attraper, il se dressa sur ses trois pattes valides et se faufila à travers la haie.

« Merde », grogna Nick. Il courut jusqu'à l'entrée du Jardin botanique la plus proche, tentant de se rappeler combien il y en avait et où elles étaient situées. Il lui fallut quelques minutes pour atteindre un grand portail en fer forgé. Sur l'un des battants était accrochée une affiche pour *Roméo et Juliette* joué par Shakespeare, Chemins de traverse.

Nick poussa la grille et entra dans ce havre de paix et de verdure. Il scruta les creux et les pleins des pelouses, les chemins qui les traversaient et l'ombre des arbres. Les pieds des réverbères de part et d'autre des sentiers étaient presque invisibles dans l'obscurité. Leurs globes de lumière étaient suspendus dans la nuit comme de gros pissenlits. Nick finit par capter un mouvement au sommet d'une petite colline.

Le chien avait une bonne avance sur lui, d'autant que Nick avait du mal à courir avec ses belles chaussures toutes lisses. Le temps qu'il atteigne le haut de la côte, le chien avait disparu. Mais au moins, il avait une très jolie vue sur le célèbre étang aux nénuphars du Jardin botanique.

J'ai vraiment fait tout ce que je pouvais, se dit-il en sortant son téléphone.

« Siri, appelle Laura Mitchell.

— Je suis désolé, je n'ai pas bien compris. »

Son Siri se faisait vieux et devenait un peu dur de la feuille.

« Appelle Laura Mitchell », répéta-t-il en articulant. Mais Nick aperçut soudain le chien qui traversait péniblement une pelouse, juste de l'autre côté de l'étang. Il était sur le point de passer à couvert, parmi les arbres.

« Quelle Laura souhaitez-vous appeler ? » demanda Siri en proposant différentes options. Mais Nick ne lui prêtait plus aucune attention.

Valait-il mieux traverser par la gauche de l'étang ou par la droite ? Qu'est-ce qui serait le plus court ? Il y avait aussi une troisième option…

Un charmant petit barrage séparait l'étang en deux. L'eau l'enjambait en formant une minuscule cascade. S'il traversait le plan d'eau ici, il se mouillerait à peine les pieds. Et c'était exactement ce qu'il allait faire, décida-t-il en posant le pied sur le béton. Le barrage était un plus large que son pied. On était bien loin du funambulisme entre deux buildings. Pourtant, Nick sentit son pouls accélérer comme s'il était en train de braver la mort. Pied gauche, pied droit, pied gauche, pied droit... Dans sa hâte, il commit l'erreur de poser sa semelle lisse sur un nénuphar. La surface était glissante et son pied ripa. Il fit le moulin à vent avec ses bras pour ne pas perdre l'équilibre et son téléphone vola avant d'atterrir dans l'eau où il coula à pic, comme les lois de la gravité le condamnaient à le faire.

« Non ! » hurla Nick. Ce n'était certes pas le dernier iPhone mais avec son vélo, c'était sa possession la plus précieuse. Enfin, ç'avait été. Les mains sur les hanches, il resta un moment au milieu de l'eau, immobile, à scruter les profondeurs. Son téléphone avait disparu et il n'y avait absolument rien à faire. Mais maintenant il avait vraiment intérêt à trouver ce chien, sinon tout ça n'aurait servi à rien. S'il le trouvait, la perte de son téléphone serait noble. Sinon, ce ne serait que stupide.

ठ

Apparemment, Phoebe et Luke étaient les deux seuls spectateurs à avoir commis l'erreur de venir sans couverture et sans un panier à pique-nique. Même si Luke avait étendu son manteau pour qu'ils s'asseyent dessus, Phoebe, appuyée sur ses avant-bras, ne sentait plus ses mains, et sa jupe était trempée de rosée.

Ils buvaient à tour de rôle du vin de gingembre bon marché que Phoebe avait chipé dans le placard où sa mère gardait son mauvais vin de cuisine. La soirée avait eu beau commencer riche de promesses, Phoebe sentait ses espoirs s'amenuiser comme peau de chagrin. Si Luke avait eu envie de lui prendre la main, il l'aurait fait. Ils en étaient déjà au troisième acte, pour l'amour de Dieu.

Tybalt, qui traversait justement la scène au pas de charge, armé d'épées qu'il faisait tournoyer, était joué par une femme. Elle était grande et imposante, ses cheveux roux étaient noués en deux tresses et son costume rappelait assez celui d'une Valkyrie. Mercutio, déjà au sol, à ses pieds, n'était lui pas habillé en viking mais plutôt en gentleman. Sa veste en velours évoquait Oscar Wilde.

« Car l'âme de Mercutio
N'a fait qu'un petit chemin par-dessus nos têtes.
Attendant la tienne, pour avoir compagnie
Toi ou moi, ou les deux, nous partons avec lui », dit un Roméo bouleversé en levant les yeux vers le ciel.

Son costume évoquait encore un univers différent. Il ne portait qu'une chemise blanche toute simple et des hauts-de-chausses qui donnaient l'impression qu'il venait d'abandonner son troupeau dans quelque campagne autrichienne.

Tybalt, avec un dédain souverain, enfonça la pointe de son épée dans la gorge de Roméo et l'audience retint son souffle tandis que l'acteur déclamait :

« Toi misérable enfant, qui tenais pour lui,
Avec lui tu partiras. »

Mais Roméo esquiva la menace, resserra sa prise sur sa propre épée et se prépara au combat. « Ceci décidera ! » hurla-t-il en fondant sur son adversaire.

Tandis que Roméo et Tybalt combattaient, Phoebe capta du coin de l'œil ce qui ressemblait à un chien. Il boitillait sur le côté droit de la scène, poursuivi par un homme en smoking.

« Regarde, chuchota-t-elle à Luke. Regarde là-bas.
— Ça fait partie de la pièce ?
— Ce n'est pas dans la version que je connais, en tout cas.
— Mais qu'est-ce qu'il fait ?
— On dirait qu'il essaie de l'attraper. »

Le type en smoking tentait comme il pouvait de se faire discret mais sans grand succès.

Au moment où le chien atteignit la scène, l'homme en smoking se jeta sur lui. Mais l'animal n'avait pas l'intention de se laisser faire. Il aboya et se débattit, son sang maculant la chemise blanche de l'homme, puis il sauta de ses bras et atterrit avec un gémissement de douleur, s'enfuyant le plus vite possible en boitillant, la tête tournée vers son poursuivant. Phoebe se couvrit la bouche, horrifiée, quand le chien se précipita entre les duellistes.

« C'est quoi ce bordel ? » hurla Tybalt, passant en improvisation totale tandis que la boule de poils se faufilait entre ses jambes.

Phoebe crut que le chien allait se contenter de traverser la scène mais, effrayée par les moulinets de Roméo, la pauvre bête fit demi-tour. Les spectateurs commençaient à rire nerveusement, se demandant à quoi s'attendre tandis que le chien zigzaguait entre les pieds des combattants, sous le regard consterné du type en smoking. Il était resté en bordure de la scène, les bras grands écartés, comme s'il espérait pouvoir se saisir du chien s'il finissait par se précipiter dans sa direction.

Alison Tarf en personne – metteur en scène de la pièce et créatrice de la compagnie – finit par apparaître sur la scène avec son tee-shirt noir réservé au staff. Ses cheveux pâles virevoltèrent quand elle se lança à la poursuite du chien. Pris de panique, l'animal fit de nouveau volte-face et se rua dans les jambes de Tybalt qui perdit l'équilibre. Elle tomba de tout son poids sur Roméo en lui mettant au passage un coup d'épée dans le visage. Roméo lâcha sa propre épée et laissa échapper un cri de douleur. La plupart des spectateurs, debout ou à genoux, tentaient désespérément de voir ce qui se passait.

« Ma dent, ma dent ! V'ai perdu ma dent ! » hurlait Roméo.

« C'est pour de vrai... ? » demanda Luke d'un ton incertain.

Le visage et les mains de Roméo étaient couverts de sang et Mercutio, qui jusque-là était resté sagement mort, finit par s'asseoir.

« Putain, f'est ma dent de devant ! »

Tybalt, à quatre pattes, cherchait sur la scène. « Je l'ai ! C'est bon, je l'ai ! » s'exclama-t-elle en se relevant, le poing soigneusement serré sur sa prise.

Le chien commençait à fatiguer et Alison Tarf finit par parvenir à l'attraper. Elle tenait toujours l'animal pantelant bien serré contre elle quand elle s'avança sur la scène : « Nous vous présentons toutes nos excuses, déclara-t-elle le souffle court, pour cette interruption inopinée. Je vous en prie, discutez entre vous pendant que nous reprenons nos esprits. »

Phoebe, qui entendait les bribes de conversation sur la scène (Qu'est-ce qu'on va faire... Putain mais quelle catastrophe... Pas de doublure... Renvoyer tout le monde...! Rembourser... Où est James ? Le dentiste de garde...), n'en revenait pas d'une telle malchance. Si seulement *Juliette* avait pu se casser une dent ! Elle aurait pu, elle, Phoebe Wintergreen, la remplacer à la volée ! Elle connaissait sa Juliette sur le bout des doigts. *Nous sommes sœurs de cœur. Laissez-moi être votre Juliette !*

⁊

Nick, sous le regard assassin d'Alison Tarf, ouvrit la bouche pour dire quelque chose. Puis il la referma.

Mais qu'est-ce qui lui prenait ? Il avait dans sa poche un très gros rubis que sa petite amie comptait bien se faire passer au doigt ce soir. Et Alison Tarf agrippait un chien qui saignait toujours et dont il était maintenant responsable. Il fallait l'emmener chez un vétérinaire au plus vite. Mais Nick connaissait encore toutes les répliques de Roméo. Il les connaissait à la virgule près, réalisa-t-il en pensant soudain à Justine, assise en tailleur sur son balcon, le script ouvert sur les genoux, en train de gober des Maltesers.

« Je pourrais... commença-t-il.

— Vous pourriez quoi ? répéta Alison Tarf, laconique.

— Je pourrais jouer Roméo. Je connais le rôle. Je l'ai joué cette année. À La Gaieté. »

Alison Tarf l'examina de plus près. Elle cligna des yeux et scruta son visage.

« Je vous ai vu. J'ai vu la pièce. Est-ce que d'ailleurs je ne vous ai pas appelé pour venir passer une audition ?

— Je suis désolé, je…

— Bon Dieu, mais c'est qui, lui ? intervint Juliette.

— Lui, répondit Alison Tarf, soudain rayonnante, c'est notre nouveau Roméo. »

Nick caressa la tête du chien épuisé. « Tu vois tous ces gens, mon vieux ? *The show must go on.* Est-ce que tu crois que tu peux attendre encore un tout petit peu ? Tu peux tenir ? Et ensuite on file chez le véto. Ça va aller ? »

Et Nick eut l'impression de voir une lueur de compréhension dans l'œil de l'animal.

« Allez, en scène, dit Alison Tarf.

— Et pour le costume ? »

Elle le prit par les épaules et examina son smoking et sa chemise maculés de sang : « C'est parfait comme ça ! »

☋

Annabel Barwick – *Cancer, vétérinaire la semaine et ardente glandeuse le week-end, jeune mariée partageant la vedette sur ses photos de noces avec un cacatoès nommé Sheila, bénévole dans de nombreux refuges pour animaux, fondatrice d'une association au Népal pour la vaccination des chiens errants* – travaillait tard en ce soir du jour de l'An.

Elle n'en avait pourtant pas eu l'intention. Jusqu'à ce qu'on lui amène un jeune chien de berger apathique qui vomissait beaucoup et que la radio révèle qu'un petit jouet en caoutchouc s'était logé dans ses intestins. Le chien venait de se réveiller de son anesthésie et son ventre rasé arborait un très bel échantillon de l'impeccable travail de couture d'Annabel.

Après avoir renvoyé toute son équipe chez elle, à l'exception d'une infirmière, Annabel s'était assise pour remplir la paperasse en lien avec l'opération qu'elle venait de pratiquer. Derrière la vitre qui la séparait de la rue, elle voyait le monde passer en mode festif ; elle pouvait en sentir le pouls. La porte se rouvrit à vingt-trois heures quinze, laissant entrer de la musique, des cris et le vrombissement agaçant des vuvuzelas. Entra surtout un beau jeune homme en smoking qui portait un chien ensanglanté.

Non, non, non, pas question, se dit Annabel, sentant s'évaporer son dernier espoir de quitter la clinique avant minuit. Elle envisagea de dire à l'homme d'aller voir ailleurs, qu'elle ne pouvait rien faire pour lui. Puis elle croisa le regard du chien. Il fallait faire quelque chose rapidement. Et en le regardant de plus près, elle le reconnut.

« Mon Dieu, mais c'est Brown Houdini-Malarky ! s'exclama-t-elle en faisant le tour du comptoir.

— Euh… Vous le connaissez ?

— Vous l'avez adopté ? demanda-t-elle, stupéfaite.

— Pardon ?

— Vous l'avez adopté au refuge ?

— Quoi ?! Non, pas du tout ! Je ne le connais même pas. Il s'est fait heurter par une voiture près du Jardin botanique. On passait à côté, je l'ai vu, je l'ai suivi, j'ai fini par réussir à l'attraper. Et me voilà.

J'aurais dû arriver plus tôt... Oh non, merde... Il va mourir, c'est ça ? »

La vétérinaire écarta les poils qui retombaient sur l'œil du chien. Il respirait difficilement mais ce n'était pas catastrophique non plus. Sa fourrure était tachée de sang coagulé et il y en avait aussi partout sur les fines rayures blanches du smoking du jeune homme.

« Oh, Brown... Tu as encore joué à Houdini ? »

Une fois le chien sur sa table de consultation, il ne fallut pas longtemps à Annabel pour diagnostiquer une patte salement abîmée et une mâchoire en un peu moins mauvais état. Elle suspectait aussi une petite hémorragie interne.

« Ça ne se présente pas très bien. Je pourrais probablement le sauver. Mais je ne suis pas certaine que ce soit vraiment une bonne idée. »

Elle lui expliqua que le chien avait passé la plus grande partie de sa vie à s'échapper des refuges et qu'il avait eu de nombreuses opportunités d'être adopté. Même si avec son œil, il fallait bien avouer que c'était compliqué... Il était un peu éloigné des canons de beauté classiques et personne n'avait vraiment su lui ouvrir son cœur. Il avait déjà failli être piqué. Et une fois seulement, c'était déjà un miracle. Si elle appelait le refuge pour leur demander quoi faire, ils lui diraient probablement de...

« Non !

— Non... ?

— Écoutez, il faut que j'y aille, dit le jeune homme après une grande inspiration. Je suis déjà très, très en retard pour quelque chose de très, très important. Mais si vous pouvez faire quelque chose, je paierai.

— Vous comprenez bien que même si je réussis à le sauver, il risque d'être piqué dans six mois ou un an ? Si personne ne l'adopte, je veux dire. Et l'opération va coûter une petite fortune. Je vais réduire mes honoraires autant que possible, bien sûr, mais…

— Il est vraiment laid, hein ? dit le jeune homme en caressant affectueusement l'animal.

— Il est tout à fait hideux », confirma Annabel.

À un autre moment, peut-être Nick Jordan aurait-il pris une décision différente. Mais ce soir-là, il était encore dopé par les applaudissements, débordant de confiance en lui. Et il croyait en l'élasticité de son compte en banque.

Les spectateurs du Jardin botanique avaient été sidérés que la troupe Shakespeare, Chemins de traverse soit parvenue à terminer la représentation avec un nouveau Roméo choisi sur le tas. Ils avaient sauté sur leurs pieds pour une ovation interminable. Et quand Nick s'était avancé pour saluer, l'enthousiasme de la foule était encore monté d'un cran. Ils avaient hurlé, sifflé et brandi le poing. Il avait été un vrai héros. Le héros de la soirée.

« Peu importe le prix », promit Nick en partant.

♄

Nick monta deux par deux les marches menant à l'entrée du Galaxy et, après la porte-tambour qui lui sembla mettre une éternité à tourner, il pénétra dans l'ambiance chatoyante du foyer du casino. Sur un mur s'étendait une immense fontaine qui semblait laisser couler des rideaux de diamants. Tout autour se pressaient des femmes en robes scintillantes et des hommes dans des nuages de parfum.

Nick, avec sa chemise maculée de sang, son nœud papillon en pagaille et ses cheveux ébouriffés, attirait quelque peu l'attention. Mais c'était bien la dernière de ses préoccupations. Il tapota la bague, bien à l'abri dans sa veste froissée. Il avait peut-être perdu son téléphone au fond d'un étang mais la bague de Laura était encore là. Il trouva les ascenseurs et matraqua le bouton jusqu'à ce que l'un d'entre eux arrive.

Une fois dedans, il appuya avec la même impatience sur le bouton indiquant « Salle de concert ». Enfin, il y était. Enfin presque. Les portes venaient à peine de se fermer qu'elles se rouvrirent. À la grande frustration de Nick, deux adolescents se précipitèrent dedans avec l'air de gosses qui viennent de se trouver une nouvelle cachette. En le voyant, ils tentèrent de prendre l'air sérieux, sans parvenir à effacer totalement les sourires stupides qui s'étalaient sur leur visage.

Ils étaient trop jeunes pour être là, se dit-il. Et ils avaient bu. En fait, une bouteille dépassait même du sac en patchwork de la fille. L'adolescente avait une masse de cheveux bouclés et ses grands yeux bleu-vert lui conféraient une beauté un peu étrange.

Elle amorça un bref mouvement vers l'avant, comme si elle avait l'intention de lui adresser la parole, puis se ravisa. Nick se rappela qu'il devait avoir l'air vraiment inquiétant avec sa chemise couverte de sang et il fit de son mieux pour chasser les ondes d'impatience et d'agressivité qu'il avait l'impression d'émettre.

« Quel étage ? leur demanda-t-il en tendant la main vers les boutons.

— Euh, la salle de concert », répondit le garçon.

L'ascenseur était en verre, et tandis que la cage s'élevait dans les airs, Nick et les deux adolescents purent profiter d'une vue spectaculaire. Les principaux espaces de la ville – les parcs et jardins, les grandes places, les berges – étaient ce soir-là noirs de monde.

Nick jeta un coup d'œil à sa montre.

Vingt-trois heures cinquante-cinq.

Il était encore temps de rendre cette nuit mémorable.

ᚶ

Fern Emerson avait l'intime conviction que le jour de l'An était la fête la moins orgasmique et la plus surfaite qui ait jamais été inventée. C'était probablement en grande partie dû au fait que, quand elle avait la vingtaine, elle avait passé trois réveillons de suite à l'hôpital.

La première fois, elle était sortie faire la fête avec des chaussures à talons neuves dans lesquelles elle avait atrocement souffert. Elle avait admis sa défaite bien avant minuit et les avait abandonnées sur un banc pour finir la soirée pieds nus. Mais elle avait marché sur du verre cassé et avait fini aux urgences.

L'année suivante, Fern avait aidé une amie raide saoule à monter dans un taxi. L'amie lui avait malencontreusement donné un coup de pied et l'avait envoyée tête la première dans la circulation. De façon assez miraculeuse, Fern n'avait récolté qu'une grosse commotion cérébrale.

Et l'année encore d'après, dans une tentative futile de briser la malédiction, Fern avait décidé de partir loin. Avec quelques amies, elle avait remonté la côte jusqu'à un hôtel ambiance tropiques où elle comptait bien célébrer la nouvelle année avec des cocktails et un bain de minuit sans maillot. C'était la raison pour laquelle elle était totalement nue quand, après avoir marché sur un poisson-pierre terriblement venimeux, il avait fallu la conduire en urgence à l'hôpital du coin, enroulée dans une serviette et à l'agonie. Elle avait alors solennellement juré que plus jamais, sous aucun prétexte, elle ne fêterait le Nouvel An.

Mais cette année, elle avait senti sa détermination fondre comme neige au soleil quand Caleb Harkness l'avait fixée nerveusement par-dessus le comptoir de sa boutique et lui avait dit : « Je ne veux pas paraître cavalier. Ou peut-être que si, en fait. Peut-être que c'est le moment d'être cavalier. J'imagine que vous avez déjà quelque chose de prévu ce soir. Il y a peu de chances que vous soyez disponible… Pour faire quelque chose ce soir ? Avec moi ? Je pense qu'il est trop tard pour avoir des places pour le concert du Nouvel An au Galaxy. Mais pour les initiés, il existe une alternative. Quelque chose de très sélect. »

Et c'est ainsi que Fern se retrouva, à vingt-trois heures quarante-cinq, sur le toit du casino Galaxy, collée contre la très grosse bouche d'aération d'où sortait la voix sublime de Blessed Jones. Au-delà du toit s'étendait une vue à trois cent soixante degrés de la ville animée et illuminée. C'était à couper le souffle. Tout était parfait. Ou presque.

Fern mourait de froid. En général – ça faisait partie du métier et de la manutention qui allait avec – elle était toujours un peu moite, et le gilet qu'elle avait enfilé sur sa tenue de travail ce matin-là s'avérait trop fin.

« Vous avez froid », remarqua Caleb. Il l'aida à se remettre sur ses pieds et la mena jusqu'à un petit local technique planté au beau milieu du toit, comme un TARDIS qui venait d'atterrir. La porte n'était pas verrouillée.

« C'est toujours aussi facile ? » demanda-t-elle, ébahie. Pour monter jusqu'au toit, ils avaient dû emprunter quelques ascenseurs, des escaliers et passer des portes interdites sous peine de poursuites. Mais ils n'avaient rencontré aucun obstacle.

« En général, oui, répondit Caleb en lui tenant la porte du placard à balais.

— Comment est-ce que vous connaissez cet endroit ?

— Erreurs de jeunesse », fit-il avec un sourire qui donnait envie d'en savoir plus.

À l'intérieur, l'air semblait vibrer du ronronnement électrique des multiples machines dont Fern ignorait totalement la fonction. Il y avait des leviers, des poulies et de larges roues avec des câbles métalliques qui s'enroulaient dessus. Sur un mur s'ouvraient une multitude de petites armoires révélant des tableaux de bord avec des circuits, des boutons et des fils.

Caleb referma la porte et resta là, incertain, les mains dans les poches. Fern avait l'impression qu'à présent qu'ils étaient dans cet espace bien éclairé, ni lui ni elle n'avaient plus la moindre idée de ce qu'il fallait dire ou faire. Elle laissa s'étirer ce moment de malaise encore quelques secondes puis elle prit une grande inspiration et se lança :

« Vous m'avez vraiment cherchée ?

— Depuis notre rencontre, oui.

« — Vraiment ?
— Pourquoi êtes-vous si surprise ?
— Ce genre de chose n'arrive pas dans la vraie vie. Pas à moi, en tout cas.
— Eh bien si, vous voyez. Regardez, j'ai même une preuve. »

Et il tira de son portefeuille un morceau de papier froissé qu'il tendit à Fern. C'était une liste de tous les fleuristes de Sydney.

« Maintenant, j'ai un peu peur que vous me preniez pour un maniaque », dit Caleb.

Fern parcourut la liste. La Tulipe qui penche. La Halle aux fleurs. Mère nature. Chez Laurie. Ça continuait comme ça encore longtemps.

« Je n'ai trouvé votre boutique nulle part…
— C'est parce que j'ai raté la date limite pour m'enregistrer…
— Et juste à cause de ça, j'aurais pu ne jamais vous retrouver.
— Quand on y pense, quelqu'un s'est débarrassé de sa collection de vaisselle Charles et Diana. Sans ça, vous seriez parti avec votre vinyle des Pixies et nous ne nous serions même pas adressé la parole.
— Vous vous rappelez ce que j'ai acheté ce jour-là… ? » nota-t-il en souriant.

Fern, qui serrait toujours ses bras croisés contre elle, lui rendit son sourire.

Ce fut donc dans un local technique planté sur le toit du casino Galaxy, à vingt-trois heures cinquante-cinq, un soir du jour de l'An, que Caleb Harkness embrassa Fern Emerson pour la première fois. Leur baiser ne tarda pas à s'enflammer, et bientôt, Fern déboutonnait la chemise de Caleb tandis qu'il glissait les mains sous sa jupe et découvrait avec émerveillement qu'elle cachait un porte-jarretelles.

« Oh, bon sang », gémit-il avant qu'ils ne se confondent dans un grand méli-mélo de bras, de jambes et de langues. Ils titubèrent et Caleb posa accidentellement son pied sur la tête d'un balai, balai dont le manche heurta l'un des tableaux de bord. S'ensuivit une série de petits claquements, quelques étincelles et, sans que Caleb et Fern n'en sachent rien, l'un des ascenseurs du casino s'immobilisa brusquement dans les airs, entre le vingt-troisième et le vingt-quatrième étage.

Caleb serra Fern contre lui tandis qu'une odeur de brûlé envahissait l'air.

« Merde, maugréa-t-il.
— Le feu d'artifice ! »

༒

Nick sentit l'ascenseur s'arrêter brusquement avant de rebondir légèrement, comme une boîte accrochée à un élastique.

« Ouh là, c'est mauvais ça », dit l'adolescente en fixant le plafond avec inquiétude.

Nick appuya fébrilement sur le bouton « Salle de concert ». Sans succès. Puis il essaya les autres. Enfin, en désespoir de cause, il pianota sur tout et termina par le bouton d'ouverture des portes. Mais elles ne s'ouvrirent pas et absolument rien ne se passa. Seul le haut-parleur qui diffusait un sirupeux « We're All in This Together » de Ben Lee fonctionnait encore.

« Et merde ! » s'exclama Nick rageusement.

Puis il se rappela que son téléphone portable était en train de servir d'apéritif aux carpes.

« Bordel de merde ! » cria-t-il en balançant un coup de pied dans les portes.

Les deux adolescents se rapprochèrent l'un de l'autre avant de s'écarter précipitamment, comme s'ils venaient de recevoir une décharge électrique.

« Pardon. Excusez-moi. Ça va aller. Vraiment, je suis désolé, dit Nick. J'ai eu une nuit très bizarre. Et j'ai perdu mon téléphone. Il va falloir qu'on utilise l'un des vôtres. »

La fille et le garçon se jetèrent un regard déconfit.

« Je n'ai plus de batterie, s'excusa le garçon. Plus du tout.

— Et moi, je n'ai pas de portable.

— Vous êtes sérieux ? Mais qu'est-ce que c'est que cette jeunesse ?!

— Jeunesse désargentée, dans mon cas. Et désorganisée, dans le sien.

— Pardon, pardon. Excusez-moi, encore une fois. C'est juste que... Écoutez, ça fait des heures que je devrais être avec ma petite amie et j'ai dans ma poche un énorme rubis qu'elle attend avec impatience. Et en plus, j'avais très envie de voir le concert de Blessed Jones. Maintenant, j'ai probablement raté le concert, sans compter que j'ai complètement foiré cette soirée qui était censée être vraiment importante...

— Mais ça ne va pas prendre très longtemps, si ? dit l'adolescente en pianotant à son tour sur les boutons. Ils vont relancer les ascenseurs très vite, pas vrai ?

— Regardez ! » s'exclama soudain le garçon en tendant le doigt.

À côté d'eux, les autres ascenseurs glissaient gracieusement dans les airs.

« Bordel de chiottes, dit Nick, mais sans colère cette fois.

— Qu'est-ce qu'il y a ?

— Il y a que les humains sont en général de petits paresseux. Si tous les ascenseurs du casino étaient en panne, ils l'auraient tout de suite remarqué. Mais un seul ? Il suffit d'en prendre un autre. Alors ça risque de durer longtemps.

— On essaie l'appel d'urgence ? » suggéra doucement le garçon.

Et Nick se sentit honteux d'avoir jusque-là totalement manqué à son devoir d'adulte responsable. Il repéra le bouton et le pressa. Le haut-parleur laissa entendre une série de bip qui s'éternisa avant de s'interrompre brusquement.

Nick réessaya. Mais une nouvelle fois, l'appel d'urgence rechigna à les mettre en contact avec un être humain susceptible de leur venir en aide.

« C'est le jour de l'An, dit le garçon en haussant les épaules. Ils doivent être débordés. »

À quelques rues du casino, une rangée de panneaux d'affichage électroniques scintillant d'images mouvantes et de lumière se dressait haut dans le ciel de la ville. Au centre s'affichait le compte à rebours. 10, 9, 8, 7, 6, 4, 3, 2, 1…

« Bonne année, lâcha sombrement Nick à l'instant même où le ciel s'emplissait de l'éclat de centaines de feux d'artifice blancs, roses, rouges, bleus et verts. Vas-y, embrasse ta copine, je promets que je ne regarde pas, dit-il au garçon qui devint couleur betterave.

— Ce n'est pas ma copine, on est juste amis. »

Et même si le garçon était bien trop absorbé par sa propre gêne pour le voir, Nick remarqua que les jolis yeux gris-vert de la fille s'emplissaient soudain d'une explosion de chagrin, aussi vive qu'un feu d'artifice.

ℨ

À Edenvale, à deux heures à l'ouest de Sydney et son activité trépidante, Justine Carmichael était assise au meilleur bout du canapé de ses parents, celui le plus proche de la table basse où étaient posées une bouteille de gin bien entamée, une petite assiette avec des rondelles de citron vert desséchées et une bouteille d'eau pétillante. Elle portait ce qui ressemblait beaucoup à un pyjama. En fait, c'en était un : un grand tee-shirt blanc et rose à rayures avec écrit DREAM en lettres d'or et un legging noir avec un gros trou au genou. Lorsque la pendule passa de 11.59 à 12.00, Justine avait pour seule compagnie son verre de gin, le vieil épagneul qui ronflait sur le tapis et en *live*, à la télé, le feu d'artifice qui venait d'illuminer Sydney.

Plus tôt ce soir-là, Mandy Carmichael, vêtue d'un costume d'infirmière un peu trop court, et Drew Carmichael, avec des lunettes et un vieux blouson d'aviateur, avaient tenté d'entraîner leur fille à leur soirée déguisée. La fête allait avoir lieu dans le grand hangar à tonte des MacPherson et le thème était « Qu'est-ce que tu veux faire quand tu seras grand ? ».

« Je n'ai pas de déguisement, de toute façon, avait protesté Justine, échouant à adoucir son ton acerbe.

— Mais tu peux y aller comme tu veux, ma chérie, avait insisté Mandy. Tout ce que tu veux. Tu crois vraiment que j'ai jamais eu envie d'être infirmière ? Je me suis juste dit que vu que tout ce qu'il me reste, ce sont mes jambes, autant les montrer…

— Mac a fait cent litres de punch ! » avait ajouté Drew avec enthousiasme.

Des quinquagénaires bourrés qui lui parleraient fièrement de ses camarades de classe de primaire, aujourd'hui mariés et parents. La poussière de foin. Les éternuements. La vieille odeur de merde de mouton et de lanoline.

« Je ne pense pas pouvoir survivre à ça, papa. Je suis désolée, pas ce soir. »

Et maintenant, c'était enfin la nouvelle année. Justine fêta ça avec une gorgée de gin. À la télé, les gens chantaient, sautaient sur place et s'embrassaient et des journalistes excitées comme des puces arboraient du rouge à lèvres flashy devant un décor de feu d'artifice. Le monde s'amusait bien sans elle mais Justine n'avait pas besoin de le savoir. Elle éteignit et sortit sur la terrasse, où elle tira l'un des canapés d'extérieur le plus près possible de l'herbe, là où elle aurait la meilleure vue sur le ciel.

« Essayons de faire mieux cette année », murmura-t-elle aux étoiles.

♑

Sous l'ascenseur de verre immobilisé contre le flanc du casino, les feux rouges changeaient de couleur, les voitures accéléraient et ralentissaient. Une grande roue illuminée tournait au loin, transportant chaque nacelle de passagers une année plus tard dans le futur. Nick s'acharna sur le bouton d'appel jusqu'au moment où il capitula et s'assit par terre.

L'adolescente sortit la bouteille de son sac et la lui proposa.

« Du vin de gingembre Stone's Green ?! Mon Dieu, cette saleté existe encore ? »

Ce qui ne l'empêcha pas d'en prendre une bonne rasade. Le liquide sucré et alcoolisé le fit d'abord grimacer. Puis un souvenir remonta à la surface. Du sable, des basses lointaines et une version adolescente de Justine, appuyée contre son torse, qui lui montrait les étoiles dans le ciel indigo. Qu'avait-elle dit, déjà ?

« Mais une étoile dansait alors », murmura Nick. Et la fille lui sourit depuis l'autre bout de l'ascenseur.

« Et je naquis sous son aspect, acheva-t-elle.

— Qu'est-ce que tu as dit ?

— Mais une étoile dansait alors, et je naquis sous son aspect.

— Tu connais ?

— Bien sûr. C'est Béatrice, dans *Beaucoup de bruit pour rien*. Je suis étonnée que vous ne connaissiez pas, Roméo.

— Vous étiez là ce soir ? demanda Nick en grimaçant. Alors vous avez vu le chien ? Vous avez tout vu, en fait ?

— Oui ! C'était incroyable ! La façon dont vous êtes entré dans le rôle comme ça, sans connaître la mise en scène ni rien. On ne voyait même pas que vous n'étiez pas le vrai Roméo.

— Merci beaucoup. D'ailleurs, j'ai emmené le chien chez le vétérinaire. Juste après la pièce. Je crois que ça va aller. Je m'appelle Nick, au fait.

— Et moi, Phoebe. Et lui, c'est Luke.

— Elle aussi est actrice ! intervint l'adolescent.
— C'est vrai ? »
Phoebe afficha une expression empreinte de modestie.
« Vous pouvez pas imaginer à quel point elle aime Shakespeare. Elle est vraiment sensationnelle, renchérit le garçon en faisant rougir son amie. Elle connaît toutes les répliques, les monologues et tout. Et les insultes aussi. D'ailleurs, elle fait vraiment peur quand elle s'y met. Essayez, vous allez voir. Je parie qu'elle peut vous donner la réplique. »
Nick haussa les épaules. Ça leur ferait passer le temps.
« Ô temps, c'est à toi de démêler tout ça.
— Car c'est un nœud trop difficile à dénouer pour moi, termina-t-elle, cette fois-ci sans fausse modestie. Viola, dans *La Nuit des rois, ou Ce que vous voudrez*.
— L'immonde est beau, le beau immonde, la testa Nick.
— Les sorcières dans *Macbeth*. Planons à travers le brouillard et l'air impur, dit-elle en se tapotant le bout du nez.
— Vous voyez ? fit Luke.
— J'ai une amie qui est exactement comme toi. Elle aussi a une mémoire terrifiante. Il suffit qu'elle lise quelque chose une fois et c'est imprimé dans son cerveau. C'est un peu angoissant mais c'est super quand il faut réviser un texte. Enfin, c'était.
— C'était ? demanda Phoebe, dont la curiosité était piquée.
— C'est une très longue histoire, répondit Nick en soupirant. Et avec un peu de chance, on ne va pas rester coincés ici assez longtemps pour que j'aie le temps de vous la raconter. »

Derrière la vitre, les publicités défilaient sur les grands panneaux. Les rose et or d'une publicité tape-à-l'œil pour une comédie musicale disparurent, cédant la place à une autre. Que Nick ne connaissait que trop bien.

C'était Laura, plongée jusqu'à la taille dans un étang de nénuphars, son buste parfait seulement couvert d'un corsage qui moulait ses seins dans deux pétales roses. Son visage arborait une expression à la fois méditative et séductrice, ses mains étaient tendues vers le ciel, ses poignets courbés avec grâce, son index rejoignait son pouce. Il n'y avait qu'un seul mot, en gros caractères, sur le bas de l'affiche : NÉNUPHAR.

Nick lâcha une sorte de ricanement.

« Qu'est-ce qu'il y a ? demanda Phoebe.

— C'est ma petite amie. »

Quand la jeune fille tourna vivement la tête, ses lourdes boucles bougèrent à peine.

« Hein ? Où ça ?

— Là, sur le panneau publicitaire.

— La fille de la pub pour Nénuphar ? Sérieux ? intervint Luke. Quel veinard ! »

Les pensées de Phoebe étaient clairement lisibles sur son visage et son front plissé. Elle ouvrit la bouche pour dire quelque chose, puis se ravisa, se contentant de demander à son ami :

« Et comment le sais-tu ?

— Comment je sais quoi ?

— Comment sais-tu que c'est un veinard ? Je veux dire, je ne veux pas passer pour la féministe de service, enfermée avec vous dans cet ascenseur, mais ce n'est pas parce qu'elle est jolie que ça suffit à le rendre heureux.

— Non, bien sûr, mais…
— L'amour ne voit pas avec les yeux…
— … mais avec l'âme, termina Nick.
— Et voilà pourquoi…
— … l'ailé Cupidon est peint aveugle. »

Sur ce, l'adolescente le gratifia d'un « Très bien, Nick » et s'envoya une rasade.

« Est-ce qu'on ne devrait pas retenter l'appel d'urgence ? demanda-t-elle.

— Essaie, toi. Peut-être que tu auras plus de chance que moi », lui dit Nick.

Après l'essai de Phoebe, le haut-parleur laissa entendre une série de bip très longs et agaçants. Puis une voix se fit enfin entendre, même s'il était difficile de définir si c'était celle d'un humain ou d'une machine.

« Bonsoir, vous êtes bien au centre de gestion technique CTG. Je suis Nashira. Que puis-je faire pour vous ? »

♑

À ce moment précis, comme cela arrive parfois, les corps célestes se trouvaient fugacement reliés dans un champ magnétique unique. Lorsque le monde tourna – ce qui était son occupation principale et permanente –, ce fut comme si on tirait d'un coup sec la toile magnétique, et une nouvelle âme fut remontée des ténèbres et amenée à la lumière. De longues jambes de nouveau-né battirent l'air d'un nouvel espace mystérieux et une bouche furieuse attira une bouffée inédite jusque dans des poumons tout neufs.

C'était Rafferty O'Hare. Capricorne, détenteur d'immenses yeux bleus et de cils d'une longueur surréaliste, de genoux qui seraient bientôt couverts de multiples cicatrices, il bénéficierait toute sa vie de l'indulgence fervente de toutes les femmes de sa famille, sans compter les autres. Pour être honnête, il avait même déjà (malgré sa couleur rouge brique et le vernix qui le recouvrait encore) pris possession des cœurs environnants. Sa mère, Zadie, gisait totalement épuisée au fond de son lit d'hôpital. Sa grand-mère, Patricia, était perchée à côté d'elle, les yeux débordant de larmes. Et sa tante, Larissa, paraissait en presque aussi mauvais état que sa sœur.

Zadie avait passé les heures précédentes déchirée, dilatée, labourée, ouverte de force. À présent, elle sentait une immense vague d'amour la remplir tout entière, submergeant même des parties d'elle qui lui étaient encore inconnues quelques heures plus tôt. Elle fut bientôt débordée. Il fallait qu'elle fasse quelque chose de tout ça. Elle prit la main de sa mère et la porta à sa joue.

« Maman ? appela-t-elle, le souffle court. Maman, je t'aime tellement. Rissy ? Riss ? Oh mon Dieu, Riss, toi aussi, je t'aime. Tu es la meilleure sœur de la Terre. »

Puis elle se tourna vers Simon Pierce, qui s'essuyait les mains en regardant ces quatre humains tomber amoureux les uns des autres. C'était toujours son moment préféré. Même s'il n'avait pas joué un grand rôle dans ce miracle, il avait le droit de l'effleurer du doigt.

« Simon, continua Zadie d'un ton passionné, Simon, je vous aime tellement. »

D'une certaine façon, c'était tout à fait vrai. Et en même temps pas vraiment. Du moins, pas encore.

♌

Le temps que les techniciens parviennent au casino – après avoir traversé les rues envahies de monde et grimpé tous les escaliers menant jusqu'au local technique planté sur le toit –, il était déjà une heure cinq. Et Fern Emerson et Caleb Harkness avaient bien entendu quitté la scène de crime. Ils se trouvaient à présent chez Caleb, dans le petit bateau à moteur rondelet qu'il gardait à quai dans une marina passablement insalubre. Fern commençait à penser que le jour de l'An n'était pas forcément la fête la moins orgasmique qui soit.

Tandis que les techniciens inspectaient les dommages et se lamentaient d'avoir tiré la courte paille en ce soir du jour de l'An, Laura Mitchell, dans la lumière froide des néons des toilettes pour dames, au dernier étage du casino, composait rageusement le numéro de Nick Jordan pour ce qui devait être la centième fois de la soirée. Et pour la centième fois, elle tomba directement sur son répondeur. Bien que ce ne soit pas une surprise, sa fureur augmenta encore d'un cran.

Il ne fallut pas très longtemps aux techniciens pour identifier le problème, somme toute assez simple. Le manche du balai n'avait fait qu'enclencher le disjoncteur.

Lorsque Nick Jordan, Phoebe Wintergreen et Luke Foster sentirent leur ascenseur se remettre en mouvement, Phoebe se mit à sauter de joie et sembla sur le point de prendre Luke dans ses bras. Mais l'adolescent, encore aux abonnés absents, était en train de boire l'ultime gorgée de la bouteille.

Nick se contenta sobrement d'un « Putain, alléluia ».

ㅎ

Blessed Jones se tenait au milieu de la scène du casino Galaxy, Gypsy Black dans les bras, ses musiciens et son chœur formant un demi-cercle derrière elle. Elle arrivait presque à la fin de la dernière partie et elle sentait la sueur qui dégoulinait entre ses seins et trempait sa robe. Toute cette humidité faisait friser ses cheveux et sa gorge commençait à accuser le coup des heures passées à chanter. Pourtant, elle n'aurait pas pu être plus heureuse. C'était son milieu naturel : la scène, les projecteurs, sa guitare, ces centaines de personnes captivées par ce qui n'était rien de plus qu'un filet d'air. Blessed pinça quelques cordes et demanda à l'ingé son de pousser le volume de sa guitare. Quand elle s'avança vers le micro, elle sentit la foule se tendre vers elle.

« Je vais vous chanter une chanson que j'ai composée un jour où j'avais le cœur brisé », commença-t-elle. Et elle se tut. C'était bien assez pour que la salle s'emplisse de sifflets et d'applaudissements.

« Oh, fit-elle en feignant la surprise. Est-ce que parmi vous certains attendaient cette chanson ? »

Les sifflets et les applaudissements s'intensifièrent et un appel monta de la foule. « Les récifs, les récifs. » Dès le jour de sa sortie, la chanson avait fait un tabac. La popularité de Blessed avait atteint des sommets.

« Les récifs, les récifs. » À ce stade, tous les spectateurs, y compris ceux qui la voyaient jouer pour la première fois, ceux qui n'avaient jamais acheté un seul de ses albums et même ceux qui ne la connaissaient pas encore six mois plus tôt mouraient d'envie d'entendre cette chanson.

« Vous savez, reprit-elle, c'est très étrange. » Puis elle marqua une nouvelle pause, prenant la mesure de son pouvoir. Elle pouvait s'interrompre et sentir la tension de l'attente qu'elle créait. « C'est un vrai mystère, la façon dont les choses se passent. Comment les choses arrivent dans nos vies. Les paroles de cette chanson me sont venues grâce à un type rencontré un soir dans un bar. »

Insensiblement, elle s'était mise à fredonner en modulant doucement ses mots.

« Un type dont le cœur était aussi brisé que le mien. Et où qu'il soit ce soir, je voudrais qu'il sache que maintenant mon cœur est réparé. Et j'espère que le sien l'est aussi ! »

La foule l'acclama et scanda de nouveau. « Les récifs, les récifs ! » Blessed joua les premières notes.

« Vraiment, vous êtes sûrs que vous voulez que je chante celle-ci ?

— Les récifs, les récifs, les récifs !

— Bon, très bien. Dans ce cas... »

Le public lâcha une dernière vague d'acclamations avant de se taire totalement pour ne rien perdre des premières notes de Blessed et de sa voix douce et râpeuse. Quand elle commença à chanter, elle se sentit transportée dans le temps. Elle revit la fille nue près de son frigo, elle goûta de nouveau la douleur acide de la trahison. Et elle puisa son chant à cette source.

Debout dans le cercle de lumière, Blessed ne pouvait pas voir toute la salle mais elle distinguait les visages de ceux qui dansaient doucement à ses pieds, contre la scène. Et elle voyait aussi, beaucoup plus loin, à côté d'un projecteur, un type debout sur une chaise. Il portait un smoking, son nœud papillon était défait et sa chemise blanche était maculée de ce qui semblait être du sang. Il était jeune et beau, avec des cheveux très bruns et un visage avenant. Et il la regardait comme s'il la reconnaissait. Il y avait une telle intensité dans son regard que Blessed sut que cette nuit-là, c'était pour lui qu'elle allait chanter « Les récifs ». Elle décala très légèrement son corps dans sa direction et en reprenant le refrain, elle le fixa droit dans les yeux et chanta pour lui seul.

ᛎ

Nick Jordan ignorait comment fonctionnait la musique. Cela ne l'empêchait pas d'en ressentir l'effet. Il savait qu'il ne s'agissait pas seulement des paroles ni de l'air. Il savait que ce n'était pas seulement à cause de la petite femme aux cheveux fous et à la voix douce-amère, que ce n'était pas seulement grâce à sa guitare luisante ornée de nacre. Il savait que c'était l'ensemble et quelque chose en plus. C'était tout cela qui lui faisait le cœur si gros, qui lui causait un tel chagrin. Le plus beau qui soit.

Debout sur une chaise (chaise sur laquelle il était monté pour avoir une chance de repérer Laura Mitchell dans la foule), Nick Jordan venait d'être capté par le regard douloureux de Blessed Jones, capturé par la douceur veloutée de sa voix. Et elle chantait sa chanson la plus connue. Elle la lui chantait à lui.

Tes profondeurs, je les ai sondées
Sans y pêcher que des mensonges ;
J'ai jamais pu que patauger
Impossible de nager dans tes songes.
T'es un vrai gag, même pas un drame,
Rien qu'une maquette en carton-pâte ;
Un beau parleur, un roi d' l'épate
Mais où sont les coraux pour ta dame ?
J'ai eu beau sonder, je n'ai rien trouvé,
Plongé dans tes yeux sans pouvoir m'y noyer
Et j'ai fini par m'échouer
Sur tes récifs sans pitié.

Tandis que les paroles entraient en lui, traversaient son âme et s'insinuaient jusque dans les profondeurs de son cœur, Nick comprit que ce n'était pas Laura Mitchell le nénuphar. Elle ne l'avait jamais été. Ce n'était pas Laura qui possédait des racines courtaudes et chétives. C'était lui. Et Justine l'avait toujours su. En usurpant la plume de Leo Thornbury, elle avait tout tenté pour l'inciter à regarder plus loin, plus profond, à aller au-delà. À être davantage.
Justine.
Blessed Jones et ses musiciens jouèrent un long passage instrumental qui fit remonter une série de souvenirs. Justine sur le toit-terrasse, minuscule dans le pull qu'il lui avait prêté, avec ses manches vides et démesurées qui battaient comme des ailes dans le vent glacé. Justine, sur son palier, hurlant comme une sorcière. Hurlant que c'était dans les toilettes que son talent allait finir. Justine, ses sourcils froncés pendant qu'elle luttait de toutes ses forces pour sauver ses pièces des mains d'un adversaire fou. Justine, avec son

maquillage argenté qui coulait, les lèvres couvertes de sucre, qui levait le visage vers lui. Justine au pied de son immeuble, qui le regardait sortir de chez lui, le jour de son déménagement. Et lui, qui avait fait semblant de ne pas la voir.

Elle n'avait pas trafiqué l'horoscope pour se moquer de lui ni pour lui faire une farce. Elle l'avait fait parce qu'elle essayait de lui dire quelque chose qu'il aurait dû savoir depuis longtemps.

Blessed Jones chanta une dernière fois le refrain et ferma les yeux pour la note finale, déchirante. Après l'avoir laissée mourir, elle rouvrit les yeux et planta son regard dans celui de Nick.

« Merci », murmura-t-il, et Blessed Jones lui adressa un très léger signe de tête avant que la foule se mette à rugir.

♑

La plupart des femmes sont incapables de marcher correctement en escarpins. Mais Laura Mitchell n'était pas de ce genre-là. Lorsque Nick détourna son regard de Blessed Jones et vit Laura entrer dans la salle de concert, sa première pensée fut qu'elle marchait avec une telle élégance qu'on aurait pu croire que ses escarpins n'étaient qu'une extension de ses jambes.

Il sauta de sa chaise et se fraya un chemin à travers une foule suante et exultante qui puait la tequila. Une fois qu'il fut assez proche, il l'appela.

Tandis qu'elle enregistrait rapidement les différents éléments (il était enfin là, il venait vers elle, il ne ressemblait plus à rien avec sa chemise ensanglantée et son smoking chiffonné), son visage évoqua à Nick un jour de tempête traversé par une succession de soleil, d'averses de grêle et d'orages. Le temps qu'il la rejoigne, elle avait retrouvé la maîtrise de ses expressions et n'affichait plus qu'un permafrost distingué.

« Donc tu n'es pas mort.

— Je suis tellement désolé. Je t'aurais évidemment appelée, si je n'avais pas fait tomber mon portable dans un étang. J'ai fait tout ce que j'ai pu pour te rejoindre. Laura, je suis vraiment désolé. »

Nick plongea la main dans sa poche et en sortit la petite boîte.

« Ici ? s'exclama-t-elle en regardant autour d'elle, stupéfaite. Maintenant ? Tu te moques de moi ? »

Nick ouvrit la boîte et prit la bague. Laura déployait des efforts intenses pour ne pas dévorer le bijou des yeux.

« Pas maintenant. Ce n'est pas possible. Ce n'est pas le bon moment. Tu as pourri le jour de l'An. Maintenant, il va falloir attendre la Saint-Valentin.

— Non. Maintenant, c'est parfait. »

Il lui saisit la main mais pas comme quand on s'apprête à glisser une bague au doigt de quelqu'un. Au lieu de ça, il retourna doucement sa main, paume vers le haut, et y déposa le bijou. Le visage de Laura oscillait entre la pluie et le soleil.

« Je veux que tu la gardes. C'est mon cadeau d'au revoir.

— Quoi ? Mais de quoi tu parles ?

— Laura, tu es la plus belle femme que j'aie jamais vue. Tu es même peut-être la plus belle femme que je verrai jamais. Et je vais passer toute ma vie à t'admirer sur tous les panneaux d'affichage du monde et à penser à ta beauté. Quand tu seras une vieille femme aux cheveux gris, je suis sûr que tu feras encore des pubs pour les crèmes anti-âge. Je te regarderai et je serai infiniment reconnaissant d'avoir été capable de t'admirer de si près. Tu es aussi l'une des femmes les plus courageuses et les plus travailleuses que je connaisse. Tu vas avoir un succès incroyable. En te regardant de loin, je saurai que tu l'as complètement mérité, je t'admirerai et je t'applaudirai. Mais je ne peux pas t'épouser.

— Tu es sérieusement en train de me quitter ? En m'offrant une bague ?

— Écoute, Laura, je ne serai jamais celui que tu voudrais que je sois. Je ne peux pas te promettre que je vais arrêter de faire du vélo et ne plus manger de nouilles instantanées. Peut-être que je le ferai encore à soixante ans. Je suis désolé, Laura. Je ne suis pas celui qu'il te faut. Mais je suis certain que tu vas le trouver quelque part. » Et en le disant, Nick fit un grand geste englobant la ville, le pays, le monde. « Et je veux que tu le trouves. »

Il se pencha pour lui déposer un baiser sur la joue.

« Mais où est-ce que tu vas ? Je n'arrive pas à y croire. »

Nick ne lui répondit pas. Il partit à grands pas après un dernier salut.

Puis il quitta le casino. En empruntant l'escalier.

༒

Il faisait vraiment bon ce soir-là et Justine dormit très bien à la belle étoile. Et tranquillement aussi, car l'une des rares bénédictions de la sécheresse permanente qui sévissait à Edenvale était l'absence de moustiques.

Vers trois heures du matin, elle entendit ses parents rentrer. Mandy adressa des petits bruits mouillés à la chienne tandis que Drew se préparait une aspirine. Puis ils éteignirent les lumières et Justine se rendormit en écoutant le chant des insectes qui s'élevait dans le jardin sec.

Peut-être que ce fut la très légère baisse de la température, peu avant l'aube, qui la réveilla. Ou peut-être son sixième sens qui la prévint d'une présence toute proche. On l'observait dormir. Quoi qu'il en soit, Justine ouvrit les yeux et vit Nick Jordan assis à quelques mètres d'elle, avec une chemise couverte de sang. Elle se redressa et le fixa.

« Nick ?

— J'ai une question. Pourquoi tu as fait ça ?

— Qu'est-ce que tu fais là ?

— J'ai besoin de savoir. Dis-moi pourquoi tu as fait ça, redemanda-t-il en se penchant en avant, ses avant-bras sur ses genoux.

— Comment tu as su que j'étais ici ? »

En sortant du casino, Nick avait couru jusqu'à l'Evelyn Tower. C'était Aussie Carmichael qui lui avait ouvert la porte de l'appartement de Justine, en boxer, laissant échapper une forte odeur de marijuana.

« C'est ton frère qui me l'a dit. »

Justine regarda son poignet, là où aurait dû être sa montre, puis la lune.

« Quelle heure il est ?

— Il est quatre heures et demie.

— Mais comment tu as fait pour venir ? »

Ça n'avait pas exactement été une partie de plaisir. Le temps que Nick comprenne qu'il allait devoir aller jusqu'à Edenvale, il n'y avait plus de train. Il aurait pu y aller à vélo, mais ça lui aurait pris près de huit heures et il avait l'impression que chaque minute était comptée. Il aurait pu prendre un taxi mais il avait déjà dépensé en une seule nuit la valeur d'une bague qui lui avait coûté plus d'argent qu'il n'en avait gagné en deux ans. Sans compter le chèque dont le montant encore inconnu lui serait bientôt débité, en faveur d'un chien moribond et borgne.

« Pour te la faire courte, j'ai fait du stop.

— Et la version longue ?

— Je te raconterai dès que tu m'auras répondu. Pourquoi tu as fait ça ?

— Je suis vraiment désolée, Nick, je… commença Justine en se mordant les lèvres.

— Je ne veux pas d'excuses. Ce n'est pas pour ça que je suis venu. Je veux juste comprendre, dit-il avec impatience.

— Tu n'en as vraiment aucune idée ?

— Peut-être que j'ai une vague idée. Mais je préfère que tu me le dises. »

Justine ouvrit la bouche mais rien ne sortit. Elle tenta encore, sans plus de succès.

« J'ai fait ça parce que je ne voulais pas que tu cesses d'être toi. J'ai fait ça parce que je ne voulais pas que tu abandonnes tout ce qui fait que tu es toi. Et je ne le veux toujours pas, finit-elle par réussir à lâcher.

— Mais il y a une autre raison, non ? Pourquoi ça compte tellement pour toi, tout ça ? Quelle importance ça a, ce que je fais de ma vie ? Ça compte au point de risquer de perdre ton boulot ?

— C'était vraiment stupide de ma part. Et nul.

— Ça l'était. Stupide et nul, et plus encore. Mais ça ne répond pas à ma question. Qu'est-ce que ça peut bien te faire, ce que je fais de ma vie ? »

Les sourcils sombres de Justine ne formèrent plus qu'une ligne et son visage fut parcouru d'un tremblement. « Oh, Nick, je t'en prie. Tu le sais bien. »

Il pouvait voir les larmes s'accumuler sur ses cils tandis qu'elle déglutissait avec effort en essayant de refréner ses sanglots. Sans succès. Une grosse larme vint s'écraser sur sa joue. Malgré la culpabilité qui l'envahissait, il insista encore : « J'ai bien ma petite idée mais je voudrais que tu me le dises. »

Une deuxième larme roula sur son autre joue.

« Je crois que... C'est peut-être parce que je t'aime. »

Nick se rapprocha d'elle et prit son visage entre ses mains.

« Alors tout va bien, dit-il en chassant doucement ses larmes.

— Oui ?

— Oui. Parce que moi aussi, je t'aime.

— Tu m'aimes ?

— Et je suis vraiment désolé d'avoir été trop idiot pour le voir. Jusqu'à ce soir.

— Pourquoi ?

— Ça va être long. »

Le ciel était encore sombre et constellé d'étoiles quand Nick commença à lui raconter sa soirée. Il lui parla du chien qui avait sauté de la décapotable et s'était fait heurter par une voiture, de Roméo qui avait perdu une dent, de la vétérinaire qui connaissait déjà le chien, de l'ascenseur en panne, de Phoebe Wintergreen qui parlait le Shakespeare avec la même aisance que Justine et qui était très probablement amoureuse de Luke, un jeune blanc-bec qui n'avait pas la moindre idée de ce qu'il devait faire de ses sentiments, de Blessed Jones qui l'avait regardé droit dans les yeux, de la chanson qu'elle avait composée après avoir rencontré un homme dans un bar, une chanson qu'elle lui avait adressée à lui, Nick. Il lui raconta comment il avait dit au revoir à Laura dans la salle de concert du Galaxy, le soulagement qu'il était certain d'avoir vu passer dans son regard. Il lui raconta qu'il avait pensé à elle dans le taxi, juste avant que le chien ne se fasse renverser, et quand il avait dû décider s'il reprenait le rôle de Roméo ou pas, et de nouveau dans l'ascenseur. Il lui dit qu'il pensait que tout le monde avait des récifs cachés en soi mais que maintenant il savait (et peut-être que c'était en partie dû au fait que Neptune était dans le Poissons et que les forces spirituelles convergeaient, comme Leo l'avait dit) qu'il ne pouvait pas se satisfaire de ces récifs. Et que c'était sa résolution du Nouvel An.

Le ciel n'était plus sombre. On aurait pu le voir gris si on s'était contenté d'un bref regard et qu'on avait manqué les mille nuances qu'il recelait.

« La route a été longue pour arriver jusqu'ici. Très longue et sinueuse. Mais maintenant je suis là. Et… Est-ce que tu veux bien juste me promettre que si jamais tu as besoin de me dire quelque chose un jour, tu me le diras directement, sans passer par un horoscope ? Ne demande pas à un astrologue de me le dire. Et ne te fais pas non plus passer pour un astrologue. Je t'en prie. C'est bien assez compliqué comme ça.

— Ça n'a même pas marché, dit Justine en riant doucement. Si tu y penses, tout ce que j'ai fait m'est revenu en pleine face. "Hardiesse, sois mon amie ;

audace, arme-moi de pied en cap." Comment ça aurait pu être pire ?

— Et pourtant, je suis là. On est tous les deux là.

— Parce qu'on a eu de la chance. Grâce à un heureux chaos et au hasard. Qu'est-ce qui se serait passé si tu n'avais pas vu un chien errant se faire renverser ? Si cet ascenseur n'était pas resté coincé assez longtemps pour que cette fille te cite du Shakespeare ? On fait nos choix en lien avec d'autres choix qui eux-mêmes dépendent du hasard le plus total. Tout est si complexe et enchevêtré à la fois. Comment c'est même possible que certaines choses se passent vraiment comme elles le devraient ?

— Je n'en sais rien, Ju. Tout ce que je sais, c'est que ça arrive.

— Si tu veux pousser le vice encore plus loin, imagine si Blessed Jones n'avait jamais écrit cette chanson ou si elle n'était jamais allée dans ce bar ce soir-là ou si elle ne s'était jamais fait briser le cœur ou…

— Chut », l'interrompit Nick.

Cerveau : Je pense qu'il est sur le point de t'embrasser.

Justine : Je pense que tu as tout à fait raison.

Cerveau : Alors, heureuse ?

Justine : À la folie !

« Bonne année, Justine. »

Effectivement, il l'embrassa. Et elle ne se fit pas prier pour lui rendre son baiser.

La cuspide

Sur la côte Ouest, la nuit du Nouvel An venait de toucher à son terme quand Joanna Jordan (qui avait fêté la nouvelle année à grand renfort de vin pétillant) fut réveillée par la sonnerie de son téléphone fixe, posé sur sa table de chevet. Le soleil s'infiltrait déjà dans la chambre en insinuant ses rayons par les fentes du store. Ça allait encore être la canicule.

Mark Jordan, couché près de sa femme, grogna et entrouvrit un œil, juste assez pour voir l'heure.

« Merde, il est cinq heures », râla-t-il en se retournant pour enfouir sa tête sous l'oreiller.

À cette période de l'année, les couettes et pyjamas étaient superflus. Seulement vêtue d'un petit slip de soie, Jo s'assit dans son lit et attrapa le téléphone. L'appel venait de la côte Est. Son ventre se serra d'une inquiétude très maternelle quand elle pensa à Nick.

« Allô ? »

Une voix de femme lui répondit.

« Jo ? C'est toi ?

— Qui est-ce ?

— C'est Mandy ! Mandy Carmichael ! Oh, ma chérie, je suis désolée, je sais qu'il doit encore être très tôt pour toi. Je voulais juste…

— Oh mon Dieu ! » s'exclama Jo, déclenchant un autre grognement à côté d'elle.

Elle sortit du lit et gagna le salon, où la lumière du jour la fit cligner des yeux. « Ça fait quoi ? Dix ans ? Chaque année je me promets de t'appeler et… »

Mandy éclata de son grand rire contagieux et débordant, si familier malgré les années. « Je sais, c'est exactement pareil pour moi ! Mais ce matin il fallait vraiment que je te réveille. D'ailleurs, j'ai déjà malencontreusement réveillé les autres Jordan de Perth… Les pauvres… Mais tant pis. Il faut absolument que je te raconte ! » Elle semblait surexcitée.

Jo était déconcertée.

« Attends, je ne comprends pas. Qu'est-ce que tu dois me raconter ?

— Je suis à Edenvale, à la maison. La même vieille maison que tu connais. Ce matin, en me réveillant, je me dis que je vais faire une petite tasse de thé à ma Justine et la lui apporter au lit. Enfin, c'est ce que j'aurais fait si elle n'avait pas eu de la compagnie… !

— Hein ?

— Nick ! Nick est là !

— Est-ce que tu veux dire que…

— Oui ! cria Mandy d'une voix perçante

— Vraiment ?! Oh mon Dieu, tu veux dire que…

— Oui ! » fit Mandy, réitérant son petit cri.

Jo se passa une main sur le visage, dans un geste totalement inutile qui traduisait surtout une émotion intense.

« Je savais qu'ils se revoyaient un peu ces derniers temps… Mais de là à penser que… Je n'osais pas…
— … espérer une chose pareille… ! » acheva Mandy.
Puis, pendant un bref instant, la magie du téléphone, ce miracle capable de relier les deux extrémités d'un continent, permit aux voix de deux vieilles amies de se mêler dans un hurlement de joie hystérique et suraigu.

◆

Il était déjà tard, en ce 1ᵉʳ janvier, et Daniel Griffon s'abritait du soleil de fin d'après-midi sous la pergola de la maison de Jeremy Byrne. Il sirotait un grand verre de Pimm's tandis que le rédacteur en chef émérite de *L'Étoile* découvrait le contenu du dossier que Daniel lui avait apporté. Jeremy venait tout juste de rentrer d'une croisière d'un mois dans les îles du Pacifique. Graeme (qui était en train d'arroser les fleurs) et lui arboraient des bronzages impressionnants et semblaient extrêmement détendus.

Jeremy, ses lunettes de lecture sur le bout du nez, avait examiné minutieusement chaque pièce contenue dans le dossier : les fax des horoscopes de Leo, les coupures de *L'Étoile* avec les modifications de Justine surlignées. Il venait d'arriver au dernier document, la lettre que Leo Thornbury avait rédigée sur un papier bleu pâle et glissée dans une enveloppe assortie scellée avec un cachet de cire argentée.

Cher Daniel,

Vous vous rappelez probablement que ce n'est qu'avec une grande réticence que j'ai accepté, à votre demande, de vous donner mon opinion sur le futur de Mlle Carmichael au sein de votre magazine. Et c'est avec le cœur lourd que j'ai endossé cette responsabilité.

Il me semble que l'intention de Mlle Carmichael, lorsqu'elle a adapté mes horoscopes à ses visées, n'avait rien à voir avec l'avidité ou la malveillance. Et étonnamment, en une occasion au moins, son horoscope s'est même révélé plus lucide que le mien. Cela m'a incité à me demander si, peut-être, je ne perdais pas de ma clairvoyance avec l'âge. Je confesse que c'est aussi la perspicacité de Mlle Carmichael – qui a identifié avec succès que ce mois voit nombre de conclusions pour les archers – qui m'a conduit à vous livrer ici une décision importante. J'ai décidé de renoncer à ma charge d'astrologue pour L'Étoile. *J'ai occupé cette fonction avec un grand bonheur durant de nombreuses années mais aujourd'hui je remets entre les mains d'un autre la responsabilité de guider vos lecteurs en déchiffrant les étoiles.*

Quant à mon avis concernant le sort de Mlle Carmichael, je vous conseillerais de pécher par générosité et mansuétude. Je vous avoue que mon côté romanesque ne peut que vibrer à l'idée qu'une jeune femme ait pu prendre de tels risques par amour.

Bien à vous,

Leo Thornbury

Jeremy rangea la lettre et Daniel attendit qu'il relève les yeux, le visage empreint de cette gravité qu'il réservait aux fautes professionnelles les plus impardonnables. Il fut donc très surpris de constater que ses yeux brillaient de malice.

« Laisse-moi te raconter une petite histoire, Daniel. Une histoire qui date de ces jours lointains où j'étais sous-directeur d'un obscur journal. J'étais alors très épris. C'était un musicien. Il jouait de la contrebasse. Un jeune homme très talentueux. Peu après notre première rencontre, le journal a organisé un concours, avec à la clé une caisse de très bon champagne. »

Jeremy fit une pause, le temps de mordre dans une des feuilles de menthe de son Pimm's.

« Et ?

— Eh bien... Comme je te l'ai dit, c'était il y a très longtemps, n'est-ce pas. Les choses étaient moins contrôlées, à l'époque. Quand le sac contenant tous les bulletins des participants est arrivé, on m'a seulement dit d'en sortir un. Je me rappelle avoir tiré le bulletin de Mme J. Phipps. C'est étonnant non, comme on se rappelle certaines choses ? Cette Mme Phipps était donc la gagnante. Mais bizarrement, ce n'est pas son nom qui est apparu dans l'édition du lendemain. Non. Le gagnant était un jeune contrebassiste d'Alexandria Park. »

Daniel était stupéfait.

« Mais...

— Il était bien possible que ce jeune homme n'ait même jamais participé au jeu-concours... Mais il n'allait pas dire non à une caisse de champagne, n'est-ce pas ? Et il fallait bien que quelqu'un se charge de l'appeler pour arranger la remise du prix...

— Et donc c'est vous qui... et il... ?

— Absolument. Ma petite ruse fonctionna à merveille. Mais ça ne m'a pas porté chance, vois-tu.

Cette relation fut un désastre du début à la fin. Après la rupture, j'ai entrepris un petit voyage pour panser mon cœur blessé. Et devine à côté de qui je me suis retrouvé assis dans l'avion ? »

Jeremy se tourna vers Graeme, qui arrosait à présent un massif d'hortensias moribond.

Daniel fixa Jeremy.

« Mais vous ne pensez pas que ce que vous avez fait ce jour-là était… mal ?

— D'un certain côté, bien sûr que c'était mal. Mais si on regarde toute l'histoire de plus haut, Daniel, il est vraiment difficile de juger de ce genre de chose. Peut-être qu'en privant Mme Phipps de son prix, je l'ai privée de quelques nuits de bulles et d'amour. Ou peut-être que Mme Phipps était une alcoolique invétérée et que cette caisse de champagne n'aurait fait qu'accélérer son décès par cirrhose. Peut-être que ce jour-là, je lui ai sauvé la vie. Qui sait ?

— Alors qu'est-ce que je dois faire ? demanda Daniel avec un gros soupir.

— Pour Justine ? Accorde-lui une autre chance, Daniel. Tu ne le regretteras pas », lui répondit Jeremy avec un sourire plein d'indulgence.

VERSEAU

Margie McGee s'éveilla aux premières lueurs de l'aube et ouvrit les yeux sur une mer de feuilles. Son embarcation était une petite plate-forme de bois qui s'élevait à soixante mètres au-dessus du sol, accrochée au tronc d'un eucalyptus géant. C'était le 14 février, et cette date marquait son cent trente-sixième jour de tree-sitting.

Elle s'extirpa hors de son sac de couchage, enfila une grosse veste et se prépara une tasse de thé. Même si son nez était gelé et son dos douloureux après une autre nuit sur son matelas trop fin, Margie sourit en entendant le chœur qui accompagnait l'aube. Tandis qu'elle versait de l'eau sur les feuilles de thé disposées au fond de son unique casserole, un haïku lui monta aux lèvres.

pâle brume de l'aube
tu te lèves aux notes
du chant du passereau

Puis Margie s'assit et balança ses pieds dans le vide comme si elle était au bord de l'eau et non pas au-dessus d'une forêt. Elle ne laisserait personne paver ce petit paradis. Oh que non !

※

Ce matin-là, comme tous les autres, Charlotte Juniper était venue de la proche banlieue avec la marée humaine habituelle, puis elle avait marché quelques minutes pour atteindre les bureaux des Verts. Le sénateur Dave Gregson n'arriva que trente minutes plus tard et se rendit directement dans la petite cuisine pour se préparer un café.

Même s'ils vivaient ensemble, Dave et Charlotte pensaient qu'il valait mieux ne pas arriver et partir en même temps, et ils entretenaient soigneusement la fiction selon laquelle leur relation était purement professionnelle. Mais ce matin-là, tous les autres étaient sortis, en vacances ou malades. C'était une chance très rare.

Charlotte entra sans bruit dans la petite cuisine et verrouilla la porte derrière elle. Même si Dave avait été alerté par le bruit de la clé dans la serrure, elle fut trop rapide pour lui. Il était encore face au comptoir, les mains prises par la boîte de café et la cuillère, quand elle glissa la main entre ses jambes, aussi précise qu'un serpent qui s'abat pour mordre.

Malgré le tissu de son pantalon, Dave sentit ses ongles se refermer sur ses bourses.

« Je tiens seulement à ce que vous sachiez, Dave Gregson, que si vous me trompez, je n'hésiterai pas une seconde à employer sur vous l'une de ces petites pinces redoutablement efficaces que les fermiers utilisent pour castrer leurs moutons. Ça ne fera pas mal très longtemps, et après s'être doucement ratatinées, vos couilles mourront rapidement.

— Et quelle sera la deuxième mesure ?
— Je mettrai une culotte pour venir au bureau. »

※

Il était encore tôt dans l'après-midi quand Fern Emerson, après avoir laissé son magasin sous la responsabilité de la très capable demoiselle Bridie, apporta un gros carton chez Rafaello. Elle le posa sur une table et l'ouvrit puis se débattit un moment avec une masse de papier bulle.

« Et voilà ! » annonça-t-elle triomphalement à Rafaello.

Le patron pinça les lèvres et se gratta la tête. « Tu es vraiment sûre ? Pour ta fête de fiançailles… ? La vaisselle de Diana et Charles, vraiment ? »

Fern hocha la tête avec enthousiasme.

Raf, l'air un peu inquiet, passa les mains dans ce qui lui restait de cheveux. « Mais il n'y aura pas assez de vaisselle pour tout le monde. »

Ce constat semblait le soulager grandement, remarqua la jeune femme.

« En fait, dit-elle en indiquant le minivan de Caleb, qui venait de se garer devant le café, ne t'inquiète pas pour ça ! Le camion en est rempli ! »

※

À Fritwell, petit village de l'Oxfordshire, Dorothy Wetherell-Scott, née Gisborne, ancienne propriétaire de la plus large collection au monde de vaisselle commémorative de Charles et Diana, se réveilla et constata que son mari était déjà levé. Ce fait l'étonna beaucoup car Rupert n'était pas du matin. Elle espéra qu'il n'était pas malade.

Flossie, la border collie, attendait en éclaireuse au bas de l'escalier. Dès qu'elle vit Dorothy, un sourire de conspirateur sembla se former sur sa gueule et elle se précipita vers la cuisine, ses griffes cliquetant sur le lino.

Rupert était devant la gazinière, en train de cuire des œufs.

« Bonjour, madame Wetherell-Scott, lui dit-il avec un clin d'œil.

— Bonsoir, monsieur Wetherell-Scott », rétorqua-t-elle.

Ils ne s'étaient toujours pas fatigués de cette petite blague.

Rupert avait dressé la table et sorti une belle nappe blanche et les couverts en argent. Il y avait une petite enveloppe sur son assiette et une douzaine de roses rouges très joliment arrangées dans un vase en porcelaine. Elle lâcha un petit cri de surprise quand elle vit que ce n'était pas n'importe quel vase. C'était celui du mariage de Kate et William.

« Oh, Rupert, dit-elle dans un soupir ravi.

— Joyeuse Saint-Valentin, mon amour. »

༺ ༻

La jeune femme glissa un ongle verni d'une couleur dénommée Poussière de fée sous le rabat d'une large enveloppe blanche. Puis elle suspendit son geste et s'adressa au chat roux qui était assis sur la table de cuisine et observait chacun de ses mouvements. « Eh bien, Tête de con, nous y voilà. »

L'enveloppe renfermait un magazine. La jeune femme le feuilleta à la hâte jusqu'à arriver à une page en particulier. Puis elle se figea, comme si elle n'en croyait pas ses yeux. La pendule faisait *tic-tac*. Le cœur du chat faisait *boum boum*. Mais la femme, elle, ne respirait plus. Elle ne battait même plus des paupières.

Enfin, elle laissa échapper un cri de joie.

C'était officiel, imprimé noir sur blanc. Et il y avait même sa photo, en tout petit. On la voyait de profil, son cou long et élégant, ses cheveux soigneusement arrangés par la coiffeuse de façon à ce que ses boucles s'échappent gracieusement de l'écharpe colorée nouée autour de sa tête. C'était elle sur la photo. C'était pour de vrai ! Elle était désormais Davina Divine, astrologue pour *L'Étoile d'Alexandria*.

※

Daniel Griffon reposa la dernière édition sur son bureau et s'enfonça dans son fauteuil avec un sourire satisfait. C'était un numéro du tonnerre ! Exactement comme il l'avait prévu… Jenna avait attiré l'attention et les louanges de toute la presse en révélant un scandale de frais de voyage qui menaçait de faire perdre son siège à un parlementaire, et certaines punchlines de Martin tirées de son article assassin sur le rugby australien faisaient déjà le buzz. Quant à Justine, Daniel devait bien l'admettre, depuis qu'elle avait repris le travail, il n'y avait rien à redire. Son article sur la mise à la retraite d'un vieil animateur radio provocateur était si délicieux et acide qu'il n'avait pas pu refréner ses éclats de rire en le lisant.

Mais lui aussi, se dit Daniel, méritait bien sa petite tape dans le dos. Remplacer Leo Thornbury par une inconnue comme Davina Divine avait été une sacrée prise de risques. La première collaboration laissait à penser que son choix s'avérerait payant. Le style de Davina était moderne, vivant, sexy. Et en plus, elle avait promis aux Lion de spectaculaires opportunités sentimentales. Daniel, toujours enfoncé dans son fauteuil, écouta le téléphone sonner pour la trentième fois. Les Lion répondaient quand ça leur chantait.

« Daniel Griffon, dit-il quand il finit par décrocher.

— Bonsoir, Daniel, fit une voix féminine. Je suis Annika Kirby. »

Annika Kirby, Annika Kirby... Il lui fallut un moment pour replacer le nom dans son contexte. Elle était rédactrice en chef de l'un de ces magazines féminins qui ne parlaient que de sexe et de mode, avec un petit article obligatoire et simpliste sur le mariage forcé des enfants ou les énergies vertes. Qu'est-ce qu'elle pouvait bien lui vouloir ?

« Je vous appelle parce que vous avez été élu dix-septième sur la liste des vingt célibataires les plus convoités de l'année. C'est à moi que revient le plaisir d'écrire quelques lignes sur vous. »

Dix-septième... Septième, ç'aurait été mieux. Mais bon, c'était déjà pas mal.

« Je vois, dit-il en essayant de ne pas trop montrer sa satisfaction. Qu'est-ce que vous aimeriez savoir, Annika ? »

Len Magellan avait été sidéré de se retrouver au paradis. D'une, il croyait que le paradis, c'était du flan. De deux, il ne s'était pas toujours très bien comporté, c'était le moins qu'on puisse dire. Il avait même souvent été un vrai con.

Et pourtant, voilà qu'il y était, assis sur un rocking-chair particulièrement confortable, bien calé sur le bord d'un nuage. Et Della était à ses côtés. Ses cheveux avaient retrouvé la blondeur de sa jeunesse, elle était coiffée à la Grace Kelly et portait l'ensemble jaune citron qu'elle avait pour leur lune de miel.

Il s'était attendu à ce qu'elle lui fasse payer cher sa décision de rayer leurs trois enfants de son testament. Mais pour le moment, elle n'en avait même pas parlé. C'était comme ça, au paradis : tout ce qui avait pu compter sur Terre avait beaucoup moins d'importance ici.

« Regarde, Len, notre Luke ! » lui dit-elle.

Len voyait le parc Alexandria qui s'étirait comme une grande carte, avec ses petits sentiers qui traversaient les grandes étendues de pelouse et les taches bleues des plans d'eau. Luke était assis sur un banc, l'air nerveux, avec un bouquet de tulipes.

Une fille s'approchait. Elle portait une longue robe paysanne ornée de jolies broderies, sur laquelle elle essuyait subrepticement ses paumes moites.

Quand il la vit, Luke cacha les fleurs derrière son dos et se leva pour aller à sa rencontre.

« Salut.

— Salut », lui répondit platement la fille, qui bien sûr n'était autre que Phoebe Wintergreen.

Luke avait passé la plus grande partie du mois de juillet coincé dans une voiture surchauffée pour un affreux voyage en famille et Phoebe était partie quelque temps dans une colonie de vacances réservée aux jeunes comédiens. À présent qu'ils se revoyaient enfin après tout ce temps, ils étaient tous les deux terriblement nerveux.

« Joyeuse Saint-Valentin, dit Luke en sortant vivement le bouquet de derrière son dos, manquant de le lui enfoncer dans le nez.

— Oh, merci. Elles sont magnifiques. »

Après cette réplique d'une grande originalité, Phoebe parcourut rapidement les pages de son script mental et constata qu'il n'y avait rien à la page suivante. Le blanc. Alors elle resta silencieuse. Luke ne dit rien non plus et le silence s'éternisa. Et pas un silence des plus confortables. En fait, Phoebe était même persuadée que c'était le silence le plus atroce qui ait jamais existé dans toute l'histoire des silences atroces.

Puis tout à coup, la même idée audacieuse les traversa. *Tant pis*, se dirent-ils. Et ils s'embrassèrent.

Luke embrassa Phoebe de la façon dont il avait imaginé l'embrasser, et elle sentait la menthe. Et Phoebe lui rendit son baiser exactement de la façon qu'elle avait imaginée, et la barbe naissante de Luke frotta doucement sa peau. Leur baiser fut long et doux.

« Yesss ! » cria Len Magellan, du haut de son nuage, en brandissant triomphalement le poing.

⋈

Sur Terre, Justine Carmichael remontait Dufrene Street. Même si le soleil était sur le point de se coucher, elle préféra chausser ses lunettes de soleil avant d'entrer dans les halles. Arrivée devant la boutique de fruits et légumes, elle le vit aussitôt. Il était là, gros, noir et gras : BROCCOLIS. Justine prit une longue inspiration et glissa la main dans son sac pour y attraper le marqueur qu'elle avait chipé dans le placard à fournitures du bureau. Il était rouge.

Il y avait peu de clients, les conditions étaient loin d'être optimales. Le patron était à la caisse, son énorme ventre couvert par son long tablier rayé. Heureusement, le stand des « broccolis » était tout à gauche, et après un bref repérage, Justine jugea qu'elle pouvait agir sans être vue, dissimulée derrière une pyramide de Granny Smith.

Elle ouvrit son feutre et avança la main d'un geste vif et décidé. Au lieu de se contenter de supprimer un *c*, comme d'habitude, elle dessina un gros cœur dessus. Puis elle reprit sa route sans se retourner, sortit des halles et rentra chez elle, le sourire aux lèvres.

Dans le parc, elle croisa un groupe de gens qui faisaient du taï chi. Vêtus de vêtements blancs et amples, parfaitement synchrones, ils enchaînaient les positions avec fluidité. Elle passa aussi devant deux adolescents couchés dans l'herbe. La jeune fille était sur le ventre, le regard perdu dans celui du garçon, sur le dos. À côté d'eux, il y avait un bouquet de tulipes. Justine ne put s'empêcher de regarder le garçon prendre le visage de la fille dans ses mains et l'attirer doucement à lui pour l'embrasser. Elle continua son chemin, souriante, se demandant si Nick serait rentré de sa répétition. Elle connaissait déjà *Le Songe d'une nuit d'été* quasiment par cœur.

L'angle du sentier lui offrait une vue parfaite sur son immeuble. De part et d'autre du perron étroit, de jeunes ormes captaient les derniers rayons du soleil, pris dans la courbe gracieuse de leurs feuilles jaunissantes. Les lueurs roses, abricot et vertes des carreaux des portes-fenêtres se détachaient parmi les moulures de la façade et flamboyaient d'une manière attrayante. Justine hâta le pas.

Dans le salon récemment redécoré avec les affiches de Nick, Justine trouva une note gribouillée en capitales : REJOINS-MOI EN HAUT. Justine se débarrassa de ses chaussures et glissa ses pieds nus dans de vieilles tongs de Nick. *Petite friponne*, se dit-elle en montant l'escalier qui menait au toit, ses semelles claquant sur les marches.

Quand elle poussa la porte, tous les éléments de la scène s'offrirent à elle en un seul regard et elle éclata de rire, ravie. Les chaises longues étaient placées côte à côte, sous l'étendoir parapluie. Et sur l'étendoir, Nick avait accroché au moins une centaine d'étoiles en papier aluminium qui s'agitaient dans la brise, leur surface argentée luisant gaiement dans la lumière du projecteur.

Sur l'une des petites tables, il y avait une bouteille de vin pétillant et deux pots de Vegemite. Brown Houdini-Malarky courut à sa rencontre de toute la vitesse de ses petites pattes tordues en agitant fébrilement la queue. Et Nick Jordan – *Verseau, ami et amant* – se trouvait sur l'une des chaises longues, un vieux chapeau de paille incliné sur le visage. Quand il vit Justine, il pinça une corde de son ukulélé.

Il entonna « I Don't Care if the Sun Don't Shine » et Brown dressa les oreilles et se joignit à lui, agrémentant la chanson d'aboiements joyeux.

Justine ôta son chapeau à Nick et lui passa la main dans les cheveux avant de déposer un baiser sur son front. Il posa son instrument et se tourna vers elle, l'accueillant sur ses genoux. Mais Brown voulait être de la partie aussi.

« Ouch », lâcha Nick quand le chien lui sauta sur le ventre sans cérémonie, atterrissant lourdement de tout son poids de chien des rues bien engraissé.

« Assieds-toi donc, dingo de chien ! » lui dit Justine, et Brown se cala, très content, sur le torse de Nick. La position n'était pas très confortable, le souffle chaud de Brown pas exactement agréable, mais rien n'aurait pu faire bouger Justine.

« Alors, que disent les étoiles, ce soir ? » demanda Nick.

Elle leva les yeux et fronça les sourcils.

« Elles nous disent que ta vie, Verseau, n'a jamais été plus belle.

— Et c'est vrai ?

— Absolument. »

Au-dessus de Nick Jordan, de Justine Carmichael et de Brown Houdini-Malarky, une constellation d'étoiles en alu brillait de mille feux et tournoyait. Et au-dessus de ces fragments étincelants, au-dessus d'une couche de brume de pollution, au-dessus des nuages, les vraies étoiles aussi tournaient.

Remerciements

Toute ma reconnaissance va à Johnny Jones et Morris Jones, qui ont écrit « Les récifs », à Wallace Beery pour ses conseils sur les mots croisés retors, à Sarah LeRoy pour ses précieuses connaissances sur Shakespeare, à The Picky Pen pour leur délicieuse minutie, à Gaby Naher qui est un peu l'étoile du Berger de ce livre, à Beverley Cousins, à Hilary Teeman, à Francesca Best et Dan Lazar pour toute leur confiance, leur travail et leurs idées brillantes ainsi qu'à Camilla Ferrier et Jemma McDonagh qui ont instillé leur magie dans ce livre.

L'écriture aurait été bien plus difficile sans Freda Fairbairn – *Taureau et meilleure des lectrices* –, Sugar B. Wolf – *Lion et sœur de cœur avant-gardiste* –, Jean Hunter – *Lion et spécialiste de la Renaissance* , Lagertha Fraser – *Sagittaire et boussole infaillible* –, Pierre Trenchant – *Scorpion et chevalier nouvelle génération en armure étincelante* –, Marie Bonnily – *Cancer dont la foi déplacerait des montagnes* –, Lou-Lou Angel – *Lion et pourvoyeuse de bonne humeur* –, The Noo – *né sous le signe du Canis Major, bouillotte et fidèle compagnon* –, Alaska Fox

– *Gémeaux, l'étoile la plus brillante de mon ciel* –, Dash Hawkins – *Capricorne et machine à câlins* – et Tiki Brown – *Capricorne et petit miracle*.

Et bien sûr, tout ça n'aurait jamais été possible sans Jack McWaters – *mon amour, Verseau.*

Table des matières

Verseau	13
Poissons	21
Bélier	63
Taureau	105
Gémeaux	137
Cancer	175
Lion	221
Vierge	269
Balance	301
Scorpion	359
Sagittaire	397
Capricorne	419
Verseau	479
Remerciements	493

Ouvrage composé par
PCA 44400 Rezé

Imprimé en Allemagne
par GGP Media GmbH Pößneck
en mars 2020
titre: S29292/01